# LES CORNES D'IVOIRE

## Septentrion

## L'auteur

**Lorris Murail** est né le 9 juin 1951 au Havre. Il habite Paris. Critique, traducteur d'anglais et journaliste spécialisé en gastronomie, il écrit depuis l'âge de seize ans. Il a publié des textes aussi bien pour la jeunesse que pour les adultes. Il est l'auteur chez Pocket Jeunesse de la saga *Golem* qu'il a créée avec ses sœurs Marie-Aude et Elvire.

**Du même auteur, chez Pocket Jeunesse**

*Ma chambre, mon lit, ma mère et moi...*
*La guerre de Troie*
*Le voyage d'Ulysse*
*Les Cornes d'Ivoire, tome 1 : Afirik*

**Avec Elvire et Marie-Aude Murail**

*Golem*

**À paraître, dans la même collection :**

*Les Cornes d'Ivoire, Mauretania* (2013)

Lorris Murail

# LES CORNES D'IVOIRE

## Septentrion

POCKET JEUNESSE
PKJ·

Loi n° 49 956 du 16 juillet 1949 sur les publications
destinées à la jeunesse : septembre 2012.



ISBN : 978-2-266-21614-2

# PREMIÈRE PARTIE

## LES COMPTOIRS

*L'Afirik n'était plus qu'un fil vert, un serpent de brume, un pointillé qui doucement s'effaçait. Mari cligna les yeux puis les écarquilla pour retenir à elle cette ultime image avant que le continent se fonde dans la ligne d'horizon qui toujours, depuis toujours, lui fermait le monde, de tous côtés.*

*Quinze ans de vie venaient de basculer par-dessus ce fin liseré, quinze ans, presque seize. Elle n'avait jamais rien connu d'autre que cette parcelle de l'Afirik qu'il lui semblait maintenant laisser au fond des eaux abyssales de l'océan. Englouti Toma, son père, englouti Paolo, son prétendant déçu, engloutis ses sœurs et ses frères blancs. Et aussi ses souvenirs. Ani, sa mère, morte encornée par un phacochère furieux, Luc et Jan, dans l'ombre desquels elle avait grandi. Luc et Jan, trop grands pour la misérable case familiale. Pas morts, non, mais disparus un beau jour. Pas morts. Enfin, elle n'en savait rien. Quinze ans de vie, presque seize, au service des Samba. Sare, le Maître, Adila son irascible épouse, leurs enfants Gakere, Bwerani, Shade, Ekevu, Lisha. Ah ! Lisha, petite tortionnaire de sept ans. Lisha, qu'elle avait tant aimée. Quinze années de vie, quinze années d'esclavage. Lisha, c'était autre chose. À Lisha, elle eût donné la seizième, et tant d'autres après.*

## 1
## LE TREIZIÈME PASSAGER

Une main se posa sur son épaule.

Mari se retourna en souriant, sachant qui interrompait le défilé nostalgique qui animait sa mémoire. Elle présenta à Birayma Penda un regard brillant mais des joues sèches car, dans le vent du large, les larmes ne s'attardaient pas.

— C'est fini, murmura-t-elle en tendant l'index vers le continent désormais invisible. Ils sont partis.

— Qui as-tu donc vu partir, Mari ?

— Les miens, monsieur Penda. Puis la Kassamansa, que je croyais si grande et qui est si petite. Puis le Sunugaal, que je croyais immense et qui n'est rien dans l'immense Afirik. Puis l'Afirik. Toute ma vie, monsieur Penda, toute ma vie.

— Mais non, Mari, voyons. C'est toi qui t'en vas.

— Tenez, j'ai même oublié Dene.

— La gouvernante des Samba ?

— Pendant longtemps, j'ai cru que je l'aimais. Mais, à la fin, je la détestais. Elle m'a surprise, dans la chambre de la pauvre Pili, quand je... enfin quand j'ai osé... quand je vous ai embrassé, monsieur Penda. Dene pensait que je voulais vous séduire pour acheter ma liberté.

Mari avait parlé à dessein. Elle scruta le visage du Peul dans l'espoir d'y lire si l'évocation de ce baiser volé éveillait quelque chose en lui. Pour deviner s'il y en aurait d'autres, qui seraient partagés.

— Dene est prisonnière de ses préjugés, comme la plupart de ses semblables. De mes semblables. J'espère que, là où nous allons, nous trouverons à leur rapporter quelques vérités qui les contraindront à évoluer.

La jeune fille se retint de répliquer que telle n'était pas la préoccupation qui la tourmentait à cet instant. À l'inverse de ses pareils, Birayma Penda ne considérait pas les Blancs comme des créatures inférieures, à peine plus évoluées que les singes de la grande forêt. Mais n'était-il pas illusoire d'attendre de lui plus que cette reconnaissance ? Un pas seulement les séparait. Mari décelait cependant entre elle et lui, entre la petite esclave blanche et le brillant ingénieur peul, plus qu'un fossé, un gouffre que rien ne pourrait jamais combler.

— La table du capitaine est prête, dit Penda.

Mari leva les yeux vers les voiles du *Yumna*. Blanches comme le pays que cherchait désormais son étrave, gonflées comme les joues d'un enfant qui ne peut se résoudre à avaler. Elles s'étageaient sur le mât avant, en une succession de trapèzes dont la taille diminuait comme elles s'approchaient du ciel, et de même sur les deux autres mâts, l'un planté au milieu du pont, le dernier vers l'arrière du navire. Un trois-mâts rapide et nerveux. Le rêve du capitaine Diaker.

Quatre personnes étaient admises à la table du capitaine. Birayma Penda, dont les cauris finançaient l'expédition. Wagué, le second, un Mandingue dont le crâne semblait avoir été bosselé par des coups de masse. Mari. Puis le jeune Lisimba Tam, fidèle compagnon de Bakar Diaker. Son seul privilège car Lisimba vivait la vie des hommes d'équipage, manœuvrant avec eux sept, dormant avec eux sept. Contrairement aux autres invités du maître à bord, il n'avait pas de cabine.

Le second Wagué n'était pas ce qu'on peut appeler un bel homme. Mais, auprès du capitaine Diaker, qui occupait sa droite à la grande table rectangulaire, il semblait d'une physionomie bien ordinaire. Il n'existait rien au monde de plus laid que Bakar Diaker. Son visage présentait les traces affreuses d'une vie de marin indigne. Ivoirier clandestin après que la traite avait été interdite, il avait abandonné son navire touché par la Peste, sauvant sa peau mais perdant à la fois son honneur et sa figure humaine. Mutilée, ravagée par le feu, cette tête était pelée sur le dessus et balafrée sur le côté. Mari, qui avait appris à ne plus haïr son capitaine, savait à présent le regarder sans frémir.

Ils étaient cinq à la table et ils parlaient de beauté. Les montagnes du Septentrion, les forêts du Septentrion, les fleuves du Septentrion, les animaux du Septentrion, les filles du Septentrion. Diaker, Wagué et Lisimba échangeaient des souvenirs. Naguère encore, Mari aurait bu avec délices chacune de leurs paroles. Aujourd'hui, elle les écoutait avec distraction et presque répugnance. Elle voulait découvrir tout cela par elle-même, pur et intact, non souillé par les mots d'hommes qui avaient participé au trafic des Cornes d'Ivoire, ou bien des objets d'art blanc. D'ailleurs, le second Wagué ne commentait-il pas avec mépris les superstitions des peuplades du Nord ?

— Toujours à faire ce signe, dit-il en se touchant le front puis les deux épaules, sans doute pour éloigner les esprits mauvais.

— La croix, murmura Mari.

— Les Blancs n'ont que les gris-gris pour se réconforter, intervint Lisimba Tam. Il faut les comprendre.

Mari prit le parti de ne pas répondre. Lisimba, cependant, ne perdit pas l'occasion de la taquiner davantage.

— Hé ! Mais vous devriez être bien inquiète, en ce moment !

— Et pourquoi donc ?

— Faites le compte, vous verrez.

Le jeune homme désigna tour à tour les personnes présentes, comme s'il leur distribuait à chacune quelque chose.

— Cela fait cinq, n'est-ce pas ?

Tous le regardaient maintenant avec curiosité, sans comprendre où le menait son calcul.

— Cinq à cette table, reprit Lisimba Tam, et l'équipage, quand je n'y suis pas, est composé de sept hommes, d'accord ?

— C'est bien avec eux que tu devrais être en ce moment, grogna le capitaine Diaker, et si c'est pour nous ennuyer avec...

— Attendez, capitaine, je n'ai pas terminé mon compte. Ne l'oublions pas... lui !

Mari repoussa son assiette où le poisson salé baignait

dans un jus translucide. Elle savait bien sûr à qui Lisimba Tam faisait allusion. Lui ! Lui qu'elle n'avait pas encore vu mais qu'elle avait entendu déjà, tant il respirait fort, de l'autre côté de la cloison. Un homme blanc. Un homme dont Birayma Penda lui avait dit pis que pendre. Un homme qu'on avait enfermé dans la cabine voisine de la sienne et qui n'en sortirait jamais, tout le temps du voyage. Elle ne connaissait que son nom, Éloi.

— Et alors ? demanda le second Wagué avec impatience.

— Cinq plus sept plus lui, répliqua Lisimba. Cela fait treize, n'est-ce pas ?

Il cherchait le regard de Mari, comme pour la défier. La jeune fille plissa le front d'un air indifférent.

— Treize, Mari, est-ce que vous ne savez pas ça ? insista Lisimba.

— Qu'est-ce qu'il faut savoir, monsieur Tam ?

— N'avez-vous jamais entendu dire, chez vous, que ce chiffre porte malheur ?

— Non.

— Eh bien, les Blancs le croient pourtant, là-bas, je l'ai souvent constaté.

— C'est idiot, jugea Mari. Pourquoi y aurait-il des chiffres plus mauvais que d'autres ?

— Idiot, c'est vous qui l'avez affirmé. Enfin, c'est ainsi. Il ne faut pas manger à treize ensemble ou mener un troupeau de treize chèvres ou... enfin, vous voyez. Et surtout pas voyager à treize sur le même navire !

Lisimba Tam éclata de rire, comme s'il venait de faire une bonne plaisanterie. Mais ni Diaker ni Wagué ne la trouvaient à leur goût. Aucune superstition, même la plus sotte, n'était la bienvenue à bord du bateau.

Mari songeait à cet homme qu'on voulait tenir reclus jusqu'au terme de la traversée. Quoi qu'il ait pu faire par le passé, cela lui semblait injuste et cruel. Aurait-on infligé un tel sort à un passager noir de peau ?

— Ne peut-on le laisser sortir ? s'exclama-t-elle brusquement. Monsieur Penda... pourquoi l'avez-vous fait monter à bord de ce navire s'il vous paraît présenter une telle menace pour nous tous ?

— Peut-être est-ce aussi pour son propre bien, dit l'ingénieur.

Bakar Diaker contemplait la jeune fille d'un œil ironique (l'autre, le gauche, demeurait toujours à l'ombre d'une paupière à demi close).

— Regarde-moi, Mari, et dis-moi ce que tu vois.

— Je vois mon capitaine, capitaine !

— Ça, je m'en doute. Mais encore ?

— Je vois l'homme qui a payé une fortune pour m'acheter au marché aux esclaves de Ziguinchor, bien plus que je ne vaux.

— Tel est bien mon avis. Mais ce n'est pas ce que je te demande. Regarde-moi mieux et décris-moi l'homme qui est en face de toi. Souviens-toi de celui que tu as découvert à la sortie du marché, quand tu croyais faire la connaissance de ton nouveau Maître.

Mari ouvrit la bouche toute grande, écarquilla les yeux de façon comique, mimant l'épouvante.

— Ce jour-là, j'ai vu un horrible marin au cuir chevelu malade, avec un œil clos et une cicatrice sur la joue, grosse comme une vipère et qui semblait aussi venimeuse. J'ai vu un homme tellement effrayant que j'ai eu envie de me jeter dans les eaux noires du fleuve. Mais maintenant, capitaine, je vous vois autrement.

Bakar Diaker ne chercha pas à en savoir davantage. Tous riaient autour de lui et lui-même ne cachait pas son amusement.

— Tu as posé une question, Mari. Ce passager, Éloi, pourquoi doit-il demeurer dans sa cabine ? Écoute la réponse, à présent. Imagine-toi le soleil qui se lève dans son berceau de brume, imagine l'eau qui cascade parmi les parterres fleuris, imagine la gazelle qui court dans la savane sur ses pattes gracieuses, le rapace qui voltige au plus haut du ciel, le... bon, je crois que ça suffit. Imagine toutes ces beautés suprêmes du monde. Eh bien, cervelle de babouin, voilà comment je suis beau, moi, capitaine Bakar Diaker, comparé à ce personnage-là. Et voilà comment il est laid, monstrueusement laid. Au-dedans comme au-dehors, dois-je ajouter.

La jeune fille ne se mêla que par imitation à l'hilarité générale. De la tirade drolatique du capitaine, elle n'avait retenu qu'une chose : le plissement de ses lèvres, à la fin, la lueur mauvaise dans son œil valide. Elle en avait déduit, sans le moindre doute, que Diaker nourrissait à l'égard du nommé Éloi une haine farouche. Dès lors, elle n'eut plus qu'une idée, le rencontrer.

Un soleil calme et doux les accompagna pendant deux jours. Alors que le *Yumna* se portait à la hauteur des côtes maures, le vent fraîchit. Les voiles se mirent à tonner. La coque du navire frappait dur dans l'eau, soulevant de hautes gerbes d'éclaboussures blanches.

Mari eut l'impression que son cœur suivait les mouvements du bateau et gîtait dans sa poitrine à s'en décrocher. Croisant l'un ou l'autre de ses compagnons, elle constata avec une pointe de satisfaction que nul, pas même les marins endurcis, n'échappait aux tourments de la nausée.

Mais marin, pour sa part, elle n'était plus. Bakar Diaker, qui l'avait libérée de ses chaînes sur le port de Ziguinchor, lors d'une sinistre soirée, lui avait décerné ce titre, comme il aurait couronné un âne roi du Sunugaal. Elle n'avait encore jamais vu une vague ni tiré sur un filin. Ayant depuis servi sur le fleuve Kawungha à bord d'une vieille péniche propulsée par des godets, elle croyait avoir fait ses preuves. À Ndakarou, la capitale du pays, elle était montée sur le *Yumna* dans la peau d'un *homme* d'équipage. Le rôle, cependant, lui avait été aussitôt retiré. À la barre de son trois-mâts, Diaker était redevenu le capitaine d'autrefois, pour qui une présence féminine à bord ne pouvait être qu'une tolérance, pire : une calamité. On avait donné à Mari une cabine et elle y vivait une vie de passagère.

Birayma Penda lui non plus ne participait pas aux manœuvres. Le Peul passait de nombreuses heures en compagnie du capitaine, qui sans doute l'abreuvait de souvenirs de l'époque où il trafiquait les Cornes d'Ivoire, et consacrait le reste de son temps à réfléchir et à étudier dans la solitude de sa cabine. L'agitation des flots l'avait fait sortir sur le pont où il promenait une mine verdâtre.

Mari s'approcha de lui avec timidité. Accoudé au bastingage, l'ingénieur tirait de courtes bouffées de sa pipe métallique au fourneau sculpté en faciès de singe.

Mais il feignait seulement de méditer. Penda, à cet instant, s'efforçait surtout de retenir le contenu de son estomac. La mer et le ciel devant eux formaient un seul bloc de grisaille où le vent creusait de sombres arabesques.

— On ne voit rien, remarqua Mari. Comment le capitaine peut-il trouver sa route ?

— Est-ce qu'il ne t'a jamais montré ses instruments ? Il a une grande étoile de fer dont l'une des branches indique toujours le nord. Sois tranquille, il ne se perdra pas. Comment te sens-tu, Mari ?

— Je n'aime pas beaucoup ce poisson salé qu'on nous sert matin et soir. Le peu que j'ai mangé aujourd'hui se promène encore au fond de mon gosier. Et mon cœur essaie de remonter avec. Sinon, ça va.

— Les premiers jours sont les plus difficiles, d'après Diaker. Ensuite, on s'habitue.

Une vague escalada le flanc du navire et les aspergea d'eau glacée. Penda jura en constatant que sa pipe ne fumait plus. Les yeux de Mari s'étaient noyés dans l'écume.

— Il paraît pourtant qu'on se sent mieux à l'air du large, dit-elle en souriant.

— Je crains que les jours les plus difficiles ne soient au nombre de vingt ou vingt-cinq, répondit Penda. Enfin, le temps qu'il nous faudra pour parvenir aux Comptoirs.

— Je ne peux m'empêcher de penser à cet homme qu'on laisse enfermé dans sa cabine. N'est-ce pas pénible, pour lui ?

— Je lui ai confié ce que j'ai de plus précieux. C'est

de cela que je m'inquiète. Qui sait de quoi il est capable ?

— J'ai l'impression que le capitaine le déteste.

— On n'aime pas beaucoup ce genre d'hommes, dans la marine.

— Qu'a-t-il fait de si terrible, monsieur Penda ?

— Ce que font les hommes de ce genre, Mari.

— Oh ! Vous ne voulez jamais rien me dire !

Birayma Penda avait vidé sa pipe d'un coup sec sur la lisse. Il la bourrait de nouveau, avec de fines plaques de tabac, qu'il émiettait entre ses doigts. Lisimba Tam arrivait derrière eux, chassant l'eau du pont à l'aide d'un balai de crin.

— On va vers le beau temps, annonça-t-il en levant la brosse vers une tache claire au fond du ciel.

— Je l'entends respirer fort, en pleine nuit. Je crois qu'il travaille dur.

Birayma Penda ne l'écoutait plus. Il s'était écarté d'elle, profitant de la diversion pour la laisser seule avec Lisimba. Que s'imaginait-il ? Qu'elle préférait la conversation d'un garçon de son âge ?

— Est-ce que vous le détestez, vous aussi, monsieur Tam ?

— Peut-être croyez-vous vivre votre première tempête mais ce n'est qu'une petite brise.

Lisimba Tam faisait le fier, chevauchant son balai comme s'il s'agissait d'une monture rétive. En tout cas, il ne répondait pas.

— Alors, je serai morte trois fois avant d'en connaître une. Ne peut-on inventer des bateaux qui tiennent debout au lieu de...

Mari poussa un cri. Déséquilibrée par un brusque cabrement du *Yumna*, elle s'affala entre les bras de Lisimba. Elle n'eut que le temps de se dégager avant que les lèvres du jeune homme ne se posent sur sa bouche.

— Répondez-moi ! Est-ce que vous le détestez ? lança-t-elle en s'accrochant au manche du balai. Cet homme. Éloi.

— Eh bien, voilà au moins une chose qui ne risque pas de vous arriver avec lui, répliqua Lisimba Tam.

— Quoi donc ?

— Ce baiser que vous me refusez.

— Pourquoi donc voudrais-je l'embrasser ? On dit qu'il est si laid.

— Je ne parle pas de le vouloir mais de le pouvoir, corrigea Lisimba.

— Vous l'avez vu, vous, n'est-ce pas ?

— Et comment ! Je suis allé le chercher dans son taudis pour le conduire au port de Ndakarou. Agréable mission qu'on m'a confiée là. Mais je me tenais sur mes gardes. Toujours un mètre entre lui et moi.

— Qu'a-t-il donc ? La Peste ?

— Je préférerais encore ça, dit Lisimba d'un ton sérieux.

— J'ai l'impression qu'il ne dort jamais. Dès que j'ai l'œil ouvert, je l'entends qui bouge.

— Ah ! c'est vrai, vous l'avez pour voisin. Alors, méfiez-vous. Êtes-vous bien dans votre cabine ?

— Je n'ai jamais connu un tel luxe, monsieur Tam. On pourrait y tenir à trois.

— Et à deux ?

Mari écarta la main du jeune homme, un jeu qui leur était familier et qui ne les amusait plus ni l'un ni l'autre.

— Ça, non, dit-elle, je ne crois pas. Pas à deux.

Lisimba Tam poussa un soupir tragique.

— Huit ! Nous sommes à huit dans cette chambre d'équipage, quatre par terre et quatre en l'air. En bas, ça sent les pieds. En haut, ça sent les aisselles. Ah ! mais maintenant que ça commence à secouer, il y a des odeurs nouvelles. Mes camarades vomissent dans tous les coins, mademoiselle.

Mari éclata de rire.

— Pas toute la nuit, je n'ai pas le droit, supplia Lisimba. Mais une petite visite... Vous sentez si bon, vous.

— Ne me surestimez pas. Je ne suis pas sûre de garder mon poisson salé jusqu'à demain.

Lisimba Tam se rembrunit. Comme elle l'examinait, Mari ne put s'empêcher d'admettre que Lisimba n'avait pas menti, lors de leur première rencontre. Son corps, qui s'empâtait à terre, profitait à merveille de l'exercice qu'il se donnait à bord. Les muscles noirs s'allongeaient, les joues noires se creusaient, les yeux noirs s'illuminaient. Encore quelques jours de mer, et il ferait sans conteste un fort joli garçon. Mais son caractère ne changeait pas, tenace et moqueur.

— Bientôt, vous regretterez, disait-il. Quand nous serons aux Comptoirs, vous verrez, toutes ces filles, ces petites sauvages de là-bas. Il y en a de toutes les couleurs. Blanches et roses et brunes. Certaines ont les cheveux comme le pelage du caracal. Des beautés. Et vous, vous aurez laissé passer votre chance.

— Quelle chance ce serait, en effet, mais...

Mari se mordit les lèvres. Elle avait failli ajouter : « mais mon cœur est pris ». Peut-on dire une telle chose, ou même la penser, quand ce cœur bat en solitaire et que nul ne l'entend ? Celui de Lisimba, lui, était sec comme une cosse d'arachide, et l'amour que le jeune homme se portait à lui-même l'occupait tout entier.

— Patience, Lisimba, lui dit-elle. Vous aurez d'ici peu à vos pieds les plus belles filles du Septentrion. En attendant, je crois qu'il reste de l'eau à chasser sur le pont.

Il y en eut tant, en fait, que Lisimba Tam cessa bientôt de lutter. D'autres tâches le réclamaient. On amena de la toile, car le vent forcissait. Les vagues, à présent, arrivaient de l'arrière. Elles roulaient sur les planches et ressortaient par toutes les ouvertures. Les matelots poussaient des glapissements de femme. L'un d'eux se tourna vers Mari, agrippée à deux bouts de cordage, au pied d'un mât, et lui ordonna de regagner sa cabine d'un geste de la main.

Ce n'était pas plus rassurant. Les parois l'aveuglaient, elle ne pouvait plus savoir. Est-ce que le *Yumna*, déjà, ne naviguait pas à demi sous la mer ? Mari s'allongea sur la couche, sans espérer que le sommeil viendrait. Dehors, le spectacle n'était au fond pas si effrayant. À présent, le fracas des éléments emplissait ses oreilles et l'isolait du monde, voilà qui vraiment l'angoissait.

Pourtant, elle l'entendit. Il toussait, il crachait. Soudain, il se mit à hurler :

— De l'eau ! De l'eau !

Personne ne pouvait percevoir ses cris. Elle seule.

## 2
## ÉLOI

La cabine n'était pas si grande qu'elle avait bien voulu le dire à Lisimba. Elle était haute certes, et longue, mais très étroite. Cela faisait comme une boîte où elle ne se sentait pas à l'aise. Sa couchette, un matelas de coton posé sur un grillage qui grinçait au moindre de ses mouvements, était collée à la cloison. Il y avait contre elle un tabouret et une petite table vissés au sol. Mari disposait d'un coffre pour ses rares vêtements, d'une cuvette de faïence bleue et d'une jarre poreuse où elle conservait de l'eau.

Elle attendit, les yeux ouverts. La lampe suspendue à un crochet jetait au plafond les échos affolés de la tempête, les taches lumineuses s'entrecroisant tels des appels au secours. Mari crut que l'homme s'était calmé mais, depuis un moment, les paquets de mer qui frappaient le navire par le travers l'assourdissaient. Elle en avait les mâchoires douloureuses et la nuque engourdie.

Sa voix ressurgit soudain.

— De l'eau ! De l'eau !

On eût dit qu'il se noyait.

Mari donna quelques coups de poing contre la cloison,

comme pour lui répondre dans un langage secret. Mais cela n'interrompit pas ses râles et ses cris furieux. Alors, la jeune fille se leva et quitta sa cabine.

Les deux portes se touchaient presque, simplement séparées par une latte de bois. Ils étaient dans un entrepont obscur. Elle n'avait pas pris la lampe mais la lueur l'avait suivie et lui léchait les talons comme une langue haletante. Elle frappa. Il n'entendait pas, sans doute.

Mari ne sut que faire. Remonter, chercher quelqu'un. Le capitaine ne se soucierait pas des humeurs de son passager, il le laisserait crever plutôt que de se déranger. Prévenir Birayma Penda, alors ? Elle frappa de nouveau. Sa main se posa sur le loquet, comme lorsqu'elle entrait dans sa propre cabine. Un geste instinctif, le même. La porte s'ouvrit. Rien ne la verrouillait. Cet homme qu'elle croyait prisonnier pouvait sortir à sa guise. Il acceptait sa réclusion, même à l'agonie, comme il semblait l'être.

La cabine d'Éloi était deux fois plus vaste que la sienne, presque carrée. Une lourde table en occupait le centre et Mari y vit tout de suite les documents étalés. Ces feuilles couvertes de dessins étranges et d'inscriptions mystérieuses, le trésor auquel l'ingénieur Penda tenait plus qu'à la vie.

L'homme lui tournait le dos, courbé au-dessus d'une cuvette où il ne cessait de cracher. Deux hautes lanternes éclairaient la cabine, de belle façon. Leur lumière caressait le corps à demi nu. Éloi ne portait qu'un pagne. Il avait la peau blanche et lisse, les muscles fins, magnifiquement dessinés. Mari les voyait saillir sur ses jambes longues et imberbes, à ses épaules larges. Ses cheveux étaient bruns et lui tombaient bas dans le cou.

— Monsieur ? Monsieur Éloi ?

Éloi ne broncha pas, occupé qu'il était à vider ses tripes dans la cuvette. Rien qu'à ce spectacle, Mari sentit sa propre nausée s'aiguiser. Le bateau lui paraissait danser sous ses pieds. Elle avança d'un pas mais la table les séparait toujours. À présent, elle aurait pu compter les vertèbres de l'échine pliée, du coccyx à la naissance du cou. Jamais elle n'avait contemplé un corps d'une telle perfection ni d'une aussi jolie couleur. Pour un Blanc, s'entendait. Ivoire, on les appelait Cornes d'Ivoire. Nul mieux que cet homme ne pouvait mériter ce nom.

— Est-ce que je peux vous aider ?

Elle venait de voir la jarre couchée sur le sol. Son voisin de cabine pataugeait dans l'eau répandue. Sans doute avait-il renversé le récipient d'un geste maladroit. Ou bien c'était la tempête.

— Je vais vous apporter de l'eau, dit-elle.

Éloi se retourna enfin. Mari poussa un hurlement épouvanté. Sa bouche, d'abord elle ne distingua que cela, cette bouche. Une absence. Cela lui faisait une tête de déterré. Impossible de regarder autre chose. Deux rangées de dents blanches, rien que les dents. Souriait-il ? On ne pouvait le dire. Éloi n'avait pas de lèvres. Des dents, sous le nez, jusqu'à la racine, des dents comme plantées dans le menton. En haut et en bas. Des dents.

— De l'eau, bredouilla Mari.

Elle cherchait son regard, en vain. Elle ne pouvait chasser de sa vue ces deux barres roses, les gencives, où s'enchâssaient incisives et canines, et jusqu'aux premières molaires. Au centre, comme un gouffre. Il parlait.

— S'il te plaît. De l'eau.

Mari sortit, pour aller prendre la jarre fraîche dans sa cabine. Éloi n'avait pas bougé. Il attendait.

Elle lui remit le récipient de terre cuite, par-dessus la table, prenant soin qu'aucune goutte ne tombe sur les schémas énigmatiques de l'ingénieur blanc. Le créateur de machines. Celui que Birayma Penda rêvait de rencontrer, s'il vivait encore quelque part, dans l'immense Septentrion.

Éloi se pencha de nouveau sur la cuvette, nettoya sa figure, rinça son gosier, cracha, but à longs traits. Mari s'était détournée, pour ne pas savoir comment sa bouche privée de lèvres pouvait s'abreuver.

— Jamais navigué. Malade comme un chien. Est-ce que c'est toi que j'entends, la nuit ? demanda Éloi quand ses ablutions furent terminées.

Il prononçait les mots avec application, s'efforçant de les faire sonner clairement malgré son infirmité.

— Moi ? Vous m'entendez ? Je vous entends aussi.

— Tu gémis dans ton sommeil. Parfois, tu parles.

— Je l'ignorais.

Sans l'avoir voulu, Mari s'était tournée vers la cloison qui séparait les deux cabines. Ainsi, au moins, elle pouvait éviter de regarder Éloi en face. Un portrait avait été cloué à une baguette de bois. Un homme noir, jeune, très beau, dessiné au charbon avec une grande habileté sur une feuille de papier épais. Juste un visage et la naissance des épaules. Très beau, vraiment.

— Nous nous aimions, dit Éloi.

Mari ne put réprimer un frémissement. Éloi venait de lui parler d'amour. Comment pouvait-il ? Est-ce que la bouche n'était pas tout, dans l'amour ? La bouche qui sourit, la bouche qui murmure, la bouche qui caresse et qui embrasse.

— Je ne veux pas vous déranger davantage, dit-elle.

— Tu ne m'as pas dit ton nom.

— Mari.

— Qu'entends-tu quand tu m'entends, Mari ?

— La nuit ? Vous travaillez, je crois. J'entends vos grognements, j'entends votre plume. J'entends que vous déplacez des feuilles.

— Je cherche. Je réfléchis. Je crains de décevoir ce brave Penda. C'est ton Maître ?

— Non. Je suis...

— Eh bien, dis-le.

— Libre.

— Oh ! La liberté.

Ses joues se creusèrent, la commissure de ses yeux se plissa. Il pouvait donc sourire.

— Quelque chose persiste à m'échapper. Tout, en fait. Ne le répète pas à Penda mais je ne comprends rien. Pas un mot.

Éloi scrutait les feuilles étalées sur sa table, les milliers de petits signes qui entouraient les dessins, ces machines impossibles tracées avec une infinie précision.

— On croirait une mauvaise plaisanterie. Un langage imaginaire, comme ces machines sont imaginaires. Je n'ai pas réussi à déchiffrer la moindre phrase. Cette langue ne ressemble à aucune autre, sur aucun des deux continents. Même la langue du pays makka me paraît plus familière.

— Je ne savais pas que les Makkas avaient une écriture.

— Bien sûr, tous les peuples ont la leur. Les hommes jaunes comme les autres. Chacun sa langue, chacun son écriture.

— Est-ce que vous connaissez la mienne ? La langue de mon peuple ?

— Peut-être. D'où viens-tu ?

— De Ker Samba, en Kassamansa.

Éloi émit un affreux petit rire, qui donna à Mari l'envie de fuir. Il se moquait d'elle, de la stupidité de sa réponse.

— Mes ancêtres, murmura-t-elle en baissant la tête. Non, ça, je ne sais pas d'où ils viennent.

— Ne connais-tu pas certains mots ? Rares sont les familles où on n'a pas gardé la mémoire de quelques vieilles formules, même sans les comprendre.

— Non, je... oh ! si, les chansons. Mon père connaissait par cœur des tas de chansons. Attendez... les cordelles.

Elle fredonna.

— *Nous sommes les cordeliers faisant des cordelles...*

Les yeux d'Éloi roulèrent dans leurs orbites, comme s'il cherchait la solution d'une énigme dans un recoin de son cerveau. Pour la première fois, Mari nota qu'il y avait quelque chose de beau dans le visage de cet homme, oui ses yeux étaient beaux. Et peut-être aussi son nez, droit et fin, puis...

Elle interrompit son examen car une autre chanson lui revenait en tête.

— *Aux marches du palais...*

Des mots qu'elle avait entendus cent fois, des mots dont elle ignorait le sens.

— Plus fort !

Les coups sourds de la tempête et les craquements du navire couvraient sa voix. Mari força le ton mais, même à pleine poitrine, elle n'avait jamais pu rivaliser avec le chant puissant et profond de Toma, son père.

— *Aux marches du palais, y a une tant belle fille...*

— Ça va. J'y suis. Tu es une Franche. Réjouis-toi, c'est là que nous allons. Bah ! Je l'ai su dès la première syllabe. Je voulais t'entendre encore, c'est si drôle.

— Nous allons chez moi ?

— Oui, si tu t'imagines que c'est encore chez toi. Le pays franche.

— Je l'espérais tellement.

— *Une tant belle fille*, reprit l'homme entre ses dents serrées.

Des récifs, des rocs blancs qui donnaient l'impression qu'Éloi pouvait se dévorer lui-même.

— Qu'est-ce que ça signifie ? demanda Mari.

— Quelqu'un comme toi. Ça parle d'une jolie fille. C'est une chanson d'amour.

Mari recula vers la porte. Cet homme n'avait pas le droit de lui dire ça, il ne pouvait pas la trouver jolie, ne pouvait pas lui parler d'amour, cet homme... Oh ! comme il devait être malheureux. Elle mit les mains sur ses joues, un doigt sous chaque paupière. Elle essayait de couper l'image en deux. Ne plus voir le bas de son visage. Seulement le nez, les pommettes, les yeux, le front. Éloi n'était pas laid. Ainsi, même, il était...

— Je plaisais, lui dit-il.

— Oui, souffla Mari.

— Pas aux bonnes personnes, semble-t-il.

Il bougea un peu, chacun de ses gestes était gracieux.

— Je te fais peur ?

— Non. Je suis désolée, je...

— C'est ce qu'ils ont voulu. Que je fasse peur, même à moi. Les miroirs me terrifient, Mari. Si tu savais ce qu'ils me montrent.

Elle faillit admettre qu'elle le devinait bien.

— C'est toi, mon miroir, en ce moment, *jolie fille*, dit Éloi. *Une tant belle fille, lonla, une tant belle fille... elle a tant d'amoureux qu'elle ne sait lequel prendre...*

La suite de la chanson. Il la connaissait. Il la comprenait.

— Combien as-tu d'amoureux, Mari ?

— Pardon ?

Un long gloussement s'échappait de la gorge d'Éloi, comme une bourrasque qui lui balayait la pointe des dents. Ses dents, croix de bois !

— Les hommes ne t'apprécient-ils pas, les hommes, les vrais ?

— Les vrais ?

— Les marins sont des hommes, des vrais. Et ce Penda, et le jeune Tam ? As-tu fait ton choix ?

— J'aime l'un d'eux, avoua Mari.

Jamais, pour rien au monde, elle n'eût laissé échapper une telle confidence devant quiconque. Mais il lui fallait se défendre. Cet homme, cette bouche, ce monstre. L'idée qu'il puisse l'approcher, qu'il puisse la désirer.

La tête d'Éloi était tombée sur sa poitrine. Cette fois, oui, il semblait bien se dévorer lui-même. Mari crut voir des larmes briller dans ses yeux.

— Tout à l'heure, M. Tam m'a affirmé que nous allions vers le beau temps. Je crains qu'il ne se soit trompé, lança-t-elle en se précipitant vers la porte.

Elle referma derrière elle.

— Reviens me voir ! lui cria Éloi.

Elle referma la porte, résolue à ne jamais la pousser de nouveau. Mais elle revint. Souvent.

Lisimba Tam, finalement, avait vu juste. Le vent était tombé, la mer s'était apaisée et un ciel lumineux s'était installé au-dessus des voiles du *Yumna*. Mari fut heureuse de constater que le teint de l'ingénieur Penda avait lui aussi repris de l'éclat.

Elle lui fit le récit de sa nuit, de sa visite à l'homme qui occupait la cabine voisine. Birayma Penda l'écouta en mordillant le tuyau de sa pipe, contrarié. Puis il se tourna vers l'horizon limpide et observa un long silence. Mari attendit avec anxiété le terme de sa réflexion, craignant une vive réprimande ou une sanction.

— Je vous prie de me pardonner, je sais que je n'ai pas le droit, dit-elle d'une voix douloureuse pour hâter le moment du verdict.

Ils étaient montés sur une estrade, près de la proue du navire, et de là ils dominaient la mer. Birayma Penda cracha un jet de fumée qui fila vers l'arrière à la vitesse d'une flèche.

— Je ne me lasse pas de ce spectacle, dit-il.

— Êtes-vous fâché ? demanda Mari d'un ton qui exigeait une réponse.

— Oui. Oui, je suis fâché car tu as désobéi aux ordres. Mais peut-être ces consignes n'étaient-elles pas judicieuses. Je pense que je vais les modifier, Mari.

— Vraiment ?

— Éloi n'est pas un personnage bien commode. J'ai un mal fou à communiquer avec lui. Il est possible que j'en apprenne plus par ton intermédiaire qu'en m'entretenant avec lui. Que me disais-tu ? Qu'il ne semblait guère optimiste ?

— Je n'aurais pas dû vous le répéter. Il m'a demandé de ne pas le faire. Je crois qu'Éloi a peur de vous décevoir.

— N'a-t-il pas progressé ?

— Je n'aurais pas dû...

Birayma Penda tapota d'un geste agacé le fourneau de sa pipe dans le creux de sa main, qui se couvrit de cendres grises.

— Tu as bien fait, au contraire. Et tu vas continuer, Mari. Vous êtes les deux seuls Blancs à bord de ce navire, après tout.

Ce rapprochement entre Éloi et elle, ce lien ayant pour seule source la couleur de la peau, Mari n'en voulait pas.

— C'est un monstre, dit-elle afin de souligner ce qui sans doute les séparait.

— Je ne te demande pas de l'épouser ni même de l'apprécier. Tu sais ce que je pense de ce personnage. Mais, si tu pouvais suivre pour moi l'avancement de ses travaux, je t'en serais reconnaissant. Peut-être se livrera-t-il plus facilement à toi qu'à moi.

— Il ne comprend rien, monsieur Penda. Cette langue lui est inconnue.

Le Peul cracha dans les vagues un paquet de salive brunâtre.

— Alors, on m'a trompé sur ses capacités. Éloi passe pour déchiffrer au moins dix langues et dialectes du Septentrion. Et cette écriture lui demeurerait impénétrable ? Justement celle-là ?

— Éloi se pose des questions. Et si cette langue n'existait pas ? Et si votre ingénieur blanc l'avait inventée, comme il invente des machines extravagantes ?

— Absurde !

Birayma Penda suivit un instant des yeux un grand oiseau qui les escortait, exactement à l'aplomb du mât central.

— Absurde, répéta-t-il.

Profitant de ce que Penda s'était retranché dans ses réflexions, Mari admira le profil de son visage à la peau brune, qui faisait de lui un Noir moins noir que les autres Noirs, ses cheveux dont les boucles courtes grisonnaient déjà, son nez un peu busqué, un nez d'homme blanc. Birayma Penda n'était pas un de ces Gris, bâtards des deux races, mais, aux yeux de Mari, il y avait en lui un peu des deux mondes, du Sud et du Nord, de l'Afirik et du Septentrion, et elle l'aimait ainsi.

— Personne ne sait mieux que toi pourquoi j'ai entrepris ce long voyage, dit-il enfin. Un échec me tuerait.

— S'il vous plaît, monsieur Penda, épargnez-moi

la compagnie de cette horrible personne. Éloi me fait peur.

— Épie-le. Écoute à travers la cloison. Ce sera déjà ça.

— Ce n'est pas une difformité, n'est-ce pas ? Oh ! monsieur Penda, quelle abominable punition...

Mari connaissait le code des Sages. Dans les plantations comme à Ker Samba, où elle avait passé toute sa vie, on ne l'appliquait guère. Les Maîtres de la brousse pratiquaient leur propre justice, souvent sommaire et expéditive. La jeune fille n'oublierait jamais la vision des trois rebelles qu'on avait pendus à la forte branche d'un baobab, sans autre forme de procès. Dans les grandes villes, comme Ziguinchor ou Ndakarou, il n'en allait pas ainsi. Le code y était observé de façon scrupuleuse par des juges qui vous considéraient différemment, selon que vous étiez Maître ou esclave. À chaque crime sa peine. Au meurtrier, on tranchait le cou, au voleur on coupait la main. Le fugitif récidiviste se voyait amputé d'un pied, l'indiscret payait sa curiosité d'une oreille, le bavard ou le blasphémateur perdait sa langue, le voyeur un œil ou les deux.

— Quel crime a-t-il donc commis ?

Qu'avait fait Éloi, pour qu'on le prive de ses lèvres ? Mari ne l'imaginait pas. Birayma Penda éluda la question d'un mouvement d'épaules.

— Son passé lui appartient.

— Et vous me demandez de le fréquenter ! Je ne suis entrée chez lui que par pitié, parce qu'il réclamait de l'eau. Comment supporterais-je de le revoir, sans savoir de quoi il est capable ?

— Il a commis de graves offenses et a reçu le châtiment qu'il méritait. Le code des Sages prévoit la punition mais aussi le pardon, Mari. Je comprends ton inquiétude mais sois tranquille...

Un petit rire fit tressauter la poitrine de l'ingénieur Penda.

— Il ne recommencera pas, conclut-il. Non, même s'il est probable que son esprit soit corrompu à jamais, je peux t'affirmer que tu ne risques rien.

La jeune fille laissa dériver son regard vers les lointains, tenaillée par l'impatience de voir apparaître enfin les côtes d'une autre terre.

— J'espère que les hommes sont meilleurs, là-bas, dit-elle doucement.

Depuis toujours, elle rêvait du Septentrion, qu'elle envisageait comme un havre de douceur et de paix.

— Les hommes sont les mêmes partout, ma pauvre enfant.

# 3
# DE LA MAIN GAUCHE

D'après le second Wagué, il fallait deux jours pour vomir et trois de plus pour s'amariner vraiment. Ensuite, on était chez soi sur les flots et seule une tempête féroce pouvait encore vous soulever le cœur et vous tordre les boyaux. Il restait cependant une épreuve à affronter : le retour sur la terre ferme. Il prétendait marcher comme un homme ivre tandis que ses yeux lui montraient l'herbe qui montait et descendait. Et, figure-toi, les arbres non plus ne tenaient pas en place.

Il s'était gratté la tête avant d'ajouter en riant :

— Faut dire aussi qu'une fois à terre, la première chose qu'on fait, c'est de se torcher un bon coup.

Mari constata avec soulagement l'exactitude de ces informations. Après cinq jours de mer, elle supportait mieux les mouvements incessants du bateau. Par moments, c'était même un plaisir de le sentir qui semblait planer sur les eaux.

Deux nuits de suite, elle guetta les bruits provenant de la cabine voisine. Éloi s'habituait sans doute lui aussi au roulis et au tangage (voilà comme disaient les marins). Il s'était remis au travail. Mari l'entendait qui marmonnait, qui poussait parfois une exclamation, elle détectait même le grattement de sa plume sur le papier. Difficile pourtant d'apporter des nouvelles à Birayma Penda, mauvaises ou bonnes. Éloi progressait-il ou ne progressait-il pas ? Rien ne l'indiquait.

C'est au plus noir de la quatrième nuit suivant leur rencontre, alors qu'elle se laissait bercer par un sommeil sans consistance, que Mari fut brusquement tirée du lit par la voix d'Éloi. Il jurait, il soupirait, il se raclait la gorge, il soliloquait. Puis il commença de rire en frappant sa table. La jeune fille se rallongea et ferma les yeux, dans l'espoir que ce moment passerait. Il y eut en effet un silence assez long. L'homme, enfin, se mit à cogner du poing contre la cloison, juste au-dessus de l'endroit où elle posait sa tête. Cela lui fut très vite insupportable.

— Hé ! la fille ! Viens ! Viens tout de suite !

Mari plissa les paupières et serra les mâchoires. Il se fatiguerait. Elle feindrait de dormir profondément et il se fatiguerait. Mais rien à faire. Il riait de plus belle. Un rire hystérique et aigu, un rire de vieille femme.

— Hé ! Toi ! Mari ! Viens, je te dis. Réveille-toi, totem à clous !

Elle ne pouvait plus tenir, il tapait trop fort. Le bois vibrait tout près de son crâne. Et ce rire ! Pestant, elle se leva. Au moment où elle se présentait devant la porte de son voisin, elle s'aperçut qu'elle était nue sous sa chemise légère. Haussant les épaules, elle abaissa le loquet.

Éloi s'était rassis à sa grande table, dans une attitude studieuse, la main gauche serrant un bâtonnet qu'achevait une plume de métal doré. Il avait encore sur les joues les traces humides de son hilarité folle. Il la contempla un instant, ses pieds, ses jambes visibles plus haut que le genou, sa poitrine presque apparente.

— Mari, apporte-moi un miroir.

— Quoi ?

— Un miroir, je te prie.

— Que voulez-vous faire d'un miroir, monsieur Éloi ?

— Appelle-moi Éloi, nous sommes entre anciens esclaves, pas vrai ? Tu as bien un miroir ?

— Mais... non !

— Allons ! Toutes les filles ont ça. Moi-même, j'en avais toujours un. Mais maintenant, tu comprends...

— Eh bien, moi, je n'en ai pas. Et je... enfin... Éloi... vous ne devriez pas.

— Qu'est-ce que tu crois ? Que j'ai envie de m'admirer ? Voilà des années que je me tiens à l'écart des fenêtres, que j'enjambe les flaques d'eau le nez en l'air. Mais il y a mes semblables... on dirait qu'ils ont tous mon reflet dans l'œil.

Sans y penser, Éloi mâchonnait le bout de son crayon à plume. Affreuse vision. Sa main droite traça entre eux de petites boucles. La bouche exprime tant de sentiments, songea Mari, la joie, le plaisir, l'ennui, la moquerie, le dégoût, la contrariété. Éloi s'aide de gestes qu'on ne trouve guère chez les grandes personnes.

— S'il te plaît, ne me fais pas languir.

— Dites-moi d'abord ce que vous voulez faire avec ce miroir.

— Devine donc ! Tu vois bien que je suis au travail.

Les pages ornées de dessins et couvertes de mots, de milliers de mots. Elles n'avaient pas quitté la table, certaines assez grandes, d'autres de la taille d'un carnet.

— Est-ce que vous avez percé le secret de l'écriture ?

— Possible ! Possible ! Mais il me faut un miroir.

— Vous me faites marcher. À quoi cela vous servirait-il ?

— Dépêche-toi et tu le sauras.

— Je pense qu'il y en a un dans le poste du capitaine. Je lui dirai que c'est pour moi. Le capitaine Diaker ne vous aime pas beaucoup, je crois. Pardonnez-moi, je ne devrais pas...

— Oh ! Je sais. Il me déteste. Il me ferait jeter à la mer sans regret. Va vite, ma chérie, je te promets une surprise.

Mari sortit en hâte, promena devant les marins de quart, étonnés et ravis, sa tenue indécente. Diaker et Wagué conversaient dans le poste devant une grande roue de bois et divers instruments de fer. Couchée sous sa vitre, l'étoile terne qui indiquait toujours le nord tremblait entre deux positions, semblant craindre l'erreur.

— La jolie visite ! s'exclama Wagué. Ta cabine prend l'eau ?

— Il me faut un miroir, dit Mari, qui n'avait préparé aucun argument.

Le capitaine Diaker la considérait d'un œil méfiant, son œil unique.

— Un rendez-vous amoureux, en pleine nuit ? plaisanta-t-il. Vas-y comme tu es, tu seras toujours assez belle pour nous.

Mari passa une main dans ses cheveux ébouriffés.

— Je ne suis pas coquette, capitaine, vous le savez, mais j'ai plus de nœuds sur la tête qu'il y en a dans vos cordages, et une fille a besoin de se voir de temps en temps, voilà. On finit par oublier à quoi on ressemble.

— Tu ne connais pas ta chance, répliqua Diaker. Moi, je m'en souviens, pas besoin de miroir.

Il fouillait déjà dans un petit placard blanc fermé par un cadenas. Mari y aperçut quelques bouteilles, le trésor que se partageaient ces deux hommes, probablement. Bakar Diaker brandit enfin un miroir circulaire, cerclé de laiton. Il le remit à Mari, collant la bouche à son oreille pour y souffler son haleine chargée d'alcool.

— Je lis en toi, petite guenon. Tu me racontes des histoires. Prends garde ! Avoir gagné sa liberté ne donne pas tous les droits. Crois-tu vraiment n'avoir plus de Maître ? Mais ici, tu en as un. Tous en ont un. Blancs ou Noirs, beaux ou laids. Un seul ! Tant que nous naviguerons, il n'y aura qu'un seul Maître à bord et que le Grand Esprit s'accroche à mon sillage !

— Merci, capitaine.

Éloi paraissait s'être statufié. Il avait conservé la même pose, son crayon à plume à la main. Voyant revenir Mari, il s'anima.

— Exactement ce qu'il me fallait !

L'excitation lui faisait desserrer les dents et le rendait

plus laid encore. Mari fut tentée de poser le miroir devant lui et de s'éclipser.

— Vous le rendrez, dit-elle. Le capitaine a des soupçons mais j'ignore ce qu'il imagine. Enfin, je m'en doute.

La curiosité cependant fut la plus forte. Elle resta. Éloi avait saisi le miroir par son bord et il le promenait maintenant au-dessus des documents de l'ingénieur Penda, comme s'il cherchait à capturer une image. Il coucha une oreille parmi les papiers répandus et Mari, stupéfaite, eut le sentiment qu'il essayait de distinguer quelque chose qui se fût situé sous les lettres et les dessins. Un filet de salive coulait entre ses dents désormais closes et, tandis qu'il déplaçait lentement la tête contre la surface de la table, la jeune fille songea au sourire du crocodile qui rase l'eau de sa gueule silencieuse.

— Faites donc attention ! Que dira M. Penda si votre bave...

Elle s'interrompit car Éloi s'était soudain redressé. Une lumière farouche lui écartelait les paupières. Il triomphait. Et son rire fut de retour, sorti droit de la gorge, sans rien pour le moduler, comme l'eau jaillirait, violente, d'une bouteille qui a perdu son goulot.

— Expliquez-moi ! Avez-vous perdu la raison ?

— C'est lui, le fou. Ah ! l'insensé ! Mais cet homme me plaît. D'ailleurs, comme moi... oui, sûrement...

Éloi avait reposé le miroir pour prendre de nouveau sa plume. Il feignit de tracer des signes parmi les milliers de signes qui, face à Mari, semblaient grouiller sur les documents à la façon de termites.

— Gaucher, oui, j'en jurerais.

Il tenait sa plume de la main gauche.

— Notre homme est gaucher, Mari. Moi aussi, vois-tu.

La jeune fille sentit s'abattre sur elle une vague de déception.

— Est-ce là votre admirable découverte ? Vous me dérangez en pleine nuit pour m'apprendre...

Elle coupa net sa phrase, frappée par une idée singulière.

— Existe-t-il des langues qui s'écrivent de la main gauche, Éloi ? Et les connaissez-vous ? Cette langue, pouvez-vous...

Éloi la considérait avec un mélange de moquerie et de jubilation.

— Pas mal, petite sœur. C'est une sacrée bêtise que tu me dis là mais tu y es presque, pourtant.

— Vos mystères me fatiguent. Traduisez-moi plutôt ce que vous lisez avec votre miroir.

— Ça... ça...

Éloi recommença son exploration, inclinant le miroir près de ses yeux, le front contre la table. Puis il laissa échapper un long soupir, une plainte tragique.

— Hélas, je ne comprends rien.

— Quoi !

Enfin, Éloi daigna s'expliquer. Mimant le geste, il dit :

— Notre homme n'écrit pas seulement de la main gauche, Mari. Il écrit à l'envers. Voilà ce qui me troublait et pourquoi son écriture ne ressemble à aucune autre. Dans le miroir, je vois les mots tels qu'ils devraient apparaître normalement. Il y a sans doute là-dedans des secrets redoutables. Pourquoi, sinon, aurait-il pris la peine de masquer de la sorte ses commentaires ?

— Mais cette langue, Éloi...

— Je crois que je la situe à peu près. Une sorte de dialecte itale, à mon avis. Une contrée éloignée, qu'on n'aborde pas par la côte franche, Mari.

— M. Penda sera terriblement déçu.

— Je connais un peu certaines langues de cette famille. Je vais travailler. Pas pour faire plaisir à ton ami Penda. Mais il me plaît, cet homme, il me plaît...

— L'Itale ?

— J'aime les gens qui font les choses à l'envers. J'ai toujours fait les choses à l'envers, petite sœur.

Mari décida d'en avoir le cœur net. Elle avait trompé le capitaine pour satisfaire Éloi et ne voulait pas prendre le risque de mécontenter en outre l'ingénieur Penda. Elle ne repartirait pas de cette cabine sans avoir les idées claires. Et, demain, elle ferait au Peul un rapport précis. Son horrible voisin avait-il découvert quelque chose d'intéressant ou se moquait-il du monde ?

— Laissez-moi voir, dit-elle en s'emparant du miroir.

Dans le cercle penché de la glace, elle constata qu'en effet les lettres se retournaient sur la surface réfléchissante. Les mots semblaient alors tout différents. Plus familiers, même s'ils lui demeuraient incompréhensibles. Quand ils étaient rangés dans cet ordre, les signes paraissaient bien identiques à ceux qu'elle avait eu l'occasion d'observer dans des livres venus du Septentrion.

— Je pense que vous avez raison, admit-elle. C'est de l'écriture blanche à l'envers. Et alors, nous voilà bien avancés...

— Hé ! Tu ne vas pas me reprendre le miroir. Si je veux continuer à étudier ces textes, il va m'être aussi utile que mes yeux désormais.

— Il appartient au capitaine. Je lui ai certifié le contraire mais Diaker croit probablement que je l'ai emprunté par coquetterie.

Mari passa une main dans ses cheveux emmêlés.

— Que va-t-il penser s'il voit que j'ai toujours comme un champ d'arachide sur la tête ?

— Assieds-toi. Viens, prends ma place.

Éloi s'était levé, il avait reculé dans la lumière croisée des deux lanternes. Sans comprendre ce qu'il souhaitait, Mari contourna la table et s'assit sur la grosse chaise de bois. Couvertes de signes et de dessins de machines, les feuilles de l'ingénieur blanc se chevauchaient, éparpillées en tous sens. Les étranges documents ne lui procuraient plus la même émotion. La première fois, quand Birayma Penda les avait sortis de son coffre pour elle, ils avaient parlé directement à son cœur, écho intime et lointain du monde dont elle se savait issue. Elle s'appliqua cependant à les scruter, supposant qu'Éloi attendait d'elle un tel examen.

Il s'agitait dans son dos.

— Que faites-vous ?

Éloi avait extrait quelque chose d'une malle de jonc, une trousse de cuir élimé qu'il plaça, ouverte, près du coude de Mari.

— Ne bouge pas, je vais arranger ça.

Elle vit qu'il prenait dans sa trousse un grand peigne en os, au manche pareil à la queue d'un poisson.

— Éloi, vous perdez la raison !

Ne plus le regarder en face était un soulagement mais... les doigts d'Éloi sur elle ! Ils lui serraient les côtés de la tête, trois au-dessus de chaque tempe. Cet homme la touchait, pour un peu il l'aurait massée !

— Éloi, je vous...

— Du calme, petite sœur. Laisse-toi aller. Ferme les yeux et cesse de t'inquiéter. Le capitaine sera content de son miroir, je te le garantis.

Les dents du peigne passèrent dans ses cheveux, plus longs et plus clairs désormais, presque blonds. Elle frémit d'horreur. Elle savait qu'il s'agissait du peigne mais ne pouvait s'empêcher de songer à d'autres dents. D'un homme ordinaire, elle eût craint une attitude impudique mais d'Éloi... Éloi ! Elle redoutait à tout instant de sentir dans sa chair le feu d'une morsure.

— Détends-toi, Mari. Et... écoute...

Il commença de prononcer des paroles inintelligibles, sinon qu'elles sonnaient aux oreilles de Mari comme un chant connu, celui de Toma, son père. Il lui parlait en franche !

Mari s'abandonna. Ses épaules s'abaissèrent, sa nuque partit vers l'arrière. Le peigne passait et repassait, accrochait les nœuds et les rompait. C'était douloureux mais c'était bon.

— Ma Maîtresse me demandait de le faire, parfois, dit-elle. Je la coiffais. Elle aimait la douceur de mes mains. Mais je crois que les tiennes sont encore plus habiles. Parle-moi encore.

Éloi ne cessait pas. Une phrase puis l'autre, comme des images dressant des montagnes et les couronnant de neige, étirant des fleuves, semant des forêts. Tout le Septentrion tenait dans ces mots.

— Tu m'apprendras ? Éloi, je veux apprendre la langue des miens.

— Reviens me voir. Chaque soir si tu veux. Je t'apprendrai. Il nous reste trop peu de jours mais tu apprendras vite. D'ailleurs, tu n'as rien à apprendre. C'est la langue de ton sang. Elle est déjà en toi. Il faut juste la réveiller. Écoute encore.

Il y avait des merveilles insoupçonnables dans sa trousse et des mots sans nombre dans sa bouche monstrueuse. Éloi noua un ruban à droite, fit descendre trois courts rangs de perles à gauche, du sommet du crâne. Ensuite, il lui demanda de se tourner vers lui. Mari obéit, les yeux mi-clos. Elle n'avait plus peur. Elle lui permit de toucher ses paupières, ses joues et ses lèvres. Elle y sentit le poids du crayon, la caresse du pinceau. Cela dura de longues minutes.

— Tiens, dit Éloi en lui tendant le miroir, regarde quel beau cadeau va recevoir ton capitaine.

Dans le cercle de laiton, une étrangère avait chassé la petite guenon de la brousse. Une femme aux paupières bleutées, aux joues rehaussées de rouge, aux lèvres sombres, presque vertes, une femme aux cheveux en savant désordre. Une beauté sauvage.

— Oh ! Éloi... il y a quelqu'un dans ce miroir.

— Un cadeau pour ton capitaine... ou pour un autre, ma chérie !

— C'est de la magie, dit Mari, sans se lasser de se contempler.

— Et encore, si j'avais pris le temps...

— D'où tiens-tu ce talent ? Est-ce que ta Maîtresse te demandait de la coiffer et de la maquiller ?

— Au début, je me suis exercé tout seul.

— Comment ça, tout seul ?

— Eh bien, sur ma propre personne.

Éloi se pomponnant, Éloi s'efforçant de rendre belle cette figure de cauchemar, cette tête de déterré. Mari faillit pouffer. Mais la vision n'avait rien de drôle.

— Tu ne peux pas comprendre. Il faudrait que je te raconte toute mon histoire. Mais tu n'as pas envie de l'entendre, n'est-ce pas ? Et je n'ai sans doute pas envie de la raconter.

Il haussa les épaules avec cette grâce singulière, quasi féminine, qui gouvernait les mouvements de son corps.

— Mais tu reviendras et je te la dirai quand même, nous le savons tous les deux.

*Quand tu avais des lèvres, Éloi.*

# 4
# PAR SA BOUCHE

Mari passa sa plus mauvaise nuit depuis que le *Yumna* avait quitté le port de Ndakarou. Nulle angoisse, nul cauchemar, pas la moindre nausée. Le temps était calme et son esprit presque serein. Couchée bien droite sur le dos, la nuque calée dans un coussin de kapok, les bras à plat et les doigts de chaque main écartés, elle était partie à la poursuite du sommeil avec détermination, gonflant sa poitrine d'inspirations lentes et profondes. Mais une crainte la tint en alerte jusqu'au matin. Surtout, ne pas bouger, ne pas prendre sa position coutumière, ramassée de côté comme un bébé fauve sous sa mère, le menton rentré et les genoux hauts. Ne pas défaire le travail patient d'Éloi, cette chevelure comme illuminée par le passage du peigne, ces couleurs qui semblaient avoir effacé de son visage ses quinze années d'enfance, quinze années d'esclavage, en lui conférant la noblesse d'un visage de femme maîtresse de son destin.

Ce fier visage, elle voulait le présenter ce matin à Birayma Penda.

L'ingénieur avait pris ses habitudes sur le navire.

Passé le premier déjeuner, composé invariablement de galettes et de lanières de viande séchée, il montait sur le pont fumer sa longue pipe. On était alors à mi-chemin entre l'aube et midi. L'heure que marquait la montre du capitaine Diaker faisait loi, fidèle au méridien que le *Yumna* escaladait, de parallèle en parallèle.

Le Peul regarda approcher Mari en fronçant les sourcils. Il se tenait comme toujours sur l'espace surélevé de l'avant, dominant le bouillonnement des eaux que fendait l'étrave. À cet endroit, l'immense trapèze des basses voiles chahutait au vent de façon tonitruante. On ne s'entendait que de près.

Birayma Penda ouvrit la bouche mais y enfonça aussitôt le tuyau de sa pipe, comme pour y rentrer les mots qui lui étaient venus à l'esprit. Ni compliments ni moqueries, Mari dut se contenter d'un silence circonspect.

— J'ai de grandes nouvelles à vous annoncer, dit Mari. L'ingénieur blanc écrit en langue itale mais surtout... il écrit à l'envers ! On ne peut le lire que dans un miroir.

— Les miroirs ont le pouvoir de retourner bien des choses, constata Penda en laissant peser son regard sur la figure colorée de la jeune fille.

— Il est possible que cet homme soit fou mais je ne le crois pas, déclara Mari d'un ton sérieux. À mon avis, il a fait de grandes découvertes et s'efforce de les dissimuler, peut-être pour qu'on ne les vole pas.

Elle pensait dire ainsi ce que le grand Peul avait envie d'entendre.

— Nous en saurons plus quand Éloi aura fini de déchiffrer ces textes. En attendant, laisse-moi le soin de tirer les conclusions, veux-tu ?

— Oui, monsieur Penda. Enfin, non... je... c'est-à-dire qu'Éloi ne connaît pas très bien l'itale.

— Ah ! voilà... ni à l'endroit ni à l'envers ! C'est pourtant un érudit que je pensais engager, pas un coiffeur !

— Il fera de son mieux, assura Mari, rougissante.

Pour dialoguer malgré le battement fracassant des voiles, ils s'étaient presque collés l'un à l'autre. Une main posée sur la lisse, Birayma Penda était tourné de trois quarts vers Mari. Ainsi, elle humait, qui flottait dans le vent, son parfum épicé par le tabac, et lui, sans doute, respirait sa peau frottée de savon. Derrière le masque de son maquillage, Mari se sentait une autre, plus assurée, plus séduisante. Le bel ingénieur l'avait rabrouée à plusieurs reprises mais elle ne s'en souciait pas. Penda avait compris, à coup sûr, que sans elle les informations qu'il désirait tant obtenir ne sortiraient jamais de la cabine d'Éloi. Est-ce que cela ne lui donnait pas de l'importance ?

Elle glissa ses doigts sur la main de Birayma Penda, les referma.

— Mari, on nous regarde.

Il n'y avait personne en vue sinon, bien loin d'eux, au pied du mât central, un homme d'équipage qui leur tournait le dos.

— Vous êtes le seul à me regarder, en ce moment.

— Je ne reconnais plus la petite fille de Ziguinchor. Ces couleurs te vieillissent. Tu as l'air d'une femme.

Faute de trouver une bonne réplique, Mari s'abîma dans la contemplation de l'océan, poursuivant les vagues jusqu'au bord du monde.

— Je me demande où va toute cette eau quand elle passe de l'autre côté, là-bas, dit-elle.

Elle adressa un petit sourire à l'ingénieur Penda avant de s'éloigner, satisfaite de lui avoir appris qu'il se trompait et qu'elle était toujours aussi sotte qu'autrefois.

Sur le chemin de sa cabine, elle croisa Lisimba Tam qui, de saisissement, lâcha son seau et son balai. On n'est jamais celle qu'on voudrait dans les yeux de celui qu'on voudrait, songea-t-elle. Elle s'enferma chez elle. Les embruns avaient fait pleurer le bleu de ses paupières sur le rose de ses joues, le sel de la mer avait rongé le sombre vert de sa bouche. Derrière la porte close, elle s'agenouilla devant la cuvette de faïence et entreprit d'éliminer une par une à l'éponge les années qui la faisaient femme.

Le soir venu, elle rendit à Éloi l'inévitable visite.

— Eh bien, raconte-moi ton histoire, dit-elle en entrant. Comme ça, nous en serons débarrassés. Ensuite, tu me donneras ta première leçon.

Mari prit la chaise. Éloi s'était assis sur sa couche, face à la cloison qui séparait leurs deux cabines.

— Que désires-tu entendre, petite fille blanche ?

— Qu'as-tu fait ? Qu'as-tu donc fait ?

— Sais-tu ce qu'est d'aimer une personne qu'on n'a pas le droit d'aimer, Mari ?

— Peut-être... oh ! oui, j'en ai bien peur.

— Il avait dix-huit ans, moi un peu plus, commença Éloi. Il était beau, nous étions tous les deux jeunes et beaux. Mais pourras-tu seulement me voir tel que j'étais ? Si cela t'est impossible, je pense que je ne parviendrai pas à poursuivre cette histoire.

Mari hésita puis monta lentement ses mains à son visage, le bout des doigts sur les ailes du nez. Dans l'ombre levée par ce barrage où tremblait la lumière des lanternes, elle s'efforça de deviner des images anciennes. Éloi au temps de sa jeunesse, Éloi tendant une bouche amoureuse.

— J'avais déjà des dents, lui fit remarquer Éloi. Mes lèvres les couvraient, c'est tout.

— Je comprends, souffla Mari, je comprends mais je ne les vois pas. Ça ne fait rien. Continue, je t'en prie, dis-moi ton histoire.

— Je n'avais pas un mauvais Maître. Austère, souvent sévère, mais juste. Il n'était pas de ces Maîtres qui pensent que les Blancs doivent rester ignorants. Quand son fils lui a dit qu'il souhaitait m'apprendre la lecture et l'écriture, il n'a pas élevé d'objections. Un esclave instruit ferait un meilleur serviteur, estimait-il. Puis, tu vois... on peut être un Maître attentif à tous les détails et un père aveugle. Pour lui, Woury était un enfant comme les autres. Fragile et sensible... mais comme les autres. J'ai passé en sa compagnie des heures innombrables, des heures merveilleuses. Woury...

Mari se tourna vers la cloison, pour suivre le regard d'Éloi. Le portrait. Tracé à la mine de charbon, il n'en faisait pas moins au jeune homme une tête lumineuse. Éloi avait mis dans ses yeux une lueur pleine de gaieté. Woury, le fils de la maison. Tendre, enjoué, spirituel, elle lisait tout cela sur ses traits.

— Nous avons beaucoup travaillé, j'ai beaucoup appris, mais nous avons fini par ne plus nous contenter de ces jeux de l'esprit.

Éloi chassa ses souvenirs d'un geste de la main.

— Parfois, dit-il, il nous est interdit d'aimer ce qui est différent de nous. D'autres fois, il nous est interdit d'aimer ce qui est semblable à nous. J'ai commis le crime abominable de braver ensemble ces deux interdits.

— Personne ne peut nous interdire d'aimer, Éloi !

— Sais-tu quel était notre jeu favori ?

— Je crois que je préfère ne pas l'entendre.

— Ne crains rien, je n'ai pas l'intention d'offenser tes chastes oreilles. Woury m'avait offert en secret la trousse que tu vois là. Nous échangions nos couleurs. Avec les crèmes, les poudres, les pâtes. Je lui donnais un visage blanc et il me donnait un visage noir. Je lui lissais les cheveux et il bouclait les miens puis les décorait de perles. Rien de ce que nous pouvions faire d'autre de nos corps ne nous paraissait plus audacieux, plus excitant, plus...

Éloi haussa les épaules.

— Évidemment, mon Maître a eu des soupçons. Évidemment, un jour, il nous a surpris. À son fils, il a donné dix coups de bambou. Il l'a puni en premier, devant mes yeux. Moi, il m'a roué de coups. Sans colère, sans cruauté, mais avec application. Devant Woury, qui sanglotait de me voir en sang. Woury aurait offert sa vie pour qu'on cesse de me battre.

Après un bref silence, il ajouta :

— Je ne l'ai jamais revu. Sauf une fois, longtemps après... Car, ensuite, bien sûr, j'ai été chassé. Pas vendu,

Mari, chassé. Autrement dit, j'étais libre. Libre de traîner où je voulais mes plaies et mes bosses. Mais je n'étais plus personne.

Mari avait maintenant baissé ses mains. Elle contemplait les longs doigts d'Éloi, qu'il gardait posés sur ses genoux. Ses ongles étaient peints en noir, elle le remarquait soudain.

— Traîner, je l'ai fait, et il est bien inutile que je te précise où. Je suis tombé plus bas qu'aucun homme croit pouvoir tomber. L'esprit peut entraîner le corps dans des profondeurs qu'on n'imagine pas. J'étais encore jeune et beau mais je t'aurais fait horreur plus qu'aujourd'hui avec ma bouche de squelette, comme dit ton ami Lisimba.

— Qui donc t'a fait ça, Éloi ? gémit la jeune fille. Pourquoi ?

— Un homme m'a sauvé. Je l'ai suivi un jour jusque chez lui, un jour où j'avais faim... sûrement dans l'idée de le détrousser. C'était un homme âgé, qui marchait avec peine en s'aidant d'une canne, mais j'étais alors prêt à toutes les bassesses. Je crois avoir été terriblement déçu en le voyant pousser la porte d'une masure, dans les bas quartiers de Ndakarou. Je ne m'attendais pas à ça. Il y avait une telle noblesse sur cette figure... Je n'avais pas envisagé que cet homme puisse être aussi pauvre que moi. Il s'est retourné avant d'entrer. Sans doute s'était-il rendu compte depuis longtemps que je le suivais. Jamais, de mon existence, je n'avais éprouvé un tel sentiment de honte. Il me dit qu'il s'appelait Latsuk, comme le premier grand roi sérère. Et c'est vrai qu'avec sa peau très noire et ses cheveux tout blancs il avait vraiment l'air d'un roi.

— Avait-il compris que tu voulais le voler ?

— Le voler et peut-être même pire, Mari. Mais Latsuk avait passé l'âge où on craint la mort. Il m'a invité chez lui et m'a donné à manger. Puis il m'a dit simplement qu'il avait besoin de quelqu'un et que je pourrais être celui-là si je désirais rester auprès de lui. Latsuk n'avait qu'une passion dans la vie, le savoir. Sais-tu où se trouve le savoir, Mari ?

— Eh bien, je... oh ! dans les livres ?

— La petite case de Latsuk semblait misérable mais elle était en réalité d'une richesse inouïe. Il y avait accumulé des centaines et des centaines de livres. Alors que je terminais mon repas, il a plissé les yeux, des yeux sur lequels il y avait un voile jaune, et m'a demandé : « Tu es blanc, n'est-ce pas ? » Il n'en avait pas l'air certain. En fait, ses yeux ne voyaient presque plus et cela le désespérait. Parce qu'une seule chose comptait pour lui : pouvoir lire encore. Latsuk a levé sa canne vers une grande malle et m'a prié de l'ouvrir. Elle contenait des piles d'ouvrages étranges. Je croyais savoir lire, pourtant je ne réussissais à en déchiffrer aucun, pas même le titre. Mais ces livres avaient pour moi quelque chose de fascinant, de familier presque. Latsuk m'a dit qu'ils venaient du Septentrion et qu'ils étaient rédigés en huit, dix langues différentes. Il avait consacré une grande partie de son existence à tenter d'en percer les mystères et prétendait les comprendre presque toutes. Mais sa tâche n'était pas terminée car apprendre est une tâche sans fin. Or, ses yeux ne lui permettaient plus de la poursuivre. Latsuk souhaitait que je devienne ses yeux.

Éloi se tourna de côté pour boire un peu d'eau à la jarre de terre cuite. Chacun de ses mots était articulé avec précision mais Mari percevait l'effort qu'il produisait afin qu'ils sortent aussi clairs de sa bouche privée de lèvres. Sans doute lui avait-il fallu des années pour apprendre à les moduler de la sorte. Quelle souffrance ç'avait dû être pour lui de sentir lui échapper la maîtrise des sons, quel combat avait-il dû mener pour réaccorder à son oreille sa langue dénudée !

— Latsuk était un maître comme ils devraient tous être. Un maître qui enseigne, pas un Maître qui ordonne.

Éloi raconta longuement leurs trente mois de vie en commun dans la modeste case du vieillard. Il avait absorbé avidement le savoir que Latsuk lui avait dispensé avec une patience infinie. Les débuts avaient été difficiles, puisque le jeune disciple ignorait encore tout de ce que Latsuk appelait les écritures barbares. Peu à peu, il avait appris à reconnaître les signes, à comprendre les systèmes, à déchiffrer les mots et les phrases. Il parvint bientôt à distinguer le franche, le spagne, le portugue, l'angle, l'itale...

— Tout était dans sa tête. Latsuk était presque aveugle et ne regardait plus les livres qu'à travers un verre de loupe épais comme mon pouce. Il a réussi à m'enseigner cela de mémoire, par la voix. Cet homme était un sorcier.

— Que lisais-tu, Éloi ? demanda Mari.

— Tout, tout et n'importe quoi. Des morceaux, des fragments, ce que je pouvais lire et ce que Latsuk pouvait comprendre. Je lisais et il traduisait. Il y avait des contes, des histoires imaginaires, des récits merveilleux, puis des ouvrages savants. C'était passionnant et frustrant car trop de choses nous échappaient.

Éloi s'interrompit pour s'autoriser un sourire nostalgique, un de ses affreux sourires de trente-deux dents.

— Nos ancêtres venaient à moi par petits bouts. Ces bouts, je ne savais dans quel ordre les ranger, je ne savais ce qui était vrai et ce qui était faux, ce qui distinguait les Franches des Portugues, ce qui était ancien ou plus récent... mais j'avais compris le principal. Que nos peuples avaient une histoire et une mémoire.

— Nous allons bientôt savoir, Éloi.

— Oui, peut-être. Mais, à ce qu'on prétend, il ne reste plus là-bas que des décombres. Je ne suis pas sûr de trouver au Septentrion plus de livres qu'il y en avait dans les malles de Latsuk.

— Ce sont les hommes que nous allons rencontrer, remarqua Mari, songeant que pour Éloi, probablement, les pages d'un livre possédaient plus d'attrait que l'esprit d'un être humain.

— Enfin, j'aurais aimé que cette vie dure pour l'éternité. J'étais heureux. Une seule crainte me tourmentait. Perdre l'unique ami que j'avais. J'observais avec angoisse le déclin de Latsuk. J'en étais venu à m'occuper de tout. Je balayais le plancher, je préparais à manger. Un jour, alors qu'il portait une cuiller à sa bouche, Latsuk a interrompu son geste et m'a demandé : « Comment fais-tu pour que nous puissions encore nous nourrir ? Il n'y a plus d'argent dans cette maison depuis longtemps. » C'était tellement étrange, cette soudaine prise de conscience au milieu d'un repas, que j'ai failli éclater de rire. Je lui ai répondu que je me débrouillais, que je faisais des petits boulots, que je rendais service. Il aurait bien dû comprendre que c'était impossible, je passais tant de temps auprès de lui !

— Et comment faisais-tu, Éloi ?

— Comme avant, lorsque je vivais seul. J'étais devenu un expert dans l'art de chaparder sur les marchés. Chaque jour, je revenais avec le produit de mes vols. Il m'arrivait même de rapporter de nouveaux livres, que je dénichais dans les colis en provenance du Septentrion, à la descente des bateaux. Rien n'était plus facile. Personne ne faisait grand cas de ces vieux ouvrages que je récupérais souvent en lambeaux, parfois dans des poubelles.

Éloi poussa une sorte de hennissement entre ses dents serrées.

— Tu devineras la suite sans peine.

— Tu t'es fait prendre, n'est-ce pas ?

— J'étais habile et rapide mais, quand on s'habitue, on devient imprudent. Ce qui devait arriver arriva. Je me suis fait prendre, oui. Bêtement, pour deux ou trois mangues et une poignée de riz. Mais on connaissait ma silhouette. Une fois arrêté, les accusations se sont multipliées. Tant de marchands m'avaient vu passer, et ils avaient tant de fois constaté quelque disparition sur leur étalage. J'étais bon pour le tribunal des Sages. Et, à un esclave sans Maître, on ne pardonne rien.

En brousse, l'esclave blanc surpris à voler subissait le fouet. Si le larcin était grave ou en cas de récidive, il y laissait la moitié de sa peau. Plus grave encore, le délit lui valait un nœud autour du cou et un ultime balancement sous la branche d'un arbre. Accoutumée à cette justice, Mari ignorait les subtilités du code des Sages.

— J'ai eu droit à un entretien de quelques minutes avec le Protecteur qu'on m'avait désigné. Selon lui, je risquais ma main gauche. Il m'a promis de plaider pour qu'on m'ôte seulement l'index et le pouce, ceux que le code appelait les deux doigts voleurs. Malheureusement, de nouveaux plaignants se manifestaient chaque jour. Plus ils étaient nombreux, plus mes chances de sauver ma main étaient réduites. S'ils étaient plus de dix, c'était ma main droite qui serait sans doute tranchée, ce qui d'ailleurs valait peut-être mieux pour un gaucher comme moi. Mais il se produisit alors bien pire encore : un homme s'est présenté pour m'accuser d'avoir volé des livres. Ce n'était pas un marchand mais un marin avec qui il m'était arrivé de parler. Il m'avait même permis de prélever devant lui quelques ouvrages dans un arrivage de bimbeloterie déchargée pêle-mêle sur le quai. J'avais commis l'erreur funeste de lui révéler que je savais lire et que je pouvais même déchiffrer plusieurs dialectes blancs. Mon Protecteur me confia avec un air faussement accablé que cela changeait l'affaire du tout au tout. Bien sûr, il y avait une bonne nouvelle : mes mains seraient épargnées. Mais j'y laisserais probablement mes yeux.

Le code des Sages était ainsi fait. Une sanction chassait l'autre. Dans un souci d'humanité, les peines ne s'additionnaient pas. On jugeait les offenses et seul était appliqué le châtiment correspondant à la plus lourde d'entre elles. Un esclave dépourvu de Maître, autant dire un rebelle, sachant lire et s'intéressant aux écritures du Septentrion pouvait s'attendre que la vue lui soit ôtée.

— Je n'imaginais pas qu'il puisse m'arriver pire que cela. Le jour du jugement, j'ai attendu la décision du tribunal sans la moindre illusion. Avant de le prononcer, comme le veut la règle, le Juge suprême a demandé aux rares personnes présentes si quelqu'un voulait intervenir, soit en faveur, soit en défaveur de l'accusé.

Mari vit passer dans le regard d'Éloi toute la surprise qu'il avait éprouvée ce jour-là.

— Une voix a répondu à la formule que le Juge avait débitée de façon mécanique, comme pour expédier une formalité. Et un homme s'est avancé. Il sortait de l'ombre et, l'espace d'un instant, j'ai eu l'impression qu'il s'agissait d'un étranger. Il baissait la tête, pas une fois il ne s'est tourné vers moi. Woury ! Il avait forci, ses traits s'étaient un peu empâtés, il ne ressemblait plus qu'à peine au garçon que j'avais tant aimé mais c'était bien lui. Woury... Le voir ne m'a redonné aucun espoir. Quoi qu'il dise, le code des Sages s'appliquerait, je le savais. Mais, qu'il vienne en ce lieu pour tenter de me sauver... je crois que j'aurais fait le sacrifice de mes mains et de mes yeux pour vivre un tel moment. Il s'est mis à parler d'un ton hésitant. Dès ses premières paroles, je fus frappé de stupeur. Woury n'était pas venu pour plaider ma cause mais pour m'accabler ! Il a expliqué au tribunal ce qu'avaient été nos relations et comment j'avais corrompu son esprit et souillé son corps. Ce n'est qu'à la fin, presque en sanglotant, qu'il a supplié le tribunal de me pardonner comme il m'avait pardonné, et de ne me condamner qu'à la peine la plus clémente. Je n'ai à peu près aucun souvenir des minutes qui ont suivi. Les juges se sont retirés pour délibérer et moi, j'étais là, hébété, écoutant ce que me disait mon Protecteur.

Éloi leva les yeux vers le portrait cloué à la cloison.

— Woury avait disparu comme il était arrivé. Mon Protecteur...

Mari tendit à Éloi un chiffon pour qu'il puisse essuyer la bave qui coulait de ses dents serrées.

— Mon Protecteur feuilletait auprès de moi son vieux code. Vous allez sauver vos mains et vos yeux, me disait-il. Bon, si le tribunal considère votre cas avec sévérité, vous serez probablement pendu. Cependant, je ne désespère pas. Pour une telle offense, ma foi...

Éloi grimaça.

— Je n'ai jamais su ce qu'il supposait vraiment. La sentence, je l'ai apprise quand les juges sont revenus. Et le Juge suprême estimait visiblement se montrer d'une grande mansuétude en me condamnant à l'ablation des lèvres qui avaient souillé le fils de mon propre Maître.

— Mais ! s'exclama soudain Mari, comment pouvait-il être au courant? N'as-tu pas été étonné que ton ami Woury sache que tu passais devant le tribunal des Sages ?

— J'étais trop absourdi pour me poser la question. Quand le verdict a été proclamé, le Protecteur m'a souri comme s'il venait de remporter une grande victoire. Perdre ses lèvres quand on a risqué ses yeux, c'est comme apprendre qu'on a la colique alors qu'on craignait la Peste ! Enfin, c'est ce qu'il avait l'air de penser. Il m'a appris que je devais mon salut à Latsuk. Et ce fut pour moi comme un second coup de gourdin sur le crâne.

— Latsuk ?

— Je ne lui avais rien caché de ma vie passée. Latsuk connaissait l'existence de Woury et le nom de la maison dont on m'avait chassé. Il s'y était fait conduire et avait demandé à parler à Woury. Woury avait d'abord refusé avec horreur de témoigner devant le tribunal. Puis il s'était laissé convaincre.

— Mais pourquoi ?

— Pour Latsuk, seule comptait la tâche que j'avais entreprise en sa compagnie. Apprendre. Lire. Pour cela, j'avais besoin de mes mains et de mes yeux. Il avait donc imaginé qu'en faisant intervenir Woury, on me condamnerait pour d'autres crimes que mes larcins, pour une offense plus grave encore que la lecture d'ouvrages interdits. Ce n'était pas gagné d'avance et je crois que Latsuk a pris aussi la peine de faire remettre une lettre dictée par ses soins au Juge suprême. Latsuk, dans sa jeunesse, avait été lui-même homme de loi et ceux qui se souvenaient de lui le considéraient avec respect. Voilà comment j'ai perdu mes lèvres, Mari, puisque telle était la sentence que méritait le crime de dépravation et de corruption des sens d'autrui. Je préfère ne pas te parler des quelques jours que j'ai passés dans l'infirmerie, après l'amputation. Ni de la première fois où une vieille femme qui me soignait m'a tendu un miroir.

Mari le remercia d'un signe de tête.

— Je n'avais aucun endroit où aller, pas même la rue car mon apparence éloignait les gens. Alors, je suis rentré, sans savoir si je désirais étreindre Latsuk avec gratitude ou plutôt l'étrangler de mes mains... ces mains que j'avais conservées grâce à lui, peut-être... à moins que ce ne soient mes yeux ! Mais Latsuk n'était pas là. La case était vide et, aux odeurs, à la poussière qui couvrait les choses, j'ai deviné qu'elle l'était depuis des jours. Je me suis installé comme si de rien n'était, comme si j'étais chez moi. J'attendais le retour de Latsuk. Mais il ne revenait pas et, le temps passant, j'ai compris qu'il ne reviendrait jamais.

« Je commençai donc à attendre autre chose. Tôt ou tard, forcément, quelqu'un allait entrer et me dire que non, je n'étais pas chez moi. On allait me chasser et plus aucun autre lieu ne me serait ouvert. Plus jamais. Mais ce n'était pas le plus terrible. Le plus terrible était de penser que les livres, alors, seraient sans doute perdus. Latsuk avait sauvé mes mains et mes yeux pour que je puisse continuer de les lire. Et, dans l'attente du jour fatal où on me chasserait, c'était ce que je faisais. Je tournais les pages, je lisais. Mes mains tournaient les pages et mes yeux lisaient.

« Mais mes lèvres ne formaient plus les mots, et les sons, quand j'essayais de les extraire de ma bouche, tombaient à mes pieds comme des noyaux qu'on recrache.

— Tu parles, tu parles si bien, l'encouragea Mari. Mes oreilles ne perdent aucun de tes mots.

— Comme je l'avais prévu, quelqu'un a poussé la porte de la vieille case, sans frapper, sans s'annoncer.

Une femme. Assez âgée mais encore belle, une femme qui appartenait à un autre monde. À son air, à ses grimaces, je supposai qu'elle pénétrait pour la première fois dans ce quartier sordide de Ndakarou. Dans cet endroit où je vivais, elle n'aurait pas mis une chèvre. Cet endroit, pourtant, lui appartenait. Elle était la plus proche parente de Latsuk. La case et ce qu'elle contenait, tout lui revenait de droit.

— Tu veux dire que Latsuk était mort ?

— Je m'étais fait à cette idée depuis longtemps. Cette femme me l'a confirmé. D'après elle, Latsuk était tombé de la jetée, dans la baie de Ndakarou. Bien sûr, j'ai aussitôt pensé qu'il s'agissait d'un geste volontaire. Latsuk sortait si rarement et jamais pour aller vers le port.

« D'ailleurs, ma visiteuse était en possession d'une lettre qui ne laissait aucun doute à ce sujet. Latsuk y disait qu'au cas où il lui arriverait malheur tous ses biens devraient me revenir. Ses biens ! La pauvre femme regardait autour d'elle en se pinçant le nez, comme si elle se demandait de quoi il pouvait s'agir. C'était la première fois, m'a-t-elle assuré, qu'elle entendait parler de la transmission d'un héritage de Maître à esclave. Un brigand dont la punition était encore fraîche, de surcroît ! a-t-elle ajouté en regardant ma bouche mutilée.

« Mais l'affaire ne semblait pas la préoccuper plus que cela. Elle avait hésité à me rendre cette visite et ne s'y était décidée que dans un but : s'assurer qu'il n'y avait chez Latsuk aucun objet de valeur. Je crois qu'elle est repartie tranquille. Ces piles de vieux livres ne signifiaient rien pour elle. Ces livres étaient désormais à moi. Et j'aurais mes mains pour tourner leurs pages, mes yeux pour les lire. C'était ce qu'avait voulu Latsuk. Latsuk ne savait pas que les lèvres qui embrassent peuvent être aussi précieuses que les yeux qui voient. J'ai passé tant d'années à contempler ces petits signes qui forment les mots que j'ai fini par croire qu'il avait raison.

— Est-ce que nous allons les contempler ensemble, à présent ?

— Oui. Et tu seras, Mari, la première Corne d'Ivoire à savoir lire la langue de ses ancêtres avant de connaître celle de ses Maîtres. Car tu ne sais pas lire, n'est-ce pas ?

— Non. Mais je veux apprendre l'autre langue aussi. Je veux les apprendre toutes.

— Alors, demande à ton ami Diaker de descendre toutes les voiles. Sinon, le temps va nous manquer.

Pendant quelques heures, Mari crut que le vœu d'Éloi serait exaucé. Les voiles s'empilaient jusqu'au sommet des mâts mais le *Yumna* n'avançait pas. La toile pendait mollement, faute de vent pour la gonfler.

En conversation avec Birayma Penda au milieu du pont, le capitaine Diaker scrutait les lointains à la longue-vue, comme s'il cherchait l'origine du phénomène qui immobilisait les fluides célestes. L'ingénieur, qui agitait près de lui son long corps, s'efforçait d'orienter les pensées du marin vers d'autres préoccupations. Penda s'impatientait lui aussi mais il avait sous son crâne tant de problèmes à régler. Comment voyageait-on au Septentrion, par voie de terre ou voie des eaux, qui leur fournirait des guides, combien de porteurs faudrait-il, n'y avait-il pas des précautions à prendre contre l'épidémie et que valait vraiment ce vinaigre qu'on disait souverain contre la Peste, ferait-il chaud ou froid et serait-on bien accueillis aux Comptoirs, six fusils cela suffirait-il mais était-il prudent d'armer des hommes blancs, savait-on comment ils se comportaient là-bas, chez eux, ces hommes blancs ?

— Pardon ? fit Diaker.

— Je remarquais qu'être esclave loin du sol natal et être esclave chez soi, cela n'est pas la même chose. D'ailleurs, ils n'ont pas le même statut. Ce sont, au Septentrion, plutôt des serviteurs, je pense, ou même des employés.

— La différence, mon cher, répliqua Bakar Diaker, c'est que chez nous ces gens ne trouvent asile nulle part. Tandis qu'ils se croient là-bas chez eux, ce qui, si on y réfléchit, pourrait bien être exact.

— Et alors ?

— Alors, ils sont plus difficiles à tenir. Il faut aller en chercher sans cesse de nouveaux car ceux qu'on a s'évaporent pour un oui pour un non. Bref, les colons des Comptoirs sont obligés d'agir avec beaucoup plus de sévérité que les Maîtres de nos régions.

— Ah ! s'exclama Birayma Penda en se retournant vers Mari qui approchait.

Le Peul semblait embarrassé à l'idée qu'elle ait pu surprendre les propos qu'il venait d'échanger avec le capitaine Diaker.

— Et nous ? demanda-t-elle. Comment serons-nous reçus ?

— De qui parles-tu, Mari ?

— Nous, les Blancs. Éloi et moi.

— Aussi bien que nous les Noirs, répondit Birayma Penda en souriant. J'y veillerai.

— Encore faudrait-il que nous arrivions un jour, dit Bakar Diaker.

Mari gonfla ses joues et feignit de souffler en direction des voiles.

— Je poussais celui de Lisha avec un bâton, quand il n'y avait pas de vent, se souvint Mari, qui avait passé de longues heures assise sur la margelle du bassin en compagnie de sa petite Maîtresse.

— Je t'en prie, ne te gêne pas. Fais-nous avancer.

— Pourquoi n'y a-t-il pas de vent, capitaine ?

— Ah ! Voilà ! Excellente question.

Penda regardait la jeune fille en secouant la tête, désolé de l'avoir entendue proférer une nouvelle sottise, mais le capitaine montrait un visage sérieux et concentré, comme si la réponse qu'attendait Mari logeait vraiment dans un coin de sa mémoire.

— Pourquoi n'y a-t-il pas de vent, Penda ?

L'ingénieur haussa les sourcils, surpris d'être ainsi interrogé.

— Les fluides célestes vont et viennent, dit-il. Parfois, ils s'équilibrent et plus rien ne bouge. À ma connaissance, ils se déplacent des lieux les plus denses vers les lieux les moins denses.

Bakar Diaker écouta l'explication d'un air ironique.

— C'est ce qui produit le vent dans ce qu'on appelle l'atmosphère, conclut Birayma Penda.

— Vous n'avez jamais navigué, répliqua enfin Diaker. Pour un bon marin, le vent fait partie du bateau. S'il nous abandonne, c'est que quelque chose ne va pas à bord.

Sentant peser sur elle l'œil droit du capitaine, celui, l'unique, qu'éclairait l'éclat de la vision, Mari s'écria :

— Oh ! je sais ce qui ne va pas. Deux Blancs, deux Blancs seulement, au lieu des cent qui devraient garnir votre cale !

D'un ton plus calme, elle ajouta :

— Ou c'est que nous sommes treize. Lisimba avait raison, donc. Dois-je sauter à l'eau, capitaine ?

— Deux femelles à bord, voilà mon problème, à croire que l'une a attiré l'autre. Et, si l'occasion se présente, je saurai bien laquelle des deux jeter à la mer.

Se désintéressant de Bakar Diaker, Mari se tourna vers l'ingénieur Penda.

— Nous parlons en franche, Éloi et moi. Il dit que j'apprends très vite. Ça ne me dérange pas que le *Yumna* prenne son temps. Je voudrais être prête quand j'arriverai là-bas. C'est moi qui vous ferai visiter mon pays, monsieur Penda. Je vous servirai de guide.

— Voilà ! s'écria le capitaine sans le moindre humour. C'est ce que je disais. Ces deux guenons se sont liguées pour ralentir mon navire.

— Ne parlez pas d'Éloi de cette façon, capitaine. Éloi est un homme, il a beaucoup souffert, peut-être a-t-il commis des erreurs mais il les a payées et il a droit aujourd'hui au respect.

Diaker scrutait la jeune fille d'un air incrédule, comme s'il cherchait la cause de l'extravagante transformation qui venait de s'opérer devant lui.

— Une petite chose que j'ai ramassée nue comme un ver sur une estrade. J'ai parfois gaspillé de l'argent dans ma vie mais ce jour-là, Grand Esprit ! Hier, elle avait les chaînes aux poignets. À présent, elle m'explique ce que je dois penser. Et vous me demandez pourquoi je préfère la Peste à bord plutôt qu'une paire de femelles, Penda ?

— Non, capitaine, je ne vous ai rien demandé de tel. Quant à toi, Mari, je te serais reconnaissant de bien vouloir rester à ta place. Et de ne pas détourner Éloi de sa tâche. Je ne le paie pas pour t'enseigner le franche mais pour décrypter certains textes, que ce soit de l'itale ou je ne sais quelle autre langue.

— Il a réussi à déchiffrer une phrase, j'ai le plaisir de vous l'annoncer.

— Une phrase ! Eh bien, c'est un début. Je t'écoute.

— D'après Éloi, l'ingénieur blanc a écrit : « Il ne faut rien demander d'impossible. »

Le capitaine Diaker éclata de rire.

— Un grand penseur que vous avez déniché là, Penda. Cela valait bien qu'on affrète un vaisseau de dix hommes et quatre-vingts tonneaux.

Birayma Penda tourna le dos, vexé. Il attendit que le capitaine Diaker se fût éloigné avant de prêter de nouveau attention à Mari.

— Eh bien, lui demanda-t-il, Éloi fait-il un bon professeur à défaut d'être un bon traducteur ?

— Écrire, lire, parler, il me faut tout apprendre en même temps, monsieur Penda. Cela fait beaucoup pour ma cervelle de babouin.

— Je te trouve courageuse de supporter sa compagnie.

La veille, au milieu d'une leçon particulièrement ardue, Mari s'était laissée aller à des confidences qu'elle craignait de regretter un jour. Lasse des allusions d'Éloi à ce jeune homme prétentieux et sans éducation, elle s'était écriée que non ! elle n'éprouvait pas le moindre sentiment pour Lisimba Tam. Éloi avait paru surpris. Mari n'avait-elle pas insinué à plusieurs reprises qu'elle aussi aimait qui ne pouvait l'aimer ? N'avait-elle pas admis qu'elle savait ce qu'était ce fossé qui séparait les êtres et que les usages, hélas, interdisaient de combler ? « Oh ! mais lui, Lisimba, ne demanderait que ça ! avait-elle répondu. Pas par amour, je pense, mais parce qu'il a le goût des peaux blanches. » Éloi avait insisté. Puis, à travers son silence rêveur, il avait compris. « Lui, hein ! Le Peul ! Ah ! c'est donc ça... l'ingénieur... » Mari avait baissé la tête en souriant. Triste sourire. Éloi ne s'était pas moqué. Il avait même dit une chose étrange, une chose effrayante.

« Ce grand Peul, tiens ! Autrefois, ma belle, quand j'avais toutes mes dents mais quelque chose devant, autrefois, fillette, ce grand Peul... j'en aurais bien fait ma bouillie du matin. »

Elle en frémissait encore. Pourtant, rien ne put l'empêcher de répliquer soudain :

— Eh bien, lui, je crois qu'il vous apprécie, monsieur Penda.

— Ah ! Le Grand Esprit m'en garde ! Enfin, toi, au moins, tu ne risques rien.

— Vous me l'avez déjà dit, ça.

Une petite brise leur caressa le dos. La toile, au-dessus d'eux, se remit à claquer. Allons ! Les humeurs du capitaine n'allaient pas tarder à évoluer favorablement.

À la fin de la journée, dans les feux du couchant, la découpe d'une côte émergea des nappes infinies de l'océan.

— Oh ! Est-ce que nous arrivons enfin ?

Birayma Penda hésita un instant, tandis qu'il repassait sa géographie des vastes terres du Nord.

— Je pense qu'il s'agit du littoral portugue, Mari. C'est de là que sont venus les hommes qui fondèrent Ziguinchor, il y a très longtemps. Mais notre route est encore longue.

— C'est bien le Septentrion, n'est-ce pas ?

— Oui.

Mari écarquilla les yeux, pour que s'y imprime cette toute première image. L'ombre d'un continent, balayée de lumière rouge, à la fin des eaux presque noires du soir. Le Septentrion, Maria gracia plena, le Septentrion, croix de bois !

# 5
# L'ACCUEIL

Le rivage s'était hissé lentement au-dessus des vagues, dentelle argentée puis puzzle de couleurs tendres. La vision s'était ramassée et les formes du Comptoir s'étaient dessinées sous le ciel lointain que barbouillaient des nuées pâles. Le ciel, Mari ne scrutait que lui, pas les terres qui émergeaient, pas ce vieux socle où avaient vécu ses ancêtres par générations innombrables, le pays franche, son but, son espoir, son rêve d'enfant, non, le ciel. Il était bleu sur la pointe des mâts, bleu au-delà, bleu d'un côté puis de l'autre, juste balayé d'inoffensifs nuages aux joues blanches.

— Que se passe-t-il, Lisimba ? Pourquoi fait-il si chaud ?

Mari s'était attendue qu'à l'approche du Septentrion le soleil les abandonne, qu'il s'éteigne peu à peu, comme se dissolvait le bleu du ciel, là-bas, sur les plages et les rochers, sur les arbres et sur les toits du paysage côtier, baigné de terne lumière. Le vent qui fouettait l'avant du navire passait sur elle comme une douce caresse. Frais, à peine assez pour combattre le souffle de l'astre fidèle. Ce n'étaient pas les rayons tonitruants et moites de l'hivernage afirikain, ni le crépitement continu des autres mois, si longs, si secs, mais une chaleur tranquille qui vous laissait respirer. Sa peau, cependant, s'était préparée à autre chose. Elle ne frissonnait pas.

— Comment expliquez-vous qu'il ne fasse pas froid ?

— Eh bien, c'est encore la belle saison !

La jeune fille abordait le Septentrion pleine d'images et de certitudes, les sommets couronnés de neige, les rivières prises en glace, la bise qui vous mordait et ces arbres aux branches nues et ces flocons blancs qui tapissaient votre chemin et...

Il faisait chaud et beau et les feuilles étaient vertes.

— Je vous ai pourtant expliqué ce que sont les saisons du Nord, dit Lisimba Tam. Il y en a beaucoup plus qu'en Kassamansa. Chez nous, il y a la saison chaude et la saison chaude. Ici, c'est comme les couleurs d'une mangue qui mûrit. Toutes les teintes se succèdent.

— Mais quand vient-elle, la saison froide ?

— Les journées, dans ce pays, sont comme certaines filles que je connais. Parfois, elles vous sourient, le lendemain, elles vous tournent le dos.

— Je ne comprends pas ce que vous voulez dire, Lisimba, à part que vous parlez de moi, sans doute.

— Je veux dire que vous vous réveillez dans la chaleur et que le soir vous gelez et que le matin suivant il pleut et qu'ensuite revient le beau temps. Cela change sans cesse. Mais vous verrez que bientôt les jours deviendront courts et que, le plus souvent, ce seront des jours froids.

Mari éclata de rire.

— Vous vous moquez de moi ! Un jour est un jour, ils sont tous de durée égale.

Le paysage s'était précisé. Des arbres, oui, mais éparpillés et qui ne formaient pas une forêt. Des langues de sable et de cailloux. Et au centre, le port du Comptoir, dominé par les mâts des bateaux où battaient des pavillons de toutes les couleurs, et les flèches oscillantes des plus hautes grues. Derrière les longs bâtiments de la capitainerie, les hangars et les maisons de commerce, se nichait, invisible et secret, le quartier indigène. La cité des marins et des chargeurs, avec ses ateliers pour le ravaudage des filets, ses bassins de calfatage, avec ses tavernes, ses bouges où des filles attendaient derrière des fenêtres éclairées par des lanternes rouges, s'étendait plus au sud, presque détachée de la vieille ville franche. Comme le *Yumna* approchait, ce luisant couvert de tôles, de tuiles et d'ardoise se perdit. On ne vit plus que les navires, les quais, les jetées. Et là, soudain, sur les pavés gris, la foule.

— Que font tous ces gens ?

Mari cherchait l'ingénieur du regard, en quête d'un meilleur guide que le jeune Tam. Birayma Penda, pourtant, abordait lui aussi pour la première fois au Septentrion. Sa pipe accrochée à un coin de la bouche, dressé aussi loin qu'il pouvait à l'avant du bateau, il faisait une drôle de figure de proue. Mari grimpa près de lui sur l'estrade de l'étrave.

— Mais que font-ils tous là, monsieur Penda ? Est-ce qu'ils sont venus pour nous ?

— C'est à craindre. Chaque entrée au port d'un navire d'Afirik constitue un événement.

— Ils nous accueillent ! s'extasia la jeune fille.

— Ils attendent le produit de nos cales, Mari. Tissus, coquillages, fruits, poteries, eau-de-vie, poudre, que sais-je ?

— Mais... nous n'avons rien de tout cela, je pense !

— Pas grand-chose pour eux, en tout cas. Il faudra néanmoins leur distribuer quelque chose, des poignées de cauris, des cuillers... Je crois que Diaker a emporté une ou deux caisses de coque de baobab. Les Blancs la réduisent en poudre et la fument à la place du tabac.

— Oui. Mon père le faisait.

À quelques encablures du port, le capitaine Diaker donna l'ordre d'affaler toutes les voiles et de mettre le navire au moteur. De grosses tuyères placées en poupe crachèrent une fumée noire. Guidé par la main sûre du second Wagué, le trois-mâts franchit l'écluse et entra à petite vitesse dans un vaste bassin à flot clos de docks sur trois côtés. Il se glissa parmi les péniches à godets et les voiliers, les barques à rames et les canots à vapeur. Rangé le long d'un ponton, il fut happé par les crocs rouillés d'une passerelle tournante.

Ils étaient au moins deux cents, sur les quais, sur les jetées. Une foule claire, une foule blanche. Déjà, des mains se tendaient vers eux. Birayma Penda poussa Mari devant lui, non pour la livrer à la horde déguenillée du débarcadère, mais pour qu'elle fût la première.

Dans deux pas flageolants, elle y serait. Mais ce n'étaient pas ses jambes qui tremblaient ainsi, c'était le tablier du petit pont que piétinaient douze hommes derrière elle. Cent fois, elle avait vécu en pensée ce moment. Poser le pied, enfin, sur la vieille terre. Elle n'y songeait plus. Elle ne voyait qu'eux, ces visages. Des enfants, beaucoup trop d'enfants. Leurs doigts la touchèrent avant qu'elle n'eût senti le sol sous ses semelles. Criant, piaillant, quémandant. Ils la palpaient comme si les poches de son toubé regorgeaient de trésors. Pourquoi ne saisissait-elle pas leurs mots, mais que lui avait donc appris Éloi ? Ils parlaient trop vite et trop fort.

Puis elle comprit. Ces mots. Pas du franche, du wolof. *Donne ! Donne !* Une grappe de mômes s'était accrochée à elle, derrière les plus grands la harcelaient du geste. *Donne ! Donne !* Ils baragouinaient la langue des Maîtres.

— Mais je n'ai rien ! hurla-t-elle.

Ils étaient tous à terre, à présent. L'ingénieur Penda, le capitaine Diaker et le second Wagué, Éloi, le bas du visage couvert d'un foulard, Éloi qui avait longuement hésité mais qui était venu, Lisimba qui nageait à son aise dans la foule, puis le reste de l'équipage. Ils s'ouvraient des espaces à coups de taloche. Parfois, l'un d'eux jetait une poignée de coquillages nacrés, deux ou trois piécettes, des fruits séchés, une mangue verte. La cohue s'éclaircissait, les enfants se disputaient les proies dans la poussière, puis le mur se reconstituait, mains blanches, visages blancs.

Ils ne savaient pas où ils allaient.

Au bout du ponton, sur le grand quai, il y avait de la colère. Le beau navire d'Afirik tardait à déverser ses richesses. Mari reçut une tape à l'épaule, un poing au creux des reins. On lui tirait les cheveux. Un cercle s'était refermé autour d'eux. L'haleine des petits empestait, la sueur des aînés piquait.

— Laissez-moi !

Mari chercha la protection de Penda. Le Peul faisait tourner ses longs bras comme les ailes d'un moulin. Sur leur droite, Lisimba Tam désignait les bâtiments de la capitainerie au terme d'une esplanade. Prévoyant, le jeune homme avait emporté une badine, dont il cinglait le dos des enfants.

— Qu'on nous dégage ! cria le second Wagué.

Comme s'il avait été entendu, Mari vit apparaître des têtes noires, si haut qu'elles semblaient perchées sur des corps de géants. Elles dodelinaient au-dessus de la meute, de droite, de gauche. Quand la cohue s'écarta devant eux, elle les montra montés sur des chevaux. Uniformes gris perle, gants blancs, bottes luisantes. Ils se frayaient un chemin à la cravache. Trois hommes puis cinq. Ils balayaient tout sur leur passage, en décrivant des cercles. La foule s'éparpilla par petits groupes, sans s'inquiéter des malheureux restés à terre, bousculés, éperonnés, foulés par les sabots. La garde portuaire travaillait avec méthode, avec la force calme de l'habitude.

Mari s'en voulut de sentir que son cœur ralentissait dans sa poitrine. Ces hommes noirs qui cravachaient des peaux blanches la rassuraient. Comme si elle n'était jamais partie, n'avait pas quitté le sol de la Kassamansa. Et, déjà, elle voulait s'éloigner des Comptoirs, entrer plus avant dans les terres du Nord, aller là où, enfin, elle rencontrerait les siens. Là où il n'y aurait plus de Maîtres, là où l'esclavage ne s'appellerait pas misère.

Bâtie en grosses pierres du pays, la capitainerie s'abritait sous la pente douce d'un toit de tuiles. Mari ignora les discussions qui s'étaient engagées de part et d'autre des planches qui séparaient les visiteurs des fonctionnaires du royaume. Elles seraient longues, multiples et difficiles. À partir de ce moment, Mari le savait, le destin de ses compagnons de voyage irait en divergeant. Certains, comme le second Wagué, n'entendaient pas s'aventurer en territoire blanc. Devenu pour un temps capitaine, il prendrait le commandement du *Yumna*, conservant avec lui son équipage, et ce tant que les camarades intrépides de Diaker ne seraient pas de retour. Dans cette attente, il espérait tirer du vaisseau de substantiels profits, en se livrant à des activités de cabotage.

Mari suivrait le petit groupe qui allait se former derrière l'ingénieur Penda, avec Éloi, Bakar Diaker et Lisimba Tam. L'expédition que projetait le grand Peul ne pouvait s'opérer dans la hâte et l'improvisation. Il lui fallait des moyens et des soutiens. Rien n'était envisageable sans le concours bienveillant des autorités placées sous le contrôle du gouverneur Agouloubene Diatta. Or, de telles faveurs ne s'échangeaient pas contre de la mauvaise poudre à fusil ou quelques coques de baobab.

Par les hautes fenêtres de la capitainerie, Mari continuait d'observer ceux que Lisimba, tout à l'heure, avait appelés d'un ton moqueur ses « semblables ». Ces enfants blancs à demi nus, ces femmes en haillons, ces hommes quasi édentés, ces pauvres corps qui se traînaient, perclus par les maladies et les privations. La garde portuaire leur menait la vie dure. À cheval, les serviteurs du royaume allaient et venaient sur les quais, qu'ils nettoyaient de leurs cravaches, prêts, s'il le fallait, à sortir le pistolet ou le sabre. Près des bâtiments, d'autres gardiens veillaient, une arme à feu à la ceinture, une matraque en caoutchouc des îles d'Orient le long de la cuisse.

Le mal de terre la rattrapa tandis qu'elle regardait par les vitres gondolées. Le port, devant elle, ondulait, les cheminées des vapeurs montaient et descendaient, les wagonnets serpentaient sur les rails. Si nauséeux qu'il lui parût à cet instant, le spectacle qu'elle avait sous les yeux frappait par sa sereine ordonnance. Moins de confusion, moins de frénésie qu'à Ziguinchor ou à Ndakarou. Les appareils de levage étaient plus modernes et plus neufs, les engins de traction plus rapides, les navires mieux disposés dans les vastes bassins. Les Comptoirs étaient riches. Les hordes blanches loqueteuses troublaient ce joli tableau, telles des nuées de mouches s'abattant sur une appétissante pièce de viande. Mari colla son nez au carreau et laissa la buée émise par son souffle l'isoler doucement du dehors.

Une partie de l'équipage était retournée au bateau. Les hommes revinrent bientôt, escortant un porte-charge à chenilles qui poussait sur sa plate-forme quelques colis sortis des cales du *Yumna*. Mari en ignorait le contenu mais elle savait que Birayma Penda en espérait beaucoup. Les grands paquets passèrent de l'autre côté des planches, des mains des arrivants à celles des employés de la capitainerie.

— Voilà. Il n'y a plus qu'à attendre.

Mari se retourna. L'ingénieur Penda lui souriait, le front barré cependant par un pli soucieux.

— Qu'attendons-nous, monsieur Penda ?

— Une réponse, Mari. J'espère que le gouverneur Diatta sera satisfait de mon envoi.

— Où dormirons-nous, ce soir ?

— À bord. Nous resterons sur le bateau tant que certaines dispositions ne seront pas prises.

Diaker et son second s'attardèrent à contrecœur sur le plancher des buffles afin de poursuivre les palabres en compagnie de l'administration du Comptoir. Faire enregistrer le *Yumna* et lui trouver des missions commerciales pour les mois à venir n'était pas une mince affaire.

De retour à bord, Mari demeura auprès de Birayma Penda, qui observait le coucher du soleil avec une feinte sérénité. La curiosité la dévorait. Que contenaient ces caisses qu'on avait fait porter au gouverneur Diatta ?

— Un homme aussi puissant ne doit manquer de rien, remarqua-t-elle, afin d'inciter le Peul à s'épancher. On voit bien que les Comptoirs sont prospères, enfin, pour ceux qui sont de la bonne couleur.

— Ne sois pas amère, Mari. Nous découvrirons bientôt du Septentrion des images qui te séduiront davantage, j'en suis convaincu.

La jeune fille hocha le tête, sans oser objecter que ce n'était pas, pour l'heure, la question qui lui occupait l'esprit.

— Les installations sont si modernes, insista-t-elle. Je ne vois pas de quoi il pourrait rêver.

— Le gouverneur ? Oh ! Détrompe-toi. Les liens avec la patrie sont assez distendus. Les navires en provenance du Sunugaal ne sont guère nombreux et les gros bâtiments de commerce n'avancent pas à la vitesse de notre trois-mâts. Les Comptoirs sont riches mais ils vivent en grande partie sur leurs propres ressources, et rien n'y plaît aux impatients. Avec la prochaine récolte du vin de raisin, il y aura de nouveaux convois, mais en attendant... Puis certaines choses n'ont pas de prix, comprends-tu ?

— Si vous me parliez plus clairement, je comprendrais mieux.

Bas sur l'horizon, boule rouge semblant flotter sur les eaux, le soleil n'en finissait pas de descendre.

— La lumière baisse si lentement ! s'exclama Mari. Voilà plusieurs jours que cela me frappe. Oui, en mer aussi. Pourquoi la nuit est-elle si longue à venir, au Septentrion ?

— Tout est différent, ici. Le rythme n'est pas le même qu'en Afirik. Le soleil prend son temps pour se coucher, tu as raison. Je le savais mais le constater soi-même... Rien ne remplace l'expérience, Mari.

— Est-ce donc vrai, ce que prétend Lisimba ? Il dit que les jours changent de durée, selon les saisons.

— En Kassamansa également, petite ignorante, mais les écarts sont faibles. Plus on va vers le Nord, plus ce phénomène s'amplifie. À cette latitude et en cette époque de l'année, les nuits sont encore brèves. Dans les mois à venir, elles rallongeront et le temps refroidira.

Mari laissa s'écouler un interminable silence avant d'exploser.

— Oh ! Mais ne me le direz-vous jamais ? Qu'y a-t-il

donc dans ces colis qui puisse faire aussi grande impression à un gouverneur ?

— Un gouverneur a aussi un cœur, et la femme d'un gouverneur n'est pas insensible à certaines choses. J'ai pris mes renseignements, vois-tu, et... te souviens-tu de Chausiku Buri ?

— Bien sûr.

Comment aurait-elle oublié le dîner offert par ses Maîtres à Ker Samba, le soir où l'ingénieur Penda lui avait – bien involontairement – volé le médaillon légué par sa mère, le soir où sa vie avait basculé ? La célèbre Chausiku Buri faisait partie des convives, imposante, éblouissante. Chausiku Buri la styliste, dont les sublimes tenues vêtaient les plus belles femmes de Ziguinchor et de Ndakarou.

— Chausiku est vaguement apparentée à la famille Diatta. Il lui arrive de fréquenter la sœur du gouverneur, qui ne s'habille que chez elle. Bref, grâce à elle, j'ai de quoi ouvrir peut-être ce cœur dont je te parlais. Il y a parfois des trésors plus précieux que l'or et le diamant.

— J'imagine, oui ! La soie et la dentelle, par exemple !

Penda secoua la tête en riant.

— Par exemple. J'espère que l'épouse et la fille du gouverneur apprécieront. Ces deux robes m'ont coûté une fortune. Les prix d'ami de Chausiku sont sans pitié, crois-moi. Mais il n'y a pas que cela. Il y a des fruits et des légumes du pays, des salaisons, des alcools puis surtout... des lettres ! Des nouvelles fraîches de ses proches, pour un expatrié, rien n'a plus de valeur.

J'ai fait remettre également un présent très spécial et fort utile à la fille des Diatta qui, m'a-t-on affirmé, s'acclimate très difficilement ici. Il paraît que c'est une merveilleuse musicienne.

Penda fronça les sourcils, comme touché par une brusque inquiétude.

— Pourvu que je n'aie pas commis d'impair ! La robe destinée à Mme Diatta m'a paru tellement ample. Imagine que Chausiku se soit trompée et lui ait prêté vingt kilos de trop ! L'Expédition Penda serait bien mal embarquée, Mari.

— Ah ! Enfin ! s'exclama la jeune fille.

Enfin, le soleil avait coulé dans une ultime vague sanglante. Des étoiles à la clarté timide commencèrent d'apparaître entre les bancs de nuages.

— Comme elles sont pâles et peu nombreuses, au Septentrion, nota Mari. On dirait que les étoiles ne veillent pas sur les hommes comme elles veillent sur nous en Afirik. Et la nuit qui ne veut jamais venir...

L'ombre sur le pont du navire s'était cependant assez épaissie pour qu'une silhouette s'y glisse derrière eux, sans les alerter. Mari sursauta en entendant la voix d'Éloi.

— J'ai réussi à traduire une nouvelle phrase, articula-t-elle.

Cette voix puisée au fond de la gorge, cette voix travaillée d'une drôle de manière par la langue et le palais.

— Instruisez-nous, Éloi, répondit Birayma Penda.

— Voici ce que dit votre ingénieur septentrional. Il dit : « Les hommes noirs sont couleur de la nuit. »

Penda sembla chercher une réplique cinglante mais se heurta à l'affreux sourire d'ivoire d'Éloi.

— Ah ? fit-il simplement.

Une étoile finalement s'était détachée sur le ciel glauque. Plus lumineuse que les autres, elle palpitait à la façon d'un cœur qui bat.

— C'est elle ! s'exclama Mari. Celle que cherchait mon père. L'étoile du Nord ! C'est elle, j'en suis sûre. Ah ! que je suis heureuse de l'avoir trouvée.

## 6
## RÉSIDENCE

Quoiqu'elle fût longue à venir – quatre jours d'attente et d'ennui à bord du *Yumna* à l'amarre dans le grand bassin à flot du Comptoir –, la réponse du gouverneur Diatta dépassa toutes les espérances de Birayma Penda. Certes, Agouloubene Diatta n'y évoquait pas la demande de laissez-passer soumise par l'ingénieur peul, mais il invitait les nouveaux arrivants dans sa résidence.

— Un dîner ! Et nous logerons sur place.

Dans la coursive où il venait de la croiser, Penda agitait avec enthousiasme la missive sous le nez de Mari.

— Et ensuite, pourrons-nous explorer les Territoires ?

— J'imagine.

— Avec une escorte ?

— Il nous faudra un guide et des porteurs. Le gouverneur me parle aussi de la fête des vendanges, qui est paraît-il très pittoresque... mais il n'a pas vraiment l'air de nous conseiller d'y participer.

— Qui est convié à ce dîner, monsieur Penda ?

— Eh bien, ce n'est pas précisé. Toi et moi et le capitaine et... voilà.

Ni l'un ni l'autre ne prononça le nom d'Éloi.

— Je crains de vous faire honte. Il y aura sûrement de jolies femmes...

Mari gloussa.

— Habillées à la dernière mode de Ziguinchor.

Cette fois, Penda ne put qu'évoquer son passager.

— Tu demanderas à ton ami Éloi de... enfin, tu vois, comme l'autre fois.

— De me coiffer et de me maquiller ? Sans doute voudriez-vous qu'il soit aussi couturier ? Puis...

— Oui, Mari ?

— Qui suis-je censée être, monsieur Penda ? Je doute que le gouverneur accepte de recevoir à sa table une ancienne esclave.

— Je... je dois réfléchir. Les Comptoirs ne sont pas l'Afirik. Les Blancs ici sont partout et... on sait qu'il y a parmi eux des gens de valeur.

Au discours hésitant de l'ingénieur, la jeune fille comprit avec une pointe d'amertume qu'il l'improvisait sans grande conviction. Mais que savait-il du Septentrion ? Pas davantage qu'elle, au fond.

— On les traite ici comme là-bas. À la cravache, vous l'avez bien vu l'autre jour.

— Pas de conclusions hâtives, Mari. Ces malheureux qui nous ont accueillis étaient...

Le Peul s'interrompit, embarrassé.

— Pauvres ? proposa Mari.

— À l'intérieur des terres, nous rencontrerons des peuples libres, dit Penda d'un ton encourageant. C'est vers ceux-là que je souhaite te conduire. Et cette entreprise n'aura de succès que si nous bénéficions de la bienveillance du gouverneur.

Comme quelques jours plus tôt, en pleine mer, Mari se rapprocha de Birayma Penda. Mais, cette fois, elle appuya son geste et posa fermement sa main sur la sienne. Puis, étourdie par sa propre audace, elle murmura :

— Je sais bien, moi, comment j'aimerais que vous me présentiez. Mais ce n'est pas ainsi que nous nous gagnerons les bonnes grâces du gouverneur, n'est-ce pas ?

Le Peul retira sa main, non sans avoir pressé dans sa paume brune le bout des doigts blancs.

— Quelle était cette première phrase qu'Éloi a réussi à traduire ? T'en souviens-tu, Mari ?

— Je m'en souviens. « Il ne faut rien demander d'impossible », voilà ce qu'elle dit.

— Ton frère l'ingénieur blanc est un sage, me semble-t-il.

— Et moi, s'écria Mari en tournant le dos, j'estime que c'est un idiot !

Plus loin, alors qu'elle se précipitait vers l'échelle qui menait au pont, elle hurla :

— L'impossible ! Moi, je veux l'impossible !

Le gouverneur Agouloubene Diatta ne fit pas l'impossible mais il manifesta envers ses hôtes des égards exceptionnels. À l'heure dite, un superbe attelage, confortable voiture tirée par deux chevaux, se présenta devant les portes de la capitainerie. Mari y prit place entre le capitaine Diaker et Birayma Penda. Face à eux, sur l'autre banquette, s'étaient assis Lisimba Tam et Éloi. Séparant ces deux-là, un espace vaste comme le mépris et le dégoût que l'interprète blanc inspirait au jeune homme. Rencogné contre la portière par les regards haineux que Diaker faisait peser sur lui, Éloi, le bas du visage ceint par un léger foulard, posa le front près du rideau qui fermait à demi la petite fenêtre, et ne bougea plus. La seconde fenêtre était largement dégagée et Mari tourna toute son attention de ce côté, vers ces terres blanches qui bientôt se mirent à défiler.

— *Kau-daïje !* cria soudain la voix de l'invisible cocher.

Ainsi désignait-on parfois le Comptoir, « la terre du fleuve ». Un peu plus loin, l'homme qui menait l'attelage annonça :

— *Bigne !* Le vin.

Mari n'avait eu qu'à peine le temps d'apercevoir la nappe scintillante des eaux de l'estuaire. À présent, la voiture suivait une route étroite mais bien entretenue, dont les boucles lentes se perdaient entre des coteaux plantés d'arbrisseaux étranges. Mais ces alignements sans fin de petits troncs épais portant des grappes sur leurs bras tortueux ne retinrent pas longtemps son intérêt. Voilà en effet qu'elle contemplait avec consternation un spectacle familier, bien trop familier. Des Blancs, par centaines, éparpillés dans les plantations et courbés sur leur labeur. Les yeux écarquillés par l'indignation, elle les voyait qui passaient dans les rangs et coupaient le raisin, chargeant jusqu'à en tituber les hautes hottes qui leur faisaient ployer le dos.

Près d'elle, Bakar Diaker observait la scène d'un air amusé.

— C'est la saison de la récolte, dit-il, comme s'il était besoin de le souligner.

— Je n'avais pas besoin de quitter la Kassamansa pour assister à cela, dit Mari.

— Enfin, Mari, à quoi t'attendais-tu ? s'exclama l'ingénieur Penda. Cela fait des siècles que les Blancs récoltent le raisin à la fin de l'été.

— L'été ?

— La saison chaude. Ensuite, ils le mettent dans des cuves et le pressent. Autrefois, ils le foulaient aux pieds pour extraire le jus.

— Votre admirable ingénieur blanc n'a-t-il pas inventé des machines pour accomplir tout ce travail ?

— Je... je ne sais pas. Je pense qu'il a des préoccupations plus élevées.

— Il y a une autre phrase que je crois avoir comprise, intervint Éloi. Votre génial inventeur a écrit : « Concevoir est l'acte du Maître, exécuter l'acte du serviteur. »

C'était la première fois qu'il ouvrait la bouche depuis le début du voyage. Ce fut aussi la dernière. Et, derrière le masque de soie, ses dents semblèrent croquer un vilain ricanement.

Un lourd silence s'installa dans la voiture. Mari gardait ses yeux braqués vers le dehors. La vigne, le raisin. À perte de vue. La voix de Lisimba Tam la fit sursauter.

— Vous ne l'avez peut-être pas remarqué mais il y a deux couleurs de raisin, disait-il. Le noir et le blanc. De l'avis général, le noir donne de loin les meilleurs vins.

— Avec les mets les plus raffinés, comme les coquillages ou les crustacés, mon Maître ne servait que du vin blanc, répliqua Mari.

Elle plissa le nez, au souvenir des petites créatures visqueuses que les Samba et leurs invités avalaient encore vivantes lors des repas de fête. Ils passèrent devant une grosse charrette au hayon baissé. Les grains noirs s'y entassaient par montagnes. Et une file d'esclaves pliés sous le poids des hottes remontait non loin de là un chemin. D'autres grains noirs, par milliers, par milliers. Combien donc en fallait-il pour remplir un tonneau de jus ?

Ils découvrirent la maison du gouverneur à un ultime détour de la route, blanche, bâtie en belles pierres, couverte de tuiles bleutées dont l'arrangement sur les toits bombés faisait penser aux écailles sur le dos d'une tortue. Vaste et grandiose dans son décor de jeunes arbres et de massifs fleuris, elle évoquait sans pourtant lui ressembler la demeure de Birayma Penda à Ziguinchor. Mêmes matériaux, même structure massive, même austérité. La bâtisse en imposait. Sans doute était-elle d'assez récente construction mais on sentait dans ses formes le poids d'un passé séculaire. La tête sortie par la fenêtre de la voiture, Mari se repaissait de cette vision. La résidence du gouverneur Diatta, certainement, s'inspirait des bâtisses où vivaient autrefois les personnages les plus nobles et les plus riches du Septentrion. Autrefois, avant que les ravages des grandes épidémies n'anéantissent les sociétés du Nord.

La piqûre de l'orgueil fut de courte durée. Car, déjà, apparaissant au bas du perron, les serviteurs du domaine la rappelaient à la réalité d'aujourd'hui. Blanc, cet homme. Blanches, ces cinq femmes. Ils furent accueillis par un majordome en tenue sombre, veste et pantalon noirs, gants et chemise verts, petite toque sur un côté du crâne. Il tendit une main élégante à Mari afin de l'aider à descendre du marchepied escamotable de la voiture. Aussitôt, une domestique en robe couleur d'émeraude se plaça auprès d'elle, une ombrelle levée contre un soleil pourtant bien timide. Ainsi escortée, la jeune fille marcha d'un pas chancelant vers les très hautes portes de bois sculpté, grandes ouvertes à la lumière du jour. Jusqu'au seuil de marbre, elle résista à la tentation de se retourner, pour s'assurer que ses compagnons la suivaient. Tous la rejoignirent bientôt, protégés chacun par la corolle d'une ombrelle.

Ils défilèrent bruyamment dans l'entrée monumentale, face à un mur qu'ornait une fresque saisissante : le continent afirikain, découpé en nations connues et en contrées incertaines, avec ses fleuves, ses lacs, ses forêts et ses montagnes. Deux silhouettes l'encadraient, aussi hautes que la vieille terre dans la bosse de laquelle se nichait la mère patrie, deux géants noirs emmitouflés dans des peaux et des fourrures. Ils brandissaient un long fusil.

Forte de ses nouvelles connaissances, Mari déchiffra sans peine les noms inscrits plus bas dans des cartouches. Lat Minkette et Bathie Diatta.

— Diatta, comme le gouverneur ? chuchota-t-elle à l'oreille de l'ingénieur Penda.

— Son ancêtre, répondit Birayma Penda d'un ton tout aussi discret. Minkette et Diatta furent parmi les premiers pacificateurs du Septentrion.

Mari considéra d'un œil différent les visages volontaires et les mimiques intrépides des deux héros. Et, d'instinct, elle sut avec certitude que leurs drôles de bonnets, enfoncés jusqu'aux oreilles, étaient en poil de loup. Elle ouvrit la bouche pour poser une nouvelle question mais, déjà, Penda s'éloignait d'elle. On les séparait, chacun allant vers sa chambre par un chemin différent. Ombrelle repliée sous le bras, la jeune femme qui l'accompagnait l'invita à la suivre le long d'un corridor agrémenté sur toute sa longueur de vues de Ndakarou. Derrière elles, dans l'entrée, arrivaient à ce moment des domestiques portant les bagages des hôtes. Quelques malles et valises pour ses quatre compagnons. Ses effets à elle auraient pu tenir sous l'aile d'un oiseau.

Quand la porte se fut refermée, une impression de solitude intense s'abattit sur Mari. Pouvait-on se sentir à ce point abandonnée quand on touchait enfin au rêve de toute une vie ? Le pays blanc qui avait nourri tant d'espoirs et de songes lui apparaissait plus que jamais comme un mirage inaccessible. La chambre où on l'avait conduite était immense et splendide, lit à baldaquin, fauteuils profonds, moulures et dorures. Les portes-fenêtres donnaient sur un délicieux parc arboré. Une pièce spéciale était réservée à la toilette, une salle d'eau d'un luxe inouï autour de sa grande baignoire ronde, sur laquelle se penchaient, longs comme le cou d'un flamant, des robinets dorés. Les lieux où on la recevait étaient merveilleux, mais comment s'y croire chez elle ? Pieds nus, elle titubait sur les tapis, tournant comme pour esquisser une danse malhabile. Autour de son corps vêtu de tissu froissé, l'incroyable faste de la résidence était une prison oppressante.

— Chez moi, je veux aller chez moi.

Elle chantonnait presque. Chez moi, où est-ce ? M'autorisera-t-on seulement à le savoir ? Ici, ce n'est encore et toujours qu'un petit morceau d'Afirik, le plus riche, le plus éclatant qui soit. Les domestiques n'ont même pas l'air d'esclaves. Peut-être parce qu'ils n'aspirent plus à la liberté. Cette beauté, ce confort, qui n'en voudrait pas pour patrie ?

Pas moi, non, pas moi.

On toqua à la porte. Mari donna l'autorisation d'entrer d'une voix rauque. *Mais je ne suis pas chez moi, si ?*

La jeune femme en vert émeraude entra, légère et discrète comme une ombre. Elle posa un paquet sur le lit.

— Votre tenue pour le dîner, madame, dit-elle. Dois-je vous faire couler un bain chaud ?

Sans attendre de réponse, elle disparut dans la salle de toilettes. Mari entendit cascader l'eau. Souriante, la domestique revint vers elle. Sa sœur blanche. Ne le voyait-elle pas, qu'elles étaient sœurs ? Toutes deux des toubabes, comme on disait dans les Comptoirs. Des Blanches. Des créatures inférieures. La jeune femme posa les mains sur les épaules de Mari. Elle la déshabillait, avec grâce et naturel. Mari se retrouva nue devant cette étrangère et le sang de la honte la piquait aux joues.

— Je reviendrai un peu plus tard, pour vous habiller et vous préparer.

— Mademoiselle...

— Oui ?

— Rien. Non, rien.

*Ma sœur.*

La servante plia le genou, s'éclipsa. Quand elle revint, Mari était drapée dans une grande serviette blanche. Ses pieds fumaient encore. Elle ne s'était pas arrachée sans mal à ce bouillon odorant d'herbes et de mousse. Un film humide et suave couvrait sa peau.

— Puis-je me permettre d'ouvrir le paquet, madame ?

Ces jeunes domestiques de la résidence parlaient le wolof à la perfection, presque sans accent. *Elle sait d'où je viens. Elle ne s'adresse pas à moi en franche.* Ici, ce n'était pas la couleur des gens qui faisait la différence, mais leur origine. *Pour elle, je suis une Afirikaine.*

— Comment vous appelez-vous ?

— Coumba, madame.

Mari réprima un hoquet d'indignation. Cette fille portait un nom sunugaalais ! Elle avait déplié le joli papier d'emballage, ouvert ce paquet auquel Mari n'avait pas songé à toucher. À présent, elle étalait la robe sur le couvre-lit.

— Si vous voulez bien...

Mari laissa tomber la grande serviette, s'empressa de ramasser et d'enfiler le pagne qui traînait à ses pieds. Puis elle s'abandonna aux mains de Coumba. C'était une robe jaune pâle, comme le soleil du Septentrion. Simple et droite mais élégante.

— D'où vient cette robe ?

— Je ne sais pas, madame. Sans doute appartient-elle à Mademoiselle.

— Mademoiselle ? Oh !

Elle devinait. La fille de la maison. Nika... quelque chose, un nom à coucher dehors. Coumba avait tout prévu. Voilà qu'elle sortait de petites épingles, pour ajuster la robe.

— Je pense que ça ira, madame. Voulez-vous bien prendre place dans le fauteuil ?

Mari s'assit face à la porte-fenêtre. Devant elle, une brise agitait les branches des arbres. Et les feuilles tombaient, mi-vertes, mi-rousses.

— Est-ce qu'elles vont toutes tomber ? Et que deviennent-elles, après, enfin, je...

Le regard de la servante la réduisit au silence. Incrédule.

— Elles sèchent, n'est-ce pas ?

— Je crois plutôt qu'elles pourrissent, madame.

— Est-ce que ne pouvez pas m'appeler Mari ? Je m'appelle Mari.

— Oh ! non, madame.

Coumba avait apporté tout le nécessaire, peigne, brosse, et des produits plus frais et de meilleure qualité que ceux d'Éloi. Cent autres feuilles planèrent dans le jardin tandis que les mains expertes passaient et repassaient. Les paupières, les joues, les lèvres, une ombre sous l'œil. La jeune domestique travaillait avec application, sans un mot, respirant à peine. À la fin, elle alla décrocher du mur un miroir en verre soufflé, pris dans un cadre d'argent. Le reflet se promena un long moment devant les yeux de Mari. Quand Coumba se pencha pour rectifier un ultime détail, Mari vit qu'une petite croix dorée se balançait entre ses seins.

— Si Madame me permet, Madame est très belle.

Coumba avait ôté à sa peau un peu de sa blancheur mais ne l'avait pas colorée comme l'avait fait Éloi. Tout, dans cette image renvoyée par le miroir, était douceur et harmonie. *Est-ce que je suis belle, vraiment ?*

Mari résista à une soudaine impulsion. Agripper le bras de cette fille, lui dire. Moi aussi, je servais. Là-bas, ce n'était pas Madame, c'était Maîtresse. Je n'étais rien, un petit animal apeuré, un babouin. Et j'ai brisé mes chaînes, brisé mes chaînes !

— Le dîner sera servi dans une heure. Je reviendrai pour vous conduire à la salle à manger. Puis-je me retirer, madame ?

— Oui. Bien sûr. Attendez...

— Madame ?

— Je voulais vous demander... pardonnez-moi mais... est-ce que... est-ce que vous vous considérez comme une esclave, Coumba ?

La jeune femme se raidit.

— Oh ! mais non, madame. Les esclaves sont dans les plantations. Je pense que vous les avez vus en traversant les vignes.

Quand elle pénétra dans la salle à manger, Mari constata avec surprise que plusieurs hommes étaient déjà attablés. Les usages, aux Comptoirs, ne semblaient pas les mêmes qu'en métropole. Il y avait là Birayma Penda et le capitaine Diaker, en conversation avec quatre personnages dont elle apprendrait plus tard les fonctions : le gouverneur, le vice-gouverneur, le régisseur en chef des domaines et le commandant de la garnison. Ils fumaient et buvaient, groupés au centre d'une immense table de bois brut qu'aucune nappe ne couvrait.

Le gouverneur Diatta aimait cette simplicité, comme il aimait garnir sa résidence de meubles et d'objets issus du pays blanc. Ainsi, le colossal plateau de cette table provenait d'une ancienne ferme des environs.

Mari jugea l'accueil d'une déconcertante grossièreté. On la conduisit à une place éloignée, où elle se retrouva seule, sans savoir si on avait noté son entrée. Pourtant, une minute plus tard, le gouverneur quitta soudain son siège pour venir vers elle, la main tendue. Embarrassée, Mari lui présenta le bout de ses doigts. L'homme les lui prit et, s'inclinant, y posa les lèvres.

— Agou Diatta, gouverneur, dit-il.

— Je m'appelle Mari.

— Mari l'aventurière. Ah ! ces femmes n'ont plus peur de rien !

Le gouverneur retourna aussitôt vers la compagnie masculine, et Mari garda de lui l'image d'un homme au visage franc et au corps athlétique, vêtu d'un pantalon et d'un boubou court sans fioritures. Agouloubene Diatta avait la peau presque violette, de fort petites oreilles et une barbiche au menton. Quand il se fut de nouveau assis, Mari entendit qu'il parlait à ses hôtes de son arrière-grand-père Bathie qui avait un jour tenu en respect avec un vieux tromblon une horde de cinquante indigènes rendus fous par la faim et la terreur des hommes noirs.

Puis les femmes entrèrent. Mari, qui l'observait, nota la mimique de soulagement qui passa sur le visage de l'ingénieur Penda. Car la première de ces femmes, sans aucun doute l'épouse du gouverneur, emplissait généreusement la sublime robe en abaka tissé beige fournie par Chausiku Buri. Tout à la fois énorme et resplendissante, Sibett Diatta ensevelit de ses formes un siège qui semblait trois fois trop frêle pour elle, à une extrémité de la table. Pas d'impair, non : le vêtement n'eût pu contenir davantage de chair. Mais la dame n'en avait pas moins superbe allure, avec son foulard blanc en tulle et raphia posé tel un nuage sur le côté de la tête. Mari ne s'attarda guère sur les autres arrivantes. Une seule retint son attention : la jeune fille qu'on conduisit à la place voisine de la sienne. Comme elle portait elle aussi une tenue signée Chausiku Buri, un ensemble en peau et taffetas mauve, Mari devina qu'il s'agissait de la fille de ses hôtes. Nika... Naka... un nom commençant ainsi, mais long, très long.

Une grande musicienne, lui avait certifié Birayma Penda. C'eût pu fournir l'amorce d'une conversation, mais Mari n'avait aucune idée sur la manière de l'engager avec esprit. Elle était pour l'heure tout entière occupée à habiter son rôle, si nouveau pour elle, celui d'une jeune Blanche d'Afirik qu'on recevait en égale à la table des représentants de la royale patrie. Si je commence à me demander ce que je fais là, songea-t-elle, je vais m'évanouir. Elle se mit à prier pour que le repas se déroule de façon accélérée et s'achève avant que sa voisine ne pense à lui adresser la parole.

La jeune Diatta, qu'elle épiait du coin de l'œil, était une curieuse personne, aussi fine et sèche que sa mère était opulente. Maladive, presque, avec ses joues creuses, ses maigres boucles de cheveux, ses tics qui lui agitaient la bouche et ses ongles rongés. Mlle Diatta avait sur le nez une paire de lunettes aux verres ronds. Au moment où un serviteur en boubou blanc s'inclina près d'elle, tenant par le goulot une bouteille de vin pansue, elle s'empressa de poser une main sur son gobelet d'argent. Mari, elle, se laissa servir. La première gorgée du breuvage limpide et légèrement pétillant la décida. Elle amorça la conversation.

— Vous ne buvez pas, mademoiselle ?

— De l'eau, oui. De l'eau bouillie. C'est infect mais ici, n'est-ce pas...

— Qu'y a-t-il, ici ?

— Des miasmes. Les Territoires sont pleins de miasmes.

— Ah...

Mlle Diatta n'avait pas reçu en héritage la belle couleur satinée de sa mère. De petits boutons semaient la peau grisâtre de ses poignets et de son cou. Les miasmes des Territoires, vraiment ?

— Je m'appelle Mari.

— Oh ! oui, je sais. Je vous dois des remerciements, je crois.

— Mais non, certainement pas.

— Pour la robe. Et surtout pour les lunettes. Les miennes étaient cassées. Vous ne pouvez pas imaginer le plaisir...

Le reste de sa phrase se perdit dans l'éclat de rire qui secoua le centre de la tablée. Penda et Diaker semblaient fort apprécier les anecdotes du gouverneur.

— ... de mon retour au pays.

— Pardon ?

— Je dis que rien n'aurait pu me ravir autant que ces lunettes, sinon l'annonce de mon retour au pays.

— Vous ne paraissez pas aimer beaucoup le Septentrion, mademoiselle.

— Niakuhufosso. On a un faible pour les noms à rallonge, dans ma famille. Niaku suffira, tout le monde m'appelle Niaku.

On déposa devant chaque convive une assiette en étain. Puis vinrent, apportées sur de grands plats, des volailles rôties, parées de bouquets de plumes rousses. Cette fois, Niakuhufosso n'eut pas besoin de refuser. On connaissait les habitudes de la jeune fille de la maison. Elle fut servie à part, de nourritures que Mari jugea autrement plus familières. Du mil et autres graines, une purée d'igname, des patates douces... Un peu plus tard, Niaku s'abstint de même de toucher à la chair rosée du saumon du Louar. Mari, quant à elle, dévora volaille, poisson et légumes du pays : chou, navet, carotte. Et elle but. Du blanc, du rouge, les deux au fond lui convenaient. L'alcool lui délia la langue.

— Je me souviens encore de la première fois que j'ai vu briller un bulbe à électricité, dit-elle en levant les yeux vers le lustre suspendu au plafond.

— Une ampoule électrique, rectifia Niaku. Je préfère le feu de cheminée. C'est plus chaleureux.

Une pensée traversa l'esprit de Mari.

— Oh ! mais c'est moi... oh ! je suis impardonnable. J'écoute vos remerciements alors que... Cette robe que je porte vous appartient, n'est-ce pas ? Vraiment, je ne sais comment...

Niaku tria quelques grains dans son assiette avant de répondre.

— Je vous admire, dit-elle lentement, je vous admire mais je ne vous envie pas.

Mari haussa les sourcils, interloquée. La jeune fille faisait-elle allusion à la façon dont la robe l'habillait ? Parlait-elle de la blancheur de sa peau ?

— On m'a dit que vous n'aviez pas prévu le moindre vêtement de soirée, seulement des tenues pour l'exploration. Je ne vous accompagnerais pas jusqu'au bout de l'allée pour tout l'or du monde. Ma mère m'oblige à sortir mais je ne peux pas traverser le jardin sans un mouchoir sur la bouche.

— À cause des miasmes ?

— Les miasmes, oui.

Mari se demanda ce que faisait à cette heure Éloi. Reclus dans sa chambre, supposa-t-elle. Niaku n'aurait sans doute pas été surprise de le voir derrière un voile protecteur. Et Lisimba, donc ? Ne l'avait-on pas convié au dîner ?

Elle croyait que le repas touchait à sa fin. De nouveaux serviteurs apparurent, avec de nouveaux plats.

— Voilà le genre d'animaux que vous risquez de rencontrer, lui dit Niaku.

— Qu'est-ce que c'est ?

— Des lapins ou des biches, j'imagine.

La viande était rouge, très rouge.

— Des animaux féroces ?

Niaku haussa les épaules.

— Je préfère ne pas le savoir.

Le gouverneur Diatta parlait soudain si fort que les deux jeunes filles se turent. À demi levé de son siège, il paraissait relater quelque événement dramatique.

— L'ancêtre, glissa Niaku à l'oreille de Mari avec une mimique blasée.

Bathie, le héros de la colonisation. Mari devina que le gouverneur racontait son agonie. Affaibli par la fièvre des marais, cet homme admirable continuait de harceler les indigènes qui portaient son brancard, dans l'espoir de conquérir avant de périr de nouveaux territoires.

— Si je ne l'ai pas entendu trente fois ! se lamenta Niaku. Ça, et l'histoire du loup qu'il a terrassé à mains nues.

— Vous n'êtes pas fière de lui ?

— S'il avait eu la bonne idée de mourir au berceau, mon père ne serait pas gouverneur aujourd'hui et on n'aurait pas jugé utile de me traîner jusqu'à ce trou putride.

Trop occupée à chercher une réplique cinglante, Mari s'abstint de souligner que faute d'arrière-grand-père jamais Niaku ne fût venue au monde.

— Moi aussi, figurez-vous, j'ai eu des ancêtres dans ce pays. Et peut-être se sont-ils battus contre le vôtre.

— En ce cas, j'ai le regret de vous apprendre qu'ils ont perdu. Et je le déplore tout autant que vous. Ne touchez pas à ça, vous vous en repentiriez.

Mari considéra d'un œil méfiant les petits fruits rouges qu'on venait de déposer dans des coupes en cristal.

— C'est immonde et ça donne des boutons, précisa Niaku. Les fraises, les framboises, toutes ces choses.

— Est-ce que tout est donc si horrible, au Septentrion ? explosa Mari en saisissant une poignée de framboises. N'y a-t-il rien qui trouve grâce à vos yeux ?

— Vous vous ferez votre idée vous-même, puisque vous désirez l'explorer.

Niaku se radossa et tourna la tête vers le centre de la table, afin d'inciter Mari à prêter l'oreille. Le commandant de la garnison parlait des contrôles sanitaires à la sortie des Comptoirs, le vice-gouverneur répliquait en riant que quitter la zone sécurisée n'était pas le plus difficile, le gouverneur Diatta terminait en confirmant que le problème n'était pas d'en sortir mais bien d'y revenir. Birayma Penda et le capitaine Diaker écoutaient avec attention, sans cesser d'échanger des regards perplexes.

— Réfléchissez bien avant d'entreprendre votre expédition, glissa Niaku. Une fois en pays blanc, il n'y aura plus personne pour vous protéger.

— Ce sont mes frères et mes sœurs, protesta Mari.

Soucieuse de changer de sujet, Niaku haussa les épaules et jeta un nouveau coup d'œil en direction des hommes, auxquels on versait des liqueurs de raisin.

— Cet ingénieur me semble fort distingué. C'est une chance pour vous qu'il vous ait adoptée.

— Pardon ?

— Est-ce que vous n'êtes pas sa fille adoptive ?

Mari examina sa main. Un jus rouge s'en écoulait. Les framboises qu'elle avait oublié de goûter ne formaient plus qu'une purée sanglante.

— Sa fille adoptive ? C'est ce qu'on vous a dit ?

— Je suis sans doute indiscrète.

— Je ne suis qu'une Blanche, mademoiselle Diatta. Une fille du Septentrion qui revient à la terre de ses ancêtres. Et j'ai déjà un père, un père de la même couleur que moi.

— Je ne voulais pas...

— M. Penda n'est pas mon père. C'est...

Mari sentit taper à ses tempes tout l'alcool qu'elle avait ingurgité, le vin de raisin noir et le vin de raisin blanc. Des regards commençaient à dériver vers elle. Elle parlait trop fort, elle disait des choses qui n'auraient pas dû sortir de la bouche d'une invitée. Elle manquait à toutes les convenances, elle s'oubliait. Niaku attendait qu'elle achève sa phrase.

— M. Penda est l'homme... l'homme...

Non, elle ne pouvait pas prononcer ces mots qui lui gonflaient la poitrine et lui brûlaient la langue. Un tic nerveux faisait tressauter la mâchoire de Niaku. La fille du gouverneur aspirait l'air entre ses lèvres quasi closes, très lentement.

— Je crois que je comprends, Mari, et je vous demande pardon. Loin de moi l'idée de vous offenser. Sachez que je n'ai jamais fait de distinction entre les races et les couleurs. Simplement...

— Quoi donc ?

— Vous verrez... de l'autre côté... à ce qu'on m'a raconté... ces hordes de pauvres gens affamés, sales, pouilleux, dévorés par la maladie. Ce sont des bêtes, Mari. N'y allez pas, je vous en conjure, n'y allez pas.

— Alors, ce n'est pas entre les couleurs que vous faites une différence. Plutôt entre pauvreté et richesse, saleté et propreté, ignorance et culture. Malheureusement... je... enfin, je crains qu'ici cela ne revienne au même.

— Mais non !

— Je fais exception, c'est cela ? Je suis blanche et propre et en bonne santé, et aujourd'hui, grâce à vous, vêtue avec élégance.

Mari écrasa la goutte de sueur qui s'était formée sur l'aile de son nez. Il y resta une traînée rosâtre. Agacée, elle s'essuya les mains dans une serviette puis, serrant les dents, elle poursuivit :

— Qu'auriez-vous pensé si vous m'aviez connue avant, dans la fange de mon village ? Esclave chez Maître Samba. On m'a battue, fouettée, on m'a traitée de singe sans cervelle, on m'a mise nue au marché pour me vendre au plus offrant... voilà ! voilà !

Niaku s'était statufiée sur sa chaise. Mari, qui ne l'avait pas lâchée du regard, vit flotter au-dessus d'elle un nuage de fumée. Les hommes en étaient au cigare.

— Je vous en prie, mademoiselle Diatta, faites-moi taire. Je parle trop. Je n'aurais pas dû boire tout ce vin.

— C'est moi qui mériterais d'être fouettée pour toutes ces paroles maladroites que j'ai prononcées. Mais on m'a conduite ici contre mon gré. Vous avez bien le droit d'aimer votre race et votre pays, Mari. Moi, j'aime l'Afirik et... oh !

La jeune fille s'interrompit sur ce petit cri de désespoir. Ses mains papillonnèrent un instant dans la lumière du lustre avant de se poser sur le bras de Mari.

— Gardez-la, s'il vous plaît. Cette robe. Elle ne vous servira pas beaucoup, là où vous allez, mais je serais heureuse que vous la conserviez.

Une horrible pensée traversa l'esprit de Mari. Est-ce que Niaku ne voudrait plus la porter, cette robe, parce qu'elle avait touché une peau blanche, parce qu'une sueur blanche l'avait imprégnée, parce que l'odeur d'une peau blanche la...

— S'il vous plaît, insista Niaku d'un ton pathétique. Et prenez garde à ces petits fruits. Cela tache comme de l'encre.

— Merci. Oui. Je l'emporterai. Il y a sûrement des beautés, dans ce pays. De beaux lieux, de belles âmes. J'attendrai de les avoir trouvés. Et, ce jour-là, j'enlèverai mes bottes crottées, ma veste crasseuse, mon pantalon déchiré. Je mettrai la robe.

Niaku se composa un sourire encourageant. Elle avait les lèvres grises et les dents tachées.

— Il y a la musique, dit-elle. Certaines peuplades du Septentrion fabriquaient autrefois de merveilleux instruments. C'est même la raison de ma présence ici. Mes parents ont cru... Tenez ! Ma mère me surveille depuis un moment. Je ne vais pas y couper, vous verrez.

— Mon père est un excellent chanteur mais je n'ai jamais entendu parler d'instruments si particuliers.

— Oh ! si, avec des cordes.

— Comme la cora ?

— Non, ça ne lui ressemble pas du tout. J'étudie la musique microtonale avec Maître Ouadraeggo, à Ndakarou. Maître Ouadraeggo est passionné par les instruments ethniques. Il a composé plusieurs œuvres pour le violine franche. Mon père a payé une fortune pour m'en offrir un. Alors maintenant, vous comprenez...

— Le violine ? Et avec quoi tapez-vous sur les cordes ?

Niaku sourit.

— Il faut du crin pour les frotter. C'est un instrument vraiment très original, très ingénieux, fait de dizaines de petits morceaux de bois. Je pense que la tribu qui les fabriquait a disparu. Les violines sont extrêmement rares, surtout en bon état. Ils résistent mal à l'humidité et aux chocs.

— J'adorerais...

— Ne vous inquiétez pas.

À l'autre extrémité de la table, Sibett Diatta lançait à sa fille de vigoureux haussements de sourcils, qui entraînaient dans leur ascension bajoues et plis du menton. Niaku se leva d'un air résigné et sortit de la pièce d'un pas aussi enthousiaste qui si on l'avait menée, la corde au cou, à l'arbre de Justice.

Quand elle réapparut, son père le gouverneur se mit à taper sur son gobelet d'argent avec un couteau.

— Chers amis, cette chaleureuse soirée ne s'achèvera pas sans que vous ayez entendu Niakuhufosso. Niaku est une disciple de Maître Ouadraeggo, l'un de nos plus grands musiciens. Et elle a tenu à vous interpréter une œuvre de son illustre professeur. Je vous préviens, il s'agit d'une musique fort savante et qui peut paraître étrange à des oreilles vierges. Cette composition est destinée à... Mais elle vous dira ça mieux que moi.

Niaku s'assit sur un petit fauteuil, près de la cheminée de marbre qui ornait la salle à défaut de la réchauffer. Elle posa l'instrument bien à plat sur ses genoux.

— *Terres sauvages*, annonça-t-elle d'une voix fluette. Étude ethnique microtonale pour le violine des Franches occidentales.

— Tellement émouvant ! approuva le commandant de la garnison.

Tout bas, il ajouta :

— Mais on dit désormais : le Franche.

Le silence se fit. Le violine toujours à plat sur ses genoux, la jeune Diatta leva un bâton le long duquel couraient des filaments fins comme ceux que tissent les araignées, et entreprit un mouvement de va-et-vient, comme si elle sciait une pièce de viande. Son autre main sautait de l'une à l'autre des quatre cordes attachées au manche de l'instrument. Luisante et percée de deux fentes sinueuses, la boîte du violine commença de résonner tandis que Niaku en frottait vigoureusement les cordes. Des sons étonnants s'élevèrent dans la pièce enfumée, tantôt graves tantôt aigus, parfois sombres et lancinants, à d'autres moments gais ou éthérés. Tête baissée, concentrée à en mouiller de larmes le verre rond de ses lunettes, l'artiste faisait glisser ses doigts d'un bout à l'autre du manche, tandis que les crins frottaient, frottaient. Au milieu du morceau, la violiniste redressa son instrument pour en poser la base sur sa cuisse, cordes tournées vers l'assistance. Elle jouait, chose incroyable, sans suivre le mouvement de ses mains !

L'œuvre s'interrompit soudain, et Mari n'aurait su dire pourquoi elle s'achevait à cet instant plutôt qu'à un autre. Niaku semblait en tout cas soulagée elle aussi qu'elle n'ait pas duré davantage.

— Je vous avais prévenus, s'esclaffa le gouverneur, c'est assez spécial. Bravo, ma fille, bravo. Drôle d'engin, hein ? Les indigènes appellent aussi ça le crincrin, je crois.

— Décidément, ces gens ne sont pas comme nous, dit une dame. J'ai cru entendre ricaner une hyène.

— Euh... c'est quand même une œuvre de Ouadraeggo, la réprimanda Agouloubene Diatta.

Lorsqu'elle fut de retour à sa place, à Mari qui la félicitait, Niaku répondit :

— On m'a attirée ici au prétexte que je pourrais y parfaire mon éducation. Seulement voilà, en six mois je n'ai pas rencontré le moindre musicien. Par moments, je me demande si je ne suis pas la dernière personne à savoir jouer du violine franche dans tout le Septentrion. Alors, pardonnez-moi, Mari, mais je crains que vous n'alliez à votre tour au-devant de terribles déceptions.

— Je suis venue pour découvrir d'où je viens et qui je suis, Niaku, et je suis disposée pour cela à marcher pendant mille ans. Peut-être auriez-vous pu faire vous aussi d'admirables découvertes si vous aviez eu parfois l'audace de franchir le seuil de cette confortable résidence.

Niakuhufosso Diatta accueillit la pique avec grâce.

— Alors, je vous souhaite d'avoir du courage pour deux. Vous en aurez besoin. Et, si vous dénichez en chemin un instrument tel que celui-ci, sauvez-le ! N'en faites pas ce que font aujourd'hui ceux de votre peuple.

— Qu'en font-ils donc ?

— Du feu pour se réchauffer les mains.

## 7
## LA FÊTE DES VENDANGES

Au cours des jours qui suivirent, Mari ne croisa Lisimba Tam qu'en deux ou trois occasions, brièvement. Le jeune homme prétendit s'être abstenu de paraître au dîner du gouverneur par peur de périr d'ennui, mais Mari savait à présent qu'il n'y avait pas été convié. Lisimba se montra distant, se retranchant derrière une feinte indifférence qui dissimulait mal son dépit. Il ne fit à Mari aucune allusion grivoise, ne tenta pas de poser les mains sur elle. C'en était alarmant. Lisimba Tam attendait la fête des vendanges. Car, cette fois, il en serait. Ni plats d'étain, ni discours, ni air de violine. Enfin, on s'amuserait ! Mais il n'invita pas Mari à se joindre à lui, pas plus qu'on ne l'avait prié lui-même d'assister à la soirée officielle.

Cependant, cette fête venait fort mal à propos. Birayma Penda et le capitaine Diaker avaient en effet fixé au lendemain le moment du grand départ. L'expédition se mettrait en route dès l'aube : un cheval, sept mules, un guide et deux escortes les accompagneraient.

— Le gouverneur s'est montré d'une rare générosité, confia à Mari l'ingénieur Penda.

— Et où allons-nous ? demanda la jeune fille, à qui l'excitation donnait envie de faire des bonds.

— Un itinéraire nous a été assigné afin de garantir notre sécurité. Nous irons à la rencontre d'un homme qu'on m'a décrit comme exceptionnel. Un archéologue qui fouille depuis plus de dix ans les Territoires, en quête de précieux témoignages du passé. Il compte à ce qu'on m'a dit parmi les plus fins connaisseurs du pays.

— Mais votre but n'est-il pas...

— Ce ne sera pour nous qu'une première étape. J'ai préféré cacher au gouverneur certaines de mes intentions. Nos entretiens avec le savant archéologue ne peuvent que se révéler fort fructueux. Il arpente le Septentrion depuis si longtemps. Avec un peu de chance, il nous mettra sur la bonne voie. Qui sait ? Peut-être a-t-il eu l'occasion de croiser au cours de ses nombreuses explorations celui que nous cherchons.

Birayma Penda prit soudain la tête de Mari entre les larges paumes de ses mains.

— Comme tu as mûri, ces derniers mois, Mari. Tu es vraiment une femme, désormais.

La jeune fille ferma à demi les yeux, dans l'espoir que cette déclaration serait suivie d'un geste plus intime. Mais l'ingénieur retourna à ses préoccupations.

— Tiens-toi prête et dis à ton ami Lisimba que nous n'attendrons personne. Qu'il ne boive pas trop car, si sa mule marche de travers, nous risquons bien de l'oublier en chemin.

Le sommeil se refusa à elle, mais comment aurait-il pu en être autrement ? Au cœur de la nuit, elle se leva, s'habilla et se rendit à la chambre de Lisimba Tam. Elle frappa, doucement d'abord, puis de façon plus énergique.

— Lisimba, êtes-vous là ?

Bien sûr, le garçon n'était pas rentré. Dehors, du côté de l'esplanade où s'arrêtaient les voitures, elle entendait les allées et venues des attelages. Une fois ou deux, même, elle perçut la pétarade d'un véhicule à vapeur. On l'avait prévenue. Le soir de la fête des vendanges, plus aucune règle ne s'imposait à la résidence. Chacun était libre de délaisser sa tâche et de s'y rendre. Personne, le lendemain, ne tenait le compte des heures perdues. Pendant toute la journée qui suivait, on tolérait les mines défaites, les yeux creusés, les airs ensommeillés, les pas titubants. C'était comme une trêve, où Maîtres et serviteurs s'ignoraient... sauf s'ils décidaient de boire ensemble !

Mari sortit dans l'air frais, qu'elle respira avec avidité. Ici, au Septentrion, passé une certaine heure, s'il ne pleuvait pas, il semblait qu'il y eût toujours, en suspension, de minuscules gouttelettes d'eau. Il ne s'écoula pas dix minutes avant que paraisse une nouvelle voiture. Un homme et une femme en descendirent, bras dessus bras dessous, chantant un vieux refrain du pays. Mari héla le cocher.

— Est-ce que vous pouvez me conduire ? demanda-t-elle en franche.

— Be-bien sûr, ma belle ! Monte !

Le bonhomme au visage couperosé et mangé par de gros favoris blancs vacillait sur sa banquette. Il avait dû accomplir pas mal de fois le trajet depuis le début de la soirée, et jamais sans une halte réconfortante à la fête. À la lueur du lampion accroché près de son épaule, Mari vit en grimpant dans la voiture qu'il avait le devant de sa chemise trempé de vin. L'attelage démarra en quelques à-coups désagréables, comme si le cheval avait reçu, lui aussi, sa part de boisson.

Une folie ! Voilà qu'elle s'éloignait de la résidence par la route qui l'y avait conduite, en pleine nuit, quelques heures seulement avant que ne commence la grande aventure de sa vie. Au risque de manquer ce rendez-vous crucial avec son destin, au risque d'anéantir le fruit enfin à portée de seize ans de rêve et de désir. Le Septentrion s'offrait à elle. Pouvait-elle le laisser échapper pour courir après Lisimba Tam ?

Elle avait besoin de savoir ce qui le retenait là, ce qui l'attirait parmi les esclaves et les serviteurs des domaines. Qu'avaient-elles donc, ces filles blanches du Nord ? Mari ne voulait pas de Lisimba, elle le lui avait dit et répété. Mais on peut bien être jaloux, même de ceux qu'on n'aime pas d'amour. Il lui fallait voir de quelle façon le garçon se consolait, et peut-être aussi comment se laissaient séduire les hommes. Mari avait tout à apprendre sur ces questions, elle le constatait chaque jour. Car, face à elle, Birayma demeurait de ce marbre dont on fabriquait ici les cheminées. Si froid, si lisse... Tandis qu'elle... elle, Mari, brûlait comme le feu qu'on allumait dans l'âtre, sous le manteau glacial.

Puis, tout bonnement, elle allait se mêler aux siens. Mari ignorait ce qui l'attendait dans les contrées sauvages qui se présenteraient bien vite, dès la sortie des Comptoirs. Rien ne garantissait qu'elle y serait accueillie en sœur. Tandis que ce soir, à la fête des vendanges, elle se fondrait aisément dans la grande famille blanche. Ce serait, espérait-elle, comme un écho des veillées auxquelles elle avait si souvent participé au village, sur la petite place où toutes les Faces de Craie de Ker Samba se rassemblaient pour oublier leur peine en écoutant les histoires de Ben le conteur ou les chansons de Thomas son père.

Dans l'obscurité, Mari ne reconnut pas le chemin qu'elle avait emprunté pour parvenir à la résidence. Des arbres solitaires balayaient le ciel de leur pointe, le reste était indistinct. Sur son banc, le cocher faisait siffler son fouet en grommelant des ordres dans le goulot d'une bouteille vide. Sur ses mauvais essieux, la voiture grimpait en cahotant les longues pentes. Au sommet de l'une d'elles, Mari eut l'impression de découvrir une plaine en feu.

— To-tout le monde descend ! Am... amuse-toi, ma jolie. Et te bu-brûle pas les fesses.

Voilà qu'elle hésitait. Si la carriole s'était attardée ne fût-ce qu'une minute, peut-être se serait-elle résolue à repartir avec elle. Mais les sabots du cheval claquaient déjà. Le cocher allait prendre, un peu plus loin, d'autres passagers. Elle dégringola le talus, franchit des rangs de vigne où quelques grappes de raisin pendaient encore. C'était là, dans un creux brumeux que hantaient de hautes flammes. Des dizaines de silhouettes s'agitaient sur ce coin de lande d'où ne surgissait qu'un arbre tortueux. Par peur de manquer de courage, elle renonça à son pas tranquille et se mit à courir.

Ils étaient groupés en bandes, presque tous blancs, presque tous nus. Des sauvages, des primitifs, tels furent les termes qui lui vinrent. Des démons, des créatures livrées aux esprits malfaisants. Ils sautaient par-dessus les flambées de branches mortes en poussant des hurlements, s'arrosaient de vin, se trémoussaient de façon obscène, chantaient des chansons dont, par bonheur, le sens lui échappait. Mais elle comprenait certains mots car Éloi s'était parfois amusé à lui en apprendre de honteux.

Ses jambes, maintenant, se refusaient à avancer. Elle piétinait une herbe molle et humide, là où mourait la clarté des brasiers. Mais elle ne put les éviter. Ils avaient formé une file, un homme, une femme, un homme, une femme, tous se donnant la main. Hirsutes, la peau rougie par le feu ; les seins flasques des femelles valsaient et les attributs des mâles se balançaient dans des bouquets de poils sombres. Mari ne se détourna pas à temps. Ils l'encerclèrent en riant, passant et repassant comme un serpent qui ondule autour de sa proie. Pire, ils l'invitaient ! Qu'elle se déshabille, qu'elle boive, qu'elle rie, qu'elle chante, qu'elle vienne ! Une fille trébucha, la farandole se rompit, se replia, quatre puis cinq s'étalèrent. Cris de surprise et de douleur, insultes et moqueries. Mari enjamba un corps et s'éloigna.

À l'écart, mais pas même dans le secret d'une flaque d'ombre, des couples s'enlaçaient. En pleine ivresse, ils copulaient aux yeux de tous. Il y avait là des Noirs, ceux que naguère elle appelait Maîtres. Ah ! c'était donc ça, le Septentrion !

Dix, quinze flambées crépitaient. Autour de certaines, le calme s'était fait. Les fêtards dormaient sous les étoiles pâles, abrutis d'alcool. Partout, des bouteilles, des gourdes, des outres. En équilibre sur des tréteaux, un tonneau en perce. On pouvait bien accuser le climat, la misère, la maladie, oui, la Peste ! La plaie du Septentrion, Mari le comprenait soudain, c'était ce vin qui coulait à flots. D'autres, cependant, résistaient mieux. Encore vêtus, encore droits, ils produisaient une sorte de musique en tapant sur des caisses, des bidons, des barriques, en soufflant dans des roseaux, en torturant les cordes d'instruments plus ventrus que le violine.

— Mari !

Elle sursauta. Lisimba était là, de l'autre côté d'un feu dont il ne subsistait plus qu'un monticule aux flancs comme une dentelle rouge. Sans un vêtement sur lui, une fille contre chaque épaule. Quel spectacle que ces chairs blanches et grasses qui serraient sa poitrine noire ! Le jeune homme souriait, perdu dans un joyeux brouillard.

— Hé ! Mari, tu t'amuses bien ?

Il pouvait brailler, les filles ne bougeaient pas, elles ronflaient.

— Cette fête est à vomir, dit Mari d'un ton sévère. J'en viens presque à regretter le vin de palme du village.

— Quoi ? Mais celui d'ici est bien meilleur !

— Je finis par en douter. En tout cas, il ne te vaut rien.

— Le bon jus de ta terre, Mari ! se moqua Lisimba Tam. Est-ce que tu n'es pas heureuse ? Tu les as vus souvent joyeux comme ça, tes frères et tes sœurs blancs ?

— Non, c'est vrai, pas souvent, admit la jeune fille à contrecœur.

— Ils s'enivrent, ils veillent, ils s'épuisent à chanter, demain ils marcheront encore de travers et tu sais quoi ? Pas un coup de fouet, pas une menace, pas une réprimande. C'est pas beau, Mari, la liberté ?

— Pas très, non. Ce n'est pas cette liberté-là que je suis venue chercher, Lisimba. À ce propos...

— Assez de discours. Tiens ! Aide-moi à me débarrasser de ces deux-là et viens dans mes bras. Il me reste encore un peu de force, tu vas voir.

— Debout, Lisimba. Je dois te ramener à la résidence. Nous partons à l'aube, tu l'as donc oublié ?

— Oh ! Partez ! Qu'on me laisse ! Je suis bien ici, moi. Ne regarde pas ces deux truies, j'en ai eu de bien plus belles.

— Tu me dégoûtes, Lisimba.

— Hé ! C'est qu'on se tutoie, maintenant. Allez, viens. La fête des vendanges, ce n'est qu'une fois l'an !

Mari ne voulait pas renoncer. Elle s'accroupit près de Lisimba et le secoua, comme s'il fallait l'arracher à un mauvais rêve.

— Lève-toi, Lisimba ! Oh ! je sais, tu nous en veux à tous. À moi qui te repousse, à M. Penda qui ne t'a pas fait inviter à la soirée du gouverneur, à Éloi parce que...

Le jeune homme l'interrompit d'un éclat de rire méchant.

— J'ai tout ce qu'il me faut, ici. Du vin, des filles, des chansons. L'ivresse et l'amour ! La joie ! Le confort ! La chaleur des feux ! Que pourrais-je désirer de plus ? Te suivre ? Aller patauger dans la boue, me frotter aux pesteux, affronter les bêtes fauves, crever de froid et de faim ? Merci bien.

— La fête ne durera pas toujours, Lisimba.

— Eh bien, je m'arrangerai ailleurs. Le vin des Comptoirs ne tarit jamais, Mari. Et les filles, c'est comme s'il en pleuvait !

— Regarde-les. Est-ce qu'elles te plaisent, vraiment ?

— Bah ! Non... C'est toi qui me plais. Pour toi, oui, j'y serais allé. La boue, la blessure, la maladie, le froid, rien ne m'aurait fait peur.

Lisimba Tam écarta avec rudesse la fille qui s'était écroulée sur son bras gauche.

— Une poignée de cauris et tu les as, autant que tu veux ! Mais toi, tu ne vois que lui, l'ingénieur. Je pourrais être en diamant, tu ne me regarderais pas.

Troublée, Mari attrapa la main du jeune homme, l'étreignit. Pour la première fois, elle songea que Lisimba Tam, peut-être, l'aimait sincèrement.

— Vas-y ! siffla-t-il. Va le rejoindre.

— Lisimba...

— Mais toi non plus, tu sais.

— Quoi ?

— Tu ne l'auras pas. Jamais. Jamais il ne baissera les yeux jusqu'à toi, jamais.

Mais lui, à cet instant, la regardait. De toute la force de son attention d'homme noyé dans l'alcool. Elle n'avait qu'un mot à dire, une promesse. Alors, il viendrait. Mais elle ne pouvait pas. Elle ne serait pas à lui. Jamais.

— Quelle heure est-il, Lisimba ? Nous partons dans trois heures, peut-être deux. Lève-toi ! Lève-toi !

Le fil s'était rompu. La tête du jeune homme était retombée. Maintenant, ils étaient fixés, l'un comme l'autre. Mari ne serait jamais à Lisimba. Et Lisimba ne viendrait pas.

Elle partit en courant pour qu'il ne la voie pas pleurer. Entre les feux, entre les corps, poursuivie par les chants et le tam-tam des indigènes. Un affreux personnage se dressa brusquement sur son chemin, ventru, la barbe jusqu'aux yeux, les cheveux jusqu'aux épaules, nu à l'exception d'un collier de pampre, le sexe à demi levé. Il lui tendait les bras.

— Ah ! La beauté ! s'écria-t-il.

Mari ne chercha même pas à l'éviter. Elle lui rentra dedans, le coude en avant. Il s'affala dans l'herbe en glapissant et resta ainsi, tapant la terre des talons sans cesser de brailler :

— Beauté ! Beauté !

Après les rangs de vigne, le talus. Trois personnes, déjà, attendaient la voiture. Deux qui tenaient encore debout, la troisième mollement accrochée à leurs bras. Une flaque de vomi souillait le chemin à ses pieds.

*Septentrion ! Croix de bois, Maria gracia plena, rendez-moi mon pays !*

# DEUXIÈME PARTIE

## TERRES SAUVAGES

# 8
# LE DÉPART

Birayma Penda tournait en rond, regardant la lune, regardant les étoiles. Le jour balbutiait déjà, qui dessinait les arbres du lointain comme de grosses boules sombres accrochées aux premières lueurs.

Bakar Diaker, près de lui, observait les oscillations capricieuses de sa vieille boussole portative.

— Vous voyez, ingénieur, c'est bien ainsi que je vous le disais.

Penda se pencha sur l'épaule du marin.

— Oui, en effet, voilà qui est étrange. Le soleil ne se lève donc pas à l'est, au Septentrion ?

— D'après mes observations, cela varie selon les saisons.

— Vraiment ? Vraiment ?

— Aujourd'hui, entre est et nord. Mais, quand viendra la saison froide, le soleil montera toujours plus au sud.

— Par chance, le gouverneur Diatta m'a certifié que notre guide connaît parfaitement son affaire.

Bakar Diaker s'esclaffa.

— Le nord, c'est le nord. Ma boussole nous conduira avec la même sûreté... et sans se soucier de l'endroit où le soleil fait son lit !

— Bien, mais...

Birayma Penda chercha Mari dans la pénombre du grand terrain vague. Le point de ralliement, à dix minutes de marche à peine de la résidence.

— Mari !

— Est-ce que nous ne pouvons pas attendre encore un peu, monsieur Penda ?

— Non, d'après ce que tu m'as raconté, c'est inutile.

Mari baissa la tête.

— Je le crains aussi, dit-elle. Mais...

Le Peul pesta.

— Qu'est-ce qui lui prend donc ? Nous n'étions pas trop de cinq, Grand Esprit !

La jeune fille grimaça d'un air désolé. Plus que de l'absence de Lisimba, elle souffrait du soupçon qu'elle sentait peser sur elle. Birayma Penda, probablement, imaginait des choses. Or, seule la réussite de l'expédition semblait lui importer. S'il avait fallu, pour l'assurer, que Mari se donne au garçon, il l'aurait jugée bien coupable de s'être refusée.

— Lisimba a l'esprit vif, de bons muscles et du courage, insista Penda. Il connaît un peu le pays et baragouine le franche.

— C'est un voyou mais il ne m'a jamais fait défaut, je dois l'admettre, intervint le capitaine Diaker. Nous aurions dû le surveiller. Le vin lui a troublé la cervelle.

Éloi, qui se tenait à l'écart, manifestait une totale

indifférence. Mais Mari le suspectait de suivre l'affaire avec jubilation. Il détestait Lisimba Tam.

— Encore un instant ? souffla Mari.

— Nous nous passerons de lui, décida l'ingénieur. Mais je vais lui accorder malgré tout une minute ou deux, le temps pour moi de vous dire ce que j'ai à vous dire. Capitaine ? Éloi ?

Tous les regards se tournèrent vers la haute silhouette du Peul qui se dressait soudain de façon altière sur la boue du Vieux Continent, la jambe gauche légèrement avancée, le buste droit, les mains croisées dans le dos. Il se racla la gorge.

— Capitaine Diaker, qui avez sillonné les mers pendant tant d'années et avez abordé tant de fois aux rivages du Septentrion, Mari, née sur une autre terre et qui connaît enfin le bonheur de découvrir celle de ses origines, Éloi... euh... Éloi, qui possédez des dialectes indigènes une incomparable connaissance... mes chers amis. Ceci est le départ d'une expédition qui, je l'espère, fera date. Qu'on... euh... qu'on me permette de l'appeler l'Expédition Penda. Si les vents nous sont favorables, l'Expédition Penda écrira une page mémorable dans le grand livre de l'Histoire. Certes, d'autres avant nous se sont aventurés dans ces territoires sauvages. Sans doute arpenterons-nous cependant des secteurs demeurés jusqu'à ce jour inexplorés. L'important, mes amis, je vous en fais ici le serment, est qu'il n'y aura dans nos cœurs aucun esprit de conquête. Le temps où l'on plantait des drapeaux en des contrées inconnues est révolu, et de même celui où l'on asservissait des peuples affaiblis par la faim et la maladie. Que chacun de vous s'en souvienne à chaque instant, mes chers amis, seuls doivent nous guider le respect de l'autre et la passion du savoir. Nous sommes venus là pour apporter un peu de culture dans ces lieux assombris par le malheur, mais aussi pour mettre en lumière les richesses du Septentrion au profit de ceux, hélas bien nombreux, qui les ignorent. Un homme en effet...

L'ingénieur Penda se baissa prestement pour ouvrir la sacoche posée à ses pieds.

— En effet, répéta-t-il en brandissant une planche couverte d'écriture et de dessins. Ceci... ceci est la preuve qu'une grande intelligence, que dis-je, le génie, peut se manifester dans le plus déshérité des mondes. Voilà donc, mes amis, la quête que je vous propose... et tant pis si elle paraît insensée ! Un homme, quelque part, a écrit ces mots, a tracé ces schémas. S'il nous est donné de retrouver sa trace, ce sera pour nous une immense victoire, ce sera pour l'Expédition Penda un jour de gloire. Capitaine, Mari, Éloi, partons tous ensemble à la recherche du génie du Septentrion. Allons !

Éloi tapa deux ou trois fois dans ses mains, applaudissement ironique que l'ingénieur accueillit d'un sourire crispé. Mari, pour sa part, avait eu l'impression de découvrir un Birayma qu'elle ne connaissait pas. Elle aurait voulu ne voir dans son petit discours que sa part de noblesse. Mais comment ne pas entendre aussi dans la voix de l'ingénieur orgueil et ambition ? Et quelle était sa place, à elle, dans cet admirable projet ? Piquée par un déconcertant sentiment de culpabilité, elle se rendait compte qu'elle n'éprouvait au fond aucune fierté à l'idée que l'un des siens, un être de son sang, un Blanc, fût le but véritable du long voyage. Elle aurait tant aimé que Birayma la prenne par la main et l'emmène, elle seule, qu'il lui dise simplement : « Voilà ta terre, voilà ton pays. »

Birayma répéta : « Allons ! » et s'éloigna. Mari voulut s'élancer à sa suite mais déjà, au plus profond d'elle-même, elle savait que jamais elle ne le rattraperait. Ils iraient côte à côte, oui, mais son regard ne cesserait de chercher quelque chose qui n'était pas elle.

Ils rejoignirent dans un champ pelé, près d'un gros abreuvoir de bois, le reste de la troupe. Leur guide, Pépin, deux porteurs, sept mules et un cheval.

— Ce sont des bêtes solides et dociles, dit Diaker en tapotant le flanc d'une mule, mais il faudrait ne pas savoir comment elles sont produites.

Bien sûr, Mari l'interrogea avec curiosité.

— Bah ! s'exclama le capitaine en fronçant le nez. C'est le fruit de deux animaux différents.

— Oh !

— Comme les Gris. Allez, grimpe !

Mari s'approcha sans enthousiasme de la monture, toucha son pelage rêche d'une main hésitante. Dans ses rêves d'enfant, elle chevauchait un cheval blanc plus rapide que le vent, pas un lourdaud court sur pattes et aux grandes oreilles molles. La jument sur laquelle elle lorgnait en ce moment avait la robe fauve, une tache claire entre les yeux et la croupe imposante. Pas de quoi l'emporter parmi les nuages, mais elle s'en fût contentée. Isabelle, cependant, Isabelle puisque tel était son nom, ne lui était pas destinée. Le petit Pépin, qui l'appelait tantôt chérie, tantôt trésor, ne faisait qu'un avec elle.

Malingre, l'œil vif et le crâne chauve, leur guide se mit en selle le premier. Pépin n'était pas un bavard. Accoutumé à conduire des étrangers dans les contrées hostiles du Septentrion, il n'en savait pas moins se faire comprendre. D'un geste, il indiquait la route, désignait un piège, annonçait un péril. Derrière lui venaient Birayma Penda, immense sur sa mule, puis Bakar Diaker, presque aussi large que la sienne. Mari et Éloi avançaient côte à côte. Fermant la marche, les deux qu'on nommait porteurs ne portaient rien. Allant à pied, ils poussaient devant eux les trois dernières mules qui, elles, étaient chargées chacune d'une montagne. Colas et Colin se ressemblaient comme frères jumeaux : figure ronde, épaules étroites et panse proéminente. Dès que Mari ou l'un de ses compagnons se retournait, ils courbaient le dos et prenaient des airs de bête à l'affût, inspectant le paysage entre leurs paupières quasi closes. L'effet était comique mais, Colin et Colas ayant pour première mission d'assurer la sécurité du groupe, Mari jugeait réconfortant de voir qu'ils prenaient leur tâche au sérieux. Pour sa part, le capitaine Diaker ne partageait pas ce plaisir. Il haïssait l'idée d'être suivi par deux indigènes armés l'un d'un coutelas et d'une machette, l'autre d'un vieux fusil à vent. Les jumeaux, comme on les appela bientôt, bien qu'ils ne fussent pas apparentés, s'adressaient aux membres afirikains de l'expédition en blême, cet horrible galimatias local où les mots franches se mêlaient à un wolof prononcé de façon atroce.

Alors que toute la voûte du ciel s'éclairait enfin, la route se dégagea des bosquets qui la bordaient pour déboucher sur un surplomb rocailleux. Plus bas s'étendait le lit ensablé du Louar. En cette fin de saison chaude, le fleuve roulait ses eaux brunâtres autour d'îlots herbeux. Çà et là apparaissait dans la lumière du soleil montant la silhouette blanche d'un autochtone dressé, torse nu, sur les planches d'une barque frêle. Plus larges qu'une pirogue, ces petites embarcations passaient là où un bâtiment aux dimensions supérieures se fût échoué. Bakar Diaker pouvait à présent le constater : c'était bien en vain qu'il avait espéré de remonter sur un vapeur le cours du Louar.

— Si la pêche est bonne, c'est toute une famille qui mangera ce soir ! lança Birayma Penda avec gaieté.

Mari tapa sa mule des talons pour se rapprocher de l'ingénieur. Éloi, qui montait près d'elle, ne lui offrait en effet pas la moindre distraction. Le bas du visage dissimulé par son foulard, il demeurait aussi muet que si on l'avait bâillonné. Mais la jeune fille ne poursuivit pas son effort. Comme l'atmosphère se réchauffait, elle sentit s'abattre sur elle toutes les fatigues de la nuit précédente. Et, alors qu'elle aurait désiré se gorger d'images et d'odeurs nouvelles, tout se referma en elle. Sa tête lui tomba sur la poitrine et ses cils papillonnèrent.

Pendant de longues minutes, elle n'eut plus conscience que du pas régulier de la mule, sortant à peine de sa léthargie pour se redresser d'un coup de reins quand elle se sentait glisser de côté. L'avertissement soudain du guide la fit sursauter. D'un geste réflexe, Mari tira violemment sur les rênes de sa monture, qui se mit en travers du chemin.

— Les tonneaux ! Les tonneaux ! criaient d'une seule voix Colin et Colas.

Embarrassée par le dos d'Éloi, que sa mule tentait de repousser du museau, Mari tarda à découvrir la cause du remue-ménage. Les jumeaux, déjà, avaient tiré leurs armes, tandis que Pépin cabrait son cheval.

C'était là, dans un champ aux herbes pliées par le vent. Des tonneaux, oui, d'énormes fûts couchés, une dizaine.

— Deux cents bouteilles ! annonça Colas en tendant vers eux la pointe de son grand couteau.

La contenance. Deux cents bouteilles, voilà ce qu'on en aurait pu tirer. Mais ce n'est pas le jus de la vigne qui jaillit. Des corps sortaient en rampant par le fond ouvert des barriques. Hommes, femmes et enfants, sales et déguenillés. Les tonneaux dispersés dans la prairie composaient comme un village sauvage. Les indigènes couraient vers la petite troupe qui passait en se bousculant, pour être les premiers à voir, à tendre la main. Chacun pour soi.

Pépin le guide les insultait du haut de son cheval, faisait tournoyer au-dessus de sa tête un vieux sabre de marine.

— Filez, vermine ! Rien pour vous ! Rien pour vous !

Mais il fallait plus que des mots pour les décourager. La bave de la convoitise leur coulait de la figure. Ils ignoraient les hommes noirs et leurs serviteurs, le regard fixé sur les colis qui chargeaient les dernières mules du convoi. Birayma Penda dut tendre un bras impérieux pour dissuader le capitaine Diaker de tirer le pistolet qu'il gardait à sa ceinture. Un instant, Mari crut que l'ingénieur se laisserait amadouer. Elle savait qu'il y avait dans les bagages des vivres, des tissus, des coquillages, des coussins de kapok et des flacons de mauvais alcool. Mais les jumeaux choisirent de régler l'affaire à leur manière, l'un chargea, couteau en avant, l'autre fit claquer un coup de fusil. Femmes et enfants reculèrent en piaillant, les yeux arrondis par la terreur. Les hommes, plus coriaces, continuèrent de secouer les mains, implorant la générosité des voyageurs. Pépin dut sortir le fouet pour les chasser, en faisant fumer la poussière de la route.

— Vermine ! Rien pour vous, vermine !

Mari s'était portée à la hauteur de Birayma Penda.

— On ne peut pas leur donner quelque chose ? gémit-elle. Regardez comme ils ont l'air misérables et affamés.

— Les occasions seront nombreuses, répliqua le Peul. Nous ne pouvons pas dilapider nos biens comme ça, Mari. Ces pauvres hères n'ont rien à nous fournir en échange. Allez ! Allez, maintenant. Assez traîné.

Il y avait plusieurs longues étapes à franchir pour parvenir au camp de l'archéologue, en amont, sous la rive sud du Louar, et Pépin les avait prévenus que la première serait la plus facile. Il prétendait les avoir calculées avec précision, afin qu'aucune halte ne se situe près d'une forêt sombre, d'une ruine hantée ou d'un lieu maléfique. Quand Mari repartit, à l'encontre de toutes les instructions, elle fermait la file. Sans se retourner, elle puisa au fond de la sacoche qui pendait au flanc de sa mule une poignée de piécettes, des cauris de bronze, et les jeta par-dessus son épaule.

Ils bivouaquèrent sur un plateau crayeux, s'arrêtant bien avant la nuit pour planter les tentes et ramasser du bois. Quand les flammes montèrent, les premières étoiles ne s'étaient pas encore allumées.

Mari remâchait l'épisode qui avait entaché une journée par ailleurs douce et tranquille. Alors qu'elle aurait voulu la chasser de son esprit, la scène qu'elle avait vécue s'enrichissait sans cesse, comme si sa mémoire était plus fertile que son sens de l'observation n'était aiguisé. L'avait-elle vue pour de bon, cette vieille femme aux seins flasques, qui tenait un bébé par une jambe ? Tous ces enfants étaient-ils réellement si décharnés ? Leur manquait-il autant de dents ? Leur peau pouvait-elle être aussi maladivement blanche ? Mari n'était sûre que d'une chose : on les avait repoussés sans pitié.

Birayma Penda, près d'elle, scrutait pensivement le fond gras de sa gamelle en fer-blanc. Il ne lui était pas nécessaire d'entendre la jeune fille pour suivre le fil de ses méditations amères. Recluse dans sa rancœur, Mari mangeait à peine et tressaillait au moindre bruit. Un pli creusait son front au-dessus de son regard fixe.

— Il va falloir t'y faire, déclara-t-il enfin sans tourner la tête vers elle. Nous avons quitté l'Afirik, Mari. Si tu ne voulais pas savoir, il ne fallait pas traverser les mers. Or...

— Quoi ? Quoi ? bougonna Mari.

— Nous commençons seulement à nous éloigner des Comptoirs. Plus nous avancerons vers l'intérieur des terres, plus nous aurons à affronter des situations difficiles.

— Est-ce qu'on ne pouvait pas les aider un peu, au moins ceux-là ?

Mari crut entendre en réponse l'affreux petit rire de gorge d'Éloi, qui dînait en solitaire, assis sur une pierre plate, et présentait son dos à la flambée.

— Et demain, que ferons-nous ? Et le jour suivant ? Je te le répète, nous verrons sans doute des spectacles plus tragiques que celui-ci. Nous ne sommes que des voyageurs engagés dans une aventure périlleuse. Notre premier devoir est d'assurer notre propre sécurité. Ensuite, nous sommes là pour apprendre, pour étudier, pas pour résoudre des problèmes. Tu es une jeune fille sensible et généreuse, Mari, mais je te le dis : nous n'avons pas les moyens de soulager toute la misère du monde.

— Peut-être, mais je suis prête à prendre ma part, ma toute petite part, voilà ce qui nous sépare, monsieur Penda. Pourquoi sont-ils si pauvres, si démunis, ces gens ? N'est-ce pas parce qu'on pille leur terre et qu'on a asservi leurs ancêtres au lieu de leur venir en aide ? Ma terre, mes ancêtres.

— Je sais cela, Mari. Écoute maintenant ce que tu ignores. Que voulaient-ils, à ton avis, ces malheureux ? Un sac de graine, une pièce d'étoffe, une outre de vin ? Oui, certainement. Mais si nous nous étions arrêtés pour palabrer avec eux, que se serait-il passé ? Notre guide me l'a certifié. Ils nous auraient proposé leurs enfants, nous auraient suppliés de les emmener avec nous. Esclaves ? Ils s'en moquent bien. Pour eux, l'herbe d'Afirik est plus verte. Là-bas, le soleil est plus chaud, et la bouillie quotidienne assurée. Comprends-tu ?

Mari jeta sa gamelle d'un geste rageur, près du lit des braises.

— Merci pour ma bouillie du soir, Maître, gronda-t-elle entre ses lèvres serrées.

Cette fois, le rire d'Éloi fit sonner toute la nuit, comme s'il sortait d'un gigantesque entonnoir. Mari perçut avec un frisson l'éclat blanc de ses grandes dents qui, de loin, lui donnaient l'air d'un cheval hennissant. Elle se précipita vers lui et se laissa lourdement choir à son côté.

— Qu'y a-t-il de si drôle, Éloi ? Parfois, je ne te reconnais pas.

— Tu ne me connais pas du tout, je pense.

— Tu le détestes. Par moments, j'ai l'impression que tu nous détestes tous, l'ingénieur, le capitaine, et même moi.

— Je sais qui sont ces hommes, ce qu'ils ont en eux.

— M. Penda...

— Les pires sont ceux qui croient nous aimer.

— Pourquoi ? Parce que tu as du mal à les détester vraiment ?

— Je m'y applique, ma chérie. Mais surtout parce qu'ils étouffent la révolte en nous. Nous avons besoin de ça. La révolte, la haine. Voilà des années que j'ai la colère pour principal aliment. Nourris-toi de colère, Mari. Crois-moi, c'est ton meilleur allié.

— Parle pour toi. Je me passe très bien de haïr les autres. Bon, à part Gakere.

— Qui ça ?

— Le fils Samba. Le pire des Samba. J'ai juré de le tuer un jour.

Mari vit Éloi hocher lentement la tête. Sans rien connaître de son histoire, il l'approuvait.

— Gakere est un monstre mais M. Penda...

— Tu n'as rien à attendre de cet homme.

— Moi aussi, ce soir, je suis un peu fâchée contre lui, admit Mari d'une voix misérable.

— Alors, cesse de le regarder avec ces yeux de galago.

Mari se représenta le petit animal, qui paraissait contempler le monde avec hébétude par deux énormes lucarnes. Elle sourit.

— Est-ce que tu le tueras, ce Gakere ? lui demanda Éloi, qui semblait sincèrement curieux de la réponse.

— Je ne sais pas. Je ne suis pas sûre de retourner jamais chez mes anciens Maîtres, à Ker Samba.

— Tu ne l'as pas vraiment juré, en ce cas. Les chaînes sont tombées de tes poignets, ma sœur, pas encore de ta tête.

— Si. Oh ! si. Le galago a l'air faible et craintif mais, en réalité, c'est une bête très agressive. Gakere m'a fait du mal. Trois hommes ont été pendus par sa faute. Quand je pense à lui, je sens mes griffes de galago pousser. Mais M. Penda... il m'a libérée, il m'a conduite ici, dans mon pays. Pourquoi devrais-je le détester ?

— Il te fait visiter ton pays, cela l'amuse. Il sent ton admiration, cela le flatte.

— Même si je ne suis qu'une petite esclave achetée au marché de Ziguinchor ?

— Tu es une femme, une jolie femme. Puis, vois-tu,

j'ai connu des hommes qui étaient flattés par les marques d'affection de leur youyou.

— Un youyou, maintenant ! On n'en rencontre pas beaucoup au Septentrion, je le crains, pas plus que de galagos.

Elle plaisantait, pourtant la remarque d'Éloi l'avait meurtrie.

— En effet. Mais j'ai découvert que les Franches ont malgré tout un nom pour désigner le youyou. Ils appellent ce genre d'animaux des perroquets.

— Perroquet, d'accord. Je dois continuer d'apprendre ma langue, Éloi. Est-ce que tu veux bien me donner une leçon ?

— Ce soir ?

— Tous les soirs.

— Très bien. Écoute plutôt.

Éloi prononça une phrase longue et compliquée à laquelle la jeune fille ne comprit pas grand-chose.

— Qu'est-ce que ça signifie ?

— Cela signifie : « Je suis éprise d'un bel étranger à la peau noire qui jamais ne daignera baisser le regard sur mon humble personne. »

Mari sentit le rouge lui monter aux joues.

— Éloi ! Comment oses-tu...

— Ce n'était qu'un exemple. Il te faut acquérir du vocabulaire.

— Oh ! Alors, dis-moi pour commencer des choses plus simples. Comme : « Tous les hommes sont égaux. »

Elle hésita puis ajouta :

— « Les femmes aussi. »

Éloi traduisit de bonne grâce. Comme elle se prenait

au jeu, Mari poursuivit, écarlate à présent, la sueur au front, brûlant jusqu'au bout des doigts.

— « La noblesse du cœur compte plus que celle de la naissance. » « Quand deux personnes s'aiment, la couleur de la peau importe peu. » « Rien ne peut résister à l'amour. »

Elle disait, Éloi traduisait. À la fin, essoufflée comme si elle venait de faire une course folle, elle jeta en se levant d'un bond :

— Rien ! Rien !

Puis, saisie brusquement à la pensée de ce qu'elle venait de proférer, elle se laissa tomber à genoux auprès de l'interprète pour lui murmurer :

— Ce n'étaient que des exemples, Éloi.

À chaque heure qui passait, Mari le constatait : quoi que prétende Birayma Penda, au Septentrion, l'herbe était plus verte qu'en Afirik. Toujours irritée contre l'ingénieur, elle se porta en tête de la colonne et lia conversation avec le guide franche. Timide et discret, Pépin se montra cependant heureux de cette compagnie féminine, répondant dans un sabir où il mêlait mots et expressions du pays à la langue wolof. Pour se donner de l'importance, il exagéra les périls du voyage.

— Jusqu'ici, tout va bien, dit-il. Aujourd'hui, plus difficile. Demain, plus difficile. Et encore et encore tous les jours. Plus loin les Comptoirs, plus dangereux.

Le petit guide au crâne déplumé s'adressait à Mari en se couchant à demi sur l'encolure de sa jument, car Isabelle le portait bien plus haut qu'une mule.

— Qu'est-ce qui sera plus difficile ? La route ou... autre chose ?

Pépin prit un temps de réflexion interminable avant de répondre.

— Autre chose.

Puis, hochant la tête :

— La route, tout va bien.

— Que faudra-t-il faire, Pépin ?

Le guide leva un bras, comme pour brandir un fusil.

— Attention ! Toujours attention. Et le soir aussi. Tour de garde, toi, moi, toi, moi, ta ! ta ! avec les armes.

— Les gens que nous avons vus hier ne semblaient pas très méchants, remarqua Mari. Surtout pauvres et affamés.

— Très pauvres. Très affamés. Ils veulent aller les Comptoirs mais pas assez bons pour le patron gouverneur Diatta. Trop pauvres, trop faibles. Mauvais travailleurs, mauvais esclaves. Vermine !

— Ce sont tes frères et tes sœurs, protesta Mari. Ils sont blancs comme nous. Tu ne devrais pas parler d'eux ainsi.

Pépin prit un air choqué.

— Nooon, corrigea-t-il en faisant traîner la syllabe. Toi, moi, c'est des bons citoyens de la grande patrie d'Afirik.

— Tu sais, Pépin, j'étais esclave, avant.

— Nooon, pas toi. Toi, c'est l'amie du patron gouverneur Diatta. Très, très bonne Blanche de la patrie.

Mari soupira. Le monde selon Pépin était un peu trop simple à son goût. Si elle voulait communiquer avec lui, mieux valait entrer dans son système.

— Et demain, il y aura de la vermine ?

— Demain... début la Civilisation des pierres.

— Oui, je sais.

Birayma Penda lui avait tenu tout un discours à ce sujet. D'une façon ou d'une autre, la zone proche des Comptoirs avait été nettoyée de ses principaux vestiges. S'il y avait eu des villes, ou au moins de gros villages, des ports, des lieux de culte, des forts, il n'en restait à peu près rien. Plus on se hasardait vers l'intérieur des terres, plus les chances augmentaient de rencontrer des constructions, voire selon certains des agglomérations entières. Des ruines, certes, mais parfois impressionnantes, et souvent hantées par des tribus sauvages. Voilà ce qu'on appelait d'après l'ingénieur la Première Civilisation des pierres. Nul, cependant, ne connaissait trace de la seconde. Fantaisies d'archéologue, estimait Penda. Mari, elle, rêvait qu'elle fût encore à venir.

— Mari ne doit pas avoir la peur. Pépin est le bon guide des bons chemins.

— Et la maladie, Pépin ?

— Partout ! Partout ! Pas toucher les gueux, Mari. Toi, tu fais bien attention. Les chiens, les rats, les gueux, tu touches pas. Alors, ça va la maladie, ça va.

Le guide colla son Isabelle à la mule de Mari pour lui parler à l'oreille.

— Et ton ami sans bouche ?

— Éloi ?

— C'est la maladie, ça. Les dents de la Peste ! Est-ce qu'il est guéri ?

— Non, Pépin. Éloi n'a pas eu la Peste. C'est... euh... un accident.

Le guide grimaça, dubitatif.

— Toi, tu le touches pas. Écoute Pépin. Tu le touches pas. La bouche qui tombe, c'est la maladie. La Peste, je sais pas. Peut-être la lèpre.

Afin de chasser des pensées qui le mettaient mal à l'aise, Pépin se redressa et tendit l'index vers l'horizon rosâtre.

— Demain, la pluie, annonça-t-il.

Puis, la mine sérieuse :

— Attention, bientôt la forêt. Va, chérie, va, mon trésor !

La route tracée dans les collines herbeuses s'encombrait jusqu'à présent de haies folles, de gros buissons, de remparts épineux, mais l'expédition n'était pas encore passée sous des couverts épais. Les arbres composant les bois qui se dessinaient dans le lointain étaient certes étranges, mais Mari ne les trouva pas inquiétants. Les forêts de Kassamansa étaient autrement plus denses et terrifiantes. Birayma Penda n'en donna pas moins l'ordre de resserrer la colonne.

L'ombre se fit bientôt sur eux, fraîche et tachée de lumière. C'était l'époque de l'année où les feuilles commençaient de tapisser le sol et de se décomposer, chargeant l'air humide de senteurs puissantes. Mari aurait aimé surprendre quelques-uns de ces animaux qui peuplaient les belles légendes du Septentrion, le lapin, la biche, le loup, le renard ou qui sait ? peut-être cette licorne qu'elle avait vue un jour chez l'ingénieur Penda, sur une vieille tapisserie, mais les sabots de la cavalcade avaient sans doute semé l'alarme dans les bois. Ils avançaient maintenant au pas, silencieux et attentifs.

Ce fut elle qui la première détecta les légers craquements dans les fourrés. Là, presque à ras de terre, derrière les hautes fougères. Puis des lueurs. Hommes ou bêtes, yeux ouverts, reflets de métal, elle ne savait pas. Le capitaine Diaker avait suivi son regard, il fut le plus prompt à réagir. Empoignant le fusil pendu près de sa jambe, épaulant, tirant. Les arbres frêles de la lisière s'agitèrent, comme couchés par le vent. Mari avait devant elle la forme massive de Bakar Diaker, échine ployée, son œil mort sur lequel plissait une paupière, sa bouche tordue, le bourrelet saillant de sa cicatrice, elle voyait tout ça et son doigt crispé sur la détente.

— Capitaine, arrêtez...

Une voix hurla le même ordre, tellement plus puissante.

— Arrêtez ! Arrêtez !

C'était Penda.

Le capitaine tira encore. Cette fois, il y eut un écho, un cri dans les profondeurs obscures de la forêt, un cri humain. La mule de Diaker avait fait un écart et Mari avait soudain devant elle une vision effroyable. Éloi. Éloi avait sorti son pistolet et le braquait sur le marin. Il allait le tuer, elle en eut un instant la conviction.

— Cessez ! Cessez ! Lâchez vos armes !

L'ingénieur Penda brandissait lui aussi un fusil mais il ne visait personne. Il le tenait à bout de bras, au-dessus de sa tête.

— Les armes, les armes, arrêtez...

Les mots ne sortaient plus de sa bouche, ils tombaient, ils s'éteignaient. Il rangea lentement son fusil. Mari l'entendait qui haletait.

— Qu'est-ce que c'était, que s'est-il passé ?

L'ingénieur s'était tourné avec inquiétude vers Pépin, serrant les poings.

— Vermine, lâcha le petit guide dans un haussement d'épaules.

Ils formaient un cercle sur le sentier, ils se jaugeaient, s'évaluaient. Personne ne parlait. L'espace d'une minute, Mari crut bien que l'aventure allait s'arrêter là, que quelque chose d'irréparable s'était produit. Elle s'attendait presque à voir chacun prendre son propre chemin, le capitaine d'un côté, Éloi du sien, elle eut même peur de voir Birayma lui tourner le dos, s'éloigner, la laisser seule. Brusquement, Bakar Diaker éclata d'un rire tonitruant. Puis, comme si de rien n'était, il frappa le flanc de sa mule et prit la tête de la troupe, offrant à ses compagnons son corps massif, semblant les défier d'y loger une balle.

La forêt s'éclaircit et laissa place à une lande monotone. Parfois, au loin, s'élevait une colonne de fumée. On ne distinguait jamais rien d'autre des villages épars dans la campagne. De minuscules tribus sans organisation, trop faibles pour composer des forces redoutables, mais que la faim ou la terreur pouvait jeter à l'assaut des aventuriers de passage, armées de pieux et de fourches.

Un silence de mort accompagnait l'Expédition Penda. À bout de nerfs, Mari finit par attraper la mule d'Éloi à la bride, l'obligeant à ralentir. Quand quelques mètres les eurent séparés de Penda et de Diaker, elle l'interrogea enfin.

— Éloi ! Est-ce que tu as voulu faire ça ? Tu aurais tiré sur le capitaine ?

— Et lui, marmonna l'interprète derrière son voile, sur qui a-t-il tiré ?

— Il nous a crus menacés. Il n'aurait pas dû, bien entendu.

— Moi, je ne l'ai pas fait. Je n'ai pas tiré. C'est toute la différence, hein ? Les Blancs ne tirent pas sur les Noirs.

Éloi vida l'air de ses poumons, soulevant le masque de soie qui lui dissimulait la bouche.

— Tu vas devoir faire un choix, déclara-t-il. Décider de quelle couleur tu es.

— Est-ce que nous ne pouvons pas...

— Non !

Devant eux, Birayma Penda les invitait du bras à ne plus traîner. Quelques indigènes les observaient, au milieu d'un village sommaire. Mari écarquilla les yeux. Pour la première fois, elle vit comment s'organisaient ses cousins du Nord. La place de terre battue, où s'élevait un grand arbre – un chêne, disait Pépin. Les masures ouvertes à tous vents. Les enclos de piquets et de ficelle où s'ébattaient des volailles, les porcs en liberté. Puis ce pilier gris dont le sommet brillait, comme poli par les pluies douces de l'après-midi. Le cœur serré, longtemps, jusqu'à ce qu'elle se perde dans des écharpes de fumée et de nuages, la jeune fille contempla la croix plantée sur la pointe de ce toit luisant.

— La croix ! répétait-elle. La croix, Éloi !

Mais Éloi était retombé dans son mutisme coutumier.

Alors, Mari se rapprocha de Birayma Penda et nota, préoccupée, la singulière posture de son corps. Le Peul était assis à moitié de travers sur sa selle, la botte gauche touchant presque le sol. Du même côté, il tenait le bras plié, afin sans doute de soulager son épaule. L'ingénieur avait mis de longues semaines à se remettre de son accident, après la chute violente de l'engin volant dont il avait dessiné les plans.

— Est-ce que vos blessures vous font souffrir, monsieur Penda ?

— Je croyais l'affaire réglée. Mais j'ai l'impression que cette bête a juré de me disloquer de nouveau les os.

Chaque jour, au bout de quelques heures, Mari sentait elle aussi les reins lui cuire.

— Je pense que nous serions mieux sur le dos d'Isabelle chérie, dit-elle en riant.

— Courage, Mari. Nous ne sommes plus éloignés du camp archéologique que de quelques étapes. J'espère qu'on nous permettra d'y prendre du repos.

## 9
## LE CHANTIER ARCHÉOLOGIQUE

— Mes amis ! Mes amis ! s'écria Birayma Penda.

Le mot sonna de façon étrange aux oreilles de tous car, depuis plusieurs jours, rien ne circulait moins bien que l'amitié entre les membres de l'expédition. Mais, au terme de cette nouvelle longue journée d'une marche épuisante, l'ingénieur se voulait enjoué. Ils s'étaient rapprochés des rives du Louar. Sous un ciel redevenu limpide, le fleuve à cet endroit montrait des couleurs engageantes. Là où elles n'étaient pas encombrées de végétation, ses berges formaient par places de petites plages sableuses.

— Si Pépin ne se trompe pas, nous parviendrons demain au camp archéologique. Vous savez quel homme de haute culture nous aurons le privilège d'y rencontrer. Regardez-nous ! J'aurais honte de me présenter dans cet état à une foire aux buffles !

Tous comprirent. Ils étaient perclus de douleurs, salis par la poussière des routes et comme laqués par le film séché de leur sueur. En cette fin de belle saison, les eaux basses, près du bord du fleuve, seraient certainement d'une température assez douce.

— Par prudence, personne n'ira se baigner en solitaire. Pépin et les jumeaux d'abord. Ensuite, Éloi et le capitaine. Et pour finir...

L'ingénieur eut un petit sourire gêné à l'adresse de Mari.

— Nous nous tournerons le dos, acheva-t-il.

Quelques minutes plus tard, Penda et Mari étaient assis au sommet d'une butte, lui face au fleuve, elle le regard pudiquement rivé à un autre horizon.

— Vous l'avez fait exprès, n'est-ce pas ? Vous savez qu'ils se détestent et vous les avez envoyés exprès au bain ensemble.

— Oui, admit Birayma Penda en riant. Comme disait ma mère, si tu mets deux personnes toutes nues en présence l'une de l'autre, premièrement, elles voient que nous sommes tous faits de la même façon, deuxièmement, chacune voit comment elle est faite elle-même.

Au bout d'un instant, l'ingénieur corrigea :

— Deux personnes du même sexe, naturellement.

— Alors, j'espère que vous profitez bien du spectacle. Pour ma part, je m'en dispense sans regret. Mais je crois que vous vous trompez. Ils peuvent se regarder tant qu'ils veulent, ils n'auront jamais l'impression d'être faits de la même façon. Pour le capitaine, Éloi sera toujours un ancien esclave défiguré en raison de sa dépravation et pour Éloi, le capitaine restera un ancien trafiquant d'esclaves qui porte ses crimes sur la figure.

— Tu as sans doute raison, soupira l'ingénieur. Je ne leur demande qu'une chose, c'est de ne pas mettre l'expédition en danger. Nous devons rester unis, Mari. Lève-toi, notre tour arrive.

— Dois-je mettre la belle robe jaune de Niaku, demain, monsieur Penda ?

— Oh ! non. Nous sommes des aventuriers, ne l'oublie pas. Contentons-nous d'avoir l'air à peu près propres ! Ce Weke Sendi qui, je l'espère, nous offrira l'hospitalité, est un grand savant, tu sais. Tâche d'ouvrir bien grand tes yeux et tes oreilles, Mari. Tu vas en apprendre grâce à lui plus que dans toute une vie.

Ils descendirent jusqu'à la berge. Désignant deux grèves séparées par un bouquet d'arbres à la tête inclinée, Penda indiqua :

— Moi, là. Toi, là.

Nue dans le vent, plantée sur un lit de cailloux dans une onde non pas douce mais glacée, Mari eut le sentiment de communier enfin avec la vieille terre de ses ancêtres. Et qu'il était difficile d'avancer, un pas, un autre, dans cette eau mordante où frétillaient des poissons quasi transparents, fins comme des brindilles ! Deux enjambées, pas plus, les consignes étaient strictes. Elle s'accroupit et entreprit de se frotter avec des poignées de sable. Le courant emporta quelques filets gris tandis que sa peau engourdie par le froid rougissait. Involontairement, elle s'était tournée vers le soleil posé, énorme, sur le rail d'or du Louar. Le couchant illuminait là-bas tout un alignement de frondaisons rondes mais, bien plus près, derrière les joncs et les feuillages légers des branches qui le séparaient d'elle, il caressait le corps noir de Birayma Penda. Galant, l'ingénieur tenait sa promesse. Mari put l'admirer à loisir car, à aucun moment, il ne lui présenta rien d'autre que ses cuisses, ses fesses, son échine, ses épaules. À son cou, scintillait la chaîne dorée où était attaché le médaillon d'Ani. Le talisman que la jeune fille avait reçu de sa mère sur son lit de mort, et auquel elle avait un jour confié le soin de protéger l'homme qu'elle aurait tant voulu pouvoir aimer.

Il avait été convenu que l'ingénieur sortirait le premier. Mari décida d'oublier l'instruction. Elle quitta le bain avant Penda, ses bottes à la main, sa grosse chemise, sa veste de chasseur et ses culottes longues sur le bras. Elle attendit d'avoir atteint la petite dune encore baignée de soleil pour poser ses vêtements et commencer de s'habiller. Cette fois, elle respecta leur accord et resta le dos tourné. Mais peut-être Birayma, alors, avait-il fini de contempler la rive lointaine du fleuve ?

Une brume poisseuse les accompagna tout au long de la journée du lendemain. Pépin, qui aimait commander de la vue à ce qui l'entourait, d'un bord à l'autre de ce monde sauvage, leur fit accomplir des détours fastidieux. Si loin des Comptoirs, à l'approche maintenant de ce qu'on appelait les Territoires extérieurs, le guide s'était mis à redouter les menaces voilées par le ciel bas. Derrière une colline, un de ces lieux maudits qu'il ne fallait pas approcher sous crainte de faire sortir de terre des esprits blancs aux longues dents. Plein ouest, il en était sûr, une ancienne cité occupée par une tribu barbare soumise aux volontés d'un sorcier vieux de mille ans – on y dévorait cru douze enfants, à chaque nouvelle lune ! Partout, des fosses putrides où baignaient des corps liquéfiés par la maladie, des lacs de boue qui se dérobaient sous les pieds, des croix qu'il fallait contourner par la gauche sous peine d'être foudroyé. Enfin, cette plaine tranquille de bois et de prairies n'était que pièges, que mystères, que périls indicibles.

Lorsque Isabelle se cabra soudain au sommet d'un tertre, Birayma Penda laissa échapper un cri de désespoir. De contretemps en contretemps, l'étape s'était éternisée et la lumière déclinait déjà.

— Que nous a-t-il encore déniché ? Un éléphant à deux têtes ? Un nid de cannibales ?

L'ingénieur poussa sa mule jusqu'en haut de la colline. Quand Mari le rejoignit, Pépin, debout sur les étriers de sa jument, pépiait en brassant l'air comme les ailes d'un moulin.

— Patron ! C'est la ville des ancêtres !

Cette fois, il ne s'agissait pas d'un mirage. Sous le drapé jaune et gris de nuées traversées par la clarté crépusculaire, se dessinaient les contours de bâtiments aux trois quarts ensevelis. Une forêt hirsute, en partie défrichée, avait poussé sur les toits de cette cité que la vieille terre semblait achever, lentement, de digérer.

— Comprends-tu, Mari ? dit Penda d'une voix assourdie par l'émotion. Voilà ce qu'elles sont devenues, les pierres de la Première Civilisation.

— Mortes ! répétait le petit guide. Toutes les maisons... mortes !

Au moment où l'expédition reprenait sa route, faisant sonner de ses sabots la pente douce, une terrible explosion illumina le cœur des ruines. L'espace de quelques secondes, tous virent se découper dans un halo lugubre des pans de mur, des cheminées et des voûtes, puis s'ébouler quelques frêles colonnes. Et là-bas, dans la fumée, parmi les arbustes ployés par le souffle, s'agitaient des silhouettes humaines.

— Que se passe-t-il ? demanda le capitaine Diaker. Penda, croyez-vous qu'il soit sage d'y aller ?

Les mules s'étaient mises en travers du chemin, derrière Isabelle dont les ruades soulevaient des gerbes de cailloux.

— Ils ont ouvert un passage dans ce gros bâtiment, répondit l'ingénieur. Regardez, ils entrent en portant des flambeaux. Allez ! En avant ! Je veux voir ça.

Mari, surprise, sentit que l'épaule d'Éloi la touchait. L'interprète haletait derrière son masque de soie.

— Voilà à quoi nous sommes venus assister. À la destruction des derniers vestiges légués par nos pères.

— Cet endroit me paraît immense, Éloi.

Pépin menait de nouveau la colonne, mal à l'aise sur sa monture dont les sabots dérapaient. Après la portion abrupte qui terminait la pente, viendrait une piste défrichée dans la broussaille.

— Pas si grand, non, dit Éloi, qui s'accrochait à deux bras au cou de sa mule. C'est toute cette fumée.

— Vraiment ?

— Ton génie itale affirme qu'un édifice environné de nuages semble plus vaste. Là, ce doit être la même chose.

— Tu continues donc à l'étudier ?

— Il y faut du courage, crois-moi. D'abord, retourner les lettres. Ensuite, tenter de comprendre le sens des phrases. Mais ce n'est rien. Le pire, c'est l'ennui. J'aimerais sortir de tout cela un discours intéressant. Penses-tu ! Cet homme est fou. Il est capable d'écrire des pages entières à propos de l'œil.

Il faisait presque nuit sur le chantier. Pourtant, l'activité ne cessait pas. D'aussi loin, Mari ne pouvait en être certaine mais elle n'en doutait pas : les travailleurs intrépides qui s'aventuraient parmi les pierres fracassées par l'explosion étaient des Blancs. Deux par deux, ils charriaient d'énormes baquets d'où s'élevaient des bouffées jaunâtres.

Quand ils arrivèrent, le calme était revenu dans la cité dévastée. Descendue de sa mule, Mari avait l'impression de marcher sur les ombres de ses ancêtres. D'immenses tranchées creusaient le sol le long des façades englouties par le temps, révélant çà et là la bouche ténébreuse d'une fenêtre, les poutres et les solives d'une charpente. Mais, le plus souvent, on ne distinguait que des amas de moellons et de bois, où descendaient, sectionnées par la hache des ouvriers, les racines d'arbres en voie de dépérissement. Au centre du champ de fouilles, un formidable travail d'excavation avait mis au jour une puissante structure sur laquelle planait une nappe de vapeurs troubles que la lune montante gorgeait d'une lumière maladive.

— Du soufre ! lança la voix de Bakar Diaker.

L'odeur écœurante leur en parvenait à présent. Et Mari se souvint du récit que lui avait livré le capitaine, un soir, à bord de sa péniche. Diaker, au temps où il trafiquait les Cornes d'Ivoire, avait eu à affronter le mal que tous les marins redoutaient : la Peste ! Lorsque l'épidémie se déclarait à bord, il n'y avait pas grand-chose à faire, sinon jeter à la mer les individus contaminés et tenter de purifier l'atmosphère. Le soufre, oui, qu'on brûlait dans les cales, avant de frotter le pont à l'eau vinaigrée.

— Demi-tour ! exigea Diaker. Ne restons pas là !

Une incroyable silhouette se dressa soudain devant eux, un colosse qui eût fait paraître petit l'ingénieur Penda, et mince le capitaine Diaker. L'instant d'après, son visage fut léché par la clarté tremblante d'une torche. Un autre personnage se tenait au côté du géant, presque un nain. Étrange duo. L'un, chétif et blafard, était à coup sûr originaire du pays. L'autre, dont la stature attirait tous les regards, venait d'Afirik. Pourtant, sa physionomie n'était guère familière. Mari devina que l'homme noir avait pour patrie les terres de l'Est. Avec sa tunique ouverte sur les côtés, son pantalon fermé par une cordelette et ses longs cheveux frisés, il avait tout d'un Dogon.

Il riait.

— Amis ! Amis ! s'exclama-t-il d'un ton jovial. Approchez ! L'Expédition Penda, hein ? Je vous attendais.

Birayma Penda s'avança vers lui mais le capitaine Diaker, méfiant, demeura en retrait.

— Weke Sendi, septentrionologue, comme m'appellent les gens qui aiment les mots compliqués, annonça-t-il en étreignant son hôte.

Le grand Peul disparut entre les bras forts et noueux comme deux troncs d'arbres.

— Moi, je préfère dire : fouilleur de décombres,

expert en détritus humains. Bienvenue dans la cité des esprits, messieurs.

Son regard se posa sur Mari qui, alors, rêvait de se fondre dans les vieilles pierres du chantier.

— Ah ! Pardon. Messieurs et madame !

— Pourquoi la cité des esprits ? lui demanda Penda.

— Qui d'autre habiterait semblables ruines ? La dernière âme en vie a dû quitter les lieux il y a un siècle. Restent les cailloux, les souvenirs et les esprits en peine. Voici Moustique !

Pour compléter la présentation, il abattit la paume d'une main énorme sur la tête de son serviteur, au risque de l'enfoncer dans les profondeurs du terrain, tel un clou dans une planche.

— N'avons-nous pas perçu une explosion ? l'interrogea Birayma Penda, avec presque de la timidité.

— Le seul vestige digne d'intérêt, répondit Sendi en désignant du pouce la muraille qui le couvrait de son ombre. Nous avons fini hier de dégager la façade principale. Il fallait ménager une ouverture. Voilà qui est fait ! Les hommes ont fumé tout ça au soufre. Demain, nous pourrons nous y hasarder. En votre compagnie, si le cœur vous en dit. En attendant...

Weke Sendi fronça les sourcils. Il attrapa le bras de Moustique pour le contraindre à lever plus haut son flambeau. Le septentrionologue observa l'un après l'autre les compagnons de Birayma Penda. Son attention s'attarda sur Éloi.

— Pas d'inquiétude, mon garçon. Les miasmes ne sont pas pires ici qu'ailleurs dans ce foutu pays.

Il haussa les épaules. Éloi, face à lui, avait porté

la main à son masque de soie. L'espace d'un instant, Mari crut que l'interprète allait commettre la folie de l'arracher. Si loin des Comptoirs, à l'orée des Territoires extérieurs, sa bouche mutilée ne pouvait passer que pour les stigmates d'une terrible maladie.

— Vous arrivez pour le dîner. Suivez-moi. Mon campement est de ce côté. Si vous avez des chimpanzés à loger, Moustique les conduira. Les miens se sont bricolé un village avec les matériaux récupérés sur le chantier, à dix minutes de marche au nord.

— Les vôtres ?

— Je ne sais même plus combien j'en ai. Une trentaine. Vous connaissez les Franches. Ça va, ça vient. Ça meurt, ça se reproduit. Un jour, il en arrive toute une tribu, le lendemain il en disparaît cinq. Et il faut avoir l'œil. Ils ne partent jamais les poches vides.

Penda adressa un signe discret à Pépin et aux jumeaux. Les trois indigènes de l'expédition suivirent la torche du petit serviteur, emmenant avec eux la jument et les mules. Tel un magicien, Weke Sendi fit surgir de son large pantalon un nouveau bâton enduit de résine, qu'il alluma d'un frottement de doigts.

— Le gouverneur Diatta m'a dit le plus grand bien de vous, confia l'ingénieur Penda d'un ton où perçait la perplexité.

— Diatta ? Ah ! C'est donc qu'il n'a pas encore récupéré Melagne et Saer.

— Melagne et...

— Une paire de sangsues qu'on m'a collée pour surveiller les fouilles, coupa Sendi. Je m'en suis débarrassé. Reste Tabora.

— Tabo...

— Une fonctionnaire du royaume, comme elle dit. Bureau des Territoires franches. Accrochée à mon fond de culotte comme une bernique. Le sang, la sueur, la poussière et les cailloux, c'est pour moi. Les belles trouvailles, les objets précieux, tout ce qui a de la valeur, c'est pour elle, vous comprenez ?

— Eh bien...

— Pour la patrie, mon cher ! Je suis censé travailler pour la patrie. Est-ce que j'ai une tête à travailler pour la patrie ?

Le regard du géant semblait aimanté par les deux Blancs de l'expédition.

— Ces deux-là..., dit-il en désignant Éloi et Mari.

— Éloi est mon interprète, répondit Penda. Et Mari...

L'ingénieur tarda à se prononcer.

— Ma collaboratrice, acheva-t-il d'une voix à peine audible.

— Bon. Essayez de ne pas disparaître dans un trou.

Sa torche négligemment inclinée près de la hanche, Weke Sendi montrait la voie, enjambait des fossés, escaladait des monticules indistincts. Ils longèrent les murs de la ruine principale, d'où filtraient les relents pestilentiels du soufre. L'archéologue avait établi son camp à quelques centaines de mètres de là, derrière un rideau d'arbrisseaux desséchés. Mari compta cinq tentes, une immense et quatre petites, dont la toile luisait sous la lune. Weke Sendi les conduisit vers la plus vaste.

Deux serviteurs blancs faisaient chauffer un brouet odorant dans une grosse marmite en fonte posée sur les braises. Un autre tournait la broche sur laquelle rôtissait une cuisse de bœuf. Il faisait si chaud sous la tente que Mari frémit de terreur à l'idée qu'elle puisse s'embraser. Des tapis, des nattes, des coussins formaient au centre un espace accueillant. Weke Sendi négligea les présentations, ignorant la femme qui mangeait en solitaire, assise en tailleur. Tabora, sans aucun doute.

— Débrouillez-vous, dit-il en ramassant une machette pour aller faire tomber dans un plat quelques épaisses tranches de viande.

Chacun se servait puis prenait place où bon lui semblait. Mari choisit un vieux pouf brodé, près de la dénommée Tabora. Mais cette dernière ne leva pas les yeux pour la regarder s'installer. Le visage encadré de cheveux nattés, elle présentait dans la lumière des lanternes un profil aigu.

— Comment va l'Afirik ? demanda Weke Sendi, qui déchirait entre ses doigts des lambeaux de bœuf saignant. Ce n'est pas que le pays me manque mais parfois le Septentrion me démoralise. Attendez de voir l'hiver. Les ciels gris, la pluie, la fange, le froid... Mais je ne regrette pas Ndakarou, non. Et je crois que personne ne m'y regrette !

Il éclata de rire.

— J'étais lutteur. On m'appelait l'homme et demi. J'ai mis par terre tout ce que la ville comptait de champions. Ça ne plaisait pas. Je suis toujours resté un étranger, là-bas. Étranger, c'est mon destin. Vous luttez, capitaine ? Non ? Vous avez pourtant les épaules pour ça. Tenez. Venez là.

Bakar Diaker, debout près de la marmite avec une

gamelle en fer-blanc, s'approcha sans enthousiasme du géant. Aussitôt, souple comme un chat, Weke Sendi se dressa et empoigna le marin sous les aisselles. Sans effort apparent, il le souleva de terre et le tint un moment ainsi, à bout de bras.

— Je donnais aussi des spectacles. La pyramide humaine ! Je pouvais porter cinq personnes en même temps. Mais il a fallu que je parte. Je n'avais plus d'adversaires à ma taille. Et tout le monde connaissait mon numéro. Qu'est-ce qu'il a, lui ?

Comme toujours, Éloi dînait à l'écart, le dos tourné aux autres convives.

— Notre ami n'aime pas montrer ses dents, répondit Diaker en remettant de l'ordre dans sa tenue froissée par les pognes de l'archéologue.

— Il a... est-ce qu'il a été...

— Éloi n'est pas malade, coupa Birayma Penda.

Tabora, près de Mari, s'était figée. Les serviteurs blancs avaient cessé de tourner leurs longues cuillers de bois. On eût dit soudain qu'il avait suffi de prononcer un mot pour que les germes de la Peste se répandent dans l'atmosphère.

— Bon, bon, fit Weke Sendi alors qu'il attrapait un pot d'étain rempli à ras bord de vin de raisin. Chacun ses manies. Moi, je déteste pisser devant les dames.

Quoique à plusieurs pas de lui, Mari eut l'impression de sentir sur sa peau le souffle de son rire énorme.

— Quand je suis parti au Septentrion, je croyais découvrir des merveilles. Depuis, je creuse. Hein, Tabora ? Je ne dis pas qu'il n'y a rien à tirer de ce tas de boue, mais on a parfois le sentiment de trier un monceau d'ordures pour dénicher une pépite.

Mari résista à l'envie de lui balancer à la figure son assiette de porcelaine ébréchée. S'en serait-il d'ailleurs soucié plus que de l'attaque d'un moucheron ?

— Nous verrons cela. À la première heure, si vous me faites l'honneur de visiter la ruine avec moi.

— Avec plaisir, l'assura Penda.

Le colosse but de nouveau, à traits si longs qu'il en perdait le souffle.

— Je plaisante, je plaisante, reprit-il en posant sur Mari un regard appuyé. Un petit babouin du pays, pas vrai ? Toujours mieux que les chimpanzés des Territoires. Fais pas cette tête, ma fille, je plaisante, j'adore plaisanter.

Plus Weke Sendi insistait sur ses talents d'humoriste, moins sa bouche souriait. Les Dogons n'étaient pas connus pour leur caractère enjoué.

— On creuse, on déblaie. Si les esprits sont de bonne humeur, on récolte quelques objets intéressants. Dans le pire des cas, il y a la pierre, le marbre... Enfin, c'est pas encore demain qu'on trouvera la tour dorée.

— La tour dorée ? s'étonna l'ingénieur Penda.

— Une tour couverte de feuilles d'or épaisses comme mon petit doigt, où les indigènes vénéraient le dieu unique.

— D'or ? répéta Bakar Diaker.

— C'est là qu'on conserve le trône du Roi des Cieux. Un trône d'or et d'argent, incrusté de diamants et de pierres précieuses. Enfin, c'est ce que prétendent les Blancs quand ils ont abusé du jus de la vigne. Pourtant, j'ai beau leur arracher les ongles et leur crever les yeux au fer rouge, ils ne veulent pas me dire où c'est. Je plaisante, ma belle, je plaisante. La vérité, c'est que tout le monde connaît cette tour et ce trône mais que personne ne les a jamais vus.

Il se frappa la tempe d'un coup de poing à assommer un buffle.

— Mais maintenant, je l'ai là, vous comprenez. Impossible de la déloger. Peut-être que la tour dorée n'existe pas davantage que l'éléphant sacré de la montagne bleue mais je l'ai là, maintenant, je l'ai là. Saloperies de chimpanzés !

— Ils ne l'ont pas inventée exprès pour vous contrarier, monsieur Sendi, objecta Penda.

— Les légendes, c'est comme ça. Neuf fois sur dix, ça repose sur des fadaises. Mais, une fois de temps en temps, il y a quelque chose derrière. Et, dieu de bois, ce coup-là, je veux être le premier sur l'affaire !

Mari sursauta en entendant le septentrionologue jurer à la façon des Blancs.

— Et qu'en feriez-vous, monsieur Sendi ? demanda-t-elle.

— Appelle-moi Weke, fillette. Du trône ? Ce que j'en ferais ? Je poserais mes fesses dessus, cette question ! J'ai toujours pensé que c'était ma place. Sur un trône. Ah ! Et...

Son index se tendit vers Tabora.

— Il me resterait à étrangler celle-là avant qu'elle ne pose ses pattes dessus. Au nom de la patrie, hein !

L'intéressée garda les yeux fixés sur le sol.

— Vous ne dites rien ? murmura Mari, s'adressant à elle pour la première fois.

— S'il fallait croire tout ce que racontent les Franches...

— Il vous a menacée !

— J'ai l'habitude.

Tabora mastiquait lentement, avec distinction, sans jamais tourner les yeux vers Mari. La jeune fille s'évertua cependant à prolonger la conversation.

— Est-ce que M. Sendi est vraiment un grand savant ?

— Sendi est un pirate, un pilleur de tombes. La honte de la septentrionologie. Mais il n'est pas seul de son espèce, hélas.

Alors qu'il attaquait sa cinquième ou sixième tranche de viande, Weke Sendi continuait de pérorer, étalant ses connaissances historiques.

— On ne l'imaginerait pas à les voir aujourd'hui mais c'était une race de bâtisseurs. L'épidémie les a arrêtés net. Il y a eu des millions de morts, à mon avis. Des millions et des millions. On ne peut expliquer autrement ce qui s'est produit.

Mari dressa l'oreille, s'attendant à une révélation, mais laissa Birayma Penda aiguillonner le bavardage de l'archéologue.

— Et que s'est-il passé exactement, monsieur Sendi ?

— Eh bien, ce que je viens de vous dire. Net mais net !

Il fit un grand geste du bras, comme pour désigner toutes les ruines alentour.

— Dans certaines régions, on a découvert un nombre

incroyable de constructions inachevées. Et pas des cases en pisé ! Des demeures de rois, des châteaux, des tours. Je dis bien inachevées, pas démolies. Un bon septentrionologue sait voir ça.

— Et vous pensez que l'épidémie...

— Ouais. Comme si le ciel leur était tombé sur la tête. Ou comme si tous les ouvriers s'étaient volatilisés. Les travaux n'ont jamais repris.

— La Première Civilisation des pierres...

— ... s'est effondrée en l'espace de quelques mois, compléta Sendi. Et ce sera aussi la dernière... jusqu'au jour où nous nous déciderons à apporter le progrès dans ces contrées au lieu de nous contenter d'y cultiver des fruits et des légumes. Mais il faudrait d'abord nettoyer la cervelle de ces chimpanzés de toutes leurs superstitions.

— Quand je pense que j'ai failli mettre ma belle robe jaune pour lui, marmonna Mari, mais Tabora ne l'écoutait pas.

— Il existe encore des hommes brillants au Septentrion, j'en ai la preuve, dit Penda. Non loin d'ici, avec un peu de chance. À ce sujet, j'aurais aimé vous montrer certains documents étonnants que...

— Oh ! Il est bien tard pour mes méninges. Si vous désirez causer sérieusement, remettons ça à demain, coupa Weke Sendi. À propos de chance, vous êtes vernis. Il y a juste quelques jours, je vous aurais mis sur une botte de paille. Là, dieu de bois, vous allez être couchés comme des princes.

— Nous ne voulons surtout pas abuser de...

— Ta ! ta ! ta ! La place est libre, profitons-en. Hein,

Tabora ? Melagne et Saer avaient chacun leur tente, vous comprenez ?

— Oui, je...

— Moi, je dors ici, dit Weke Sendi en dressant sous la toile gonflée par la chaleur des feux sa masse colossale. Ça me réconforte de savoir qu'il y a toujours un reste de cuisse de bœuf à proximité. Si ça te dit, fillette.

— Pardon ?

— Quand il y a de la viande pour un, y en a pour deux. Et je parie que t'as pas eu souvent l'occasion de passer la nuit avec un gaillard comme moi. Crois-moi, tu t'en souviendrais.

— Je vous crois, monsieur Sendi.

Guettant du coin de l'œil les réactions de l'ingénieur Penda, elle ajouta :

— Je vous remercie de votre proposition mais je crains de n'avoir pas assez d'appétit.

Le minuscule serviteur blanc avait fait sa réapparition.

— Suivez Moustique. Il va vous conduire dans vos appartements. Il y a deux tentes pour vous. Melagne et Saer étaient installés confortablement. Qui couche avec qui, ça, c'est votre problème.

Le géant promena un regard moqueur sur ses hôtes et s'attarda un peu sur le visage masqué d'Éloi.

Il y eut un moment embarrassant où chacun parut troublé par ses hésitations. Qui donc irait avec qui ? Chacun, jusqu'à présent, couchait sous sa propre petite tente. Mari, le cœur battant, attendit un signe qui ne vint pas. Birayma Penda, quand il leva la main vers elle, exprimait-il un regret ? Finalement, les trois hommes s'engouffrèrent sous la même tente et elle demeura seule face à la sienne. L'ingénieur aurait-il aimé avoir l'audace de la suivre ? Elle ne le savait pas. Ce dont elle était sûre, c'était que Diaker et Éloi auraient volontiers allongé loin l'un de l'autre leurs corps si dissemblables et aux aspirations tellement contraires.

Un flambeau dans sa main tremblante, elle s'approcha du matelas bourré de paille et pourvu de draps blancs. Elle réprima un cri en découvrant la silhouette qui se tenait près d'elle. Mais il ne s'agissait que d'un simulacre d'homme, de vêtements pendus à un pieu planté dans le sol. Un pantalon, une veste et un chapeau. Sur la poitrine était épinglé un bout de papier où elle lut le nom : Melagne. Et, à l'emplacement présumé du cou, était enroulée une grosse corde de chanvre. Weke Sendi, décidément, était un sacré farceur.

## 10
## SEPTENTRIONOLOGIE

Mari dormit tard et se leva la dernière. Elle quitta la tente, impatiente de découvrir le champ de fouilles sous l'éclairage du jour neuf. Mais de gros rouleaux brumeux rampaient dans les ruines, noyant le paysage dans leurs volutes opaques. Mari se dirigea vers l'ouverture pratiquée la veille à l'explosif dans la muraille, les joues piquées par une pluie fine mêlée de grésil. Elle poussa une exclamation joyeuse. Ça pinçait, ça engourdissait les doigts, ça faisait pleurer le coin de l'œil. Cette fois, c'était lui, le froid du Nord !

L'apercevant en grande conversation avec Weke Sendi, Mari courut vers l'ingénieur, pressée de lui communiquer la merveilleuse nouvelle : « Monsieur Penda, j'ai froid ! » Les mots cependant ne franchirent pas ses lèvres. À l'abri d'une voûte déchiquetée, les deux hommes examinaient les machines volantes qui illustraient certaines planches du mystérieux dessinateur itale.

— Les documents me paraissent plutôt anciens, disait Sendi, mais la modernité de ces engins étranges m'intrigue.

— En avance sur nos propres conceptions, d'une certaine façon, nota Penda.

— Et pourquoi cherchez-vous trace de lui dans cette région, s'il est itale ?

— J'ai la conviction qu'il y vit, ou qu'il y a vécu. J'ai réussi, non sans mal, à apprendre dans quelle contrée ce lot de planches avait été découvert. D'après les indications que j'ai recueillies, nous n'en sommes pas très loin. Bien sûr, cela peut se trouver à cinquante ou cent kilomètres d'ici. Mes informations ne sont guère précises.

— Un étranger écrivant à l'envers et imaginant de tels mécanismes, on se souviendrait sans doute de son passage. On ne rencontre pas tous les jours un personnage aussi excentrique !

— Vous le pensez ? s'exclama Birayma Penda, soudain plein d'espoir.

— Oh ! oui, je peux même vous le prouver.

— Vraiment ?

— Hé ! Mon cher, regardez-moi plutôt ! Je suis bien placé pour savoir que, quand on ne ressemble pas à tout le monde, on marque les esprits.

— Vous n'êtes pas quelqu'un qu'on oublie, c'est sûr, admit l'ingénieur.

— Eh bien, votre Itale doit être de la même espèce. Tenez ! Peut-être même qu'il parle aussi à l'envers !

— Cette idée ne m'était jamais venue.

Songeur, l'archéologue tapota du doigt l'un des dessins.

— L'idéal serait qu'il ait gravé ce genre de fantaisies sur des monuments. Et que comptez-vous faire, Penda ?

Sillonner le pays en interrogeant les pauvres hères qui l'habitent encore ?

— Ma foi, je... je ne désespère pas de croiser certains individus un peu instruits, des gens susceptibles d'avoir été en relation avec lui.

— Des gens, hein ? Des chimpanzés capables d'accomplir deux ou trois tours, voilà ce que je vous promets dans le meilleur des cas. Gens, instruction, culture... rayez ces mots-là de votre vocabulaire, Penda ! Vous êtes au Septentrion, ici.

— Mais il y a bien eu...

— Ce monde est mort, Penda. La Peste l'a dévoré. Suivez-moi, maintenant. Je vous offre l'occasion d'en découvrir davantage. Mais n'escomptez pas des merveilles. Le trône d'or et de diamant, ce n'est pas pour aujourd'hui.

Ils franchirent la brèche creusée dans la paroi et descendirent grâce à un plan incliné de bois dans une salle où, dès l'aube, les ouvriers s'étaient mis à l'œuvre. Les pics et les masses soulevaient des nuages de poussière, des gerbes d'éclats. Écorchée, la pierre humide mêlait son odeur aux relents persistants du soufre purificateur. Les murs étaient puissants et nus. Au-dessus de leurs têtes, les lampes et les flambeaux éclairaient une voûte d'ogives.

— Une entrée, jugea Sendi. Pas trop mal préservée.

Sous les ordres d'un contremaître franche vêtu à l'afrikaine, l'équipe s'était attaquée au dallage noir et blanc qui couvrait le sol.

— Doucement, les gars ! C'est du beau caillou, ça. M'en faites pas du gravier.

Weke Sendi croisa le regard réprobateur de Mari.

— Tu me prends pour un vandale, pas vrai, fillette ? Et si tu réfléchissais un peu ? Ici, tôt ou tard, tout sera détruit. Ce que les pluies, le gel, les arbres n'ont pas fait, les hommes le feront. Moi, je sauve, je mets à l'abri. Ce beau dallage, un de ces jours, ornera une maison de chez nous, peut-être un palais de Ndakarou. N'est-ce pas mieux ainsi ?

Mari répondit d'une grimace dubitative.

— Ton ami Penda me comprend, lui. N'est-ce pas, ingénieur ? Il paraît que votre collection d'art blanc est réputée à Ziguinchor.

— Oh ! Pour ce qu'il en subsiste.

Au fond de la salle, un trou laissait passer la lumière. Une ombre hideuse s'y infiltra. Un rat.

— Venez ! Continuons la visite.

Les décombres d'une épaisse porte de bois leur barraient le chemin. Les ayant enjambés, ils pénétrèrent dans une pièce obscure dont les plafonds s'étaient effondrés.

— Ça, ça devait être une jolie cheminée, dit Sendi en désignant quelques morceaux de marbre épars.

Moustique, qui venait de les rejoindre, brandit derrière eux la torche dont il semblait ne jamais se séparer. Sa flamme fit grésiller les affreuses tresses noires qui pendaient le long d'un mur crevassé. Par terre, sur un lit de plâtre, s'étalaient les lambeaux d'une tapisserie.

— Rien à tirer de cette pièce, jugea le septentrionologue. Trop d'infiltrations.

Weke Sendi entraîna ses hôtes vers un vestibule d'où partaient les premières marches d'un escalier qui se perdait dans un amas de métal tordu.

— À gauche, décida-t-il.

Il mit deux doigts dans sa bouche et lança quelques sifflements stridents. Trois ouvriers apparurent bientôt. Sur un signe du colosse dogon, ils attaquèrent à la hache une porte basse comme scellée dans la brique.

Moustique entra le premier et chacun put voir dans la clarté de sa torche une chambre remarquablement préservée, avec son lit à baldaquin, son plafond à caissons, ses boiseries, ses tentures d'une étonnante fraîcheur. L'un des murs était orné par un grand tableau, une scène champêtre. Mari s'en approcha, afin de découvrir à quoi ressemblaient les jeunes filles blanches d'autrefois, leurs frais visages, leurs longs cheveux blonds noués de rubans, leurs robes compliquées.

Weke Sendi, lui, s'intéressait à une étrange poterie posée sur un haut socle de marbre noir.

— Dieu de bois, c'est un antique ! Vous, là.

Les travailleurs qui avaient fracassé la porte s'empressèrent auprès de lui. Mari poussa une exclamation indignée en voyant l'archéologue décrocher une tenture et la jeter à leurs pieds.

— Prenez ce vase et emballez-moi ça là-dedans. Vous le porterez dans ma case à outils. Discrètement. Surtout, que Tabora ne vous voie pas.

— De quoi s'agit-il ? s'enquit Birayma Penda à mi-voix, comme s'il craignait d'être entendu.

— Les antiques sont des objets très anciens, que fabriquaient des peuples sauvages d'une grande habileté, longtemps avant la Première Civilisation des pierres. Ces ethnies travaillaient surtout la terre cuite.

Sendi se tourna en riant vers Mari.

— Regarde bien, fillette. Ce sont peut-être vingt, trente siècles qui te contemplent... Comment savoir ?

Mari leva les yeux au ciel, agacée par le ridicule d'une telle exagération. D'ailleurs, cet homme nu, au corps rouge, sur le fond noir de la haute poterie, lui paraissait dessiné de façon plutôt maladroite.

— Bon. Il me faut ce plafond. Allez me chercher du renfort. Et pas des massacreurs, pour une fois.

Mari ressortit de la chambre afin de ne pas assister à la démolition. Animée par une sorte de rage, elle arracha une torche des mains d'un ouvrier et décida de poursuivre en solitaire l'exploration du vaste bâtiment mis au jour.

— Hé ! Où va-t-elle ? Tu regardes mais tu ne touches pas, c'est compris ? lança derrière elle Weke Sendi.

En déplaçant quelques moellons, Mari détecta dans un renfoncement une longue anfractuosité triangulaire par laquelle il lui serait possible de se faufiler. Sans savoir où cela la mènerait, elle se glissa entre les dents de la pierre effritée. Quelques dalles instables lui permirent alors d'accéder à un bref corridor.

Une lourde porte de bois terne lui faisait face. La serrure, toutes les parties métalliques ne formaient plus qu'une dentelle rongée par la rouille. Quand elle poussa, l'huisserie éclata. Mari n'eut que le temps de s'écarter avant d'être ensevelie sous une pluie de plâtre. La porte tomba à plat devant elle dans un vacarme épouvantable, soulevant un nuage de poussière blanche.

Aussitôt, elle leva les yeux. Les lieux n'étaient pas ténébreux, comme elle s'y attendait. La lumière venait d'une haute fenêtre brisée au châssis de laquelle s'accrochaient encore quelques fragments de verre coloré. Mari resta en arrêt face à la croix dorée qu'elle illuminait, une haute croix posée de guingois sur une console demeurée par miracle attachée au mur par un gros clou noir. Deux pas à gauche, elle souffla sur les toiles d'araignée qui drapaient un bas-relief de marbre afin d'en mieux admirer les sujets : une femme à la tête couverte d'un voile et, dans ses bras, un enfant. Mari, l'autre Mari ! Celle du médaillon !

Elle eut envie de se précipiter vers Birayma Penda pour lui faire part de sa découverte. C'est en se retournant qu'elle les aperçut. Deux corps, tête contre tête, couchés contre un éboulis de pierraille. Aussitôt, elle pensa à eux, cherchant leurs noms. Melagne ! Saer ! Les deux que l'archéologue voulait éliminer. Les yeux embués par la terreur, elle s'approcha. Elle contempla les guenilles, les mains parcheminées, les crânes où ne subsistait qu'un peu de peau grise. Elle vit sur le cou de l'un d'eux une plaque de mousse verte, accrochée aux vertèbres saillantes. De courtes tiges brunâtres poussaient entre les doigts de l'autre. Un pied s'était détaché, avec sa pauvre chaussure faite d'une semelle et de corde. Elle recula, effrayée. Pensa à la maladie. La Peste ! Soulagée, cependant. Ce n'était ni Melagne ni Saer. Ces malheureux étaient morts depuis longtemps, très longtemps. On disait les germes pernicieux de la

Peste quasi immortels, quand ils étaient enfermés dans une pièce close. De nouveau, elle regarda vers la fenêtre. Par bonheur, ici, l'air avait pu se renouveler.

— Des pillards, murmura-t-elle.

Ils s'étaient introduits dans les lieux, sans doute après avoir brisé le vitrail de cette petite salle vouée à l'adoration du dieu cloué, et n'avaient jamais réussi à en ressortir. Foudroyés par la maladie, peut-être. Ou bien anéantis par la soif et la faim.

Luttant contre son brusque désir de dissimuler la croix d'or sous ses vêtements, Mari s'empressa de quitter ce que les Blancs, autrefois, auraient appelé la chapelle. Le fracas des outils au travail s'était intensifié. Tous les murs, toutes les voûtes, toutes les colonnes en résonnaient. Elle perçut au cœur du vacarme la voix puissante de Weke Sendi. Des bribes qu'elle recueillit, la jeune fille conclut que le septentrionologue projetait d'organiser à Ndakarou une exposition consacrée aux objets issus de sa longue campagne de fouilles. Comme disaient certains habitants du désert, loin vers l'est de la Kassamansa : « Il faut montrer l'or à celui qui le connaît. »

Elle croisa Éloi puis le capitaine Diaker qui à leur tour entreprenaient la visite. Toute à ses émotions, elle les évita. L'atmosphère méphitique, où se combinaient le soufre, le salpêtre, le plâtre, la sciure et diverses pourritures, la faisait étouffer. Elle courut vers la grande ouverture menant au jour, que des hommes avaient entrepris d'étayer avec d'énormes pièces de bois.

Mari tourna sur elle-même. Difficile de reconstituer le décor tel qu'il devait se présenter à l'époque où le peuple blanc vivait ici. Il y avait ce bâtiment imposant, écrasant, puis alentour d'humbles maisons. Elle alla vers l'une des tranchées où une équipe nombreuse s'acharnait à dégager quelques vestiges. Tabora surveillait les travaux, une feuille de papier à la main.

— Est-ce que je peux vous parler ? lui demanda Mari.

— Bien sûr. Que désires-tu savoir ?

Mari hésita à lui révéler l'existence de l'antique, ce vase à la fois si laid et si précieux. Ou de la croix d'or. Ou de la Maria gracia plena sculptée dans la pierre.

— Vous ne craignez pas que M. Sendi vole... enfin, s'approprie certains objets ?

— Oh ! Si. Mais j'ai fait mon tour, ce matin. Le soleil était à peine levé.

Tabora agita la feuille, couverte de griffonnages.

— J'ai noté ce qui m'intéressait. J'y retournerai tout à l'heure quand d'autres niveaux seront accessibles.

— Et là ?

— C'était le village des gueux.

— Pourquoi tout est-il enseveli ?

— Une accumulation de petites choses. La terre apportée par le vent, la végétation qui s'installe, les couches de feuilles qui pourrissent, sans doute des coulées de boue à la suite de pluies violentes... Mais c'est grâce à cela que nous pouvons retrouver des traces significatives des vieilles sociétés. Sinon, tout aurait été pulvérisé. Par les éléments, par les hommes...

— Je ne vois rien de bien passionnant.

— Parce que tu ne sais pas regarder.

Tabora tendit l'index vers un ouvrier qui achevait de frotter à la brosse un morceau de bois sombre, parmi les décombres branlants d'une masure dévastée par les ans.

— Écarte-toi ! cria-t-elle en franche. Oui, toi ! Et vas-y doucement.

Au fond du large fossé, le travailleur fit un pas de côté, arrachant avec peine ses bottes à la fange nauséabonde.

— Tu la vois ?

— Quoi ?

Mari écarquilla les yeux devant ce qui lui semblait être les restes d'une porte.

— La croix, insista Tabora.

— Une croix ? Non, je ne...

— Au centre. Comme une ombre. On ne s'en rend pas bien compte mais elle était rouge.

Une croix. Rouge. Mari songea aux sacrifices humains que pratiquaient, disait-on, ses lointains ancêtres, pour plaire à leur dieu cruel.

— Une croix rouge.

— Oui, d'accord. Mais ce n'est pas...

— Ce symbole figure assez souvent sur les vieilles portes. Nous avons fini par en comprendre la signification. Il signalait les maisons qu'il fallait absolument éviter parce qu'elles abritaient un foyer de Peste.

— Oh !

— Les Blancs vivaient dans des conditions d'hygiène épouvantables, lui dit Tabora. Avec la promiscuité, la saleté et les rats, la maladie se répandait en quelques jours. Il n'y avait pas de remède. Alors, on s'en remettait au feu. On faisait brûler les corps, on faisait brûler des substances purificatrices dans les maisons. Forcément, des incendies se déclaraient. Et plus personne n'était là pour les combattre. La plupart des villes ont été ravagées ainsi. Ensuite, ces mondes morts sont devenus la proie des insectes, des vers, des oiseaux, des rongeurs. La rouille a mangé les métaux, la vermine et l'humidité ont réduit les bois en copeaux, le gel a fendu la pierre. Mais rien n'est plus puissant que la végétation. Dans chaque fissure, si minuscule soit-elle, tombe une graine et pousse une plante. Au bout de quelques années, les herbes folles sont partout, puis les ronces, les buissons. Après viennent les arbustes, les arbres. Je suis sûre que certaines cités autrefois glorieuses nous sont aujourd'hui dissimulées par des forêts épaisses.

Mari ferma les yeux, tentant de se représenter ces tableaux successifs, ces tableaux effarants. La voix de Tabora la fit frémir :

— Sur certaines de ces vieilles portes, on trouve parfois aussi une inscription encore lisible. Quelques mots qui en appellent à la pitié du dieu des Blancs. Tu es toute pâle, ma fille.

— Je suis désolée, je...

— J'adorerais pouvoir te proposer une distraction de ton âge mais ici, n'est-ce pas...

— Oh ! non, ne croyez pas que... Je suis venue pour cela, madame. Pour savoir.

— Eh bien, continue ta visite. Puisque tu n'as peur de rien, suis donc ce petit chemin défriché derrière les cases à outils. Il te mènera au cimetière. Après cela, tout ce que tu verras dans ta vie te paraîtra gai et plaisant. Même moi !

— Je vous assure, madame. Je vous remercie tellement de...

— Tu me remercieras plus tard, si tu en as encore envie, coupa Tabora.

Mari longea pendant cent mètres un mur aux deux tiers enterré, d'où surgissaient, entre les pierres, des tiges épineuses et des guirlandes de lierre. Le cimetière se situait plus au nord, après les cabanes qui servaient au rangement du matériel. Un soleil timide apparaissait et disparaissait dans le ciel laiteux, et n'apportait plus qu'une caresse un peu tiède. C'était, selon le capitaine Diaker, cette saison sans constance où les jours se succédaient sans se ressembler, tantôt doux, tantôt glaciaux, tantôt secs, tantôt humides. L'herbe demeurait mouillée même quand il ne pleuvait pas et la fraîcheur transperçait le cuir des bottes même quand il ne faisait pas froid.

Le cimetière n'était rien qu'un quadrilatère de boue creusé de fosses. Sept hommes y travaillaient, retournant la terre à la recherche d'anciennes tombes. Ici et là gisaient des dalles brisées, des fragments de marbre noir, des croix tordues, l'aile d'un ange, un couvercle de bois. Parfois, sur un morceau de pierre, on pouvait lire un nom, quelques chiffres. Un Gris enveloppé dans un épais manteau distribuait les tâches.

— Gilou, finis-moi de vider la tombe 7 ! Rien dans la 3, rebouchez-moi ce trou putride !

La puanteur qui flottait sur ce spectacle désolé était en effet prenante. Mari faillit rebrousser chemin mais un monticule grisâtre, au pied d'une haie, attira son attention. Elle s'approcha en se pinçant le nez, sûre de ce qu'elle allait découvrir. Des os. De longs, de minuscules, des crânes, des vertèbres. Puis quelques lambeaux de tissu. Les restes des corps sortis des tombes.

Une soudaine bouffée de colère lui empourpra le visage, lui brouilla la vue, lui coupa le souffle.

— Pourquoi faites-vous ça ?

Personne ne l'entendait. Les ouvriers continuaient de saccager l'enclos sacré, à la pioche, à la pelle. La plupart se protégeaient la bouche et les narines d'un chiffon noué derrière la nuque, pour ne pas respirer les miasmes libérés par le viol des vieilles sépultures.

Un peu plus loin, sous la tête éplorée d'un saule, quelques objets luisaient sur une planche soutenue par deux tréteaux. La maigre récolte du jour : des bagues, un collier, deux tas de miettes dorées, un pot de bronze, un poignard, une boucle de ceinture, des pièces de monnaie rognées...

Un Franche rond comme une barrique passa derrière elle en poussant une brouette. Stupéfaite, Mari le regarda charger son grossier véhicule à la fourche, piquer dans les ossements, soulever tibias et omoplates, attraper un crâne par une orbite.

— Dépêche-toi d'aller brûler tout ça ! hurla le Gris. De la graine de Peste, que c'est ! De la graine de Peste !

L'homme empoigna de nouveau les brancards de sa brouette.

— Non ! Attends ! À la fouille d'abord !

Mari croisa le regard affolé du travailleur, qui s'était immobilisé à deux pas d'elle. L'air dégagé, il fit un curieux détour et frôla la jeune fille de façon délibérée avant de se diriger vers le chef d'équipe.

Ils s'étaient touchés. Elle avait senti les doigts rugueux contre les siens. Puis quelque chose d'étrange s'était produit. Il avait glissé elle ne savait quoi dans la petite paume entrouverte de sa main blanche.

— Plus vite que ça, empoté !

Abasourdie, Mari assista à la suite de la scène sans oser jeter un coup d'œil sur ce que l'homme lui avait remis. Elle le vit se déshabiller lentement et tendre au Gris tous ses vêtements, jusqu'au dernier. Quand le contremaître eut inspecté chaque poche, chaque ourlet, quand il eut secoué les bottes, il ordonna au petit bonhomme d'ouvrir la bouche. Il y glissa l'index et l'explora. Pour finir, il obligea l'ouvrier à pencher devant lui son corps aux chairs molles et se baissa pour vérifier qu'il n'avait rien caché dans son anus.

— Tu t'en tires bien ! cracha le Gris en piétinant les pauvres habits dans la gadoue. J'aurais pourtant juré... Gare à toi, Simon, gare à toi ! Si je ne t'ai pas aujourd'hui, je t'aurai demain. Rôtis-moi cette merde, maintenant. Je veux de la cendre fine, tu m'entends ?

Mari desserra enfin les doigts. Dans le creux de sa main, il y avait deux anneaux de métal terne. Un peu plus tard, comme elle reprenait la direction du campement, elle les frotta contre la manche de sa veste. Mais même ainsi, ils ne brillaient guère.

Assis sur d'inconfortables sièges de gravats au milieu du champ de fouilles, Weke Sendi et Bakar Diaker vidaient une bouteille de vin de raisin en échangeant quelques considérations à propos de la navigation fluviale. Le capitaine avait entretenu l'espoir de remonter le cours du Louar à bord d'une petite embarcation motorisée mais on l'avait dissuadé de tenter l'aventure tant les risques étaient grands de s'engraver sur le fond d'un fleuve que la saison chaude avait privé d'eau.

— Et vous, s'étonna-t-il, vous me parlez de transporter ainsi jusqu'aux Comptoirs tout le fatras que vous déterrez ?

— Dans ce pays, les chemins sont mauvais, les herbivores de trait sont lents et capricieux, et les brigands à l'affût d'un convoi bien garni sont fort nombreux, répondit l'archéologue. Sans compter que, pour certaines pièces de grandes dimensions, seule la voie du fleuve est envisageable.

— Alors, comment faites-vous ?

— Nous attendons la saison des pluies pour que le niveau du Louar monte un peu et nous construisons des radeaux. Un radeau bien conçu peut accepter des charges considérables. Ce n'est pas très rapide non plus mais, dans le sens du courant, cela va toujours.

Mari se tenait près des deux hommes, dans l'air froid où le soir, en tombant, semblait souffler une multitude d'aiguilles de glace invisibles. Profitant qu'un silence s'était installé, elle s'écria soudain :

— Comment pouvez-vous laisser faire une chose pareille ? C'est une honte ! Même aux plantations, on ne nous traitait pas ainsi !

Un grand sourire éclaira le visage du septentrionologue.

— C'est de la poudre à fusil, cette petite, pas vrai, capitaine ? Alors, fillette, qu'as-tu donc vu ? Raconte à Weke.

— Je reviens du cimetière blanc. Voilà ce que j'ai vu. J'ai vu qu'on ouvrait les tombes de mes ancêtres, qu'on les dépouillait des objets enterrés avec eux, qu'on mettait leurs restes au rebut, comme si c'était de l'ordure...

Weke Sendi prit la bouteille des mains du capitaine et but une longue rasade sans sembler cesser de sourire. Il attendait la suite.

— Ça me soulève le cœur mais... oh ! ne me dites pas que ce ne sont que des morts, je le sais. Morts depuis des siècles, peut-être, alors...

— Alors ? demanda Sendi en essuyant ses grosses lèvres de Dogon.

— Alors... ce n'est pas de cela que je voulais vous parler. Ce que j'ai vu aussi, c'est la façon dont vous traitez mes frères blancs, ceux d'aujourd'hui. Comme des voleurs ! L'un d'eux a été obligé de se déshabiller, il a été fouillé, examiné de façon humiliante.

Mari fit un grand geste, pointant du doigt toutes les ruines alentour, les pierres du palais croulant, les masures de l'ancien village.

— Mais qui sont les voleurs, ici ? Qui ? Qui dépouille qui ?

— As-tu fini ?

— Non. Je voulais vous dire encore... Cet homme qu'on a contraint à se mettre nu devant tout le monde, devant moi... il était sale parce qu'il passe ses journées à patauger dans la boue... il était gras et mou à cause de la mauvaise nourriture, monsieur Sendi, et sans doute l'auriez-vous trouvé de surcroît stupide.

— Eh bien ?

— Eh bien, j'ai eu envie de me griffer la figure et de me rouler dans la fange, d'être laide et sale et de puer. Comme lui, monsieur Sendi ! Parce que je suis comme lui, monsieur Sendi, comme lui...

— Ils sont sales, ils sont laids, ils puent et ils guettent le moment de faire un mauvais coup, fillette. Et, sache-le également, ils sont bien contents d'être là avec moi. Parce que la plupart de ces gars sont des Blancs cassés, vois-tu ?

— Des quoi ?

— Des Blancs cassés... des évadés... des esclaves qui ont fui les plantations pour échapper à un quelconque châtiment et qui se sont réfugiés ici.

Toujours hilare, l'archéologue rendit la bouteille à Bakar Diaker.

— Quand je pense que j'ai arrêté la lutte sunugaalaise parce que je n'avais plus d'adversaires de ma trempe. Je ne connaissais pas votre jeune amie, capitaine.

— Je dois admettre qu'elle m'étonne, répondit Diaker. Mari a fait d'énormes progrès.

Mari dévisagea le marin sans détecter dans son unique œil valide la moindre lueur d'admiration. Furieuse, elle s'éloigna.

Le jour déclinait mais les nuits du Septentrion ne venaient pas comme celles d'Afirik, brutales tel un rideau qui tombe. La clarté semblait fuir le monde par ses horizons percés, à la façon lente et horripilante dont l'eau s'écoule d'un robinet mal fermé.

Elle découvrit Birayma Penda devant la tente que se partageaient les trois hommes de l'expédition, fumant sa pipe. Mais l'ingénieur n'était pas seul. Près de lui, comme adossée à la lueur des lanternes, se tenait Tabora. Mari s'arrêta net. Cette femme sèche au visage sévère, une Mandingue peut-être, cette femme écoutait Penda avec une attention soutenue. Et elle souriait ! Dans la pénombre où brillaient ses yeux, ses lèvres, la peau lisse de ses joues, elle avait un charme fou.

— Cela me paraît tout simplement fascinant, ingénieur. Et ce personnage aurait conçu une machine volante, d'après vous ?

— Imaginé, en tout cas. Comme s'il avait reçu une sorte de vision, voyez-vous ? Ce malheureux pays n'a jamais eu de fabriques susceptibles de construire un tel appareil.

— Un Itale égaré sur les Territoires, voilà ce que je m'explique mal.

— La Peste a causé d'importantes migrations. Les populations blanches ne cessent de se déplacer dans l'espoir, bien illusoire hélas, d'échapper au fléau.

— En effet, acquiesça Tabora. Je me souviens d'avoir écouté une conférence passionnante à ce sujet, à la Maison du Savoir de Ziguinchor.

— Mais parlez-moi de vous, Tabora. Depuis combien de temps chassez-vous les trésors cachés du Septentrion ?

— Oh ! Je ne compte plus les mois ni les années.

Mari tenta de fermer ses oreilles et ses yeux, mais elle

avait besoin de savoir et continua de les épier malgré elle. Certains hommes, d'après Éloi, se laissaient flatter par les marques d'intérêt d'un simple youyou. Alors, quel n'était pas le pouvoir d'une telle femme !

— Je ne fais que veiller sur les intérêts de la patrie, disait Tabora d'un ton modeste.

— Il n'y a pas de tâche plus noble, répondait l'ingénieur.

Elle avait posé la main sur son bras. La silhouette d'Éloi se découpait sur la toile dans la lumière des lampes. Il travaillait.

— Votre interprète a quelque chose de fort étrange.

— Oui. Vous allez prendre froid. Venez.

Il l'entraînait, ils s'éloignaient ensemble.

Éloi avait levé la tête. Sans doute ne distingua-t-il que leurs ombres. Mais il les avait surpris lui aussi.

## 11
## LA CINQUIÈME MULE

Avant de s'abandonner à un sommeil consolateur, les dernières pensées de Mari furent pour lui. Birayma. Et pour elle. Tabora. Les regards attentifs qu'il lui destinait. Les paroles louangeuses qu'il lui adressait. La manière dont il l'écoutait en soufflant la fumée de sa pipe du coin de la bouche, pour ne pas l'incommoder. Elle, Tabora, qui en présence de l'ingénieur semblait devenir une autre. Une femme séduisante, une femme ensorcelante.

Une véritable Afirikaine.

Elle les vit longtemps comme imprimés sur ses paupières, serrés l'un contre l'autre, qui s'en allaient. Leurs mains nouées, leurs têtes se touchant, les imaginait-elle ? Elle ne le savait plus. Quand elle s'endormit enfin, l'austère Tabora avait revêtu le plumage chamarré du youyou.

Mari fut éveillée par des cris de rage. La voix d'Éloi. Elle l'eût reconnue entre mille. La jeune fille se leva, se précipita. Éloi avait travaillé tard. Il dormait encore quand ses deux compagnons avaient quitté la tente. Mari écarta le pan de toile et découvrit un étrange spectacle.

Éloi, seul devant sa couche, tenait devant lui des habits qui ne lui appartenaient pas, des vêtements féminins. Il protégeait ainsi son corps presque nu. Mari regarda avec perplexité les jambes imberbes de l'interprète, ses bras repliés sur un chiffon noir qui semblait une robe de coton. Il y avait près de lui sur le sol un bustier, un chapeau en raphia et des souliers pointus.

— Ah ! C'est toi ! dit-il en jetant la robe par terre.

Il n'avait plus sur lui qu'un pagne froissé. Mari ne put s'empêcher d'admirer sa peau parfaite, ses muscles fins et bien dessinés. Si blancs.

— Que se passe-t-il, Éloi ?

— On m'a volé mes vêtements. Et on a mis ceux-là à leur place. Pour me...

— Eh bien oui, pourquoi ?

— Pour m'humilier.

— C'est ridicule, voyons.

— Je te le dis.

Dehors, retentirent d'autres cris. C'était, cette fois, la voix de Tabora. Mari ressortit. La jeune femme était plantée devant sa propre tente, dans une tenue extravagante, beaucoup trop grande pour elle.

— Madame ? Que...

Mari étouffa un fou rire. Tabora nageait dans le costume de voyage d'Éloi. Le veste lui couvrait les mains, le bas du pantalon était roulé ; elle traînait dans la poussière le vieux manteau élimé.

— Va lécher les bubons de tes ancêtres ! hurla Tabora à son adresse. Et laisse-moi m'occuper de cette tête de squale !

— Je vous assure, madame. Éloi n'est pour rien dans...

— Disparais !

Mari ne se le fit pas répéter, soucieuse avant tout de ne pas s'attarder au centre du carnage qui s'annonçait et dont les causes lui échappaient. Une nouvelle tranchée avait été ouverte. Plantés autour de la dernière découverte, certains hommes gloussaient, d'autres faisaient la croix avec la main, au front, à la poitrine et aux épaules – d'une manière différente de celle qui se pratiquait au pays. Se penchant au-dessus d'une fosse profonde, Mari vit qu'on avait dégagé près de deux étages d'une maison qui avait dû être belle. Une tête était prise dans un balcon de fer forgé, non pas pelée jusqu'à l'os mais comme séchée par le temps. Il restait sur le crâne de longs cheveux gris et sur la figure parcheminée un hideux sourire.

Elle s'éloigna vers les collines. Il lui semblait soudain que le vent poussait dans son dos. Elle aurait pu aller ainsi pendant des jours, vers le rivage, vers la mer. Tout la souillait. Oui, il lui fallait cela. Les eaux entières de l'océan n'étaient pas trop vastes pour la laver.

Est-ce que je voudrais déjà rentrer ? s'interrogea-t-elle.

Rentrer, voilà le mot qu'elle pensait ! Pépin le guide avait-il donc raison ? N'était-elle pas comme il disait une « bonne Blanche de la patrie » ?

Mari flâna pendant près d'une heure dans la campagne déserte, guettant entre les collines quelque signe de vie. Ici, là, une maigre colonne de fumée. Si demain elle revenait au pays et qu'on lui demandait : « Alors, qu'as-tu vu ? Comment sont-ils, les nôtres ? », elle ne saurait rien répondre d'autre que : « Bah ! Un peu de fumée. Voilà tout ce que j'ai vu. » Enfin, à peine plus.

Elle s'assit un moment sur une vieille souche couverte de champignons coriaces, pareils à des langues tirées. Les deux anneaux n'avaient pas quitté sa poche. Simples, légers, d'un métal médiocre. Un bien pauvre larcin, pour lequel l'ouvrier avait encouru une sanction sévère. Au pays franche, même les tombes n'avaient pas grand-chose à offrir. Mari détacha le couteau qu'elle portait à sa ceinture. Un triste sourire aux lèvres, elle en glissa la pointe dans le premier anneau. Le matériau se rayait facilement. Concentrée, minutieuse, elle grava un *M*. Puis elle prit le second anneau et inscrivit sur sa face secrète une autre lettre, un *B*. Un bruit la fit sursauter. Ce n'était qu'un oiseau brisant une branche sèche. Mais elle s'était déjà levée et avait enfoui de nouveau les anneaux volés dans les profondeurs de sa poche.

Elle rebroussa chemin sans hâte.

Ils étaient tous assemblés devant les tentes, comme lors d'un palabre au village blanc. Weke Sendi le colosse, Tabora, l'ingénieur Penda, le capitaine Diaker, Éloi et même le petit serviteur, Moustique. Le silence s'était fait entre eux mais l'orage était passé par là et avait marqué les visages. Rancune sur celui d'Éloi et de Tabora, colère sur celui de Birayma. Bakar Diaker masquait son embarras derrière une affectation d'indifférence. Le septentrionologue, lui, regardait la compagnie de haut. Après un dernier éclat de rire moqueur, il abattit sa main énorme sur la tête de Moustique

– lequel tomba raide dans le sillon tracé par les roues d'une charrette – puis se retira en ondulant des hanches à la façon des filles du port de Ziguinchor.

Mari attendit pour paraître que le groupe se fût dispersé. Elle courut après le Peul qui partait à grandes enjambées vers la plus récente trouvaille du jour, un coq de cuivre jaune, tout plat et à la queue tordue.

— Monsieur Penda !

Se retournant, l'ingénieur lui fit signe d'approcher.

— Nous allons quitter ce campement, Mari. Dès demain matin.

— Qu'est-il arrivé ? Je n'y comprends rien.

— La sottise des hommes est sans limites, ma pauvre petite.

— Pourquoi Tabora a-t-elle mis les vêtements d'Éloi ? Et pourquoi...

— Une farce, une mauvaise farce, coupa Penda. Tout est de la faute du capitaine, même s'il ne l'a pas voulu.

— Comment cela ?

— Je crois que Sendi et lui ont beaucoup parlé, hier. Et, surtout, vidé pas mal de bouteilles. L'humour de notre cher hôte est assez particulier, tu as dû le constater.

Birayma sortit sa pipe de la poche de son manteau court d'un geste nerveux.

— À mon sens, rien n'est plus drôle que de l'entendre se dire archéologue... Enfin, ceci est une autre affaire. D'après ce que j'ai retenu de leurs propos décousus, Sendi, déjà assez ivre, s'est mis à plaisanter le capitaine sur son physique. Comme tu l'as sans doute remarqué, ici, au Septentrion, une figure ravagée comme l'est celle de Bakar passe pour présenter les stigmates de la maladie. Peste, lèpre ou autres. Sendi s'est alors proposé de le soufrer, afin d'éliminer tout risque de contagion. Par plaisanterie, bien sûr. Il sait bien que de telles cicatrices sont anciennes. L'homme qui les porte est guéri depuis longtemps, quelle qu'en soit la cause.

— Je ne vois toujours pas...

L'ingénieur chassa un nuage de fumée âcre d'une main lasse.

— De là, ils en sont venus à parler d'Éloi. Quel mal rongeait donc notre ami interprète ? Je pense que Sendi soupçonnait quelque chose... quelque chose qu'il voulait entendre de la bouche du capitaine. Et ce gros lourdaud est tombé dans le piège. Il a expliqué l'affaire. Sans doute avait-il l'idée dans son cerveau brumeux de bien montrer qu'Éloi, lui non plus, n'était pas atteint par un mal redoutable. Bref, Weke Sendi a appris ce qu'il voulait savoir. Les raisons du masque de soie porté par Éloi, les raisons de son amputation, les raisons de sa condamnation.

— Aimer n'est pas un crime ! s'écria la jeune fille, sans pouvoir retenir à l'adresse du grand Peul un regard éperdu.

— Non, certes...

— Eh bien ?

— Eh bien, voilà ce qui a inspiré à Sendi la farce sinistre de cette nuit.

— Les vêtements ? Il a...

— Bah ! Il n'est même pas assez courageux pour l'avoir fait en personne. Ou pas assez habile. Il a envoyé

Moustique. C'est lui qui a procédé à l'échange en se faufilant sous une tente puis sous l'autre.

L'ingénieur Penda émit un clappement de langue contrarié.

— Nous avons le sommeil trop lourd, Mari. Il pourrait nous arriver des mésaventures autrement plus fâcheuses que celle-là.

— Mais pourquoi ?

— Pourquoi ? Sendi est un curieux personnage. Il a trouvé drôle de se moquer des... enfin... des préférences d'Éloi. Et je crois qu'il a jugé encore plus amusant de ridiculiser Tabora. Il la déteste.

— Oh ! Je l'ai bien vu.

— Apparemment, il est parvenu à ses fins. Tabora est folle de rage et je la comprends. Elle semble décidée à quitter le campement au plus vite.

— Elle aussi ?

— Nous voilà avec un problème de plus sur le dos. Car c'est contre le capitaine que s'est tournée la fureur d'Éloi... pas contre Sendi. Tiens, regarde ça.

D'une tranchée profonde, qui descendait avec les racines d'un grand arbre en pleurs jusqu'aux fondations d'une maison bâtie de moellons grêlés, on avait sorti, arrachés aux anciennes caves, des jarres brisées, des tonneaux fracassés, des malles emplies de sacs. Un ouvrier leur montrait une poignée de grains noirs.

— Les gens riches faisaient des provisions, expliqua Birayma Penda. Du blé, du lard, du vin, du vinaigre. Ils se barricadaient dans leurs maisons après avoir accumulé de quoi survivre pendant quelques semaines, peut-être même des mois. Ils espéraient échapper ainsi à l'épidémie. Ne pas sortir, ne toucher personne et n'être touché par personne... c'était sans doute leur seul souci. Mais les germes de la Peste finissaient toujours par s'infiltrer chez eux, je le crains.

Le grand Peul fit sauter son regard vers un point plus lointain. Mari en suivit la direction. Le capitaine Bakar Diaker venait vers eux de sa démarche claudicante, enfonçant les mottes de terre du talon avec des humeurs d'éléphant qui s'apprête à charger. La balafre qui serpentait sur un côté de sa figure était gonflée à faire peur.

— Quelle nouvelle dispute vous amène ? lui lança l'ingénieur Penda. Si nous ne restons pas unis, capitaine, cette expédition...

— Assez de morale pour aujourd'hui, Penda, coupa Diaker. Je voulais préparer notre départ et... une catastrophe, mon vieux, une catastrophe.

— Que se passe-t-il ?

— Les jumeaux. Ils ont filé ! Déserté !

— Ah !

Birayma Penda se gratta la tête.

— Filé ? Mais où ça ?

— Si je le savais, ils seraient déjà pendus au grand mât.

— Ils vont revenir, capitaine, Colin et Colas sont...

— Comme tous les Blancs ! hurla Diaker. Paresseux, menteurs et voleurs.

Son œil injecté de sang se posa sur Mari.

— Dire que j'ai payé une fortune pour arracher celle-là du marché aux esclaves !

— Calmez-vous, capitaine, répliqua Penda. Mari est...

— Vous ne savez pas la meilleure, coupa Diaker. Ces fripouilles ne sont pas parties seules. Les jumeaux nous ont dévalisés, Penda. Ils ont pris chacun une mule avec son chargement.

La mâchoire de Birayma se décrocha.

— Ça alors... et le guide ? Pépin ?

— Pépin ne les a pas suivis, admit le capitaine, comme à contrecœur. Mais je soupçonne qu'il médite une autre manière de nous rançonner.

— Comment cela ?

— Il feint d'être terrifié. Il a accepté de nous conduire jusqu'au chantier, pas au-delà. D'après lui, il y a de grands risques à s'aventurer plus avant. Il dit que nous entrerions au pays de la Peste et que ceux qui y survivent à la maladie sont la proie des brigands. Ou alors des loups. Enfin, vous voyez.

— Il nous abandonne, alors ? gémit Penda, désemparé.

Le capitaine Diaker cracha par terre.

— Peuh ! Allez donc lui parler, vous verrez bien. À mon avis, il ne cherche qu'à faire monter les prix. Ces foutus Blancs sont comme ça. Bons à rien mais ingénieux au possible quand il s'agit de vous détrousser.

— Paresseux, menteurs et voleurs, glissa Mari. Et bien ingrats de ne pas se montrer plus reconnaissants. On leur apprend à tirer de la vigne le jus du raisin, on leur donne des pelles pour qu'ils déterrent les trésors enfouis de leurs pères, pour tout cela on ne les fouette qu'à peine et ils ne songent qu'à vous planter un poignard dans le dos. Les Maîtres sont vraiment trop bons de...

Birayma Penda n'avait pas attendu la fin de la tirade. Il se dirigeait à grands pas vers l'enclos où l'on gardait les bêtes. Il lui fallait faire l'inventaire de ce qui avait disparu et convaincre Pépin de rester fidèle à l'expédition. Quand Mari le rejoignit, l'affaire était réglée. Le guide avait reçu en promesse quelques ballots bien garnis.

— Nous voilà sacrément allégés, dit Birayma d'un ton résigné. Mais, puisqu'il nous manque deux mules, cela vaut sans doute mieux. Nous allons devoir répartir les charges. Chacun aura un fardeau derrière lui sur sa monture. Nous n'en avons plus aucune de libre.

Sourcils froncés, Mari compta sur ses doigts. Puis elle éclata de rire.

— Vous ne calculez pas très bien, pour un ingénieur ! En oubliant Pépin, qui a son Isabelle, nous ne sommes plus que quatre et il reste cinq mules. Je pense qu'il y en a encore une pour porter des colis.

— Tabora part avec nous, répondit Penda sans regarder la jeune fille.

— Oh ! Mais où va-t-elle donc ?

— Elle nous accompagne. Je crois que j'ai réussi à l'intéresser à mon entreprise. Et sa connaissance du pays nous sera fort utile. Le capitaine n'a pas tort, admettons-le. On ne peut se fier aux indigènes. Notre mésaventure doit nous servir de leçon, Mari.

— Pépin mérite notre confiance, j'en suis convaincue.

— Je l'espère mais mieux vaut le tenir à l'œil, et Tabora nous y aidera.

Mari haussa les épaules, sans cacher sa contrariété.

— Allez ! Ne fais pas cette tête. Tabora est une femme remarquable, tu sais. Et, après ce qui s'est passé cette nuit, elle ne peut demeurer plus longtemps ici avec Sendi.

— Que s'est-il donc passé cette nuit, monsieur Penda ?

— Eh bien, ça ne t'a pas échappé, j'imagine.

— Tabora dormait-elle si bien que Moustique a pu opérer sans la réveiller?

— Sans doute. Je...

— Ou bien ne lui a-t-elle pas plutôt facilité la tâche en quittant sa tente ?

Le visage du Peul se ferma.

— Va préparer tes affaires, Mari, dit-il d'un ton sec. Nous partons demain à la première heure.

La jeune fille tourna le dos et se dirigea vers le campement, furieuse contre elle-même. L'absurdité de ses propos lui apparaissait à présent. Pourquoi Tabora aurait-elle déserté sa tente pour rejoindre Birayma Penda, qui partageait la sienne avec Diaker et Éloi ? Ne lui était-il pas plus commode d'accueillir l'ingénieur ? Mari préféra ne pas imaginer de quelle façon ils avaient pu s'occuper, si bien que le minuscule Moustique avait eu tout loisir de se livrer à sa farce stupide sans attirer leur attention.

## 12
## VOYAGE AVEC TABORA

La saison froide, qu'au Septentrion on appelait l'hiver, semblait gagner chaque jour un peu de terrain. L'herbe sous la semelle des bottes était craquante et presque blanche. Au lieu du rassemblement, où la nuit encore noire enveloppait les silhouettes, chaque créature, humaine ou animale, se signalait de loin par un panache de vapeur. Mari s'approcha en souriant de ses compagnons de route, heureuse de laisser derrière elle les relents fétides du chantier.

Pépin étreignait l'encolure de sa chère Isabelle, sur la pointe des pieds afin de mieux lui parler à l'oreille. « Chérie, trésor, chérie, trésor », disait-il. Il y avait dans les mots du petit guide tant d'affection, et dans ses yeux tant de tristesse, que Mari en fut troublée. Elle se tourna vers l'ingénieur Penda, qui piétinait entre les mules auprès de Tabora, plantée droite sur une mare de boue quasi gelée. L'énergique Afirikaine disparaissait, à l'exception du haut de son visage, sous des couches de vêtements superposées. Mais sa voix sortait claire par la laine de l'écharpe nouée à son cou.

— On aimerait être bienveillant et patient, expliquait-elle, mais les Blancs ne comprennent que cela. Vous manquez encore d'expérience, ingénieur.

— J'essaie simplement de me montrer juste et humain.

— Si vous ne savez pas faire preuve d'autorité avec eux, ils vous le font payer sur-le-champ. Inutile de vouloir les convaincre par la raison : ils prennent cela pour de la faiblesse.

— J'avoue l'avoir appris à mes dépens. Ces deux gredins qui ont disparu, je leur faisais toute confiance. Mais Pépin nous est resté fidèle...

— Si vous voulez compter sur lui à l'avenir, soyez ferme. Passez-lui tous ses caprices et il vous méprisera. Matez-le à coups de bâton et il vous respectera. Voilà comment sont les Blancs.

— Vous connaissez le pays mieux que moi, convint Penda

— Allez, maintenant ! Dites-lui de cesser ses simagrées. N'est-il pas temps de partir ?

Le Peul hocha la tête.

— En selle, tous ! cria-t-il d'un ton faussement enjoué.

Stupéfaite, Mari vit le petit guide flatter une dernière fois les naseaux fumants de son Isabelle. Puis, les épaules voûtées, le regard vissé au sol, il recula vers l'une des mules. Il l'enfourcha, comme Mari elle-même, Éloi, Diaker et Penda grimpaient sur leurs montures. Tabora, pour sa part, s'était dirigée vers la jument.

— Monsieur Penda ? Que se passe-t-il ?

— Tabora est une fort habile cavalière. Pouvais-je

la faire monter à dos de mule, Mari ? Pépin n'en mourra pas.

— Mais...

— Un simple emprunt, le temps du voyage.

Une plaine s'ouvrait à eux, bosselée mais sans pièges. Ils partirent à trois de front, Tabora au milieu, Penda et Diaker l'encadrant. Le capitaine tenait devant lui sa boussole. Le petit Pépin renvoyé à l'arrière sur une mule, ce serait elle désormais qui les guiderait, de la pointe vibrante de son étoile de fer.

La nuit s'attardait. Sans égard pour les lueurs du jour nouveau, qui semblaient rôder à l'horizon sous le couvert des grands arbres alignés, une lune pleine et bouffie de clarté se balançait au-dessus de leurs têtes. Éloi, qui cheminait auprès de la jeune fille, la désigna à Mari.

— Sais-tu donc ce que raconte notre génie ? J'ai découvert cela hier soir en traduisant quelques passages. Il dit que la lune brille parce qu'elle est couverte d'eau, et qu'elle brille d'autant plus que les vents y sont forts et plissent cette eau de hautes vagues !

— S'il le dit, c'est peut-être qu'il l'a démontré, répliqua Mari.

— Ô splendeur de l'ignorance ! s'exclama Éloi. L'Itale, en vérité, ne me paraît pas beaucoup plus avisé que la mule qui me meurtrit les fesses. Mais peut-être penses-tu aussi comme lui que le soleil est immobile !

— Ah ! ça non, le soleil n'est pas immobile. On le voit bien courir dans le ciel.

Éloi éclata de rire et Mari eut l'impression que l'ombre de ses dents essayait de grignoter le masque de soie.

— Eh bien, là au moins, nous sommes du même avis. Car tout bouge et évolue dans cet univers, hormis la pensée du capitaine Diaker, qui a dû se fermer il y a des lustres, en même temps que son œil gauche.

— Je suis vraiment désolée qu'il ait bavardé, Éloi. Le capitaine a beaucoup de défauts, il a commis par le passé des crimes affreux, mais je ne crois pas qu'il soit heureux de cette farce sinistre.

— Il me déteste et me méprise. Il existe entre les êtres des différences plus grandes que la couleur de la peau, Mari. Diaker supporterait ma blancheur, il supporterait ma bouche de squelette. Ce qu'il ne peut tolérer, c'est le mouvement gracieux de mes mains. Dans le caillou qui lui tient lieu de cerveau, il n'y a pas de place pour la douceur et la tendresse des hommes.

— Mais moi, je t'aime, Éloi ! Je t'aime parce que tu sais ce que signifie d'aimer, d'aimer d'un amour... d'un amour...

— Va ! s'exclama Éloi en frappant à la croupe la mule de Mari. Va l'écouter, ton ingénieur. Et elle, cette panthère ! Entends-tu comme elle ronronne ? Dépêche-toi et essaie d'apprendre ce que j'ai compris trop tard. L'amour ne se recueille pas comme l'eau de la pluie. L'amour s'arrache avec les dents. Avec les dents ! Ah ! Ah !

Le rire horrible d'Éloi poursuivit Mari tandis qu'elle se rapprochait de la tête du petit groupe. Elle aperçut au passage la figure assombrie de Pépin. Le guide remâchait son ressentiment et ses mâchoires ne connaissaient pas de repos.

Souplement inclinée vers Birayma Penda, Tabora dissertait.

— Comment dites-vous, Tabora, des catédales ?

— Catérales, ingénieur. C'est le mot que nous avons déchiffré. Certains les décrivent comme des bâtiments aussi hauts que les montagnes, ce qui me semble un peu excessif.

— En effet, répondit Birayma, un brin moqueur. Dois-je comprendre que nul n'a jamais vu l'un de ces... catérales ?

— Pas tels qu'ils étaient autrefois, hélas. Mais plusieurs explorateurs ont découvert des entassements colossaux qui pourraient bien être les vestiges de constructions de ce genre. En fouillant les décombres, ils ont trouvé quelques fragments de statues ou de verre coloré. Des ornements typiques des édifices à caractère magique de ces peuplades.

— Tu entends ça, Mari ? Sans doute tes ancêtres espéraient-ils que leurs prières s'élèveraient jusqu'au ciel !

La jeune fille talonna sa mule afin de se glisser entre Birayma et Tabora. Plus qu'un malin plaisir, un véritable apaisement.

— Elles n'ont pas dû monter aussi haut que cela, monsieur Penda. Ou bien elles n'ont pas été entendues.

— Les dieux et les esprits n'en ont toujours fait qu'à leur tête, répliqua le Peul en riant.

Le jour s'était enfin levé, tirant après lui un épais rideau de brume. La lune avait cédé la place mais le soleil prenait son temps pour lui succéder. Dans l'aube glauque, on devinait au bas des pentes, sous les nappes stagnantes d'un brouillard plus dense, les boucles d'un large cours d'eau.

— Le Louar ? hasarda Mari.

— Oui, probablement. Nous voilà revenus près de ses berges. Capitaine ! Où nous conduisez-vous ?

Solitaire sur la droite, Bakar Diaker referma d'un coup sec le couvercle de sa boussole.

— En général, les peuples établissent leurs cités près des grands fleuves, répondit-il. Mais sans doute, au Septentrion, ces ports ont-ils été les premiers à souffrir. Rien de tel qu'une voie navigable fréquentée pour apporter l'épidémie. Et, avec les crues, les alluvions, ces villes n'ont pas tardé à disparaître. Nous allons bifurquer vers le sud-est, Penda.

Soudain excitée, Mari s'écria :

— Est-ce là ce que nous cherchons ? Une cité, une vraie, qui existerait encore ?

— Celles d'autrefois ont été anéanties, il faut nous y résoudre, répondit Birayma Penda. Mais je ne désespère pas de rencontrer de grosses bourgades. Nous resterons très prudents, bien sûr, mais je ne peux envisager un voyage d'exploration sans entrer en contact avec les indigènes.

Après la pause du déjeuner, ils aperçurent quelques villages de taille médiocre, mais rien qui fût de nature à satisfaire leur curiosité. Les abois des chiens errants qui rôdaient autour des masures n'engageaient pas à s'approcher outre mesure. Puis, au début de l'après-midi, le capitaine Diaker détecta une haute colonne de fumée dans l'œil de sa longue-vue télescopique.

— Voilà, dirait-on, une agglomération de belle

dimension ! annonça-t-il en étirant au maximum le magnifique objet de laiton.

— Enfin ! se réjouit Penda alors qu'il s'emparait de ses jumelles. Qu'est-ce donc ? Y aurait-il là-bas des usines ?

Ignorant le rire dubitatif de Tabora, il continua de scruter le lointain.

— Cela fume de partout, constata-t-il. À croire qu'ils font brûler du charbon !

Bakar Diaker régla son instrument, à la recherche d'une image plus puissante. Mari le vit balayer longuement l'horizon en émettant de petits bruits de langue.

— Cela s'épaissit, dit-il. Et c'est d'un noir ! Je doute qu'il s'agisse du bois qui chauffe les cheminées. Ce sont des nappes, des... oh ! et cela rougeoie en dessous !

— Grand Esprit !

— Eh bien, si vous invoquez le Grand Esprit, Penda, demandez-lui de prendre ces gens en pitié. C'est la ville qui brûle !

— Comment est-ce possible ?

— Vous le savez très bien, ingénieur, dit Tabora. La Peste !

— Faut-il vraiment réduire les villes en cendres dès qu'une épidémie se déclare ?

Comme à chaque fois qu'il y avait une décision importante à prendre, Penda et Diaker se concertèrent. Le Peul était d'avis qu'on devait se diriger vers la cité en feu. Le marin hésitait.

— N'en voyez-vous pas assez, Penda ? Vous faut-il examiner les braises de si près ? Savez-vous que même un corps carbonisé peut rester contagieux pendant dix ans ?

— Pas aller ! Pas aller ! piaillait Pépin. La Peste courir après les bons citoyens de la patrie ! Pas aller !

La couardise du petit guide blanc sembla fortifier la volonté de Birayma Penda et donner des ailes au capitaine Diaker.

— Tant que nous aurons le vent dans le dos, nous pouvons approcher sans crainte, admit ce dernier.

— En avant ! s'écria l'ingénieur Penda comme s'il se décidait à donner l'assaut. Ne sommes-nous pas une mission d'exploration ?

Chaque soir, Mari l'avait remarqué, Birayma consignait dans un cahier le récit des événements de la journée. Peut-être en tirerait-il un jour un ouvrage qu'il publierait ? Quelle honte serait alors la sienne s'il devait écrire : « La cité était en feu. Nous demeurâmes à distance prudente afin de ne courir aucun risque » ! Non, il préférerait sûrement indiquer : « Le cœur plein d'audace, nous nous dirigeâmes droit vers le terrifiant incendie qui ravageait la ville franche, ignorant les cris de terreur de Pépin notre guide indigène. »

Et c'était peu dire que Pépin les suivait sans enthousiasme. Il ne cessait d'agiter les bras et d'invoquer les dieux du ciel, comme s'il s'attendait que le fléau s'abatte sur lui à tout moment. « La vermine, la vermine », gémissait-il entre deux supplications.

— Je me demande s'il mérite encore le nom de guide, remarqua Birayma. Il ferme la marche et ne songe qu'à filer.

Pépin traînait désormais auprès d'Éloi. Mari eut

même l'impression que tous deux conversaient. Sans doute l'interprète était-il heureux d'avoir trouvé un compagnon de rancune. Jamais en tout cas il n'avait manifesté à l'égard du Franche autant de sollitcitude.

— Nous voilà maintenant dans des Territoires que nul n'a jamais foulés avant nous, dit Tabora.

— Si, madame, des Blancs ! lança Mari d'un ton vindicatif.

Tabora jeta un coup d'œil par-dessus son épaule.

— Qu'est-ce que tu racontes ?

— Je dis que ces terres ont déjà été foulées. Par des Blancs.

L'Afirikaine secoua la tête comme si elle n'en croyait pas ses oreilles.

— Tu as raison. Et aussi par des lapins.

— Je dois avouer que je trouve cela assez excitant, intervint l'ingénieur Penda. Être le premier quelque part. Découvrir des contrées que personne... enfin, qu'aucun Noir n'a jamais vues...

Ils cheminaient maintenant sur le flanc d'un coteau, dans une végétation sauvage si haute que les bêtes y disparaissaient jusqu'à l'encolure. En raison de divers contournements, ils avaient un peu égaré leur cible. Lorsque la ville réapparut dans une trouée, elle offrait sous son ciel de fumées charbonneuses un spectacle qu'il n'était plus besoin d'examiner à la jumelle. Même si ce n'étaient que des amas rougeoyants, on en distinguait à présent les maisons.

— Cette cité n'est pas si grande que ça, constata Bakar Diaker. Il y a plus de suie dans le ciel que de pierres sur le sol.

— Le vent est-il toujours bon, capitaine ? s'inquiéta Birayma Penda.

— Nous le recevons bâbord amures, cela va encore. Pas d'affolement, mes amis. On ne tombera pas raide à la première bouffée. J'ai navigué avec cette pestilence comme compagne et je m'en suis sorti comme vous me voyez.

— Le Grand Esprit nous préserve d'un sort aussi enviable ! répliqua Tabora d'un ton cinglant.

S'ils voulaient s'approcher davantage, il leur faudrait emprunter une sorte de sentier de chèvre, qui risquait fort de se dérober sous les sabots maladroits des mules. En chef d'expédition avisé, l'ingénieur Penda décida de poursuivre leur route par les collines sans descendre encore vers ce creux où se nichait la petite cité en flammes. Ils durent bientôt faire halte, parvenant en surplomb de forêts épaisses.

— Je ne pense pas que le paysage se présentait ainsi, autrefois, commenta Tabora. Sans doute ces régions étaient-elles bien mieux domestiquées. Mais la Nature a repris ses droits, comme il arrive quand les hommes lui abandonnent les leurs.

— Voulez-vous dire que les Franches des anciens temps étaient plus civilisés que ceux d'aujourd'hui ? demanda Penda.

— Ils étaient surtout plus nombreux.

L'Afirikaine tendit vers les sombres massifs boisés une main aux doigts écartés.

— Vous coupez les arbres dont vous avez besoin, vous ouvrez les chemins qui vous sont nécessaires. Sinon, pourquoi ne pas conserver la forêt qui est là comme un garde-manger toujours garni de gibier ? Nous autres archéologues estimons qu'il y a aujourd'hui cinq fois plus de surfaces forestières au Septentrion qu'avant le début des grandes épidémies.

— Et pourquoi donc font-ils brûler leurs propres maisons quand ils ont tant de bois à leur disposition pour se chauffer ? s'esclaffa Bakar Diaker.

Son rire gras ne trouvant aucun écho parmi ses compagnons, le marin feignit d'être saisi par une quinte de toux.

— Là ! Attention !

Le petit Pépin, qui s'était un peu écarté de la troupe, désignait quelque chose parmi les futaies en contrebas. Birayma Penda se déplaça pour comprendre ce qui l'alarmait de la sorte. Une rivière sinuait entre les grands arbres. Et, sur sa berge, progressait une étrange caravane.

— Des gens ! s'exclama-t-il. Des rescapés !

— Des fuyards, corrigea Diaker. Si vous voulez mon avis, ils ne réchapperont à rien du tout. Le germe de la Peste s'accroche à vous comme une sangsue. Si ces malheureux sont contaminés comme c'est probable, ils feront le travail des rats. Or, ils viennent vers nous !

Les jumelles collées à ses yeux, Penda confirma.

— Ils se dirigent dans notre direction. Sans doute veulent-ils chercher refuge dans les collines.

— Pas rester ! hurla Pépin. Les bons citoyens de la patrie partir vite! C'est la vermine ! C'est la vermine !

Comme à chaque fois que le guide indigène s'abandonnait à la panique, le cœur des explorateurs se raffermit.

— Du calme, Pépin ! le morigéna Penda. Si la vermine avait des oreilles, elle serait déjà à ta poursuite ! Allez, mon garçon, du calme. Nous sommes encore loin et en sécurité. Descendons-nous un peu, capitaine ?

— Par ici, oui. Un ou deux lacets. J'aimerais pouvoir les compter.

Laissant Pépin planté derrière eux, ils prirent d'un pas prudent le sens de la pente, avec pour objectif une plate-forme crayeuse où se dressaient quelques arbustes fins comme des crayons. Au loin, dans le jour brumeux, une vague fuligineuse dérivait plein sud, charriant vers d'autres terres son chargement de cendres et de miasmes.

Debout sur ses étriers, l'ingénieur Penda resserra les pans de son manteau avant de poser sur la molette des jumelles un index raidi par le vent glacial. Peu à peu, l'image se précisa dans la double lorgnette. Presque appuyée contre lui, Mari le pressait.

— Que voyez-vous ? Oh ! puis-je regarder ?

— Trois charrettes et des hommes à pied. Des hommes et des femmes, sans doute. Et même des enfants. Je dirais qu'ils sont une quinzaine. Et... oh! capitaine, est-ce que je rêve ?

Bakar Diaker promenait sa longue-vue d'un geste agacé.

— La terre est si petite quand on est habitué à courir les mers, grommela-t-il. Ah ! Voilà ! Je les ai ! Quinze, dites-vous ?

— Les chariots, Bakar ! Les chariots !

— Oui, certes, avec ceux-là, ça fait plus de quinze !

Il baissa le bras, le visage décomposé. Oubliant toute

retenue, Mari profita de cet instant de relâchement pour arracher la longue-vue à la main du capitaine.

— Hé ! Tu as tes deux yeux, toi. Tu peux prendre les jumelles. Grand Esprit, combien seraient-ils, si j'avais mes deux yeux ?

— Quelle horreur ! répétait Birayma Penda sans cesser de scruter la scène. Quelle horreur !

Mari, enfin, captura l'affreuse vision dans le cercle de verre. Trois charrettes à grandes roues se succédaient, escortées par une troupe en haillons. Sur chacune s'entassaient des corps. Étaient-ils morts ou mourants, on ne pouvait le dire. Mais on devinait sans peine quelle infection abominable ils emportaient hors de la ville en feu.

— Ils sont fous, déclara le capitaine Diaker. Faut-il être primitif pour... cette blanchaille a perdu la raison... fous ! ils sont fous !

— Moi, je trouve ça merveilleux, répliqua Mari dans un sanglot. Ils se moquent de la maladie, capitaine. Ils partent avec ceux qu'ils aiment. Morts ou vifs, ils ne les abandonneront pas.

Bakar Diaker lança un épais crachat du haut de sa mule.

— Veux-tu que je te dise, guenon ? C'est toute l'histoire de tes ancêtres, ça. De ta maudite race ! Le sentiment ! Vous êtes tous pareils, faibles et pleurnichards. Regarde ce pauvre Pépin. Une limace le terrifierait.

— Sans votre race à vous, capitaine, l'histoire de la mienne aurait été moins sinistre.

— Allons ! Allons ! intervint l'ingénieur Penda en baissant ses jumelles. Que je sache, ce ne sont pas les nôtres qui ont apporté ici l'infection. Et le peu de civilisation qui s'y trouve, c'est bien grâce à nous que...

— Ah ! ça ! s'écria le capitaine, et il arracha sa longue-vue de la petite main de Mari.

Diaker n'avait qu'un œil de bon, le droit, mais il était perçant. Il avait le premier détecté qu'une brusque agitation bouleversait la scène qu'ils observaient depuis le promontoire. La suite, Mari la découvrit par bribes, quand Birayma lui laissait un instant les jumelles avant de les reprendre aussitôt.

— Une attaque ?

Les aurait-elle suivis de façon continue que les événements lui auraient paru tout aussi dépourvus de sens. Sans crier gare, une horde de gueux avait surgi des bois pour donner l'assaut à la petite troupe de fuyards. Huit ou dix hommes, armés de haches, d'épieux, sans doute de couteaux... pour ce qu'elle en distinguait ! Mais ce qui se produisit alors fut bien plus surprenant encore. Les mourants s'étaient levés et les morts, sans doute, étaient revenus à la vie. Mari le vit de la manière la plus certaine, les corps étendus sur les chariots se dressèrent dans l'ombre des sous-bois, tels des spectres sortis de la tombe. Ces pesteux qui agonisaient, s'ils n'avaient déjà trépassé, tiraient de leurs ceintures des épées. Ils bondissaient, ils se battaient, renforçant les rangs de leurs compagnons. Ils étaient maintenant plus de cinquante à se défendre contre les assaillants.

— Monsieur Penda, s'il vous plaît !

Mari s'accrochait à la manche de l'ingénieur qui résistait, ne voulant pas perdre une miette du tableau. Enfin, il céda. La jeune fille reprit avidement les jumelles.

Là-bas, l'affrontement tournait au massacre. Les agresseurs, qu'une proie facile avait alléchés, se défendaient à présent contre un groupe bien supérieur en nombre, et préparé au combat. Ils continuaient de lutter, certes, mais seulement parce que les issues leur étaient coupées.

— Ils vont se faire exterminer !

Ils ne furent bientôt plus que quatre. Cernés, ils se démenaient comme des démons, avec toute l'expérience de brigands éprouvés. Mari manqua la mise à mort. Penda avait récupéré les jumelles. Près d'eux, la longue-vue vissée à son œil valide, le capitaine Diaker riait tout seul.

— Voilà qu'on se dispute les plaies et les bubons ! Tu as bien raison d'être fière de ta race, guenon. Est-ce que les Blancs ont même une cervelle, j'en viens parfois à me le demander.

Mari ne jugea pas nécessaire de répliquer. Décontenancée, atterrée, elle se tourna vers Éloi, qui depuis le début s'efforçait de suivre les événements selon les réactions des uns et des autres. Tabora, elle, piaffait plus bruyamment que la jument qui la portait. Nul n'avait songé à lui prêter l'un des instruments d'optique propres à lui permettre d'assister à la scène.

— Êtes-vous rassasiés ? demanda-t-elle d'un ton impatient. Pouvons-nous reprendre notre route ?

— Chère amie, fit Penda avec embarras, en tendant ses jumelles à l'Afirikaine, je ne vous oubliais pas mais je crains que ce spectacle ne soit de nature à offenser vos yeux.

Tabora éclata de rire.

— J'en ai vu d'autres, ingénieur. Et je n'ai plus aucune curiosité pour les malheurs de ces peuplades.

— Voilà, c'est fini, annonça Diaker. Mais je serais bien en peine de vous expliquer ce que j'ai vu.

— Deux bandes de gueux qui s'entretuent, répliqua Tabora. Ne vous creusez pas les méninges, capitaine. On dirait que vous venez de découvrir le Septentrion ! Sachez qu'ici on juge qu'un fléau n'est jamais suffisant. Il faut toujours qu'on y ajoute une calamité. Si la Peste et l'incendie ont anéanti presque tous les habitants de cette petite ville, il se trouvera bien une poignée de scélérats pour tenter de détrousser les rares survivants.

— Non, non, grommela le marin en essuyant le verre de sa longue-vue sur lequel commençaient de s'écraser de grosses gouttes de pluie.

Le capitaine Diaker se tourna vers Birayma Penda qui avait repris son observation de la vallée.

— La caravane est repartie, dit le Peul. Il y a des cadavres partout. Je comprends ce qui vous intrigue, Bakar.

— Par l'éléphant sacré, Penda ! Que les Blancs soient fous, d'accord... mais à ce point ? Pourquoi se précipiter sur des charrettes couvertes de pesteux à l'agonie ?

— Les mourants ne m'ont pas semblé si mal en point que ça !

— Ils l'auraient donc deviné ? Mais alors, pourquoi attaquer une troupe supérieure en nombre ?

— Bah ! Je ne sais pas.

Birayma Penda scruta de nouveau le paysage mais la buée qui couvrait les oculaires troublait son examen.

D'abord hésitante, la pluie tombait maintenant en averse lourde.

— Je suis d'avis d'aller voir sur place, dit-il. J'aperçois là-bas un chemin qui devrait nous permettre de descendre sans trop de difficultés.

— Et l'on dira, après, que les Blancs sont fous, commenta Éloi.

— Sans moi, merci bien ! lança Tabora.

— Moi, je viens, s'empressa Mari.

— Très bien, nous irons à trois.

Fier de sa hardiesse, l'ingénieur Penda délesta sa mule de ses colis. Comme lui, Diaker et Mari coiffèrent un chapeau de cuir à large bord et enfilèrent des gants, masquant enfin le bas de leur visage d'un foulard imbibé de vinaigre fort. C'est ainsi qu'ils suivirent la pente qui menait vers la rivière enfumée par la chute de soudaines cataractes. Les mules progressaient à pas lents, non sans parfois s'immobiliser, rétives. La descente dura près d'une heure. Mari, au bas du sentier, avait les yeux en larmes et les lèvres en feu. Son nez plongé dans le vinaigre, elle ne le sentait plus depuis longtemps.

Vus de moins haut, les lieux où les pillards étaient passés à l'attaque apparaissaient comme un coupe-gorge. D'un côté, une rivière dont les eaux coulaient de manière torrentueuse entre deux rives encaissées, de l'autre une sombre forêt bordée de talus abrupts.

— Pas question d'approcher, hein ? fit Diaker. Encore moins de toucher.

— Le vent est-il toujours bon, capitaine ?

— Vous plaisantez ! Il fait des nœuds, mon ami. Mes fesses donnent de la gîte sur cette bête osseuse... j'ai l'impression d'être un bouchon dans une bouche d'égout ! Par bonheur, il y a la pluie. Rien de tel qu'une belle averse pour empêcher la pestilence de circuler.

Mari, qui laissait les deux hommes ouvrir la voie, réprima un frisson. Que savait-on au juste des miasmes du Septentrion et de leur façon de se propager ?

Ils errèrent pendant un moment, incapables de retrouver le théâtre de la brève et sanglante mêlée. Penda et Diaker admirent finalement qu'ils lui tournaient le dos et rebroussèrent chemin. Ce fut Mari qui, la première, aperçut un corps à demi dissimulé par les fourrés, au pied d'un grand arbre. L'un des brigands, qui sans doute avait tenté de sauver sa peau en fuyant vers la forêt.

— Restons bien à l'écart, on ne sait jamais, ordonna Birayma Penda.

— Là ! s'écria le capitaine Diaker, il y en a d'autres.

L'ingénieur Penda arrêta sa monture sur un tapis de feuilles mortes. Abritant les jumelles de la pluie sous le bord de son chapeau, il examina la sinistre scène.

— Sept... huit..., compta-t-il. Huit, dont cinq brigands.

— À quoi les reconnaissez-vous, monsieur Penda ?

— Ah ! Ah ! Tiens, regarde.

— Je crois que certains bougent encore.

— Regarde donc !

Mari ne distinguait dans les deux cercles jumeaux que l'horreur du sang, de la souffrance et de la mort. Des flaques rouges diluées par la pluie, des membres agités de soubresauts, une main tranchée, un flanc cloué par un épieu... Il lui fallut du temps pour comprendre ce que Birayma Penda voulait lui signaler.

— Des cagoules, dit-elle.

— Oui, tiens ! Trempées de vinaigre, j'en jurerais.

Le Peul tendit la main.

— Et là, ne vois-tu pas ces crochets ? Voilà comment ces détrousseurs comptaient opérer, Mari. Surprendre des gens qu'ils imaginaient sans défense, les exterminer puis les dépouiller de leurs maigres biens à l'aide de ces crochets, afin de ne pas les toucher. En espérant que le vinaigre suffirait à leur purifier les narines !

— J'espère qu'il suffit à purifier les nôtres, monsieur Penda !

— Oh ! Ne crains rien, ne crains rien ! s'esclaffa soudain le capitaine Diaker.

Le marin s'escrimait depuis un moment avec sa longue-vue, qu'en raison de la pluie battante il s'efforçait de ne pas déployer complètement.

— Que voyez-vous donc de si drôle, capitaine ? lui demanda Penda.

— Les autres, nos prétendus pesteux, quelle bonne mine ils ont ! Celui-là, guenon, dans le fossé.

Négligeant tout respect, la jeune fille flanqua un coude dans le côté de Birayma Penda qui tentait de lui reprendre les jumelles.

— Un qui n'a pas de cagoule ? Oui, je l'ai. Le pauvre, il a la bouche ouverte. Oh ! quelle abomination.

— Regarde mieux.

— Quoi donc ?

— La pluie sur sa figure, cervelle de babouin !

Cette fois, Mari ne put résister. Penda lui avait arraché les jumelles d'un geste autoritaire. Mais la monstrueuse image ne quittait pas ses yeux. L'homme, pourfendu d'un coup de lame qui lui avait percé le côté, présentait un visage ravagé par la maladie, des taches noires ou rouges, effrayants, monstrueux stigmates. Pourtant, l'ingénieur Penda à son tour se mettait à rire.

— Oh ! Je voudrais que ce fléau s'abatte sur le peuple noir ! s'écria-t-elle, ulcérée. Quel amusement ce serait !

— Ne vois-tu pas comme cela coule, Mari ? Est-ce que tu ne comprends pas ? Ces morts et ces mourants avaient la face peinturlurée. Voilà pourquoi ils se sont relevés si vite !

— Vous voulez dire... des faux pesteux ?

— Sans le moindre doute. Ces chancres, ces bubons, ces chairs noires, ces plaies purulentes... ne sont que simulations. Ah ! Je crois que j'imagine l'histoire. Ces coquins ont quitté la ville avant d'être touchés par l'épidémie, avec leurs biens les plus précieux, peut-être même des richesses qui ne leur appartenaient pas. Et ils ont cru qu'en feignant d'être porteurs de la maladie ils éloigneraient les brigands qui hantent les forêts de la région. Mais rien ne les arrête, ceux-là ! Une cagoule vinaigrée, des crochets pour écarter les corps... et ils pensaient pouvoir vider les charrettes en toute tranquillité. Enfin, ils ont été punis !

— Je vous en prie, monsieur Penda, dites-moi que ce n'est pas vraiment mon pays, soupira Mari.

L'expédition se reconstitua un peu plus tard dans l'après-midi, au creux d'une vallée grise protégée par les massifs forestiers. Elle progressa en silence pendant une heure, longeant avec consternation et inquiétude des prairies couvertes de cendres. Alors que tous venaient de se décider à baisser leurs masques vinaigrés, ils entendirent la sinistre sonnerie de cloches lointaines.

— Le glas, déclara Tabora. C'est ainsi qu'on annonce ici les périls et les catastrophes.

— Que se passe-t-il encore ? gémit Mari. N'ont-ils jamais de repos ?

— Je ne sais pas. Peut-être célèbrent-ils à leur façon le drame qui a anéanti la petite cité que nous avons vue brûler ? Peut-être préviennent-ils que la Peste les a touchés à leur tour ?

— Nous n'aurions pas dû tant traîner dans ces parages, dit le capitaine Diaker. Je sens cette saloperie rôder autour de nous et cela ne me plaît pas.

— Pressons l'allure, approuva Penda. Plus vite nous laisserons derrière nous ces champs de désolation, mieux nous nous sentirons.

Il leur fallut en effet parcourir plusieurs kilomètres avant que le poids qui leur comprimait le cœur ne s'allège. La pluie avait cessé, la campagne semée de fleurs automnales avait pris des couleurs plus engageantes, et l'air soudain leur paraissait plus sain. Ils aperçurent avec bonheur un village entouré de vergers et de pâtures, où seules fumaient ces drôles de cheminées de pierre qu'on remarquait partout, posées sur les toits. C'est près de là qu'ils croisèrent trois enfants menant leurs bêtes, de grosses vaches au pelage roux. Si cette rencontre les surprit, les gamins furent bien plus étonnés encore. Les trois petits Franches s'immobilisèrent sur le bord d'un chemin marqué de piquets de bois, yeux écarquillés et mâchoires décrochées. Voulant les amadouer, Mari fouilla dans sa sacoche et leur lança un carré de tissu soyeux puis une bourse de cuir pleine de coquillages et de perles nacrées. Elle n'obtint pas le résultat escompté. L'un des enfants poussa un hurlement de terreur et tous trois partirent en courant, poursuivis par les meuglements affolés du troupeau.

— Tu leur as fait peur, babouin que tu es ! se moqua Bakar Diaker.

— Moi ?

— Mais non, la rassura Tabora. Ton geste les a juste décidés à détaler. Ce n'est pas toi qui les effraies... c'est nous !

— Exactement, approuva Penda. Et maintenant, ils vont aller raconter au village qu'ils ont fait la connaissance de démons ou de je ne sais quels esprits malins !

— Oh ! Mais pourquoi, monsieur Penda ?

— Parce que c'est sans doute la première fois qu'ils voient des hommes à la peau noire, Mari.

À l'approche du soir, ils choisirent pour installer leur campement un champ fraîchement moissonné où picoraient les corbeaux. Le dîner achevé, alors qu'elle s'apprêtait à dormir un peu avant de prendre le second tour de garde (le premier, le moins pénible, était désormais réservé à Tabora), Mari observa pendant un moment Pépin qui arrachait des touffes sèches avec lesquelles il bouchonna longuement, amoureusement, son Isabelle.

## 13
## SOUS LES NUAGES

Le retour du soleil plaça l'étape suivante sous d'agréables auspices. C'était une chose singulière, dans ces terres du Nord, que l'irrégularité du climat. On croyait venue la saison froide, avec ses pluies et ses vents, on attendait le gel et peut-être la neige, quand une soudaine bouffée ramenait une douceur et des parfums qu'on eût supposés disparus avec les jours enfuis. Le cœur joyeux, Mari se laissa glisser en queue de la file où le petit Pépin traînait sa misère. Elle voulait le distraire et, si possible, lui faire partager son bonheur de parcourir une campagne ensoleillée où tout, ce matin-là, lui semblait beau. Souriante, elle lui montra ce qui la mettait ainsi en joie, un vol d'oiseaux formant un grand V dans le ciel, le passage furtif d'une sorte d'antilope au sein d'une forêt claire, des arbres étonnants dont les feuilles fines comme des aiguilles refusaient de tomber quand tous les autres alentour avaient déjà été déshabillés par les premiers frimas.

Pépin hochait la tête mais rien ne pouvait le dérider.

— Je connais, dit-il finalement. C'est mon pays.

— Bien sûr, Pépin. Mais les Territoires franches sont

vastes. Même pour toi, il y a des tas de choses à découvrir.

— C'est mon pays, répéta Pépin. Je suis né derrière les nuages.

— Quoi ?

Mari regarda dans la direction que Pépin lui indiquait d'un mouvement de menton. C'étaient des nuages bas, des nuages de beau temps, comme suspendus entre deux collines boisées.

— Le petit Pépin il est né là-bas.

— Toi ? Tu es né ici, dans cette région ?

— Oui.

Un sourire éclaira la figure du Franche, le premier depuis bien longtemps. Mais ce ne fut qu'une brève éclaircie car aussitôt ses humeurs sombres se ressoudèrent.

— Qu'y a-t-il, Pépin ? À quoi penses-tu ?

— À mon père. À ma mère. Au petit Pépin.

La colonne menée par l'ingénieur Penda passait près d'une grotte crayeuse où logeait une tribu sauvage, une tribu de chasseurs. Devant la bouche ténébreuse et basse, une bête aux longs membres rôtissait, le corps transpercé par une branche, sa tête pendue, noire et craquelée, sur le lit des braises. Un gros chien couché devant un reste d'entrailles sanglantes bondit, jappa, montra les dents. Les hommes ramassèrent des cailloux et les lancèrent en direction des voyageurs. Pauvres gens, songea Mari, qui ignorent la force des moteurs, qui n'ont jamais vu la belle lumière blanche de l'électricité. Le capitaine Diaker leva son fusil et tira un coup de feu en l'air.

Ils trouvèrent non loin de là, piquée dans un rocher, une haute croix de métal dont chaque bras s'ornait d'un crâne humain. Pépin fit le signe, au front, à la poitrine, aux deux épaules.

— Eh bien, si c'est ton pays, il n'est pas très accueillant !

Mari s'exprimait d'un ton léger, ayant décidé que cette journée jusqu'au bout serait belle.

— Il faut que tu me racontes ton histoire. Je suis sûre que quelque chose m'échappe. Es-tu vraiment né par ici ? Quand es-tu parti ?

— Quand mon père et ma mère ont été pris. Esclaves ! La vermine les a attrapés !

Au bout d'un instant, il insista :

— C'est mon pays !

Comme pour le prouver, il désigna des arbres et les nomma : le charme, le chêne, le sureau. Sous l'un d'eux, à la circonférence impressionnante, il y avait un tapis de boules hérissées de piquants qui s'ouvraient sur des fruits bruns coriaces. Pépin prétendit que cela se mangeait et que c'était excellent mais Mari n'en crut rien.

— Est-ce que tes parents ont été capturés par des ivoiriers, Pépin ? Cela me surprend qu'ils soient venus jusqu'ici.

Le petit guide semblait dubitatif lui aussi.

— Des trafiquants, insista la jeune fille. Des Noirs.

— Oh ! non.

Recueillant bribes après bribes, Mari dut se résoudre à admettre l'inconcevable. Le père de Pépin, la mère de Pépin et leurs cinq enfants avaient été faits prisonniers à l'issue d'une guerre entre clans voisins, puis vendus à une tribu itinérante qui pratiquait le commerce des Cornes d'Ivoire avec les Noirs des Comptoirs.

— Croix de bois ! Quelle honte !

— Tu ne dis pas : « Croix de bois », tu dis : « Oh mon Dieu », la corrigea le guide.

— Si ça te fait plaisir. Est-ce que tu as un dieu, vraiment, Pépin ? Moi je n'en ai pas, pas pour l'instant.

— Oh mon Dieu du ciel, récita Pépin dans le blême des indigènes, que tu viennes bientôt, pardonne-nous le mal, donne-nous le pain tous les jours, délivre-nous des Noirs, amen.

Soudain, alors qu'ils gravissaient côte à côte une douce pente d'herbe humide, le guide rapprocha sa monture de la mule de Mari et entoura sa taille du bras.

— Pépin t'aime, toi, Pépin t'aime, déclara-t-il d'un ton tragique.

Puis il tira sur les rênes de sa bête afin d'en ralentir le pas et de libérer Mari de sa présence.

L'étoile de fer de la boussole guidait le capitaine Diaker qui guidait l'expédition. Mais quant à savoir quelle direction il fallait prendre, la pointe qui oscillait sous le cadran de verre n'avait pas d'opinion. Et Bakar Diaker, sans le dire, n'en avait pas non plus.

Mari se rapprocha de la tête du groupe, dépassant Éloi qui paraissait somnoler sur sa mule. À la position de son dos, elle vit que l'ingénieur Penda, maintenant devant elle, souffrait de ses fractures encore récentes. Auprès de Tabora, qui le dominait du haut de la jument, il faisait néanmoins l'effort de rester droit.

— Je crois qu'il y a une ville.

Birayma Penda se retourna en grimaçant pour l'écouter.

— Où ça, Mari ?

— Difficile de vous montrer, c'était derrière les nuages tout à l'heure.

— Des nuages ? Oh ! Pourvu qu'ils n'aient pas bougé !

— Pépin est né dans la région, vous comprenez, mais il a été capturé et vendu tout petit par des trafiquants. Il ne se souvient plus de grand-chose. Mais il pense que c'était par là-bas, du côté des collines que nous avons dépassées. Son père réparait les roues des charrettes.

— Tout cela me semble bien confus. Penses-tu que nous devrions bifurquer vers le nord ? J'aimerais que nous nous rapprochions de nouveau du fleuve.

Un masque de fatigue crispait le beau visage du Peul.

— Monsieur Penda ?

— Oui ?

— Je crois qu'il faudrait lui rendre son Isabelle. Pépin est vraiment trop triste.

— Il s'en occupe le soir et cela suffit à lui redonner le sourire. Pépin est une âme simple. Parfois, il m'arrive d'envier ceux qui lui ressemblent.

Cependant, les mots de Mari finirent par tracer leur chemin dans l'esprit de Birayma. Quand il arrêta sa troupe, plus tôt qu'à l'habitude, sa décision était prise : demain, il parlerait à Tabora. Il aurait dans cette attente toute une nuit pour trouver comment convaincre l'Afikaine de rendre au guide sa jument. Comme il faisait souvent le soir avant le dîner, l'ingénieur s'était assis sur un rocher et avait sorti son grand carnet de voyage.

Il y consignait des notes et reproduisait de mémoire quelques-unes des vues recueillies au cours de la journée. S'étant approchée de lui sans bruit, Mari s'autorisa à jeter un coup d'œil par-dessus son épaule. Le Peul achevait de dessiner sur la page de droite l'affreuse croix de fer et ses crânes humains suspendus. À gauche, tout en bas, sous une relation de quelques lignes rédigées d'une plume rapide, Mari reconnut les boules hérissées qui tombaient des arbres en révélant deux ou trois fruits marron à la peau épaisse.

— Vous faites comme lui, remarqua-t-elle en souriant.

— Comme lui ? Oh ! Je vois à qui tu penses. Mais je n'ai pas son talent.

Penda referma rêveusement son carnet.

— Il m'est parfois venu à l'idée qu'il est comme nous un voyageur. Après tout, il vient d'Itale. En ce cas, peut-être ces croquis...

— Que voulez-vous dire ? Oh ! Je comprends.

— Inimaginable, n'est-ce pas ? Pourtant...

— Ces engins extraordinaires, ces machines qu'il dessine... il ne les aurait pas inventés ?

— Je n'ose y croire. Les Territoires extérieurs nous ont réservé si peu de bonnes surprises, jusqu'à présent. Mais qui sait ? Peut-être existe-t-il quelque part un îlot de civilisation miraculeusement préservé, un lieu où les hommes blancs ont continué d'évoluer, où ils bâtissent encore des catérales, où ils construisent des...

— Des machines volantes ? glissa Mari.

Penda leva un sourcil.

— Ce serait merveilleux ! s'écria la jeune fille.

— Oui, oui, trop beau pour être vrai.

L'ingénieur Penda tapota de l'index la couverture de cuir de son carnet.

— Mais si ce lieu existe, Mari, je veux que nous soyons les premiers à le découvrir ! Ah ! Quelle place illustre cela donnerait dans l'histoire à l'Expédition Penda !

Un grand feu de branches crépitait et, bientôt, tous furent installés, face brûlante et échine glacée, devant une gamelle de bouillie et de viande séchée. Les six tentes avaient été dressées. De toile brune, elles étaient si basses qu'on ne pouvait s'y faufiler qu'accroupi. Mari, qui nourrissait au sujet des relations entre Tabora et l'ingénieur Penda d'amers soupçons, trouvait un réconfort dans le fait qu'il eût été malcommode à deux personnes de tenir ensemble dans ces abris oblongs.

Il revenait d'ailleurs à Tabora de prendre ce que le capitaine persistait à appeler le premier quart. Un quart bien court, d'une durée d'une heure et demie. L'Afirikaine s'était déjà mise en position de garde, le dos tourné à la flambée, emmitouflée dans une couverture, son fusil en travers des genoux. Les mules vagabondaient autour du campement, à la recherche des herbes les plus grasses mais Isabelle était à l'attache devant la tente où plus tard Tabora dormirait.

Mari rampa sous la toile alors que le jour venait de s'éteindre, allumant dans le ciel, telles de petites veilleuses, les constellations avares du Septentrion. Elle ferma les yeux, à la recherche d'un sommeil qu'il était bien difficile d'apprivoiser quand on savait qu'il serait si vite interrompu.

Comme à son habitude, Tabora se montra sans crier gare, écartant un pan de tissu et secouant Mari par les pieds.

— Tu verras dans quelques semaines, quand il fera vraiment froid !

Mari sortit d'abord les jambes puis le reste du corps, prenant bien soin de ne pas écraser la grosse montre ronde du capitaine, que Tabora avait déposée dans l'herbe à l'entrée de la tente. À la lumière du feu, elle constata que l'archéologue n'était pas demeurée à son poste une minute de trop. Pas un mot de réconfort non plus, pas un encouragement. Tabora avait déjà disparu.

C'était le moment difficile où les bribes du sommeil tardaient à se dissiper, où vagues souvenirs de la journée écoulée et fragments de rêves écourtés flottaient dans sa tête telles des écharpes de brume. Mari avait récupéré le fusil, encore tiédi par les mains de Tabora. Elle s'adossa à son tour à la chaleur du feu, se releva aussitôt, craignant que l'obscurité profonde qui creusait devant elle comme un puits ne referme trop vite ses paupières, elle ajouta quelques branches dans les braises. Les flammes firent chanter le bois et bouillonner sa sève. Comment ne pas songer, alors, aux maisons franches qu'on incendiait avec les morts et les vivants pour purger l'air des maléfices de l'épidémie ?

Une ombre passa comme au coin de son œil. Mari se redressa. Jamais, depuis le premier jour, ni elle ni aucun de ses compagnons n'avait eu à lancer l'alerte. Ils avaient chacun pour cela en poche un petit sifflet de roseau... oh ! sauf Éloi qui ne pouvait souffler et qui avait promis, en cas de danger, de les réveiller tous d'un de ses rires abominables.

C'était Pépin.

Le petit guide avait quitté sa tente. Courbé sous cette poussière d'étoile que les yeux embués de Mari voyaient comme le pollen d'une fleur qu'on secoue, il s'était approché d'Isabelle. Il la caressait, la cajolait. Il lui parlait. La jument répondait par de lents mouvements de sa tête. Cela dura longtemps, si longtemps que Mari se lassa de l'observer. Le froid lui grimpait par les pieds et l'engourdissait, le froid du Nord. Bientôt, peut-être, elle verrait l'eau geler et la neige tomber. La montre indiquait qu'il lui restait encore à assurer la moitié de son tour de garde. Ensuite, elle irait réveiller Éloi.

Pépin s'accroupit et tira sur le cordon qui fermait la tente de Tabora. Que lui voulait-il donc ? La jeune femme dormait. Le petit guide était entré, seules ses jambes dépassaient encore. Il y eut un moment étrange où rien ne se produisit, comme si Pépin n'avait été animé que par la curiosité de regarder l'Afirikaine dans son sommeil. Puis une soudaine agitation parut faire enfler la tente. Mari y vit des bosses, en haut, sur les côtés. Elle crut entendre des mots sourds, un cri qu'on étouffait.

Le corps de Pépin ressortit à reculons. Il traînait avec lui quelque chose. La selle ! Méfiante, Tabora la conservait chaque soir parmi ses affaires. Mari se dressa enfin et demeura une seconde étourdie car la flambée lui avait trop chauffé la nuque. Mais elle ne sut que faire. Pépin reprenait possession de son Isabelle, il jetait la selle sur son échine, la bouclait hâtivement. Il coupait l'attache.

Mari lança devant elle un bras dans la nuit, inutilement. Pépin était parti, les sabots de la jument claquant sous les étoiles. L'espace d'un instant, la jeune fille sentit son cœur fuir avec lui. Où allait-il ? Peut-être vers le vrai pays des Blancs, celui qu'elle était venue découvrir et qu'elle désespérait de rencontrer, celui où on s'aimait, comme s'aimaient Pépin et Isabelle, celui où on dansait, comme le petit homme dansait sur sa selle mal sanglée. Un pays que lui avaient dissimulé jusqu'à présent les ombres du malheur, la saleté, la pauvreté, la faim, la ruine, la maladie. Le Septentrion était si vaste ! Mari eut soudain la conviction qu'il fallait écarter les rideaux opaques de sa misère et qu'il continuait de briller, quelque part.

— Pépin !

Plus rien n'agitait la toile de la tente. Ni creux ni bosses. Mari marcha lentement vers l'abri de Tabora. Un affreux petit ruisseau coulait à son entrée sur la terre piétinée. Elle s'accroupit pour écarter le rabat. Tabora tournait vers elle ses yeux grands ouverts. À l'envers, la tête là où auraient dû se trouver ses pieds, et encore empêtrée dans son sac de couchage. Sa main droite s'ouvrait et se refermait, comme si elle cherchait à attraper quelque chose. Et une grande entaille béait à son cou, juste sous le menton. C'était de là que coulait le ruisseau. Une araignée s'y noyait mais, pour elle, sans doute s'agissait-il d'un fleuve de sang.

Mari battit un briquet pour mieux voir et demeura un long moment, pétrifiée par une fascination morbide, devant le spectacle effrayant de cette bouche ouverte au couteau, dont les lèvres palpitaient au rythme des ultimes pulsations du cœur. Elle chercha dans sa poche le sifflet de roseau.

Aucun son n'en sortait, que celui de son souffle haletant. Elle se redressa, s'empêtrant dans la toile, l'arrachant à ses piquets. Quand elle s'en fut enfin extirpée, la tente reposait comme un suaire sur le corps de Tabora. Mari essaya encore une fois d'extraire un sifflement de son bout de roseau taillé, en vain. Alors, elle hurla.

Là-bas, la nuit s'était refermée sur la croupe d'Isabelle. Mais l'imagination de Mari suivait ses traces. Ses pensées chevauchaient sur une cavale aussi blanche que la jument de Pépin était fauve, elles l'accompagnaient dans sa fuite, lui, l'assassin. Elle aurait tant voulu savoir ce qu'il y avait sous les nuages, entre les collines boisées. Les trois hommes s'étaient levés. Quand elle se retourna, elle vit leurs silhouettes contre les flammes du brasier. Quatre, songea-t-elle, nous ne sommes plus que quatre. Elle n'avait pas cessé de hurler.

Incapable de parler, elle leur montra d'un geste. Le sang, maintenant une mare, la tente affalée sur ses piquets à demi arrachés, le bras noir qui en émergeait, la main aux ongles longs plantés dans la paume.

Birayma Penda avait compris. Il se pencha un instant sur la marque d'un sabot imprimée dans la terre sanglante. Puis, avec l'aide du capitaine Diaker, il dégagea le corps des plis rigides de son linceul. Mari vit que le cœur de Tabora ne battait plus.

— Nous sommes perdus, dit le Peul.

Il pleurait.

— C'est fini, fini.

— Ce sont les risques de...

Diaker n'acheva pas, dissuadé de conclure par le regard égaré de l'ingénieur.

— Nous ne la laisserons pas. Notre devoir est de la ramener.

L'ingénieur parlait comme s'il avait l'intention de partir sur-le-champ. Mais le jour était encore loin. Incapable de trouver les mots, Mari renonça à tenter de le consoler. Elle rejoignit Éloi qui patientait à l'écart, assis en tailleur.

— Je voulais qu'on lui rende son Isabelle, gémit-elle en se laissant tomber auprès de l'interprète, mais jamais je n'aurais imaginé...

— Pépin t'a débarrassée de ta rivale, dit Éloi avec une indifférence glaciale.

— Éloi ! Comment oses-tu...

— Ce monde est sans pitié, Mari. Si tu aimes, fais-le sans pitié.

La jeune fille se redressa dans un mouvement horrifié.

Un peu plus tard, tous se réunirent autour du feu. Serrés dans des couvertures, ils attendirent l'aube, épaules contre épaules, échangeant d'abord à mi-voix quelques paroles inquiètes puis s'abîmant ensemble dans un silence amer. Quand les premiers rayons du soleil vinrent les caresser, ils avaient sombré dans une somnolence imprudente. Les derniers morceaux de bois ne dessinaient plus que des spectres gris sur le lit de cendres.

Ils firent alors ce qu'ils faisaient chaque matin, plier les tentes, rassembler les affaires, préparer les paquetages. Peu de mots, peu de regards. Qu'y avait-il à dire, sinon leur déroute ? Soudain, le capitaine Diaker ramassa un fusil, épaula et tira. Mari, qui chargeait sa mule, eut un sursaut de terreur. Abasourdie, elle vit que le marin semblait avoir pris pour cible le corps emmailloté de toile de Tabora. Trois boules noires s'élevaient vers le ciel. Des corbeaux.

— Saloperies ! hurla Diaker.

Birayma Penda courut vers l'Afirikaine, comme s'il pouvait encore la sauver d'un péril. Penché au-dessus d'elle, il désigna de l'index les trous percés par les becs voraces. Des gouttes de sang noir suintaient par les déchirures du tissu.

— Il paraît que les Blancs les mangent en soupe ! lui lança Bakar Diaker. Saloperies ! Et aussi que ces carnes vivent cent ans. Enfin, quand on ne les mange pas.

Plus bas, il ajouta :

— Mais on dit tant de choses...

Son œil droit tomba sur Mari, rond, veiné de rouge.

— Tu voulais savoir, eh bien, maintenant tu sais ! s'exclama-t-il d'un ton mauvais. Le voilà, ton pays.

Le capitaine étira sa masse, toisant l'horizon.

— Est-ce qu'on en sortira jamais ? Ma boussole ne sait plus qu'en penser. Elle est comme moi, ma boussole, elle se languit de la mer.

Il la tenait sous son nez, scrutant l'étoile de fer qui scintillait dans les rayons ras du soleil.

— Elle gigote comme si elle avait perdu le nord.

Diaker cracha par terre.

— Le nord ! Pardi ! Nous y sommes !

L'ingénieur Penda s'approcha de lui et serra amicalement son cou de buffle entre ses longs doigts.

— Venez, dit-il, aidez-moi, capitaine. Nous allons placer Tabora en travers sur une mule.

— Et nous aurons bientôt à nos trousses toute la vermine du Septentrion, répliqua Diaker. Ignorez-vous ce que deviennent les corps à la chaleur du soleil ?

Faisant face au Peul, il lui dit :

— C'est nous que nous devons sauver, à présent.

Ils étaient là, tous les deux, l'un contre l'autre. Et de l'autre côté du feu moribond, proches eux aussi à se toucher, se tenaient Mari et Éloi. Comme deux mondes qui s'étaient séparés. Le blanc et le noir. Le jour et la nuit.

— Je crois que le capitaine déteste tout ce qui vient d'ici, murmura Mari. Je crois qu'il nous déteste aussi, toi et moi.

# 14
# LES BRIGANDS

Penda et Diaker marchaient en tête d'un pas lent, entre les mules. Ils rebroussaient chemin. Mari, qui les suivait, contemplait avec chagrin la silhouette cassée de l'ingénieur, pareille à une lézarde dans le petit jour. Elle le voyait qui s'arrêtait parfois pour feuilleter son carnet où figurait çà et là un croquis, un repère. Avec leurs souvenirs, les notes topographiques de l'un et la boussole de l'autre, ils pensaient savoir quel itinéraire à peu près sûr les ramènerait auprès du fleuve Louar.

Entendant que le capitaine parlait fort et qu'il prononçait son nom, Mari se rapprocha. « Est-ce qu'elle n'était pas de quart ?... Elle a changé, vous ne trouvez pas ? Même son odeur... une odeur sauvage... Je vais vous dire... Remettez-les dans leur milieu et les Cornes redeviennent de vrais Blancs... Elle n'a pas tardé à rejoindre le troupeau. »

Mari constata avec désespoir que Birayma laissait le marin soliloquer sans réagir. « Vous avez vieilli de mille ans, mon vieux... Même moi, j'ai l'impression que mon teint s'éclaircit... Sale pays... Mais le pire, c'est l'autre... Vous n'avez rien remarqué ? »

La suite se perdit dans un coup de vent qui coucha les hautes fougères du talus. Mari réduisit encore la distance qui la séparait des deux hommes.

— Je sais par le gouverneur Diatta qu'il y a un fort sur la rive opposée, en aval, disait Penda. Peut-être nous faudra-t-il trois ou quatre jours pour l'apercevoir.

— Et alors ? grommela Diaker.

— Nous leur remettrons le corps de Tabora, voilà le mieux que nous puissions faire.

— Et eux, qu'en feront-ils ?

— C'était une fonctionnaire du royaume, capitaine. Les militaires sauront comment agir. J'espère qu'ils...

Penda n'acheva pas.

— Rapatrieront le corps, c'est ce que vous voulez dire ?

— La patrie lui doit bien ça.

— Tabora n'est pas morte pour la patrie.

Le grand Peul referma son carnet avec un soupir tragique.

— Elle est morte parce que nous n'avons pas su la protéger, admit-il.

Mari se retourna et son regard rencontra l'horrible forme ficelée sur la bête qui la séparait d'Éloi. Peu avant midi, de nouveau à dos de mule, ils se perdirent dans une forêt. Cela se produisit de manière déconcertante. Ils croyaient traverser une futaie sans grande étendue, par un sentier défriché, puis un ciel de branches entremêlées se referma au-dessus d'eux tandis que leur chemin s'encombrait de fossés et de bosses, de souches, de lacets épineux, de sombres mares. Les champignons qu'ils voyaient pousser partout répandaient une odeur infecte.

Tous s'immobilisèrent avec un bel ensemble, alertés par d'inquiétants glapissements. Des yeux brillaient sous un couvert d'arbres encore pourvus de leurs feuilles rouillées par la saison humide. Mais les bêtes ne se cachaient pas. Elles suivaient une piste. Elles sortirent l'une après l'autre des taillis et des ronces, faisant craquer le sol tapissé de rameaux morts et d'écorce pourrie. Des chiens ! Des corniauds à grosse tête et larges épaules, l'arrière-train pesant lourdement sur de courtes pattes. Demeurée à la traîne, Mari vit que les chiens reniflaient leurs traces, s'arrêtant ici et là pour laper la terre du sous-bois. Comprenant tout à coup ce qui les alléchait, elle poussa une exclamation horrifiée.

— Monsieur Penda !

Par ses extrémités, le paquet contenant le corps de Tabora perdait goutte à goutte une substance rosâtre.

— Monsieur Penda ! Les chiens !

Les trois hommes avaient mis leurs montures en travers du sentier et s'étaient tournés vers elle.

— Pousse-toi ! Mais pousse-toi donc ! ordonna le capitaine Diaker en agitant son fusil.

Les gueules au mufle plat se rapprochaient, barbouillées de bave. Mari n'eut pas besoin de stimuler l'ardeur de sa mule. La bête fit un soudain écart et faillit la jeter à bas. Sa ligne de mire ainsi dégagée, Diaker abattit le premier corniaud d'une balle entre les yeux. Aussitôt, trois de ses congénères se précipitèrent sur ses flancs pantelants et entreprirent de les déchiqueter.

— Assez ! cria l'ingénieur Penda en posant une main sur le bras du capitaine, qui épaulait de nouveau.

Mari se glissa entre eux. Le marin caressait son arme sans quitter de l'œil le spectacle de la curée. Il s'adressa à elle, soulignant ses mots d'une grimace dégoûtée.

— On a les fauves qu'on mérite, tu ne crois pas ? Totem à clous, que ces animaux sont laids !

— Et toi, Mari, que penses-tu ? lui demanda Birayma Penda. Que devons-nous faire ?

— Moi, monsieur Penda ? À propos des chiens ?

— Non. De Tabora. Le capitaine veut que nous l'abandonnions ici.

— Oh ! non, ils vont la dévorer.

— Que nous l'enterrions, cervelle de babouin ! rectifia Diaker.

— Ils gratteront le sol, ils...

Mari s'interrompit et leva les yeux pour chercher la cause du grondement qu'elle entendait. Le ciel s'était assombri, comprimant sous son couvercle noir d'étranges vapeurs chaudes. Le temps s'était radouci de la façon la plus inattendue au cours de la journée et, maintenant, le tonnerre roulait.

— Ce pays est fait ainsi, lui dit le capitaine Diaker. Le désordre y règne en tout. Même les saisons se mélangent.

— Mari a raison, plaida l'ingénieur Penda. Nous ne pouvons pas l'enterrer ici. Le sol n'est que racines. Nous ne parviendrions même pas à creuser un trou.

— Eh bien, continuons ! s'exclama Bakar Diaker. Sentez-vous cette chaleur ? Les chairs vont se corrompre, les humeurs vont se liquéfier et ce n'est pas une bande de bâtards que nous aurons bientôt à nos trousses mais une meute de loups. Et un vol de corbeaux au-dessus de nos têtes. Et des insectes grouillants dans nos traces.

Il empoigna son fusil et, par pur plaisir, fit éclater le crâne d'un second chien.

— Allons ! Sortons de cette foutue forêt, au moins. Profitons de ce que le dîner des fauves est servi !

Il leur fallut une heure avant de découvrir une trouée qui les mena à une zone où l'herbe poussait en touffes drues sur une terre mêlée de sable. Sans se consulter, Penda et Diaker descendirent de leurs mules pour extirper d'un ballot deux pelles pliantes et une machette.

— On a retrouvé le fleuve, je crois, dit l'ingénieur en frappant le sol du tranchant de son instrument. On ne le voit pas encore mais l'air est plus léger, il me semble. Et sans doute est-il venu jusqu'ici lors de certaines grandes crues.

Diaker plaça un pied sur sa pelle et pesa de tout son poids.

— Oui, il y a un siècle.

Mari, près de lui, grattait ce qu'elle pouvait à l'aide d'une gamelle en fer-blanc. Au bout d'un moment, même Éloi daigna participer à leur œuvre funèbre. À quatre ils creusèrent, à quatre ils déblayèrent. Bientôt, les fers s'ébréchèrent sur le socle rocheux. Une petite colline grisâtre s'était formée mais la fosse paraissait toujours aussi étroite et peu profonde.

— Il lui faudra se contenter de cette tombe, décréta le capitaine.

Penda et Diaker empoignèrent le corps emmailloté de Tabora, et Mari vit couler un peu de liquide nauséabond par les plis du suaire de toile. À la fin, la terre repoussée à la hâte formait sur la défunte archéologue comme un chancre répugnant au milieu de la clairière.

— Que fais-tu ?

Mari, qui s'était éloignée un moment, revenait avec deux branches, une longue et une courte. Elle les lia avec du chanvre en sorte de composer une croix, qu'elle planta sur la tombe.

— C'est ainsi qu'on fait au Septentrion, répondit-elle avec un vague sourire. Même les loups le sauront et la respecteront.

Ils demeurèrent debout, côte à côte, pendant une longue minute, chacun se demandant s'il devait parler. Mais comment accompagnait-on les âmes mortes dans les sinistres Territoires du Nord ? Mari n'aurait pas voulu savoir ce qu'il y avait, à cet instant, dans l'esprit de ses compagnons, de l'ingénieur, du marin, de l'interprète. Dans ses pensées à elle tournaient ces simples mots : « Maria gracia plena, Maria gracia plena, Maria gracia plena... » Sans en avoir conscience, elle les murmurait.

— Cesse donc ces simagrées ! explosa brusquement Bakar Diaker. Je vous connais, je vous connais tous, vous les Blancs. Ne me dis pas que tu la pleures, je ne te crois pas. Et lui !

— Qu'y a-t-il, capitaine ?

Les mains d'Éloi s'étaient crispées sur le manche de sa pelle, comme s'il s'apprêtait à se défendre.

— Tu t'imagines que tes manigances m'ont échappé ? Toi et Pépin. Tu n'as pas cessé de lui parler, ces derniers jours. Tu l'as monté contre nous.

— Je vous en prie ! s'écria Penda. Je... je voudrais un peu de recueillement.

Quand leurs fronts se redressèrent et que leurs bras crispés se détendirent, quand l'air entra de nouveau dans leurs poumons un moment bloqués, quand enfin ils reculèrent d'un pas et rouvrirent les yeux, ils virent à droite et à gauche, devant eux et derrière eux, des hommes.

Ils étaient une dizaine, laids, sales et vêtus de guenilles. Ils brandissaient des armes, des couteaux, des lances, des haches, l'un une masse accrochée à une chaîne, avec sa tête de métal hérissée de pointes.

Leurs fusils étaient loin, glissés dans des anneaux de cuir, au flanc des mules. Même Diaker avait laissé au fond d'une sacoche son pistolet souvent gardé à la ceinture. Birayma Penda repêcha le mot dans son maigre vocabulaire franche.

— Amis ! Amis ! lança-t-il en écartant les bras.

Il se garda de sourire car, disait-on, certaines peuplades interprétaient cette expression de physionomie comme un signe hostile. Puis, tournant un peu le visage de leur côté, il pressa Éloi et Mari de nouer le dialogue.

Mais ces gueux ne semblaient pas d'humeur à parlementer. Ils leur tournaient autour avec méfiance, comme s'ils n'avaient pas compris que leurs proies étaient désarmées. Horrible tableau que celui de ces hommes aux cheveux longs et hirsutes, à la bouche souvent édentée, à la peau boucanée, crevassée, marquée de furoncles, coupée de balafres. Sous le poil et le hâle, de Blancs ils n'avaient que le nom.

L'un d'eux, enfin, leur chef peut-être, s'arrêta face à la tombe fraîche de Tabora et la désigna du doigt.

— Que dit-il ? demanda Penda.

— Si j'interprète bien son baragouin, répondit Éloi d'une voix étonnamment posée, notre ami, comme vous dites, souhaite savoir qui nous avons enterré là.

— Non, ce n'est pas ça, souffla Mari.

— Je te l'accorde, marmonna Éloi. Il s'inquiète surtout de la raison pour laquelle cette personne est morte.

Le Franche cria quelques mots impérieux.

— Il n'aime pas que nous parlions ensemble, commenta Éloi.

— Oui, ça, nous l'avions compris, dit Diaker.

L'ingénieur Penda jeta un coup d'œil vers les mules et leur chargement.

— Nous avons là des choses qui leur plairaient sûrement. Comment leur proposer quelques petits cadeaux ?

Mais la situation n'était que trop claire. Ces hommes n'avaient sans doute pas pour habitude d'attendre qu'on les invite à se servir. Trois d'entre eux s'étaient maintenant approchés. Pas trop près, cependant. Ils hésitaient, visiblement. Tous leurs regards convergeaient vers Éloi. D'un geste plein de défi, ce dernier leva une main et baissa son masque.

Mouvements de recul et glapissements d'épouvante.

Grisé par son succès, Éloi prit le parti d'avancer vers eux en leur adressant de toutes ses grandes dents un monstrueux sourire. Une lance se ficha à ses pieds.

— Éloi ! Cessez cela ! ordonna Penda.

Il y eut entre les brigands un échange de propos assez vif.

— L'un pense que j'ai la Peste mais les deux autres se moquent de lui. D'après eux, il s'agit soit de la lèpre soit du mal des ardents.

— Dites-leur quelque chose, suggéra Penda.

Éloi s'exécuta, expliquant à l'ingénieur :

— Je leur ai certifié que j'avais été malade quand j'étais jeune mais que je suis guéri depuis longtemps. Je ne sais pas si ça va suffire à les rassurer. D'ailleurs, je ne sais pas s'il est souhaitable de les rassurer.

Un soudain remue-ménage les alerta. Plusieurs indigènes rôdaient autour des mules. Ils avaient recouvert leur tête d'une cagoule et enfilé de grosses moufles en peau de bête. À présent ils s'aspergeaient de vinaigre. Stupéfaits, les membres de la fière Expédition Penda les virent alors opérer avec une habileté diabolique grâce à de longs crochets de métal. Ils en glissaient la pointe dans les nœuds de corde, dans les sangles, et défaisaient les paquets. En moins de cinq minutes, tous les colis furent jetés à bas parmi les montures rendues nerveuses par l'étrange irruption.

— Ils vont prendre les fusils ! s'inquiéta Birayma Penda.

— Oui, et le reste, répliqua Diaker. Grand Esprit, quelle pagaille ça va être !

Les brigands éventraient maintenant les ballots à l'aide de leurs crochets, évitant toujours d'y toucher, même avec leurs gants.

— Assez ! Assez ! cria Penda dans un blême épouvantable. Nous... donner... donner manger... donner bon alcool... alcool d'Afirik... bon... très bon... et bon couteau aussi et...

Il se tourna vers Éloi.

— Comment dit-on coquillages ?

— Ce sont des sauvages, intervint Diaker. On ne négocie pas avec les sauvages. Attendons juste le bon moment et nous réserverons à cette blanchaille le sort qu'elle mérite. Une balle par personne !

Mari pour sa part s'efforçait de suivre les paroles échangées. Le chef et ses acolytes n'en finissaient pas de débattre.

— Ils pensent que nous sommes vos esclaves, dit-elle. Nous deux, les Blancs.

— Qu'est-ce qui les excite tant ? demanda Penda.

— Ils parlent encore de moi, dit Éloi. Celui de droite persiste à croire que je suis grignoté par la maladie mais celui de gauche estime que j'ai simplement perdu ma bouche parce que je suis trop bavard.

— Occupez-les, grommela le capitaine. Interrogez-les, faites des gestes. Je vais essayer de récupérer un fusil. Si ça se trouve, ces chimpanzés-là n'ont jamais entendu claquer la poudre.

— Diaker, ne...

L'ingénieur Penda n'acheva pas sa phrase. Il lui avait suffi d'un coup d'œil pour constater que les espoirs du marin étaient vains. Les armes avaient déjà changé de mains. Deux hommes brandissaient leurs prises au-dessus de leurs têtes en esquissant une danse barbare.

— Ils sont comme les enfants, nota Birayma Penda.

Leurs craintes semblaient en effet oubliées. La convoitise était trop forte. Ces objets venus d'Afirik, il fallait qu'ils les touchent, qu'ils les manipulent. Assis, accroupis, ils en faisaient l'inventaire. Tout paraissait leur plaire, les gamelles, les étoffes soyeuses, les coquilles nacrées et les piécettes dorées. Ils découvrirent avec enthousiasme les tonnelets d'eau-de-vie et de vin de palme, la réserve de tabac du Peul, qu'ils se mirent à mastiquer au mépris de toute précaution, et les sacs de vivres.

— Ces Blancs sont comme des enfants, répéta Penda.

— Un enfant, ça obéit, répliqua Diaker, un enfant, ça se corrige.

Le chef du groupe leur fit un signe. Car c'était lui, en réalité, qui réclamait obéissance. Il leur ordonnait de s'asseoir, là, sur l'ombre de la croix de bois qui marquait la sépulture de Tabora et que le soleil tombant sur le sommet des grands arbres allongeait contre la terre sableuse de la clairière.

Ils obtempérèrent et s'installèrent tous quatre de la façon qu'on leur indiquait, dos à dos, comme formant un cercle. Du coin de l'œil, Mari constata avec consternation que les bandits, les sauvages, enfin les indigènes, avaient mis la main sur les jumelles de l'ingénieur et la longue-vue du capitaine. Ils ne tardèrent pas à en imaginer l'usage et, les ayant aspergées avec le contenu d'une outre d'eau vinaigrée, osèrent les approcher de leurs yeux ébahis. L'un après l'autre, ils scrutèrent la forêt, l'observant par les oculaires ou les objectifs, voyant sans doute tantôt gros tantôt petits les troncs, les branches, les oiseaux.

Le chef voulait prendre part au jeu. C'était, si l'on veut, un colosse miniature, ventru, large d'épaules et de hanches, aux bras comme deux rondins, mais guère plus haut qu'un chimpanzé femelle. Il criait ses ordres en avançant ses lèvres rouges au milieu d'un visage plat semé de verrues et de barbe en mèches torsadées. À lui la longue-vue, c'était l'instrument qui lui plaisait le mieux. On la lui apporta et il entreprit d'examiner ses hôtes forcés avec un évident plaisir.

— Il se croit malin, souffla Diaker en adressant une grimace au coureur des bois. La longue-vue lui permet d'être près de nous sans avoir à nous approcher. Riez, mes amis. Notre génie du Nord a découvert le moyen d'échapper à la Peste. Il lui suffira maintenant de tout regarder par le grand tube magique des hommes noirs !

— Du calme, capitaine, supplia Penda.

Un souffle de vent leur amena aux narines les odeurs du personnage, vieille crasse et sueur fraîche, traces d'urine et, toujours, relents vinaigrés.

— Mais c'est ainsi que les miasmes circulent et que l'infection se propage ! S'il savait, l'imbécile, ce qu'il nous envoie en ce moment !

— Vous vous trompez, glissa Éloi. À mon avis, il choisit le morceau qu'il mangera en premier.

— Es-tu sérieux ? lui demanda Mari. Penses-tu vraiment qu'il y ait des cannibales au Septentrion ?

— Nous le saurons bientôt.

Le chef blanc tapa du pied. Ils parlaient trop, décidément. À sa demande, un garçon vint d'un pas traînant vers les captifs. Long, fluet, la figure creuse, pas plus de vingt ans et peut-être bien moins, il était si difficile de donner un âge à ces sauvages. Il avait tout un rouleau de corde autour de la taille. Il la dénoua, la laissa tomber par terre. Ses intentions étaient claires. Il allait les attacher et, alors, tout espoir de fuite leur serait retiré.

Mais comment résister ? Ils étaient cinq ou six tournés vers eux, genoux pliés, attentifs, leurs armes rudimentaires prêtes à servir. Et deux autres braquaient les fusils dans leur direction, tels des singes savants.

Le jeune Franche se faufila au milieu d'eux, sans les effleurer. Du coin de l'œil, Mari le vit travailler avec une stupéfiante dextérité, maniant à droite un crochet court, à gauche une pointe fine comme une aiguille. Se tournant un peu plus, comme le garçon se tenait presque dans son dos, Mari retint un cri d'horreur. Ce n'étaient pas deux mains gantées qui maniaient la longue corde et la tortillaient en boucles successives autour des coudes des quatre prisonniers, mais bel et bien un crochet et une pointe qui s'attachaient directement aux poignets où étaient lacés des manchons de cuir. Enfin, de mains, ce garçon n'avait pas. Il n'en possédait pas moins l'habileté des vieilles femmes blanches du village, à Ker Samba, quand elles tricotaient une grosse laine avec des tiges de bambou épointées.

— Est-ce que vous voyez ? demanda-t-elle au capitaine, dont la nuque s'était inclinée vers elle.

Mais Bakar Diaker ne se donna pas la peine de s'intéresser aux gestes virtuoses de l'infirme, occupé qu'il était à lui compliquer la tâche et à l'empêcher de serrer les nœuds à ses bras.

— Je rongerai la corde avec les dents, s'il le faut, gronda-t-il. Ah ! Pour une fois, Éloi nous sera utile à quelque chose.

— Je n'en ai pas plus que vous, répliqua l'interprète. Ôter les lèvres ne fait pas pousser les dents.

En tout cas, ils étaient désormais liés savamment les

uns aux autres, et aucun n'aurait pu se lever sans que ses compagnons l'imitent. Sûrs de leur fait, les brigands ne se souciaient plus de les surveiller. Apercevant qu'ils apportaient de la forêt des branches et les entassaient, Mari sentit monter en elle un sentiment d'horreur. Toutes les rumeurs entendues dans son enfance lui revenaient à l'esprit. Ne disait-on pas que les peuplades du Nord mangeaient la chair humaine, ne clouaient-elles pas des hommes sur des croix de bois pour plaire à leur dieu cruel ? Et comment ne pas se souvenir de cette coupe d'or et d'argent, présentée dans le musée d'art blanc de l'ingénieur Penda ? Y buvait-on vraiment du sang ?

Une couverture de nuages noirs se déroula dans le ciel, faisant la nuit avant la nuit. Alors que le soleil n'était plus qu'une traînée indigo balafrant le faîte des arbres, au moment précis où les indigènes mettaient le feu à leur bûcher, de lourdes gouttes de pluie commencèrent à tomber.

Pendant quelques minutes, la clairière fut à eux. Les indigènes la désertèrent et ils demeurèrent seuls dans la clarté des flammes. Mus par un même instinct, ils entreprirent de se déplacer, s'aidant des fesses et des talons. Vers les mules, vers les instruments laissés à l'abandon, une lame, une cuiller, une gamelle, tout pourrait servir. Mais leur répit fut trop bref. La horde blanche fit sa réapparition, plus nombreuse que jamais, portant des pièces de viande embrochées, les hommes suivis de femmes et les femmes d'enfants. Ils étaient maintenant près de trente, communauté errante surgie d'on ne savait où.

— Ces gueux ne peuvent-ils pas se bâtir un village ! s'exclama le capitaine Diaker.

C'était là qu'ils s'apprêtaient à dîner, éparpillés dans la clairière, plusieurs sur la tombe même de Tabora dont la croix de bois avait été jetée au feu. Mari ne pouvait quitter du regard les quartiers de gibier dont la peau se craquelait et dorait, laissant goutter des jus qui se consumaient dans les braises avec des odeurs divines. La faim la tenaillait et les fumets qui parvenaient à ses narines la torturaient. Enfin, les relents du vinaigre s'estompaient ! Mais nul ne se préoccupait de nourrir les prisonniers. Il apparut d'ailleurs bientôt que le festin n'en était pas vraiment un. La tribu au complet comptait trop de membres pour que tous les estomacs soient satisfaits. Les hommes se servaient en premier, selon leur rang. Les plus faibles, les moins considérés, se contentaient des morceaux médiocres. Les femmes se jetaient sur les restes, qu'elles partageaient avec leurs enfants.

Mari s'essuya la bouche comme elle pouvait, de l'épaule, sentant la salive lui couler du coin des lèvres.

— Essaie de penser à autre chose, lui conseilla Birayma Penda.

— Regardez ! Les enfants ! Ils mangent le mil dans nos sacs, comme ça, sans le cuire.

— Ce sont des sauvages, Mari.

— Ils ont faim, c'est tout.

Les petits ne s'approchaient pas des étrangers mais les observaient de loin avec un mélange de curiosité et d'inquiétude. Quand l'un d'eux sortait de l'ombre, Mari constatait que les enfants blancs étaient pour la plupart chétifs, souvent estropiés. Et sales ! Qu'ils étaient donc sales ! Les voyant piocher dans les sacs, graine, viande séchée, légumes au sel, elle fut presque heureuse du fâcheux incident qui les avait conduits, elle et ses compagnons, sur ce lieu où on les dépouillait. Ceux-là, au moins, ce soir, auraient finalement le ventre plein.

Les hommes pour leur part avaient mis la main sur les outres et les tonnelets, qu'ils vidaient bruyamment de leur contenu. Le temps passant, l'eau-de-vie et le vin de palme les rendaient joyeux. Ils criaient, chantaient, se battaient parfois pour une lampée.

— Ils ont oublié que nous sommes pesteux, je crois, remarqua-t-elle. Ou peut-être pensent-ils que l'alcool tue les miasmes.

Le capitaine Diaker, auquel la jeune fille était adossée et qu'elle ne pouvait donc voir, répliqua avec vivacité.

— C'est bien la première fois que je regrette ma bonne santé. Je voudrais en être pourri, de cette saloperie de maladie. Et qu'ils l'attrapent tous, la Peste ! Qu'ils la mangent, qu'ils la boivent, ma Peste !

— Vous êtes un monstre, capitaine.

— Je sais, guenon. Tu ne cesses de me le répéter depuis qu'on se connaît. Mais quand je les contemple, ceux-là, j'ai un autre regret, vois-tu. C'est de n'en avoir pas noyé des cargaisons entières, autrefois, au bon temps des Cornes d'Ivoire. Ce continent n'est qu'un foyer de vermine.

Comme la main du marin effleurait la sienne d'un geste involontaire, Mari se sentit parcourue par un frisson de dégoût. Du coup, elle ne savait plus où porter ses regards. Tout la révulsait et, si elle fermait les yeux ou tournait la tête vers les ténèbres de la forêt, les idées qui l'assailleraient n'en seraient pas moins noires. Car, si on ne les avait pas embrochés et dévorés ce soir, rien ne prouvait que leur sort serait meilleur, le matin prochain.

La pluie tombait maintenant avec régularité sur son crâne. Des gouttes ruisselaient sur son front, ses joues, tombaient par son col le long de son cou. Cela seul aurait pu la rendre folle. Il lui fallait fixer son attention quelque part. Elle aurait tant voulu qu'une femme, au moins, vienne à elle et lui parle. Entre femmes, il était toujours possible de s'entendre, de se comprendre, qu'importait le pays ou la couleur de la peau. Elle le croyait. Elle voulait le croire. Mais aucune n'était venue, aucune ne lui avait glissé entre les lèvres un lambeau de chair, un bout de peau grillée.

Un homme était assis, solitaire, à la lisière des dernières vagues de lumière. Rongeant un os d'une main et de l'autre...

— Monsieur Penda ! Éloi ! Oh ! On dirait... Il a pris les... oh !

Un vieillard, sur le crâne duquel ne poussaient plus que deux ou trois mèches blanches. Épaules étroites, jambes nues et croisées. Sur ses cuisses et tout autour de lui, il avait étalé des feuilles, de grandes et de moins grandes. Il semblait les manipuler avec précaution, les déplaçant lentement pour les examiner, mais y laissant à coup sûr les traces infâmes de ses doigts souillés de graisse.

Birayma Penda s'était raidi, muet d'horreur comme devant un sacrilège. Ce sauvage jouait avec les planches de l'ingénieur blanc, il y posait ses empreintes répugnantes, il y laissait couler le jus qui emplissait sa bouche... attentif, concentré, comme s'il feignait de savoir lire ! Le capitaine Diaker, qui ne pouvait contempler la scène, réclama des explications.

— Il m'a volé mes planches, répondit Penda d'un ton misérable. Que va-t-il en rester, s'il continue ainsi ? Regarde ça, Mari, on dirait un chimpanzé savant. J'ai presque l'impression de l'entendre marmonner.

— Peut-être sait-il vraiment lire, répliqua la jeune fille. Il doit bien y avoir encore des gens pour connaître l'écriture des anciens, au Septentrion.

Éloi ricana.

— À ma connaissance, il n'y a que deux personnes en ce monde pour déchiffrer l'itale écrit à l'envers. Moi et... lui !

— Lui ?

— Celui qui a rédigé ces textes, chérie.

Un long silence s'installa entre eux, tandis que l'orgie s'apaisait autour de la flambée qui fumait noire sous la pluie. Les dernières outres avaient été vidées et les buveurs affalés commençaient de sombrer dans la somnolence. Serrés les uns contre les autres, transis, trempés, affamés, les quatre membres de l'Expédition Penda suivaient chacun le cours de réflexions diverses. Comment soustraire les précieux documents au vandale ? Pouvait-on attirer son attention, entrer en contact avec lui ? Le plus urgent n'était-il pas de se sauver soi-même, de rompre ces liens et d'échapper à la horde avinée ? Quel sort leur serait réservé à tous quatre le lendemain ?

La voix de Birayma Penda retentit la première, assez ferme pour couvrir les pleurs d'un enfant et l'affreuse mélodie chantonnée par la femme qui tentait de lui donner à téter ses seins flasques.

— Quel hasard formidable, quelle chance inouïe ce serait, commença-t-il. Oh ! mes amis, et si c'était lui ?

Éloi rit si fort que ses dents parurent vouloir dévorer la nuit.

— Vous rêvez, ingénieur !

— Qui d'autre que lui pourrait s'intéresser de la sorte à ce travail, à ces signes indéchiffrables, à ces dessins dépourvus de sens pour une âme simple ? Un vieillard à cheveux blancs... oui, c'est bien ainsi que je me le suis parfois imaginé. Tenez ! Je crois qu'il nous observe ! Qu'il vienne, Grand Esprit, qu'il vienne !

— Est-ce que je dois l'appeler, monsieur Penda ?

— Oui, s'il te plaît, fais-le. Les autres sont abrutis par les alcools.

— Ne les prenez pas pour plus bêtes qu'ils ne sont, intervint Bakar Diaker. Certains nous surveillent encore, n'en doutez pas.

Mari prit le parti de ne pas crier. Mais, comme c'était bien vers elle, Mari la Blanche, que le vieil homme jetait ses regards perplexes sans jamais cesser de triturer les feuilles, elle choisit d'agiter la tête, en une invite pressante : *Viens ! Approche !*

Le vieux Blanc la laissa faire un moment puis soudain se leva sur ses jambes grêles que la bande d'étoffe attachée à ses reins couvrait à peine. Mari vit qu'il avait sur le dos une pelisse sans manches bordée de fourrure grise. Il marchait avec difficulté, genoux écartés. Abandonnées sur la terre sableuse, les planches offraient leurs inscriptions et leurs schémas mystérieux aux dernières gouttes de l'averse.

Il était là, près d'eux, et les scrutait de ses yeux bleus ombragés par deux épis de sourcils jaunâtres.

— Est-ce qu'il sait lire ? souffla Penda.

Mari jugea bien peu appropriée cette manière d'entamer la conversation et laissa à Éloi le soin de traduire la question.

— Ce n'est pas de l'écriture, c'est...

Le vieillard acheva sa réponse d'un bref mouvement de ses doigts déformés par l'arthrite : un petit vol, de chaque côté de son nez pointu, qui probablement ne voulait pas dire grand-chose.

— Est-ce que tu la comprends ? lui demanda Mari.

L'homme secoua la tête, soulignant d'un sourire rusé ce qu'une telle hypothèse avait d'improbable.

— Personne, dit-il, personne...

— Pourquoi regardais-tu les planches, alors ? lui demanda Éloi d'un ton abrupt. Qu'est-ce qui t'intéresse tant ?

— Dis-lui que ces documents sont très précieux, intervint Birayma Penda. Qu'il y aura une très belle récompense pour lui si...

— Si quoi ? le coupa Bakar Diaker. Vous oubliez dans quelle situation nous sommes, ingénieur. Attachés, prisonniers d'une bande de macaques.

Effarouché par les accents agressifs du capitaine, le vieillard recula de quelques pas. Il tremblait un peu mais ne pouvait s'arracher à la contemplation des étrangers.

— Précieux, très précieux, lui dit Mari, en espérant que le petit homme saisissait sa prononciation approximative du franche.

— Est-ce que tu en as encore ? lui demanda le vieillard.

— Encore ? D'autres dessins comme ceux-là ? Non, non...

Peut-être n'avait-il pas découvert toutes les planches, rangées dans plusieurs sacoches, et il ne s'agissait pas de le lui signaler.

— Pourquoi ? l'interrogea Éloi. Pourquoi en voudrais-tu d'autres ?

Mari aurait préféré que l'interprète la laisse parler, même si son franche rudimentaire ne valait pas le sien, étudié pendant de longues années. À chaque fois que l'un de ses compagnons intervenait, elle voyait l'homme frémir et se réfugier un peu plus dans l'ombre.

— Pourquoi les regardais-tu ? insista Éloi. Qu'est-ce que tu cherches à savoir ?

— Rien. Moi, je ne sais pas.

— Il faut les protéger, souffla l'ingénieur Penda. Elles vont s'abîmer.

Comme s'il avait compris, le vieux Blanc partit en courant, ou du moins s'y efforça, se hâtant dans un dandinement comique. Il ramassa les feuilles et les serra contre sa poitrine puis disparut dans la nuit. Mari le repéra de nouveau un peu plus tard, sur un bord ténébreux de la clairière où il semblait conférer avec d'autres hommes. Elle fut toute surprise de le voir réapparaître au bout d'un long moment encore, alors qu'elle commençait à s'assoupir contre le dos du capitaine Diaker, ses épaules prises entre celles de Birayma Penda d'un côté, et celles d'Éloi de l'autre. Il avait les mains vides et s'approchait d'eux avec agitation.

— Vous partirez demain, leur annonça-t-il. Mais c'est un long chemin pour des hommes noirs.

— Où ça ?

— Chez les savants.

Éloi lui fit répéter le mot puis le vieillard se coula de nouveau dans l'obscurité.

— Chez les savants, vous êtes sûr, Éloi ? s'étonna Penda.

Le capitaine Diaker, qui n'avait capté aucune image de la scène et semblait s'en moquer, se mit à ricaner.

— Savants ! Des savants ! Pourquoi pas une grenouille à la Grande Maison des Sages ? Un savant, dans ce pays, c'est sans doute quelqu'un qui sait compter sur les doigts de ses mains.

## 15
## LA TAVERNE

C'était un matin de glace, qui piquait la peau et faisait pleurer les yeux. Le ciel se dégageait avec lenteur des draps livides de l'aube mais on voyait qu'aujourd'hui il serait bleu. L'Expédition Penda formait au centre de la clairière comme un buisson que le froid de la nuit avait serré plus fort encore que les cordes du jeune Franche aux mains mutilées. Leurs jambes se détendirent, leurs têtes se redressèrent. Ils entendaient des voix et des cris. Non loin d'eux, le vieillard aux rares mèches blanches étreignait une sacoche entre ses bras maigres. Ils étaient quatre auprès de lui, quatre hommes des bois. Jeunes, forts, la figure rouge et couturée, dont un que Mari, la veille, avait baptisé Petit Colosse. Leur chef à tous, sans doute.

Le vieux ne se débattit pas longtemps. Les autres lui arrachèrent la sacoche avec ce qu'elle contenait à coup sûr : les écrits et les dessins du génie venu d'Itale. Ils n'avaient pas besoin de lui, voilà ce qu'ils lui expliquaient. Trop lent, trop faible. La route était périlleuse et il les retarderait. Mais le bonhomme se rebella, ses prunelles délavées par l'âge lancèrent des éclairs. Il ne voulait pas renoncer à son trésor. Il savait bien quel prix on en tirerait. Le vieux réclamait sa part.

Alors, les quatre brigands s'amusèrent avec lui, ils le firent danser en le poussant l'un vers l'autre, et quand il fut près de tomber, ils l'attrapèrent et le jetèrent dans les cendres du feu qui avait fini de brûler au cœur de la nuit. L'ancêtre furieux demeura un moment ainsi, les fesses dans les monticules de poudre grise et d'écailles charbonneuses. Il se redressa soudain dans un hurlement et on le vit bondir avec l'agilité d'un jeune homme, le fond d'étoffe qui lui tenait lieu de culotte répandant derrière lui un filet de fumée et une odeur de laine grillée.

Il s'éloigna sous les rires.

— Voilà donc comment on traite désormais chez toi les anciens, dit Birayma Penda à l'oreille de Mari.

Comme ils s'y attendaient, on les fit lever. Plus aucune appréhension ne semblait tourmenter leurs gardiens et on dénoua leurs liens avant de les arranger autrement. Ils pouvaient à présent avancer en file indienne, les mains toujours entravées.

— On dirait que la pluie nous a lavés de la Peste, remarqua le capitaine Diaker. Ils nous touchent, totem à clous, ces chimpanzés nous touchent !

— À part moi, notez-le, répondit Éloi. Celui qui m'a ligoté avait une cagoule et des gants, et c'est à peine s'il m'a frôlé. Je continue de ne pas leur plaire.

Les quatre formeraient leur escorte. Ils emportaient des armes, des lances, des coutelas, des haches, des arbalètes, et l'un de leurs fusils. Plus l'une des mules, chargée d'on ne savait quoi. Mais tous iraient à pied, gardiens et prisonniers. Et le chemin, semblait-il, serait long. Rien ne le souligna mieux que l'apparition des femmes au moment où ils quittaient la clairière par un sentier bordé de billons de bois fraîchement coupés. Elles saluaient leurs hommes, comme si elles se préparaient à une absence durable. L'une d'elles, encore jeune mais flétrie par la rudesse de la vie, dégringola le talus où elle s'était perchée pour étreindre les larges épaules de Petit Colosse.

Mari poussa une exclamation de stupeur. Cette créature des bois s'était défaite des haillons qui la couvraient la veille. Des hardes malpropres, des chiffons déchirés, des peaux de bêtes. Ce matin, elle resplendissait. La femme avait revêtu la belle robe jaune offerte par Niaku à la résidence du gouverneur et que Mari tenait depuis le début du voyage au fond d'une malle, dans des plis soignés. Oh ! comme elle était fière et qu'elle grelottait pourtant, presque nue sous le tissu trop fin.

— Maintenant, nous savons qui est l'épouse du chef, dit derrière Mari la voix d'Éloi. Au moins, il la traite généreusement.

Éloi fermait la marche. Devant Mari se trouvait Birayma. En tête allait le capitaine Diaker. Un mètre de corde séparait chacun de son suivant. L'un des indigènes ouvrait la voie, une arbalète sous le bras, une hache pendant à son côté. Les trois autres restaient derrière avec la mule et rien ne laissait escompter une baisse de leur vigilance. D'ailleurs, ceux de l'infortunée Expédition Penda furent bientôt perdus dans une succession de forêts et de landes, parmi les chênes, les charmes, les bouleaux et les trembles, parmi les joncs et les genêts.

Où seraient-ils donc allés, s'ils s'étaient échappés ? Seuls, ils suivaient leur boussole. Accompagnés et guidés, ils se sentaient égarés. La boussole, au fond, leur avait toujours menti. Elle n'indiquait rien, que des buts imaginaires.

Puis il y avait les bêtes sauvages. Jamais, depuis leur départ des Comptoirs, ils n'en avaient aperçu autant. Des oiseaux sans nombre. De petits animaux, des fouines, des belettes, des renards. Des écureuils dans les arbres. Des chevreuils, des chèvres puis ce monstre hargneux qui ressemblait tant au phacochère, le sanglier. Tant de beautés, tant d'inquiétudes. Mari mettait les pieds dans les traces qui la précédaient, attentive, mais lasse déjà, éprouvée par la fatigue, la faim et le froid, et ne sachant plus vers où diriger ses pensées. Comme il est difficile d'aimer ce qui se refuse à vous ! Tout se mêlait dans ce sentiment. L'ingénieur Penda, Birayma, dont elle suivait la nuque qui dodelinait dans les ombres, et les terres du Nord, son pays, ses hommes et ses femmes, ses créatures de chair ou de bois, le vaste Septentrion que son cœur était venu conquérir et qui sans cesse la repoussait dans ses recoins les plus obscurs.

Petit Colosse et ses acolytes marchaient sans hâte ni paroles, sans manger et sans boire, du pas régulier de ceux qui vont loin. Plusieurs fois, l'ingénieur Penda tenta de communiquer avec eux, demandant derrière lui de l'aide à Mari qui parlait un peu le franche, à Éloi qui en connaissait presque tous les secrets. Où va-t-on, combien de temps cela durera-t-il, nous avons faim et soif, est-ce qu'une halte n'est pas prévue ? Silence. Ces hommes n'entendaient pas.

Ils longèrent un chapelet d'étangs par des buttes sableuses où ils se tordaient les chevilles. Leur tête était au soleil mais un froid humide montait du sol. C'est là que, pour la première fois, ils virent d'autres hommes. Des pêcheurs sur des barques ou qui s'aventuraient dans l'eau sur de hautes bottes. Bakar Diaker leur lança un vain appel en wolof mais Petit Colosse se tourna vers lui en balançant à bout de bras sa hachette. La troupe s'écarta des berges. Mari crut alors que les brigands s'efforçaient ainsi d'éviter la proximité de leurs semblables mais il y avait soudain devant eux un vrai chemin bordé de haies et, au bout, contre l'horizon pâle, l'indication d'une présence humaine. Des fumées, de belles fumées qui montaient droites puis s'en allaient, courbées par un vent léger.

Ce fut comme une éclaircie dans les humeurs moroses de la journée. Mari réduisit la distance entre Birayma Penda et elle, ce qui contraignit Éloi à marcher plus vite.

— Monsieur Penda ! Un village !

Le Peul ne répondit pas. Depuis plus d'une heure, Mari le voyait claudiquer devant elle, traînant avec difficulté la jambe que la chute de sa chauve-souris volante avait brisée. La jeune fille sentit son excitation retomber. N'était-ce pas cela, pourtant, qu'ils étaient venus découvrir et qui leur avait échappé jusqu'ici ? Le Septentrion leur était apparu le plus souvent comme désert d'hommes, continent abandonné à une nature sauvage et hanté seulement par quelques tribus errantes. Une unique cité, livrée au feu. Des hameaux épars, sans chaleur, sans substance, sans vie. Or, voilà qu'ils distinguaient, par-delà les haies, des terres déjà retournées pour l'hiver où voletaient des pies en quête d'un grain oublié, puis des fermes de pierre et tout un groupe de maisons dont les cheminées crachaient les vapeurs grises des foyers.

— Est-ce là qu'on nous conduit ?

Il n'y avait aucune alarme dans l'interrogation de Mari. De tels lieux ne pouvaient être qu'accueillants à qui saurait se faire reconnaître. N'était-elle pas fille du Nord, enlevée à son peuple et de retour parmi les siens ? Ils s'approchaient d'une grosse bâtisse de moellons, flanquée à droite d'une écurie où piaffaient deux chevaux. Par la porte de bois entrouverte s'échappaient de merveilleux fumets.

Il ne sortait pas de l'endroit que des volutes grasses. Des voix, aussi, des voix joyeuses et des rires. À présent, Mari ne voyait plus que la ficelle grossière qui entravait ses mouvements. La solide maison vers laquelle on la menait l'attirait, mais y pénétrer ligotée de la sorte lui paraissait insupportable, presque inconvenant. Pourtant, on les poussait sans ménagement, elle et ses compagnons. La porte fut écartée et on les fit entrer les premiers.

Il faisait sombre sous les poutres basses du plafond, où pendaient des chapelets d'ail, des saucisses et des jambons. La flambée dans l'âtre n'éclairait qu'un coin de la vaste salle noircie par un siècle de combustion. Les conversations s'interrompirent et Mari eut le temps de compter les têtes tournées vers les nouveaux venus avant que les bouches figées ne se referment. Ils étaient quinze, douze attablés autour de lourds plateaux de bois, et trois debout près de la cheminée. Des hommes, tous, hormis une petite servante en tablier bleu malpropre.

— Qu'est-ce que c'est que...

Les derniers mots, lancés par la voix forte d'un échalas qui brandissait un long couteau luisant de graisse, Mari ne les comprit pas. Mais ils n'étaient pas aimables, aucun doute là-dessus. Petit Colosse ne se laissa pas intimider. Il bouscula ses prisonniers et leur désigna un mur contre lequel ils pourraient s'asseoir, à même le sol couvert de sciure. Il les installait là, pour être tranquille. Car il entendait bien prendre place et inviter ses complices à la table du festin.

— Du pain, du lard et à boire, à boire !

Pourtant, les regards restaient accrochés aux quatre autres, aux étrangers. À deux d'entre eux, surtout. Ces deux figures noires comme on n'en voyait jamais au pays. Mains attachées, tenus en laisse. C'était donc eux, maintenant, les sauvages ? On hésitait entre la moquerie et l'inquiétude. Puis cette fille, trop jeune et trop jolie. Enfin l'autre, avec son masque sur le visage. Mari percevait leurs murmures.

Petit Colosse tapait la table du poing. Allait-on le servir ? Le grand maigre lâcha son couteau pour apporter en silence un pot de grès et des chopes vernissées. La servante ajouta le pain et des tranches de lard grillé.

— Et ceux-là, demanda-t-elle d'un ton insolent, ils mangent donc pas ?

— Du pain et de l'eau, répondit l'un des brigands, si c'est toi qu'offres.

Il rit, mais tout seul. Alors, il s'esclaffa plus fort, pour contraindre la compagnie à rire avec lui. L'animation reprit. Mari tendit l'oreille mais, bientôt, elle ne parvint plus à suivre. Quand les Franches parlaient entre eux en avalant les syllabes, elle ne saisissait plus rien. Éloi ne lui avait enseigné qu'un langage châtié, celui des livres, et dans une prononciation incertaine. Ici, loin des Comptoirs, le peuple blanc pratiquait un patois des campagnes fort éloigné du franche des écrits savants.

Ils reçurent chacun une grosse tranche de pain noir, qu'ils dévorèrent serrés les uns contre les autres pour pouvoir monter ensemble les mains à la bouche. Puis ils firent circuler la jarre d'eau fraîche. Éloi s'était tourné vers le mur, afin qu'on ne le vît pas manger. Subrepticement, la servante revint ajouter dans la gamelle un peu de lard gras.

L'atmosphère s'était détendue. Quoique avare de paroles, Petit Colosse avait mis le tavernier et les habitués dans sa poche. En vantant ses exploits, probablement. Traîner deux Noirs d'Afirik comme des bêtes qu'on mène au pré, ce n'était pas rien. On ne lui mesurait plus le vin et la cochonnaille revenait sans qu'il en redemande. Soupe de boudin, saucisse et jambon tranché épais, avec de gros haricots presque en purée. Les questions pleuvaient maintenant mais, entre deux bouchées, il n'y avait pas beaucoup de temps pour répondre. Une réplique postillonnée, un geste du bras, cela suffisait à assurer son succès.

Certains sortaient, d'autres entraient, ils étaient à présent une vingtaine. Des paysans solides, des gars d'ici pour la plupart, quelques-uns peut-être de contrées écartées, juste de passage. Mais on se connaissait. Mari aurait aimé se mêler à eux. Ils ne l'auraient pas repoussée, elle en était convaincue. Se lever, leur parler, expliquer qui elle était, ce qui la conduisait sur cette terre. Simple, au fond. Il lui suffisait de trahir l'homme qu'elle aimait. Car Petit Colosse se souciait bien peu d'elle. Il ne s'intéressait qu'aux deux Noirs, aux gueules de charbon selon son expression. À eux et à la sacoche qu'emplissaient les schémas du rêveur de machines. Apparemment, tout cela valait son prix et la tribu des bois prétendait fièrement avoir des acheteurs. Voilà ce que Mari comprenait : Penda, Diaker et le trésor itale les rendraient riches. Enfin, riches comme au Septentrion.

La porte s'ouvrit une nouvelle fois et ce fut une femme qui entra. La première. Une vieille cassée comme une équerre mais dont la tête demeurait droite, faisant un drôle d'angle avec les épaules. Et ce regard ! Elle en balaya toute la salle, s'attarda un instant sur une marmite ou un jambon. Elle ignorait les hommes, lesquels faisaient mine de ne pas la voir. Une mendiante, supposa Mari. Elle promenait ses doigts tordus autour d'elle sans oser quémander franchement.

— Tiens ! Ouste, sorcière, ouste !

La vieille contempla la couenne rôtie qui venait d'atterrir à ses pieds. Elle ploya un genou rouillé pour se baisser mais ne fut pas assez rapide. Le chien de la maison, qui se chauffait contre le manteau fendu de la cheminée, bondit dans la salle et emporta le morceau sous les rires.

— T'as eu ta chance. Dehors, maintenant !

Sorcière, ils l'appelaient sorcière. Elle avait laissé le chien la priver de sa maigre pitance sans un signe de dépit. Mari ne la quittait pas des yeux, sachant qu'elle allait se tourner vers eux, les étrangers. La jeune fille eut même l'étrange sentiment qu'elle n'avait poussé la porte de la taverne que pour cela, découvrir qui était là, ces deux têtes noires et ces deux têtes blanches. De nouveau, on entendait les mouches voler, du moins les mâchoires broyer les cartilages et les gosiers avaler le rugueux vin de raisin. Tous observaient, intrigués et curieux. La vieille examinait le capitaine Diaker, son crâne pelé, sa cicatrice épaisse comme le doigt, sa paupière gauche en berne. Une gueule qui racontait toute une histoire.

— C'est un diable, celui-là, un diable à pendre.

Elle accompagna son jugement d'un geste sans ambiguïté, serrant le nœud à sa propre gorge.

— Ou une tête à couper.

Là, elle fit un autre geste, plus parlant encore.

Ce qu'elle dit ensuite, Mari ne le comprit pas mais Éloi, que cela concernait, le lui révéla d'un chuchotement à l'oreille :

— À diable, diable et demi.

— Quoi ?

Éloi haussa les épaules.

— C'est un compliment pour moi.

La sorcière s'intéressait maintenant au cas de Birayma Penda. Et on eût dit qu'elle battait des ailes, de façon grotesque, bras pliés, les coudes en l'air.

— L'aigle noir, s'esclaffa-t-elle dans une sorte de hennissement.

Elle s'accroupit à moitié avec une étonnante souplesse, dans un craquement d'articulations, en produisant un bruit obscène avec sa bouche édentée. Mari y vit l'image d'une chute. Mais c'était d'elle que s'approchait soudain la sorcière du pays franche. Elle ne s'en tirerait pas, elle, avec un coup d'œil et une phrase sibylline. L'index sinueux à l'ongle long et jaune exigeait sa main. La jeune fille hésita. Ce contact lui répugnait mais elle voulait savoir. Elle obéit, tira sur la corde qui la liait à Éloi, offrit sa paume droite ouverte.

Les doigts noueux se refermèrent sur les siens, le pouce noirâtre glissa le long des lignes qui descendaient jusqu'à son poignet en une caresse odieuse.

— T'as un nom ?

— Mari.

— Reine des cieux.

— Comment ?

— Marie, reine des cieux.

Par-dessus l'échine ployée de la vieille, Mari aperçut que plusieurs hommes se signaient. Au front, à la poitrine puis aux épaules. La croix, à la manière franche.

— L'autre Mari, murmura-t-elle. Et moi ?

— Toi, y te faut la terre, pas vrai ? Ça vient de la boue et ça veut toute la terre. Lui y veut aller tout en haut et il ira tout en bas. Toi...

Mari se tourna vers l'ingénieur Penda. Lui. Et elle...

La sorcière s'était penchée et Mari recevait en pleine figure son haleine pestilentielle.

— La maison sera à toi, dit-elle. On te fera des courbettes.

Tout bas, elle ajouta :

— Mari, reine de la terre.

Puis, dans un éclat de rire, elle hurla :

— Maîtresse !

Elle le répéta, de plus en plus fort, avant de filer vers la porte avec une déconcertante vivacité : « Maîtresse ! Maîtresse ! » Sous les grosses poutres de la taverne, l'hilarité était quasi générale – Mari s'y joignit avec timidité, le capitaine et l'ingénieur pas du tout. Un garçon bancal comme Mari n'en avait jamais vu, tignasse rouge et joues semées de taches de rousseur, ramassa le soufflet qui traînait près de l'âtre. Il l'actionna avec vigueur, feignant de chasser vers la sortie la puanteur que la vieille avait laissée dans son sillage.

Birayma Penda se pencha vers Mari pour être entendu malgré le joyeux vacarme.

— Qu'a-t-elle dit ? Pourquoi est-ce si drôle ?

— Je ne sais pas. Je n'ai pas tout compris.

— Nous finirons tous mal, à part celle-ci, intervint Éloi en désignant la jeune fille.

— Vraiment ?

— Soyez aimable avec elle, ingénieur. C'est votre future reine.

— Vraiment, dit encore Birayma Penda, mais d'un ton différent, plus sec.

— Éloi invente.

— Je n'invente rien, ma chérie. Mais peut-être que cette brave femme aime à se moquer des étrangers. Profites-en ! Tu ne seras pas reine tous les jours !

Le tavernier, lui, trouvait la plaisanterie à son goût. Il s'approcha de Mari et fit une génuflexion devant elle, alors qu'il déposait à ses pieds une tranche de viande et un pichet de vin. Pour finir, il plaça sur sa tête une couronne d'oignons secs aux queues tressées.

— Je te salue, Mari, dit-il.

Puis, tapant du pied pour faire taire les rires, il ajouta :

— La vieille folle se trompe jamais, vous savez bien.

Cette fois, il avait l'air presque sérieux. Et il cracha dans la sciure. Derrière lui, un homme était monté sur une table. Brandissant sa chope, il entonna soudain une chanson. Sa voix n'avait pas la pureté de celle de Toma, qui avait bercé Mari tout au long de son enfance, mais la jeune fille n'en reconnut pas moins les paroles. Et, pour la première fois, elle les comprenait à peu près.

*Buvons bien, là buvons donc*
*À ce flacon faisons la guerre.*
*Buvons bien, là buvons donc*
*Ami, trinquons, gaiement chantons.*
*En mangeant d'un gras jambon,*
*À ce flacon faisons la guerre !*

À la fin de chaque couplet le chanteur s'interrompait pour reprendre sa respiration et avaler une gorgée de vin âpre, tandis que la salle reprenait en chœur les derniers mots. Et la guerre menée aux grands pichets de grès faisait rage, en effet !

Soudain, le rouquin rejoignit le chanteur sur sa scène improvisée. Médusée, Mari vit qu'il brandissait un instrument ressemblant en tout point au violine de la jeune Niaku. Il jouait de façon étrange, la partie la plus large posée sur son épaule, contre le cou. Les doigts de sa main gauche voletaient sur le manche avec une habileté diabolique tandis que l'autre, la droite, planait avec grâce en maniant le bâton à crin. Les sons que le jeune garçon tirait du violine n'étaient guère harmonieux mais sa dextérité surpassait sans conteste celle de la jeune Diatta. Pendant un finale échevelé, il souligna chaque accent de sa musique en ébranlant la table où il se dressait à vigoureux coups de talon.

Pendant ce temps, Petit Colosse vidait sa gibecière pour régler ses dettes. Il payait en nature d'un lièvre tué en route et de champignons cueillis dans les bois. Comme cela ne semblait pas suffire, il ajouta à regret un de ces flacons que célébrait l'assistance, une des petites outres d'eau-de-vie dont le capitaine Diaker avait bourré ses bagages, et pour finir une grosse poignée de perles.

Le marché conclu, le brigand en chef donna le signal du départ. Le silence était retombé, les voix et les cordes s'étaient tues. Mari, de nouveau sur ses pieds, se trouva toute déconcertée de voir ses poignets toujours entravés. L'espace de quelques minutes, emportée par la musique, elle s'était perdue dans ses rêves, où les rôles se renversaient et où, comme au Septentrion, le blanc était la lumière et le noir était l'ombre.

Souveraine ? Ne l'avait-elle pas annoncé elle-même à Lisimba Tam dans sa lointaine existence afirikaine ? « Un jour, lui avait-elle lancé, je serai reine du Septentrion et vous vous prosternerez à mes pieds. »

— Avance, Majesté, lui souffla Éloi en lui flanquant un genou pointu dans les fesses.

Mari eut l'impression de se heurter à un mur de fraîcheur et d'humidité. Elle laissait dans la taverne ses songes et ses illusions, en plus de la chaleur et des chansons.

— Alors, gémit-elle, est-ce que je vais toujours rester l'esclave de quelqu'un ?

L'esclavage, c'était ce qu'elle éprouvait à cet instant. Cette raideur des muscles livrés à la volonté des autres, cette douleur des pieds blessés par une marche soumise, ces efforts qui ne connaissent ni leur but ni leur terme. Jusqu'à quand, Maria ? Mais c'était cela aussi, l'esclavage. Baisser la tête, baisser les yeux, fermer ses pensées, parce que l'esclave n'a pas besoin de savoir.

— Eh oui ! chérie, lui dit Éloi, comme s'il lisait en elle. Il faut longtemps pour accéder au trône, mais pas plus d'une seconde pour tomber à bas !

## 16
## LA MÉDECINE DES CANARDS

Ils s'étaient arrêtés n'importe où, juste parce que la nuit approchait. Petit Colosse et ses hommes ramassèrent des feuilles mortes et de la paille pour faire leur litière, des branches sèches et des pieux pris aux clôtures pour entretenir le feu. Ils campaient au milieu d'un champ en friche mais la forêt était proche. Aux yeux de Birayma Penda et de Bakar Diaker, rien ne pouvait mieux illustrer la nature de ces créatures primitives. Aucune prévoyance, aucune prudence, aucune réflexion.

Ils n'en étaient pas moins tombés entre les mains de ces hommes des bois. À chaque heure qui passait, plus encore que leur inquiétude, ils sentaient grandir leur colère et leur humiliation. On les nourrit de façon sommaire et on jeta sur leurs corps presque soudés les uns aux autres une couverture grossière où probablement grouillait la vermine.

Dressée sur un coude, Mari tentait d'écouter la conversation que liaient à voix basse l'ingénieur et le capitaine. C'est dans cette position inconfortable qu'elle aperçut, par-dessus le crâne du marin, deux yeux rouges qui flottaient dans les ténèbres, là-bas, sous les premiers arbres. Et, aussitôt, elle sut.

— Monsieur Penda, cette fois, c'en est un, j'en suis sûre.

— Quoi donc, Mari ?

— Là, regardez. Est-ce vous voyez ses yeux ? Un loup, monsieur Penda, un loup.

— Oui, peut-être, répondit le Peul sans émotion particulière. Ils sortent à la saison froide, je crois.

Pour un Afirikain, le nom du loup n'évoquait pas grand-chose. Mais pour les esclaves blancs du village, à Ker Samba, pour tous ceux qui se réunissaient parfois le soir sur la petite place autour de Ben le conteur, le cruel animal symbolisait le Septentrion dans ce qu'il avait de plus mystérieux, de plus effrayant. Le loup incarnait toute la sauvagerie du continent ancestral. Le loup, c'était la Bête, celle qui décimait les troupeaux, qui défiait les hommes et dévorait les enfants.

Un long hurlement déchira la nuit et ce fut pour Mari comme une confirmation. L'un des brigands lâcha l'os qu'il rongeait près du feu et se leva. Calme, tranquille. Stupéfaits, les quatre prisonniers le virent ramasser le fusil volé, le manipuler un instant puis épauler et tirer. Les yeux disparurent. Il était peu vraisemblable que l'homme ait touché sa cible mais il se contenta de ce succès.

— Chimpanzés connaître bâtons de feu, ricana Éloi.

— Voilà qui n'arrange pas nos affaires, dit Bakar Diaker.

— Pourquoi, capitaine, vous méditiez une évasion ?

— Est-ce que nous allons rester à la merci de ces macaques et attendre qu'ils nous...

— Qu'ils nous vendent comme de la vulgaire blanchaille ? suggéra Éloi.

Puis, à l'adresse de Birayma Penda, il ajouta :

— Si vous voulez mon avis, notre seule chance serait de suivre les instructions de l'ingénieur itale.

— Comment ? Et que dit-il ?

— Dommage que je n'aie pas les mains libres. Je me serais fait un plaisir de vous le montrer. Car il croit apparemment que les hommes peuvent voler comme les oiseaux. Il ne nous manque que quelques plumes. Dommage, vraiment.

— Vous vous moquez ! Il ne dit pas cela.

— Parlez moins fort, Penda, gronda le capitaine. Ça les rend nerveux. Souvenez-vous qu'ils savent se servir du fusil.

— Il ne dit pas cela, n'est-ce pas ? insista le Peul.

— Il dit tant de choses, soupira Éloi en se tortillant sur le sol durci par le froid nocturne, en quête d'une position moins inconfortable. Je n'en comprends ni la moitié ni le quart. Mais, d'après ce que je déchiffre, il voudrait bel et bien nous pourvoir d'ailes articulées.

— Je connais ces schémas ! J'ai passé des heures à les étudier. Mon propre engin s'en inspirait, mon *Njugub*. Ce qui me manque, ce sont les commentaires.

— Eh bien, il y en a. Des pages et des pages et des pages, répondit Éloi, qui tourna le dos à Penda afin d'indiquer que la discussion le lassait.

Mari, qui suivait l'échange d'une oreille un peu distraite, crut que l'interprète avait prononcé son dernier mot. Mais Éloi continua de parler, comme s'il soliloquait.

— Des ailes... avec de la toile, du jonc, du carton, des bandes de cuir, de la colle à poisson... ah ! et une hélice, quand même... et des ressorts en fil de fer... j'oubliais : prenez un bidon ! Oui, un bidon. Vide. Car vous vous envolerez au-dessus d'un lac et mieux vaut se munir d'un bidon pour pouvoir flotter. En cas de chute, n'est-ce pas ? Pour lui, voyez-vous, homme-oiseau ou poisson, c'est un peu la même chose.

Éloi bâilla et Mari vit s'étirer des fils de salive entre ses grandes dents.

— Bonne nuit, ingénieur. Je ne vous souhaite pas de beaux rêves. Personne ne me croirait.

— Ça marche ! s'exclama Birayma Penda, désespérément seul lui aussi dans son coin de nuit. Je l'ai fait, j'ai volé ! J'ai volé ! Et je volerai encore. Ces ailes articulées, c'est...

— Te taire, tête noire ! hurla une voix.

En wolof.

— Il m'a fait comprendre la mécanique du vol, rien que par ses dessins. Cet homme est un génie, un génie, murmura l'ingénieur Penda d'un ton pathétique.

Mari frissonna. Peu à peu, les vagues de chaleur en provenance du brasier lui paraissaient reculer, chacune plus lointaine que la précédente, comme celles de la mer quand la marée descend. Elle osa alors se rapprocher encore de Birayma, et serrer ses jambes contre les siennes.

Birayma Penda avait vu juste. Les loups sortaient de la forêt quand ils sentaient venir les premiers frimas de l'hiver. Au cours des jours précédents, la température avait chuté à plusieurs reprises, mais chaque fois un radoucissement avait suivi. Ce matin-là, ils comprirent à la qualité de l'air, à la pureté du ciel bleu pâle, que les saisons avaient basculé pour de bon. L'une s'éloignait tandis qu'une autre s'installait.

Ramassant son corps engourdi sur l'herbe blanchie par le souffle glacial de l'aurore, Mari crut entendre la voix de Ben le conteur quand, pour faire frémir son auditoire, il commençait une histoire du pays par ces paroles énigmatiques : « Il faisait le froid du loup. »

Le froid. Il s'était insinué en elle, il avait conquis son cœur et solidifié son sang. Il était désormais dans ses veines et plus rien ne pourrait l'en déloger. Mais n'était-ce pas ce qu'elle était venue chercher sur cette vieille terre ? Depuis ses plus jeunes années, le Nord était son étoile et l'avait guidée. Elle l'avait voulu, elle l'avait désiré. Voilà enfin qui était accompli. Il était en elle. Elle était à lui.

— Monsieur Penda, gémit-elle, je ne vais pas avoir la force. Qu'on me laisse là. J'ai retrouvé ma terre. Laissez-moi. Je ne peux plus me lever, je ne peux plus.

L'ingénieur l'empoigna et la força à se mettre debout. Ils étaient comme les maillons d'une chaîne. Penda, Diaker, Éloi et elle. Ils n'avaient pas le choix, il fallait marcher, encore marcher. Leurs muscles étaient raides et leurs pieds saignaient dans les bottes. Ils avaient faim, ils étaient transis, ils étaient épuisés. Ils avançaient.

Pour se réchauffer et se donner du courage, Petit

Colosse et ses hommes vidaient les outres de mauvais alcool d'Afirik dont ils avaient bourré les sacoches qui pendaient contre les flancs de la mule. Au bout d'un moment, cela les mit même en joie. Ils entonnèrent des chansons – et, celles-là, Mari ne les connaissait pas. Par bonheur pour ses oreilles de jeune fille, elle n'en comprit pas un traître mot.

Tard dans la matinée, ils traversèrent une rivière en s'aidant des roches plates qui en tapissaient le lit. Les brigands durent pousser fermement au cul de la mule pour la décider à avancer, et à peine moins le capitaine Diaker pour le contraindre à suivre le même chemin. Bakar Diaker détestait s'aventurer dans ces eaux courantes, si claires qu'on voyait à travers, et qui n'avaient goût de rien. Au milieu du gué, le marin se débattit si bien qu'il dérapa sur une pierre moussue et entraîna Mari dans sa chute. Plus exactement, ce fut elle qui tomba dans le courant glacé, et il s'affala, lui, pardessus.

Ils riaient tous, même l'ingénieur Penda. Mais, au moment où elle mettait le pied sur l'autre berge, le front égratigné et les flancs endoloris, Mari sut que, cette fois, un mal profond l'avait envahie. Le froid de l'eau n'était pas celui de l'air. Il se collait à elle, il la rongeait, il lui broyait le cœur et les poumons. À chaque pas, elle l'emportait, à chaque pas, il la torturait.

Pourtant, elle marchait de nouveau. Un pied puis l'autre dans ses bottes dures comme deux morceaux de bois. L'ingénieur Penda, près d'elle, ne paraissait pas en bien meilleure forme. Il boitait bas et avait le teint terreux. Bakar Diaker lui-même se défaisait à vue d'œil.

On eût dit qu'il fondait à chaque kilomètre. Seul Éloi avançait encore d'un pas souple. Il avait les muscles fins et longs, un corps de voleur, affirmait-il : rapide, endurant.

Pour soulager leurs membres endoloris, on leur ôta leurs liens. Où donc auraient-ils fui ? Les hommes des bois traînaient la patte, eux aussi. Ils étaient pressés d'en finir. Les flacons étaient vides et leur réservoir de chansons avait tari avec la mauvaise eau-de-vie. Comme les captifs, ils n'aspiraient plus qu'à toucher au but de l'épuisante équipée. L'étrange troupe remontait à présent une voie qui s'apparentait à une vraie route, dont on sentait encore les pavés sous les semelles, même s'ils disparaissaient le plus souvent sous un tapis d'herbes courtes. Petit Colosse appelait chailloux ces blocs de silex.

Quand ils détectèrent de nouveau la proximité de l'eau, les brigands manifestèrent leur joie en faisant tourner leurs bras comme les ailes du moulin qu'on apercevait là-bas. Ce n'était encore qu'un banc de brume mais la ligne des arbres en indiquait le cours. Mari songea que dans ce pays le Louar était partout : on croyait sans cesse s'en éloigner mais on s'en rapprochait toujours. Terrassée par l'épuisement, traversée de frissons, elle s'abandonna contre l'épaule d'Éloi, qui la soutenait à la hauteur de la taille, et continua d'avancer en titubant, les yeux clos, sans même avoir conscience du mouvement de ses jambes. Ainsi, elle ne vit pas la rivière émerger de son voile brouillardeux. Une rivière, oui, calme et droite, et non un fleuve sauvage. Ce n'était pas le Louar.

Au milieu des eaux s'allongeait une île où poussaient divers bâtiments dont les toits se perdaient dans les poches de coton du ciel. C'était comme un autre monde. Il n'y avait pas de pont.

Éloi secoua doucement Mari.

— Regarde !

Baissant les yeux sur elle, il prit peur. Tout était tombé vers le bas de sa figure, le coin des paupières et celui des lèvres, ses joues amaigries, il n'y paraissait plus de vie ni de couleur, on n'entendait plus l'air sortir de sa bouche ni de ses narines. Elle marchait encore mais s'il la réveillait elle allait glisser entre ses mains.

— Mari, murmura-t-il sans desserrer ses grandes dents, nous sommes arrivés, je crois.

Convaincu que leur but était cet îlot perdu, Éloi scrutait la rive et cherchait une barque. Mais il se trouvait là, planté sur la berge, un cube dont la partie supérieure montrait de vieilles poutres croisées dans une surface enduite de chaux ; en bas, il était ceint d'une carapace de béton gris. On les y poussa tous les quatre, derrière une porte de fer dont les gonds hurlaient.

Une nuit de glace se fit sur l'Expédition Penda. Ils devinèrent que les brigands traînaient des rochers devant la porte. Puis ils entendirent leurs voix, de plus en plus lointaines. Qui criaient, qui appelaient. Vers l'île, qui n'était pas à dix brasses. Mari s'était effondrée au milieu d'eux.

Ils l'allongèrent sur la paille humide du sol et la couvrirent de leurs vêtements. Des manteaux chauds, quelques habits, des bas de laine, des bottes encore étanches, voilà à peu près tout ce qui leur restait.

Les mots tourbillonnaient autour d'elle comme des mouches, elle ne les attrapait plus.

— C'est la fièvre des marais.

— Le froid, simplement.

— Vous l'avez fait tomber dans l'eau, capitaine.

— Ça, de l'eau ?

— J'ai cru crever, sur cette route.

— Pas une goutte de lumière. La maison est aveugle.

— Dommage. Il y avait un beau paysage. Pour une fois.

— Oui, pour une fois.

— Une île.

— Et le moulin. Vous avez vu le moulin ?

— Ils mangent du pain, toujours du pain. Il leur faut bien des moulins.

— Cet horrible pain noir.

— Je m'en contenterais en ce moment.

— Il faut qu'elle mange. Elle s'affaiblit.

Une main se posa sur son front, elle reprit un instant contact avec la vie. Une main fraîche, de longs doigts bruns.

— Elle grelotte, elle transpire.

— Les maladies du Nord sont comme ça. Comme le climat. Le chaud et le froid en même temps.

Le corps de Mari se replia soudain, les genoux contre la poitrine. Elle se protégeait. La voix du capitaine l'avait frappée. Elle s'était crue transportée en un autre temps, un autre lieu. La tête de Bakar Diaker, dévastée par ses crimes. Il lui racontait son histoire mais ses oreilles n'en voulaient pas, n'en voulaient pas. Les longs doigts bruns piquèrent leurs ongles dans son épaule.

— Ils ne vont pas nous laisser moisir ici ?
— Videz vos poches. Qu'avons-nous ?
— Un briquet.
— Un crayon. Soixante cauris.
— Ma montre. Ma boussole.

Quelques objets tintèrent dans la nuit. Les semelles faisaient crisser la paille. Puis un silence angoissant s'étendit sur eux tous. Plus tard, peut-être beaucoup plus tard, il y eut de grands fracas. Mari se tourna de ce côté, sans ouvrir les yeux. C'était le capitaine Diaker qui cognait avec un caillou les briques avec lesquelles on avait obturé en entier l'ancienne fenêtre. Elle sombra dans d'autres souvenirs. Le Septentrion qu'on creusait. Les maisons qu'on extirpait du fond des tranchées, les tombes qu'on ouvrait, tout ce passé que les malheurs accumulés avaient fini par ensevelir. Tabora qu'on mettait en terre.

Si longtemps après que ce semblait être le matin, et peut-être pas le matin du lendemain mais d'un autre jour encore, une barre de lumière entra par la porte. Elle était donc ouverte. Cependant, quand elle se referma, une singulière clarté demeura. Entre ses paupières mi-closes bouffies par la fièvre, Mari vit se déplacer des pieds et des jambes. Elle les reconnaissait. Ingénieur Penda, capitaine Diaker, interprète Éloi. C'est ainsi qu'ils défilèrent dans son esprit embrumé. Elle les comptait et recomptait dans son quasi-délire. Trois, seulement trois ? Est-ce qu'il n'en manquait pas ?

— Qu'est-ce que c'est que ces oiseaux-là ? Qu'est-ce qu'ils nous veulent ?

Ça, c'était capitaine Diaker. Sa grosse voix, toujours

en rogne. Ses épithètes. Chimpanzés. Macaques. Et maintenant oiseaux. Il y avait donc d'autres gens ? Mari écarquilla à grand-peine les yeux. Ingénieur Penda était auprès d'elle, agenouillé, elle sentait sa présence. Elle eut le sentiment déplaisant que la sueur jaillissait à ses tempes. Au-dessus d'elle, il y avait des oiseaux. Deux. Non, trois. Trois canards.

Ils avaient des becs longs et forts, des becs jaunes, des yeux énormes cerclés de rouge, des yeux de cristal. Ils portaient des chapeaux noirs à large bord et à dessus plat, de longs manteaux noirs montant derrière la nuque comme des cagoules.

Mari se tortilla sur le sol à la façon d'une vipère dont on écrase la queue. Elle vit le bas des manteaux, les culottes de peau rentrées dans le cuir des bottes. Une lanterne se balançait au-dessus d'elle.

Elle hurla mais ne put empêcher les mains gantées de se poser sur ses épaules. Le bec était proche à la toucher et répandait des odeurs entêtantes, de girofle, de romarin, de camphre et de vinaigre. Les doigts noirs lui palpaient le cou. Elle n'entendit qu'un mot : « Ganglions. »

La voix d'ingén... de Birayma... Birayma retentit.

— Elle est malade mais rien de grave, sauf si on la laisse dépérir ici. C'est le froid et la fatigue. La faim. Est-ce que vous me comprenez ?

Il y eut un silence puis de nouveau la voix de Birayma.

— Est-ce que vous me comprenez ? Éloi, traduisez !

Mais les canards s'étaient retirés et conféraient entre eux. Ils cancanaient. C'est-à-dire qu'ils parlaient du nez, par le long bec jaune. L'un d'eux, en se dandinant, vaporisait des essences autour de lui.

Mari perçut ce qu'Éloi glissait à l'oreille de Birayma.

— Le premier dit qu'il faut brûler des troncs de chou et donner à Mari du foie de serpent, le second qu'il faut que nous restions là pendant dix jours et que nous priions Sainroc.

— Qui ça ?

— Sain... oh ! Peut-être que c'est en deux mots. Les saints sont... enfin, des personnages de la mythologie blanche. Saint... Roc... Je ne sais pas, Penda, je ne sais pas.

— Et le troisième ?

— Il est de notre avis. Il pense que Mari est juste malade de la gorge et des bronches. Il dit que ce sont des ganglions mais pas des bubons. Et que nous n'avons pas l'air contaminé.

— Ah ! Ils vont nous libérer, alors !

— Non, même le troisième estime qu'il faut attendre dix jours pour être sûr.

— Mais la petite ne peut pas...

— Je... ah !

L'un des guérisseurs à masque de canard l'appelait. Mari avait l'impression d'être tout à fait lucide, à présent. Elle entendait clairement pester le capitaine Diaker. Elle avait compris que ces canards étaient venus l'examiner comme font les guérisseurs. Elle songea à Ani, sa mère, qui avait des poudres et des potions pour toutes les maladies. Sauf, sans doute, pour celles du Septentrion.

Elle perdit cependant connaissance pendant une ou

deux minutes. Éloi parlait, avec sa manière si particulière d'articuler.

— Petit Colosse leur a certifié que je ne suis porteur d'aucun mal, que ma bouche est une vieille blessure. Ils ont laissé de l'eau et du pain. Et de l'écorce de saule. Il faut donner de l'écorce de saule macérée dans l'eau à Mari.

— Vous allez la faire crever avec vos médecines primitives ! brailla le capitaine Diaker.

Les visiteurs étaient partis avec leur lanterne. Les ténébres s'étaient refermées avec la porte. Les lèvres de Birayma Penda se rapprochèrent de son oreille. Il lui dit :

— C'est moi qui vais te soigner, cette fois.

Il tournait quelque chose dans un bol avec une baguette de bois.

— J'ai déchiffré une phrase qui va vous intéresser, l'autre soir, ingénieur. Savez-vous ce qu'écrit votre génie ? Voilà : « Tâche de te maintenir en bonne santé. Tu y réussiras d'autant mieux que tu éviteras les médecins. »

Le rire du capitaine arracha un gémissement à Mari.

— Ah ! ça, ça me plaît. Votre ami itale ne raconte pas que des sottises, Penda !

Éloi vécut une interminable décade. De même l'ingénieur Penda et le capitaine Diaker. Dans la maison scellée, le jour n'apparaissait qu'une fois tous les matins, quand deux briques déplacées le laissaient voir brièvement au milieu de la fenêtre condamnée. Parfois, on entrapercevait les mains blanches. Elles posaient là, sur ce rebord, l'eau fraîche, le brouet, le pain et l'écorce de saule. Dès qu'ils avaient pris leur ravitaillement, les deux briques étaient remises dans leur logement. Bakar Diaker avait bien essayé, et plus d'une fois, de les repousser, mais il n'y était pas parvenu. Quelque chose les maintenait solidement, de l'extérieur.

Pour Mari, ce fut comme une longue nuit, qui dura plus d'une semaine. Quand elle en émergea, la fièvre étant enfin tombée, ses yeux redevenus limpides découvrirent sur un mur de craie la rangée de bâtons gravée par ses compagnons. Incrédule, elle les compta. Le lendemain, ce fut elle qui prit un clou rouillé pour inscrire le neuvième jour. Au dixième, la porte s'ouvrit.

La silhouette d'une femme vêtue d'une robe longue et d'un châle se découpait sur le seuil de la maison. Éloi traduisit pour tous les nouvelles qu'elle venait annoncer.

— Nous sortons. Nous allons traverser la rivière. Nous sommes conviés sur l'île. Apparemment, c'est un grand honneur.

## 17
## L'ÉPREUVE DU FEU

Ce n'était pas un long voyage, de la rive au bord de l'île il n'y avait que quelques coups de rame, mais Mari eut tout de suite le sentiment qu'elle s'apprêtait à changer de monde. Elle monta dans une barque avec Bakar Diaker. Éloi et l'ingénieur avaient pris place dans la seconde, avec la femme qui leur avait ouvert la porte. À l'arrière de chacune, un solide gaillard tenait les avirons. Ces gens, avec lesquels elle n'avait encore pu échanger la moindre parole, lui paraissaient plus sains, mieux nourris, que les Franches croisés au cours des semaines précédentes. Peut-être touchait-elle enfin au but. Peut-être rencontrerait-elle bientôt ceux qu'elle désirait tant pouvoir appeler frères et sœurs.

Pourtant, ce sont de tout autres pensées qui occupèrent son esprit durant la courte traversée. Il lui revenait de troublants souvenirs des derniers jours écoulés. Les mains de Birayma sur elle, lui soulevant la tête, écartant ses lèvres. Le goût amer de l'écorce de saule. Elle eût aimé retenir à elle certaines sensations, mais d'autres échos s'y mêlèrent, moins doux, moins plaisants.

L'ombre large du capitaine Diaker couchée en travers de son corps, dont elle avait eu par moments l'impression de sentir le poids. Et sa voix. Tendue et rauque. Diaker n'avait cessé de provoquer ses compagnons de captivité. Mari n'avait gardé en mémoire que peu de mots mais elle savait qu'ils étaient chargés de haine. Éloi et ses dents à faire fuir les esprits, Mari qui ne valait pas les cauris payés aux ivoiriers du marché, Penda et ses lubies, Penda et ses extravagances. Voilà qu'il était enfermé par leur faute au cœur du Septentrion sauvage, à la merci d'une poignée de Blancs qui savaient moins d'arithmétique qu'un macaque sans queue. Pardessus tout, il détestait Éloi. Il accablait Birayma Penda, sa folle recherche d'un fantôme d'ingénieur, mais c'était sur les pieds de l'interprète blanc qu'il crachait, c'était lui qu'il bousculait du coude, qu'il poursuivait de ses insultes et de ses ricanements. Puis un jour il avait explosé. Ces mots-là étaient restés gravés, ils ne s'effaceraient jamais. « Vous l'avez tuée ! » Dans sa fièvre, Mari avait été terrassée par une idée terrible.

*Parle-t-il de moi ? Est-ce que je suis morte ?*

Son nom n'était venu que plus tard dans la bouche de Birayma. Mari comprit alors de qui il s'agissait : Tabora !

Ils abordèrent et n'eurent pas cent pas à faire avant d'entrer dans la cité. Enfin, sans doute n'était-ce pas une ville mais on voyait des maisons, des bâtisses étonnantes, blanches, maladroites et presque belles. On les conduisit sur une sorte de place dallée, devant une longue façade de pierre dont l'étage était soutenu par une galerie reposant sur des colonnes cylindriques. Des bâtiments à étage, voilà qui était nouveau. Mari savait que les Blancs en construisaient autrefois, qu'en bas logeaient les pauvres, dans la puanteur et les déjections, qu'en haut résidaient les plus riches, à l'abri des miasmes et des germes infectieux. Ici, tous semblaient rassemblés et ne former qu'un seul peuple.

Méfiants ou craintifs, ils regardaient les étrangers venir vers eux. Massés sous les arcades, éparpillés devant les maisons voisines, reclus dans les zones d'ombre. On ne les accueillait pas. On les observait. Sauf deux, qui se tenaient près du centre de la place, avec entre eux un chien affreux, long, haut sur ses jambes et si fin à la croupe qu'il semblait n'avoir ni côtes ni estomac. Ils ne se ressemblaient pas. L'un était grand et maigre, cheveux gris coupés court, vêtu d'une robe noire, sandales aux pieds. Une lourde croix de bronze pendait sur sa poitrine, un collier de perles à sa ceinture. C'était l'autre qui attirait l'attention. Svelte, l'œil ardent, le nez aquilin, agité, nerveux, il avait presque l'air d'un adolescent. Mais on sentait qu'il voulait se donner de l'importance sous sa pelisse au poil râpé ouverte sur une chemise verte, couleur de l'esclavage, où étaient accrochées trois médailles. Ne portait-il pas un pantalon guerrier, ce vêtement blanc, serré à mi-mollets, qui distinguait les tiédos, les soldats postés sur les frontières du royaume du Sunugaal ?

Mari entendit Éloi pouffer dans son dos.

— Regarde ces décorations. Woury avait les mêmes.

— Woury ? Ton... ton ami ?

— Il les avait gagnées à l'école. Ce sont des breloques

d'enfant, pour récompenser leur bon travail. Et voilà que celui-là...

Le regard du personnage le fit taire.

— Bienvenue sur l'île de la liberté ! s'écria-t-il. Bienvenue chez les chimpanzés, messieurs. Bienvenue chez nous, les Blêmes, les Faces de Craie, les Têtes de Lune. La blanchaille ! Mais la blanchaille, ici, est refus, refus de l'oppression, elle est combat, combat contre l'inégalité, elle est aussi révolte ! Malheur à ceux qui ont voulu couper l'homme de ses racines, couper l'homme de lui-même ! Mon nom est Grégoire et je vous conseille de vous en souvenir.

Comme s'il avait oublié quelque chose, il ajouta avec un mouvement de tête vers son terne compagnon en robe noire :

— Et voici Albert.

— Pourquoi a-t-il dit « messieurs » ? s'étonna Mari. Je crois qu'il ne m'a pas vue. Je crois même qu'il ne nous parle pas à nous. Seulement à M. Penda et au capitaine.

— En tout cas, répondit Éloi, son wolof est excellent. Il a bien mérité ses médailles.

L'homme nommé Grégoire fit un pas en avant et le chien se déplaça dans ses traces.

— Libérez-les ! hurla-t-il en tendant le doigt.

Mari n'eut pas le temps de se réjouir. Déconcertée, elle vit que les rameurs, qui les avaient conduits depuis le rivage, puis trois autres jeunes Franches, se précipitaient vers eux. Ils s'emparèrent de l'ingénieur Penda et du capitaine Diaker et, loin de les libérer, leur tordirent les bras derrière le dos. Puis, sur un ordre de

Grégoire, ils les poussèrent à l'écart, vers une bouche obscure qui se découpait sous les arcades.

— Nous sommes libres, dit Éloi.

— Comment ?

— Libres. Toi et moi. Libérés des deux sinistres individus qui nous tenaient en esclavage.

— Oh ! mais...

— C'est ce que je comprends.

Grégoire venait dans leur direction. Comme il plantait son talon d'un coup sec à quelques mètres d'elle, Mari observa qu'il était d'une taille à peine supérieure à la sienne. Le Franche posait sur elle un regard qui se voulait chaleureux.

— Ces hommes recevront un châtiment à la hauteur de leurs crimes, lui dit-il.

— Vous vous trompez, ils... c'est un malentendu.

— Pas maintenant. Viens, nous avons à parler. Mari, je sais que tu t'appelles Mari.

La jeune fille esquissa un geste vers Éloi.

— Son tour viendra plus tard. C'est à toi que je veux parler d'abord.

Ils entrèrent dans le bâtiment par une pièce nue et accédèrent à l'étage grâce à un escalier de pierre. Grégoire l'invita à pénétrer dans une salle longue et glaciale, qui dominait la place qu'ils venaient de quitter de ses fenêtres en ogive. Mari sentait monter comme des colonnes d'air froid du sol composé d'énormes meules à moudre le grain. Pourtant, un feu brûlait dans la haute cheminée.

Se retournant, la jeune fille faillit se heurter à l'homme en robe noire. Il les avait suivis, sans qu'elle s'en rende compte. Grégoire, lui, s'était déjà installé derrière un large bureau, comme s'il comptait écrire. Tout autour de lui étaient éparpillées des piles de vieux livres. D'autres s'accumulaient dans son dos, sur les étagères des bibliothèques poussées contre les murs. Il y avait entre eux des objets, des statuettes, des coupes.

Grégoire prit une plume, la rejeta puis croisa les doigts près d'une croix de métal argenté. D'argent lui aussi, un homme y était cloué. Mais Mari constata avec surprise qu'il était accompagné : plus bas, sur d'autres croix, deux autres hommes étaient attachés. Qui donc étaient-ils ?

— Parles-tu le franche ?

— Un peu. Moins bien que toi le wolof.

Elle le tutoyait. Grégoire n'était-il pas blanc ?

— J'étais employé aux écritures dans un Comptoir du Sud. Je suis parti. Oui, j'ai fui.

Un Blanc cassé, voilà ce qu'il était. Mari se garda bien de le lui dire.

— J'ai sillonné ce pays en tous sens. Partout le même spectacle, la misère et la Peste. Je cherchais un endroit. Je l'ai trouvé.

— Une île.

— L'eau nous protège. Personne n'aborde ici sans mon consentement. Ni l'avis des médecins.

— Est-ce que tu enfermes tous les visiteurs dans la maison aveugle ?

— S'il le faut. Ceux qui ne sont pas morts au bout de dix jours ne nous apportent pas la maladie.

— N'avez-vous pas des potions contre la Peste ?

— Nous avons le vinaigre des voleurs, les aromates,

le tronc de chou et la prière aux saints. Mais moi, je crois surtout aux chèvres et aux chevaux. Leur odeur repousse les puces du rat.

— Je l'ignorais.

— Tu ignores sans doute beaucoup de choses.

— Je suis venue au Septentrion pour apprendre. Mes compagnons et moi arrivons d'Afirik.

— Je l'avais deviné.

— Nous sommes venus tous les quatre pour apprendre. Pourquoi nous as-tu séparés ?

— Lequel est ton Maître ? La première chose que tu dois apprendre est qu'une femme blanche n'a pas de Maître. Parmi nous, tu vas réapprendre ta couleur, tu vas apprendre à aimer ta couleur, tu vas apprendre à t'aimer toi-même. Ici, Mari, nous n'avons qu'un seul ennemi.

Mari ne lui demanda pas de préciser sa pensée. La phrase qu'avait un jour prononcée devant elle son amie Yumna lui revint à l'esprit. *Nous sommes tous des Sancouleur.* Elle regrettait de n'avoir pu parler davantage avec la jeune Afirikaine. Elle aurait aimé savoir ce que ces mots signifiaient exactement pour Yumna.

— Doit-on forcément détester le noir pour aimer le blanc ? lança-t-elle.

Sans attendre de réponse, elle marcha vers la fenêtre. Les vitres en étaient d'un verre médiocre, qui semblait se gondoler sous ses yeux. De là, elle découvrait l'île jusqu'à sa pointe. Le spectacle était décevant. La ville qu'elle avait cru deviner se limitait à quelques maisons dispersées, certaines inachevées ou même à peine ébauchées.

— Voilà une question pleine de profondeur... dans la bouche d'une si jeune fille.

Mari répliqua sans se retourner.

— Il y a une chose qui ne change jamais, dirait-on. Je vois qu'ici comme partout le blanc est la couleur du travail.

Qu'elle regarde à droite ou à gauche, du côté des lopins de terre ou des chantiers, tous les hommes et toutes les femmes qui s'activaient étaient blancs.

— Nous travaillons pour notre propre compte. Nous ne sommes les esclaves de personne. Nous bâtissons pour l'avenir, nous œuvrons pour la liberté.

Mari revint vers le bureau où Grégoire paraissait siéger avec l'autorité sévère d'un juge. Puisque cet homme voulait de la profondeur, elle allait lui en donner.

— Il faut plus qu'une goutte d'eau pour modifier le sens du courant.

— Oh ! Très bien. Et tu en as d'autres comme ça ?

— Des tas. Par exemple : « Aussi longtemps qu'un bout de bois reste dans le fleuve, jamais il ne deviendra un crocodile. » Ce sont des proverbes wolofs. Dene... enfin, la gouvernante du domaine en connaissait des centaines. J'étais esclave là-bas, en Kassamansa.

— Et ne peux-tu pas m'en citer un qui soit un peu plus réconfortant ?

Mari fouilla dans sa mémoire.

— Si, peut-être. Celui-là : « Le temps n'est pas du savon mais il blanchit. »

— Cela signifie que nous deviendrons tous vieux. Cela n'a rien de réconfortant.

— Non, tu as raison. Je pensais juste... est-ce que ton but est de reblanchir tout le Septentrion ?

— *Avec le temps...* oui, ton proverbe n'est pas mauvais. Il nous faudra du temps et des forces.

— Et la foi ! intervint Albert.

— Combien êtes-vous ? demanda Mari.

— Sur l'île, une centaine. Mais nos idées gagnent. Elles se répandent dans le pays. Un jour, nous lèverons des armées. Nous chasserons ceux qui nous ont asservis.

Mari faillit parler du Maure qu'elle avait rencontré lors de son escapade dans la forêt. Lui aussi avait la foi, lui aussi voulait lever des armées. Chacun avait sa vérité. Celle du Maure se nommait Allah. Ici, sans doute, si étrange que cela puisse paraître, elle était symbolisée par cette croix qu'Albert portait sur sa poitrine et que Grégoire gardait sur son bureau.

— Pourquoi toujours la guerre ? s'écria-t-elle. Les Noirs sont trop nombreux et trop puissants pour vous.

— Parce que la foi renverse les montagnes, répondit Grégoire.

Il se leva et dévisagea longuement la jeune fille en silence.

— Une ancienne esclave, comme c'est intéressant ! Elle lui ressemble, tu ne trouves pas ? dit-il enfin à l'adresse d'Albert. Il faudrait lui couper les cheveux... oui, et l'habiller autrement, bien sûr.

— Es-tu prête à te battre, Mari ?

La voix d'Albert la fit tressaillir. Rauque, presque effrayante.

— À me battre ?

— N'as-tu jamais rêvé de chevaucher une belle monture, à la tête d'une troupe ?

— Si... oh ! si.

Mari se mordit les lèvres, sans pouvoir ravaler sa réponse étourdie. Cent fois elle s'était vue sur le dos d'une cavale blanche mais... menant une troupe ?

— Entends-tu des voix, as-tu reçu des visions ?

L'un après l'autre, ils l'interrogeaient. À chaque question qu'ils posaient, leur corps semblait se tendre, comme s'ils voulaient se grandir. Et leur ton montait d'un cran vers l'aigu. Ces deux hommes attendaient d'elle quelque chose... et elle craignait bien que ce ne soit la satisfaction d'une quelconque folie.

Mari préféra éviter d'affronter leurs regards. Le chien efflanqué était entré dans la pièce. Il reniflait une grosse meule grise du sol près d'une sorte de maquette blanche posée sur une tranche d'arbre. Celle-ci formait une longue planche ovale au bord non écorcé.

— Ce coupe-jarret nous a parlé.

— Ce quoi ?

Grégoire avait prononcé le mot en franche et Mari n'en comprenait pas le sens.

— Celui qui vous a conduits ici.

— Ah ! Petit Co... nous l'avons baptisé Petit Colosse.

Aucun sourire, aucun amusement. Le visage de Grégoire n'avait cessé de gagner en austérité. Mais il était avenant en comparaison de celui d'Albert. Mari continuait de garder les yeux baissés. Elle ne voulait pas se mesurer aux lueurs qui brillaient dans les leurs, si sombres, si pleins de violence. De vieilles haines cuisaient là-derrière.

— Ils nous ont volé tout ce que nous avions, dit-elle. Et surtout des pages couvertes de dessins et d'inscriptions qui n'ont sûrement aucune valeur pour eux...

— Ils nous les ont apportées. J'en connais, moi, la valeur, coupa Grégoire.

Il chassa le sujet d'un revers de la main.

— Vous êtes entrés avec ces hommes dans une taverne, dit-il. Peux-tu me raconter ce qui s'est passé alors ?

— Eh bien, nous avons mangé un peu de pain et de lard.

Tout en parlant, Mari reculait vers la cheminée. Les courants d'air la gelaient jusqu'aux os. Elle avait besoin de sentir la chaleur du feu.

— Et cette femme ? cria Albert, comme si elle s'évertuait à fuir les vraies questions.

Mari admit la rencontre d'un signe de tête.

— Une sorcière.

Albert franchit en deux longues enjambées la distance qui la séparait d'elle.

— Je ne crois pas aux sorcières mais je crois aux signes. Cette pauvre créature n'est peut-être rien par elle-même mais il est possible que la vérité ait parlé par sa bouche. Une mendiante, un oiseau, un nuage... il n'est aucune forme, aucune apparence qui ne puisse être le messager divin. Comprends-tu ?

Mari haussa les épaules, soudain lassée par cette conversation sans queue ni tête.

— Répète-moi ses paroles. Ses paroles exactes.

— Elle m'a dit... elle m'a dit... que la maison serait à moi. Elle m'a appelée Mari, reine de la terre.

— Ta maison, c'est ici, certifia Grégoire qui à son tour venait vers elle.

Il écartait largement les bras pour bien signifier que son propos ne se limitait pas aux murs de pierre de la bâtisse. La maison de Mari était son pays, le Nord, le Septentrion. Malgré l'inconfort de la situation, elle était heureuse de l'entendre enfin.

— Et ta terre aussi, lui confirma Grégoire.

Il jeta un coup d'œil vers son comparse avant d'ajouter :

— Je crois moi aussi aux signes et je ne crois pas au hasard. Ce n'est pas le hasard qui t'a menée jusqu'ici. Ce n'est pas par hasard que tu as croisé le chemin de cette femme. Était-ce la première fois ?

— Que... quoi ?

— Que tu recevais un signe.

— Je suppose que oui.

Grégoire ne chercha pas à masquer sa déception. Mari n'aurait pas été surprise de le voir taper du pied comme la petite Lisha lorsqu'elle était contrariée.

— Parfois, cela vient en rêve, dit Albert.

Mari sourit.

— Je rêvais de liberté.

Sans savoir pourquoi, elle sentit remonter à la surface de sa mémoire quelques images anciennes et pourtant bien précises. Quel âge avait-elle, six ans ? Elle était assise en pleine nature auprès de Toma, son père. Il faisait nuit et les constellations brillaient.

— Quand j'étais petite, reprit-elle, je cherchais l'étoile du Nord dans le ciel. Mon père me la montrait pour me consoler. Bien sûr, ce n'était pas elle. L'étoile du Nord n'apparaît pas dans le ciel de Kassamansa. Je le savais. Même à six ans, je le savais. Mais j'étais certaine que je la verrais un jour, que je partirais. Cette étoile n'existait que dans mes rêves mais je la suivrais. Parce qu'elle m'indiquait le chemin de la liberté.

— Est-ce qu'elle te parlait ?

Mari se tourna vers Albert dont le visage arborait toujours la même expression sérieuse. Il ne se moquait pas d'elle. Sans doute croyait-il vraiment que les astres font la conversation aux hommes. Il faudrait longtemps, songea-t-elle, avant que les peuplades rescapées du grand naufrage qui avait accablé le Septentrion ne renoncent à leurs absurdes superstitions.

Un autre souvenir lui revint. Il jaillit de ses lèvres, sans qu'elle l'ait désiré.

— Un jour, dit-elle, je serai reine du Septentrion et ils se prosterneront tous à mes pieds.

— Vraiment ?

— C'est ce que j'ai répondu à quelqu'un qui me tourmentait, là-bas, en Afirik.

Presque par espièglerie, elle ajouta :

— Sans doute est-ce l'étoile du Nord qui me l'a annoncé.

Grégoire et Albert échangeaient des regards dont elle ne comprenait pas la signification.

— On ne devient pas reine sans victoire, lui dit Grégoire. On ne peut être libre sur une terre occupée.

— Ma liberté à moi, je l'ai gagnée.

— C'est celle de ton peuple qu'il te faut gagner maintenant. Es-tu prête à ta battre, Mari ?

Se battre ! Ils insistaient. Mari fit signe que oui, pour

le simple plaisir du défi. Puis par curiosité. Comment les deux hommes allaient-ils réagir ? Ils semblaient bien naïfs, au fond, disposés à gober n'importe quelles balivernes. Cette rencontre était si décevante.

— C'est vrai qu'elle lui ressemble un peu, nota de nouveau Grégoire.

Il fouillait sur ses étagères et déplaçait des livres en soulevant des nuages de poussière. Il ouvrit une sorte de portefeuille composé de deux morceaux de carton collés par un bord puis, délicatement, en sortit une fine page de papier. Si fragile, tellement ancienne qu'on voyait presque au travers.

— Regarde-la, dit-il à Mari.

C'était une gravure à demi effacée par le temps, dont le tiers inférieur partait en lambeaux. Mari y jeta un bref coup d'œil, pouffa.

— Mais... c'est un homme !

— Une femme, certifia Grégoire. Une jeune fille, comme toi.

Mari l'examina avec plus d'attention. Les cheveux courts, qui dépassaient à peine sous un casque, les traits délicats. Elle portait une armure de métal. Primitive.

— Un soldat ? supposa-t-elle.

— Oui. Une guerrière intrépide. C'était il y a longtemps. Notre terre, déjà, était soumise, occupée par des envahisseurs. Elle l'a libérée.

— Je ne pense pas être une guerrière. Pas comme elle.

— Elle n'était pas née pour cela. Mais elle a reçu des signes, comme toi. Elle n'a pas choisi son destin. Il lui a été dicté.

— Nous savons qu'un jour une autre guerrière viendra et nous libérera, dit derrière elle la voix d'Albert.

Mari secoua la tête, abasourdie soudain par la folie des deux hommes.

— Je... je ne crois pas que ce soit moi. Pourquoi serait-ce moi ?

— Pourquoi serais-tu ici ? Pourquoi aurais-tu fait ce long chemin depuis l'Afirik ? Pourquoi les étoiles t'auraient-elles parlé ? Pourquoi la sorcière de la taverne t'aurait-elle reconnue ? Pourquoi ces brigands sans cervelle t'auraient-ils menée jusqu'à nous ? Pourquoi aurais-tu détenu ces dessins et ces inscriptions qui ont tant d'importance à nos yeux... où résident peut-être les secrets qui feront tomber nos chaînes ? Pourquoi, Mari ?

— Ces dessins... oh ! non, vous faites erreur.

— Ôte tes bottes, lui ordonna Albert.

— Comment ?

— Ainsi, nous saurons. Ôte tes bottes et tes bas, Mari. Que tes pieds soient nus.

La jeune fille s'exécuta. Ses pieds lui parurent horribles, noircis par la saleté, bleuis par le froid. Elle les crispa sur le grain rugueux d'une des grosses pierres à moudre.

— Vois d'abord ceci, lui dit Grégoire en la conduisant par le bras auprès de la maquette posée sur une tranche d'arbre.

De petits cubes blancs. Une ville miniature. Mari ferma un instant les yeux et eut l'impression de l'avoir devant elle, telle qu'on l'eût bâtie. Vaste, ambitieuse et magnifique. Des palais, de riches demeures, de hautes arcades, des places où jaillissaient des jets d'eau. Des ponts.

— Telle est la cité qu'il voulait édifier. Nous l'avons reconstituée d'après ses plans. Les premières fondations étaient creusées, les premières pierres étaient là mais la Peste... Tout s'est arrêté.

Mari se retourna.

— Ce que tu vois par la fenêtre n'est rien encore. Nous la construirons, un jour. Ici même. Mais il nous faut d'abord libérer notre terre.

Grégoire continuait de lui parler mais elle ne l'écoutait plus. Elle regardait Albert, qui s'était accroupi face à l'imposante cheminée. Comme possédé par un esprit mauvais, il frappait les bûches à l'aide d'une pelle de fer, faisant jaillir des bouquets d'étincelles, et concassait la braise. Il toussait dans la fumée chargée de cendres mais rien ne pouvait le faire cesser, si bien que sa robe fut bientôt toute blanchie.

— Nous allons bientôt savoir, lui dit Grégoire. Elle marchait sur le feu parce qu'elle était pure et sincère. C'est ainsi qu'elle a triomphé.

— Cette... guerrière ? Vous dites qu'elle marchait sur le feu ?

— Les flammes ne la brûlaient pas. L'ennemi ne pouvait rien contre elle. Ils ont fui, tous. Elle les a rejetés à la mer. Sa pureté la protégeait.

Albert ramassait des pelletées de braises rouges et les jetait sur les meules du sol.

— Mais, si tu es une fille du diable, tu te consumeras dans d'horribles tourments, dit-il d'une voix presque gaie en étalant un tapis incandescent avec le dos de son instrument.

— Non, non...

— Ce ne sont que deux pas, l'encouragea Grégoire.

— Mais non, je ne ne peux pas, je ne suis pas...

Albert se redressa.

— Es-tu donc une fille du diable ?

Il attrapa un long bâton percé placé contre le manteau de la cheminée et souffla par une embouchure pour aviver les braises. Quand le voile de fumée et de cendres se fut envolé, il ne resta plus sur le sol qu'une mer de petits cailloux si ardents qu'ils en étaient quasi transparents. Ils sifflaient, ils crépitaient, de minuscules flammèches paraissaient les faire danser.

— Songe à la gloire qui sera la tienne.

Grégoire la poussait doucement, du plat de la main. Mari avança d'un pas, pour ne pas trébucher. Une vague de chaleur lui mordit les orteils. C'était atroce et bon. Presque aussi tentant que le saut dans l'eau si froide des rivières franches. Elle souleva un pied, en tendit la plante racornie et crevassée par les journées de marche. À l'approche des charbons palpitants, la douleur fut si intense que Mari s'y oublia tout entière et qu'elle se demanda si son être ne s'élevait pas avec elle vers des régions réservées aux guerrières blanches. Elle fut près de reposer le pied et de marcher sur le feu.

Un gémissement la fit frémir. Du coin de l'œil, elle voyait le chien sans ventre et à long museau. La bête la contemplait en haletant, langue pendue. Intriguée. Non, épouvantée. Mari comprit soudain que c'était sans doute en ce lieu la seule créature douée de raison.

Elle recula d'un petit bond sur un seul pied, faillit s'affaler entre les bras de Grégoire.

— Je ne suis pas une fille du diable mais je ne suis pas pure non plus. J'étais esclave. J'ai conquis ma liberté. Je ne crois pas avoir la force de faire plus. Je ne peux pas libérer tout un peuple. Je crains que personne ne soit assez fort pour réussir cela.

— Tu n'es pas libre ! cria Albert. Tu suis tes maîtres comme ce chien nous a suivis ici. Voilà pourquoi tu as échoué. Parce que tes chaînes ne sont jamais tombées !

Mari craignit un instant que dans un accès de démence il ne la jette sur le tapis de braises. Elle se rapprocha encore de Grégoire mais celui-ci l'enveloppait d'un regard qui n'avait rien de protecteur.

— Albert dit vrai. Il faut d'abord que tu en finisses avec les hommes noirs. Tu as vécu sous leur joug pendant toute ta vie. Peut-être crois-tu avoir arraché ta liberté mais il te reste à couper le cordon, comme quand un enfant vient de naître. Tu dois maintenant accomplir quelque chose de fort, qui fera de toi une femme libre pour toujours.

Sa main battait l'air et, de son tranchant, il montrait à Mari quel geste il attendait d'elle. Couper. Couper pour toujours.

— Alors, ajouta Grégoire, tu pourras devenir celle que nous espérons. Celle qui a été choisie. Celle qui nous guidera.

— Car il est dit qu'elle viendra du sud, précisa Albert d'une voix caverneuse. Il est dit qu'elle sortira des ténèbres et qu'elle brandira pour nous le flambeau de la lumière. Tiens !

Il lui tendait son chapelet. Mari prit le collier d'une main tremblante, comme si de ces perles de bois pouvait soudain jaillir la lumière. Elle le trouva lourd et rigide.

— Nous les attacherons, dit Albert.

— Comment ?

— Ils seront attachés et tu les étrangleras. C'est du fil d'acier.

— Qui ? Oh...

Inutile de les interroger. Elle ne savait que trop bien de qui ils parlaient.

— Ce sont mes amis. C'est grâce à eux que je suis libre. Est-ce que vous ne comprenez pas ?

— Il n'existe qu'une façon de se détacher de son Maître. Va !

Mari contempla le fil luisant entre les perles ternes, usées par les doigts d'Albert. Elle l'imagina autour du cou de l'homme qu'elle aimait. Les braises s'étaient apaisées et ne scintillaient plus qu'en des points épars, tel un ciel de nuit rougi par l'approche de l'orage. Elle y jeta le chapelet. Les grains polis fumèrent puis l'un après l'autre s'embrasèrent. Grégoire et Albert observèrent ce spectacle en silence, longtemps, jusqu'à ce que les perles carbonisées soient prêtes à se séparer de leur fil.

— Voilà ! s'écria enfin l'homme en robe noire.

Du bout de son bâton percé, il souleva la boucle d'acier et la projeta en direction de Mari. Elle poussa un hurlement comme le métal brûlant frôlait son talon.

— Ramassez-le vous-même, dit-elle en tournant le dos.

Puis elle proclama, ses bas à la main :

— Notre sort est lié. Je mourrai avec eux. En femme libre.

Les mots sonnèrent à ses oreilles de manière plus ridicule que hardie. Et, ridicule, elle l'était encore en marchant à pas précipités sur ses grosses bottes. Ses pieds engourdis ne parvenaient pas à s'enfoncer jusqu'au bout de ces coques de cuir raidi par l'humidité et la boue.

— Liée ! Liée à eux, tu l'as dit !

Mari était déjà dans l'escalier de pierre. Une fuite absurde qui ne pouvait la mener nulle part. Elle entendit le chien japper derrière elle. Puis la voix de Grégoire, qui lançait un ordre.

Elle ne chercha pas à résister aux hommes qui l'attendaient sous les arcades. À cet instant, seul lui importait de rejoindre ses compagnons. Liée à eux. Liée à lui. C'était ce qu'elle voulait.

## 18

## UNE CLÉ POUR TROIS

Il faisait froid et sombre dans le sous-sol crayeux où on les avait enfermés. Chacun dans sa cage, derrière une haute grille. Mari, tout à gauche, parvenait à passer sa tête entre les barreaux. Birayma, tout à droite, y réussissait presque. Bakar Diaker, au milieu, avait le crâne trop volumineux pour montrer plus que son nez. Ils se parlaient ainsi, sans se voir ou à peine.

Mari apprit qu'une femme était venue, guère causante mais aux manières simples. Elle apportait à manger et à boire. Du pain, comme toujours, mais aussi d'étonnants légumes et du bœuf bouilli. Les deux Afirikains avaient écouté le récit de la jeune fille, ce qu'elle avait jugé bon de leur dire. Ne pas les avoir en face lui facilita le mensonge. L'omission, plutôt. Il n'était pas nécessaire qu'ils sachent qu'on voulait leur mort. Elle parla des braises sur lesquelles on lui avait demandé de marcher mais pas du collier. Dix fois, elle répéta :

— Je crois qu'ils sont fous.

Tous trois s'inquiétaient pour Éloi. Sans doute avait-il été interrogé à son tour et, maintenant, les heures passaient et il ne reparaissait pas.

— J'espère qu'on ne lui a pas tenu le même discours qu'à moi... Vous l'imaginez en chevalier face à l'envahisseur ?

— Un chevalier ? se moqua le capitaine Diaker. Il faut voir déjà comment il tient sur une mule !

De tous, Mari était la plus anxieuse. Elle connaissait le caractère d'Éloi. Si on avait essayé de lui imposer un marché aussi insensé que celui auquel elle s'était soustraite par la fuite, il était susceptible d'avoir réagi de la façon la plus violente.

— Il a la peau tellement fine.

Diaker s'esclaffa.

— Moi, j'ai comme une semelle de corne sous les pieds. J'ai trop fait le babouin depuis que je suis toute petite. Mais lui...

— Délicat comme une femelle, commenta le marin. Une promenade sur les braises ne lui ferait pas de mal.

— Si, justement.

— Le plus grand bien, insista Diaker. Et s'ils pouvaient lui tanner aussi les fesses...

— Vous le détestez !

Mari se tordait le cou tant qu'elle pouvait pour apercevoir les grosses lèvres du marin, qui avançaient entre les barreaux. Birayma Penda, de sa cage, s'efforçait de briser leur échange par des paroles rassurantes.

— Éloi est malin, il saura les prendre.

— Vous avez raison, répliqua Diaker. Il dira tellement de mal de nous qu'il ne se fera ici que des amis.

Il cracha vers le jour qui perçait le mur face à lui de sa forme en demi-lune avant d'ajouter :

— Je m'inquiète bien davantage pour nous que pour lui. Nous deux, Penda. Les têtes de charbon.

Et Mari songea avec un frémissement qu'il n'avait sans doute pas tort.

Éloi les trouva à demi endormis dans les ténèbres de leurs cachots. La lumière ténue qui filtrait par les jours s'était éteinte tandis que la nuit s'étendait sur l'île. L'interprète apportait avec lui la clarté d'une torche. Il était seul, libre de ses mouvements. Mari, qui s'était affalée sur une paillasse, se redressa dans un sursaut comme si elle venait d'être tirée de sa somnolence par l'apparition d'un spectre. Dans le halo de la grande flamme au cœur bleuté, la figure démasquée d'Éloi jetait d'effrayants éclats d'ivoire. Ses mâchoires ouvertes lui faisaient les dents plus longues encore, presque menaçantes. Il souriait des joues et des yeux. Jamais Mari ne lui avait vu un tel air de contentement mais elle n'en tira aucun réconfort. Éloi semblait contempler avec délices les sombres barres qu'alignait sa torche sur les corps captifs de ses compagnons.

Il fit un pas de côté, leva plus haut son flambeau. Il examinait le capitaine Diaker dont les mains s'accrochaient à deux tiges de métal, pareil à un gorille encagé.

— J'ai de bonnes nouvelles pour vous, mes amis. Je crois que je vous ai sauvé la vie.

— Pourquoi n'êtes-vous pas accompagné ? s'étonna le capitaine.

Sa voix trahissait de l'inquiétude.

— Parce que ici les Blancs sont libres.

— Et moi ? s'écria Mari. Ils sont libres quand ils font ce qu'on leur demande !

— Pourquoi ne ferais-je pas ce qu'on attend de moi ? répondit Éloi sans la regarder.

— Ne me dites pas que vous marchez sur les braises ! cracha Diaker.

Mais Éloi s'était déjà déplacé. Il voulait parler à Birayma Penda.

— J'ai des connaissances. Alors, oui, pourquoi ne les mettrais-je pas à leur service ? Ce sont mes frères, mes frères blancs.

— Je ne pense pas qu'ils aient besoin d'un interprète, jugea l'ingénieur.

— Mettons d'un traducteur.

— Mari m'a dit qu'il y a des livres partout dans le bureau de Grégoire. Ne sait-il donc pas lire ?

— C'était son métier aux Comptoirs, intervint la jeune fille. Employé aux écritures. Bien sûr qu'il sait lire, lire et écrire !

— Grégoire incarne très bien le désastre de la colonisation, dit Éloi. Il lit et écrit à merveille la langue de ses anciens Maîtres mais, à ce que j'ai deviné, il déchiffre péniblement la sienne. Ces vieux livres qu'il collectionne sont rédigés dans une langue qui n'a plus cours, pleine de mots et de tournures qu'il ne comprend pas.

Bakar Diaker éclata de rire.

— C'est donc ça votre nouvel emploi, mon cher Éloi ? Vous allez apprendre le vieux franche à ces chimpanzés ?

— Non, capitaine, j'ai trouvé beaucoup mieux. Car, voyez-vous, il est une langue que nos hôtes entendent encore moins et même, à vrai dire, pas du tout. L'itale. Sans parler de l'itale à l'envers.

L'ingénieur Penda poussa une exclamation de stupeur.

— Quoi ? Mais pourquoi s'intéresseraient-ils à ça ?

— Votre génial collègue itale n'est pas un inconnu, ici. Je pense qu'il y a vécu. J'ai vu la maquette d'une cité qui semble sortie tout droit de ses rêves.

— Pourraient-ils donc m'aider à retrouver sa trace ?

Éloi haussa les épaules.

— En tout cas, ils ont pour lui une véritable vénération. Et...

L'interprète passa une langue rose sur ses incisives, en souvenir du temps où il pouvait se lécher la lèvre avec gourmandise.

— ... ils conservent ses écrits et ses dessins comme un trésor.

— Vous voulez dire qu'ils en ont d'autres ?

— Hum... je pense que ce que j'ai entrevu vous passionnerait, ingénieur. Oui, il y en a d'autres, beaucoup d'autres...

— Grand Esprit !

— Et tu vas les traduire pour eux ? demanda Mari, choquée.

— C'est le marché qu'on m'a proposé. J'ai bien l'intention de l'accepter, oui.

Éloi marchait maintenant de long en large, promenant la flamme de son bâton de résine incliné contre les barreaux, l'air narquois.

— Ce vieillard qui nous a détroussés, ce brigand, vient de l'île. Voilà pourquoi il a tout de suite identifié vos précieux documents, Penda.

— Et pourquoi a-t-il rejoint cette bande de crapules ? Est-ce que la vie n'est pas plus agréable sur cette île que dans les bois ?

— Pour les forts, oui. Grégoire a de hautes ambitions pour sa communauté. Il n'y a pas de place en son sein pour les faibles, les malades, les estropiés. Les vieux.

— Charmante mentalité.

— En tout cas, mon choix est fait. Je crois que je vais me ranger du côté des forts.

— Des forts ! brailla Bakar Diaker. Ces macaques sans cervelle !

— Éloi ! appela Mari. Pourquoi as-tu dit que tu nous as sauvé la vie ?

— Il faut bien que l'un d'entre nous se montre coopératif. J'ai décidé de me sacrifier pour vous. Pour obtenir votre grâce. Vous êtes mes amis, vous comprenez. Tous les trois.

Voulait-il encore sourire ? Mari jugea glaçante la grimace qui passa sur son monstrueux visage. Éloi reculait peu à peu, emportant loin d'eux la clarté de sa torche.

— Est-ce qu'ils ne vont pas nous délivrer ? hurla Diaker.

— Peut-être. S'ils sont satisfaits de moi. Et de vous...

— De nous ?

— De vous surtout, ingénieur.

La silhouette d'Éloi se découpait à présent contre l'entrée voûtée du souterrain. Son flambeau crépitait et lâchait sur sa main une pluie d'étincelles, à court de combustible.

— Car je crois qu'il y aura aussi du travail pour vous, monsieur l'ingénieur Penda. J'ai vanté vos mérites comme il convient. Mais nous devons encore parler.

Éloi s'était fondu dans les ombres. Il ne resta plus après lui qu'une traînée lumineuse et le son désarticulé par l'écho de sa voix de gorge.

— J'ai bon espoir. N'oubliez pas que je défends nos intérêts à tous, mes amis. Oh ! mes chers amis...

La nuit s'était faite de nouveau, apportant avec elle par les soupiraux la fraîcheur de l'air hivernal et l'humidité de la rivière. Le silence la suivit bien plus tard, longtemps troublé par les grommellements du capitaine, par ses invectives furieuses. Diaker, quand il se taisait, secouait les barreaux de sa cage, en sondait les murs ou en grattait le sol. Tous enfin s'endormirent et c'est une femme qui, le lendemain, les tira du sommeil – celle-là même qui, déjà, leur avait apporté de quoi manger et boire. Elle poussait un chariot bas, qui grinçait sur ses roues de bois.

On les tenait enfermés mais on ne les traitait pas si mal. Il y avait ce matin du vin, une soupe de légumes et du pain. Une petite grille au ras du sol, comme un portillon, permettait de faire passer la nourriture. Une écuelle de bois, un quart de fer-blanc. La femme fit sa distribution puis revint se planter en silence devant le cachot de Mari, curieuse peut-être de voir comment mangeaient les filles blanches d'Afirik. Petite, droite, les cheveux blonds grisés par l'âge. Indifférente aux apostrophes grossières qui sortaient de la bouche du capitaine Diaker, elle gardait sur Mari un regard fixe et dérangeant si bien qu'à la fin la jeune fille repoussa sa gamelle d'un geste agacé.

— Est-ce que vous voulez me dire quelque chose, madame ?

Mari avait composé sa phrase avec maladresse, dans un mélange de franche et de wolof. La femme hésita un instant avant de répondre d'une voix basse.

— Tu ressembles à ma fille.

— Oh ! Décidément ! On dirait que je ressemble à tout le monde, ici.

— Tous les Blancs se ressemblent, grogna Diaker dans la cage voisine.

— La guerrière, murmura la femme en reculant dans la pénombre.

Birayma Penda lança quelques mots que Mari eut du mal à saisir. Il l'avait fait en langue peule, afin d'être compris d'elle seule, mais la jeune fille n'en connaissait que des rudiments. Comme il les répétait, leur sens s'éclaira enfin pour Mari. Il la pressait de poursuivre le dialogue avec la visiteuse, afin de maintenir le contact.

Mari dit ce qui lui passait par la tête.

— Est-ce que votre fille est une guerrière ?

— Non, bien sûr que non. Elle est partie. Je crois qu'elle est morte. Elle est morte, oui.

— Oh ! Je... je suis désolée. Est-ce que... est-ce que vous pouvez me dire votre nom ?

— Carole.

— Que lui est-il arrivé ? souffla la voix lointaine de Penda.

— Madame... je... est-ce que votre fille est morte au combat... non, enfin, je sais bien, ce n'est pas une guerrière... est-ce que...

Mari s'embrouillait. Le visage de Carole, qui s'était

rapprochée, demeurait fermé, mais chaque petite ride qui le creusait exprimait une infinie tristesse.

— Grégoire était un bon chef. Albert lui a fait perdre la raison. Et, depuis qu'ils ont trouvé cette image...

La femme scruta de nouveau Mari.

— Ils la cherchent, dit-elle.

— Celle qui libérera le pays ?

Un sourire fantomatique froissa les lèvres de Carole.

— Il faudrait brûler tous les livres, dit-elle. Les livres rendent fou.

Mari tendit la main pour la retenir mais sans doute la petite femme estimait-elle n'avoir déjà que trop parlé. Les trois prisonniers écoutèrent le son de ses pas qui s'éloignaient dans le couloir souterrain puis retournèrent à l'examen de leurs gamelles. Le temps, maintenant, promettait d'être long. Aucun d'eux ne songea à marquer sur un mur ce second jour de captivité dans l'île. Ils n'échangèrent que peu de mots au cours des heures qui suivirent, attendant. Éloi reviendrait et dissiperait ce qui n'était après tout qu'un malentendu. Ils étaient quatre, les quatre derniers de l'Expédition Penda. Deux Blancs, deux Noirs. Mais la lumière qu'apportaient les soupiraux déclinant vite, ces trois-là se confondirent bientôt dans la même grisaille.

Régulièrement, Mari appelait Birayma. Elle maudissait les esprits malins qui avaient suggéré à leurs geôliers de placer entre eux le capitaine Diaker. Il cessa de lui répondre. Il ne fit plus l'effort de montrer sa tête entre les barreaux. Ce furent alors bien plus que deux murs qui la séparèrent de lui. Un monde de silence, que hantaient seulement les grognements et les piétinements du marin, sans cesse en mouvement dans sa cage.

Carole revint avec, sur son chariot, une lanterne et le repas du soir. Mari ne lui laissa pas le temps de pousser par le guichet le pain et le brouet de petites graines brunes. Elle lui attrapa le poignet et planta dans la chair maigre des ongles pointus. La femme leva vers elle des yeux furieux .

— Qu'est-ce qu'il y a ? La pitance ne te plaît pas ?

— Regardez-moi, madame. Je suis blanche, comme vous. Et ces deux hommes sont mes amis. Aidez-nous !

— Il fallait rester dans ton pays. Ce n'est pas la blancheur qui compte, c'est le pays d'où on vient.

La petite femme tenta de se dégager mais Mari tenait bon. Elle avait les ongles durs et aiguisés. Et sales !

— Dites-moi ce qu'ils ont fait à votre fille.

— Lâche-moi. Lâche-moi d'abord.

Mari hocha la tête et desserra son étreinte.

— Ils ont toutes sortes d'idées démentes dans la cervelle. Ils voulaient que ma fille reste pure. Pure, tu me comprends ? Elle était amoureuse, ma fille. Elle a préféré quitter l'île et partir avec ce garçon. Purs ! Ils avaient bien autre chose à faire que de rester purs, tous les deux. Une guerrière pure qui marche sur le feu !

Carole parlait tout bas et rien n'animait ses traits, comme si elle craignait d'exprimer ses sentiments, sa haine, même d'une mimique. Mais Mari la sentait, sa haine. Les lueurs qui dansaient dans ses yeux la révélaient, et aussi l'odeur soudain piquante de sa sueur.

— Ils l'ont tuée ? Madame, est-ce que...

— Non. Elle est partie, simplement. Je savais où.

Un vieux village, à cinq ou six jours de marche d'ici. Ma mère en venait. Un village qui avait résisté à tout, pourtant. Je n'ai jamais reçu de nouvelles. Du moins jusqu'au jour où j'ai enfin appris par un voyageur qu'ils étaient bien arrivés. Puis le lendemain...

Carole poussa d'un geste nerveux l'écuelle de bois et referma le guichet.

— Le lendemain, la rumeur nous est parvenue que la Peste avait anéanti le village. Tous morts. Tous. C'était il y a...

La femme s'interrompit et ferma ses paupières veinées de bleu, semblant additionner les semaines et les mois.

— Ça fera bientôt trois ans et demi.

Elle se redressa.

— Ma fille est partie par amour, pas par lâcheté comme ils disent.

Mari colla son front à l'un des barreaux froids et murmura :

— Nous avons tous besoin d'amour.

Les prunelles de Carole dérivèrent un instant vers la prison du capitaine.

— Je ne suis pas une guerrière.

— Je le vois bien. Tu as quand même la poigne solide. Mange tes lentilles, à présent. C'est bon et ça donne des forces.

— Il faut nous aider. Prévenez Éloi. Dites-lui que nous avons besoin de lui. Que je veux savoir comment il va et...

— Ton ami sans bouche ?

— Oui. Éloi.

La femme s'autorisa un ricanement.

— Il me semble qu'il va bien, dit-elle en saisissant l'anse de sa lanterne. Je crois qu'il se sent chez lui. Mais toi, non. Jamais tu ne seras ici chez toi.

Mari baissa les yeux sur sa gamelle et, avant d'y goûter, observa longuement avec méfiance les petites pastilles brunes qui nageaient dans un liquide épais. Des lentilles, selon Carole. Ce n'était pas mauvais. Pas bien fameux non plus. Le chariot grinçait, grinçait dans le couloir.

La soirée fut morose et la nuit courte. À peine les premières lueurs du jour nouveau avaient-elles allumé les soupiraux au sommet des murs qu'Éloi apparut. Mari dormait encore quand sa voix retentit.

— Est-ce que vous vous plaisez dans vos cages ? Moi, je me sens bien là-haut. Il y a toujours du vent, sur cette île, mais cela me convient.

Il agitait une grosse clé noire. S'étant agenouillée sur sa litière de paille, Mari écarquilla les yeux.

— Tu viens nous libérer ?

— On m'a donné cette clé mais je crains que chaque grille n'ait sa serrure. Je ne vais pouvoir en ouvrir qu'une, ma chérie.

Comme il restait face à elle, la jeune fille s'écria :

— Je ne sortirai pas seule, Éloi ! Ce sera nous trois ou personne !

— Rien ne prouve que c'est la tienne. Essayons, on verra bien.

Il feignit de pousser la clé dans la serrure, secoua la main pour faire cliqueter le métal contre le métal, poussa un soupir outré.

— Je regrette, ma colombe, ce n'est pas toi que je viens chercher, dirait-on.

Il fit un pas de côté, un pas de danseuse, exagérant ses manières naturellement gracieuses, avant d'ajouter :

— Serait-ce celle du capitaine ?

Diaker tendait la main, comme s'il ne faisait confiance qu'à lui-même pour tenter l'expérience.

— Pas si vite, capitaine, ça ne marche peut-être que dans un sens. Une prison, c'est une prison. Reculez un peu, je vous prie.

— Reculer ? Pourquoi reculerais-je ?

— Je sens vos doigts qui frémissent. Ils ne demandent qu'à étrangler quelqu'un. Lâchez ces barreaux. Plus loin... encore un peu.

Constatant que la clé, là non plus, ne rentrait pas, Éloi émit un affreux petit rire.

— Perdu ! Désolé, capitaine.

Éloi s'écarta d'un bond au moment où le capitaine Diaker se précipitait vers la grille de sa geôle.

— Ou je suis mauvais serrurier ou c'est la vôtre, ingénieur.

— À quoi jouez-vous, Éloi ? Que signifie cette comédie ?

— Ça me revient, répondit l'interprète sans se démonter. C'est ce qu'on m'a demandé. De vous ouvrir et de vous prier de m'accompagner.

Il tourna. Le pêne grinça.

— Pourquoi moi ?

— Le capitaine ne leur plaît pas beaucoup. Il est... comment dire ? Trop noir à leur goût, je pense. Tandis que vous, ingénieur... vous n'êtes pas très foncé de peau, en plus d'être fort bel homme.

— Cessez cela, Éloi ! C'est insupportable !

Les dents d'Éloi claquèrent. Signe de hargne, comme chez les chiens.

— Je ne sortirai pas sans avoir entendu vos explications.

— J'ai vanté vos mérites, comme je vous l'ai déjà signalé. J'ai convaincu Grégoire qu'on pouvait vous faire confiance. Ne me décevez pas, ingénieur.

— Qu'attendent-ils de moi ?

— De *nous*, ingénieur, de nous deux. Pour Mari, je crois qu'ils se sont fait une raison. Quant au capitaine... qui sait, peut-être voudront-ils naviguer un jour ?

— Je ne vois pas en quoi nous pouvons leur être utiles.

— Nous sommes pour eux comme un cadeau tombé du ciel. Exactement ce qu'ils recherchent. Moi, par ma connaissance des écritures, vous par votre science des techniques.

Éloi poussa la grille.

— Sortez, maintenant. Venez avec moi.

Mari, qui se tordait le cou pour suivre un peu la scène, vit que Birayma Penda hésitait.

— Ces nouvelles planches vont vous passionner, lui disait Éloi. Voilà ce qui leur manque, vous comprenez. Ils ont de bons artisans, des forgerons. Mais quelqu'un comme vous, non. Un expert. Un expert susceptible de transformer ces rêves en réalité. Un ingénieur.

## 19
## MACHINES DE GUERRE

Quand Birayma Penda revint, de nombreuses heures s'étaient écoulées. Mari avait mangé deux fois et dormi un peu. Le Peul était parti libre en compagnie d'Éloi. Il sortit de la bouche du souterrain encadré par trois hommes. Les indigènes le ramenaient à sa cage. Au-dessus de leurs fortes épaules, Mari n'aperçut que l'image fugitive d'un visage las. Pourtant, dès qu'il eut été de nouveau enfermé derrière ses barreaux et que ses geôliers se furent éloignés, l'ingénieur manifesta son extrême agitation par des gestes désordonnés et des bruits de langue. Bakar Diaker le pressa de parler.

— Penda ! Allez-vous me répondre ?

Birayma coinça la tête entre deux barreaux de la grille, cou tordu pour apercevoir Mari. Elle avait l'impression de l'entendre racler le sol du pied, comme un buffle en fureur.

— Penda ! On vous a fait marcher sur les braises ou quoi ?

— Des carnets entiers ! s'exclama enfin le Peul.

— Racontez-nous, monsieur Penda ! cria Mari.

— Pas des feuilles éparses comme les miennes, des carnets couverts de son écriture de la première à la dernière page. Des dessins, des schémas...

— Eh bien ! l'interrompit le capitaine, avez-vous les plans des tunnels, que nous puissions enfin filer d'ici ?

— Quel homme extraordinaire ! Et ils ne savent rien de lui, j'en ai malheureusement la conviction.

L'ingénieur se baissa pour ramasser un gobelet et boire un peu de vin coupé d'eau.

— Éloi... Éloi m'a étonné... Il déchiffre maintenant des passages complets avec une certaine aisance. Et parfois même sans se servir de son miroir ! Ce garçon a des capacités remarquables mais... il faut se méfier de lui, capitaine.

— C'est à moi que vous dites ça ?

— Je crains qu'il n'ait l'intention de se faire une place ici, poursuivit Penda sans noter l'interruption, et nous comptons peu pour lui.

— Pourquoi ne nous libèrent-ils pas, monsieur Penda ?

— Il ne tiendrait qu'à moi, Mari.

— Oh ! s'exclama Diaker. Et vous nous préférez encagés, sans doute !

— Ce serait une trahison, dit Birayma Penda, une trahison de la pire espèce. Et ce que j'ai vu dans ces carnets...

— Ah ! mais quel dommage que la Peste n'emporte pas aussi l'encre et le papier ! hurla le capitaine Diaker. Allez-vous nous labourer la cervelle jusqu'à la fin des temps avec les gribouillis de votre génie fantôme ?

— Un génie, vous l'avez dit ! Mais, comme tous les génies, il a le mal en lui... même si sa pensée est pure.

— Vous divaguez, Penda. Secouez-vous, Grand Esprit !

— Éloi m'a traduit une phrase qui en dit long à ce sujet. L'Itale écrit, à propos de la guerre, que c'est « une folie des plus bestiales ». Comment ne pas lui donner raison, n'est-ce pas ?

— Une guerre, quelle guerre ?

— Voilà ce que nos hôtes s'imaginent préparer, capitaine. Ils veulent rassembler des troupes et s'armer. Nous chasser des Comptoirs, libérer le pays franche.

— Et Mari sera leur général en chef, nous le savons. Ces gens abusent du vin de raisin, Penda. N'avez-vous pas trouvé un moyen de nous sortir de là ?

— Ah ! Je pourrais vous en parler pendant des heures.

— Ne vous croyez pas obligé. Nous ne sommes pas en guerre. Nous cherchons juste à échapper à une bande de macaques.

— Moi, je vous écoute, monsieur Penda ! hurla Mari.

— Une folie des plus bestiales, certes. Sauf que cet homme semble fasciné par les armes, par toutes les machines de guerre. Le Septentrion est une terre bien étrange, mes amis. Ces armes que j'ai vues, je ne saurais vous les dater. Certaines paraissent surgies d'un lointain passé, mais d'un passé bien étonnant où on aurait eu la passion du gigantisme, d'autres sont d'une conception si moderne que nous n'en possédons pas de semblables. Ah ! si j'étais marchand de canons, je saurais désormais comment faire fortune. Je n'ai pas pu étudier tout cela en détail mais il y a là des idées... ah ! j'en frémis encore.

— Penda, nous nous moquons de...

— Continuez ! Laissez-le, capitaine, mais laissez-le !

Vexé d'être ainsi rabroué par la jeune fille, Bakar Diaker lâcha une exclamation de dépit et fit valser d'un coup de pied la gamelle sale qui traînait par terre.

— Par quoi commencer ? reprit l'ingénieur. Vois-tu ce qu'est une arbalète, Mari ?

— Oui, je crois. Un arc qu'on... enfin, qu'on met à plat...

— Si tu veux. L'Itale en dessine un colossal. D'après la taille du personnage qu'il reproduit à côté de l'engin, son arbalète doit mesurer pas loin de cinquante mètres.

— Oh ! Bien pratique pour lancer des troncs d'arbres, glissa le capitaine Diaker d'un ton rogue.

— Cela semble insensé, poursuivit Penda, mais il ajoute chaque fois un dessin, un commentaire, pour expliquer son mécanisme. Et son ingéniosité n'a pas de limites. Sa catapulte géante, par exemple...

— Une catapulte ! Bravo ! Votre homme va bientôt inventer le silex taillé.

— Il faut l'avoir examinée. Les projectiles sont expédiés par une sorte d'immense perche flexible et pourraient causer bien des dégâts. Souvenez-vous, nous parlons de peuplades arriérées aux moyens techniques rudimentaires, capitaine. Pourtant...

— Quoi, monsieur Penda ?

Mari tirait au maximum sur son cou pour tenter d'apercevoir les mains de Birayma Penda, serrées sur les barreaux, ou parfois son nez qui dépassait. Il s'en fallait de peu qu'elle ne puisse s'extraire tout entière de sa prison. Il y a trois ou quatre ans, quand j'avais moins d'épaules et de poitrine, songea-t-elle, j'y serais peut-être parvenue.

— J'ai vu aussi des canons...

Le capitaine Diaker accueillit l'information d'un rire forcé.

— Et même des chars, si l'on peut employer ce mot. Des chars à faux.

— Des quoi ? brailla Diaker.

— Oui, je sais, c'est une idée bien curieuse. Il s'agit de chars tirés par des chevaux et qui, à l'aide d'engrenages, actionnent en roulant de longues faux qui balayent tout sur leur passage. Une effrayante machine de guerre, croyez-moi... et d'une beauté qui inspire une sorte de respect. Mais le plus extraordinaire, ce sont les canons.

— Des canons en bois, Penda ?

— Non, mais certains, d'après ce que j'ai compris, marchent à la vapeur.

— Oh ! Oui, bien sûr, des canons à eau. Redoutables !

— C'est le moyen de propulsion. Il est question de chauffer l'affût, de produire de la vapeur et d'éjecter ainsi le boulet. Cela ne me paraît pas si éloigné de nos vieux fusils à vent.

— Je crois que le gouverneur Diatta peut dormir tranquille. Ce n'est pas demain que nos Comptoirs seront assaillis par des troupes d'élite ! Des cailloux et des jets d'eau... par l'éléphant sacré, ces gens me font pitié.

— Si j'étais plus près de vous, je vous ferais un croquis de sa plus belle invention. Des canons, encore, mais à bouches multiples. Des engins incroyables, qui pourraient provoquer des ravages face aux armées les mieux organisées.

— Ah ! Ah ! Ah !

— De terribles pièces d'artillerie, je vous le certifie, si ces Blancs étaient en mesure de les fabriquer. Et même d'en envisager le fonctionnement.

— Et vous, vous le pourriez, n'est-ce pas, monsieur Penda ?

— Je le crains, Mari. Il y a plusieurs modèles. L'un, comme une rangée de tuyaux droits, un second dont les canons sont disposés en éventail. Puis un autre encore, qu'il m'est difficile de vous décrire. Un dispositif rotatif avec si l'on veut trois râteliers de onze tubes. On charge la deuxième série tandis que la première tire et ainsi de suite, en faisant tourner le mécanisme. Si bien qu'on peut fournir un tir nourri... oui, sans interruption. Le Grand Esprit nous garde d'avoir à affronter de tels engins de mort !

— Mais puisqu'ils sont incapables de les construire ! lança Diaker en secouant la grille de toute la force de ses grosses pognes.

— J'ai refusé, naturellement.

— Ces macaques voulaient vous enrôler ? Ah ! C'est trop drôle !

— Vous rirez moins quand votre barbe commencera à blanchir, capitaine. Car j'ai bien peur, maintenant, qu'on nous laisse pourrir ici.

— C'est donc ça ! Ils nous tiendront en cage tant que vous n'aurez pas cédé.

Chacun s'était replié dans ses sombres méditations et

Mari se préparait à affronter de nouvelles heures de silence quand la voix du capitaine Diaker s'éleva, plus terrible que celle du lion quand il quitte sa tanière au cœur de la nuit pour partir en chasse.

— Acceptez, Penda ! Sortez-nous de ce trou ! Acceptez !

La réplique de l'ingénieur tarda à venir.

— Je ne peux pas, capitaine.

— *Feignez* d'accepter, Penda. Ce sont des sots. Ils mordront à l'hameçon. Une fois dehors, vous trouverez à nous tirer de là.

— Il faut que je réfléchisse. Je suis fatigué, capitaine.

— Fabriquez-leur ce qu'ils veulent, totem en bois ! Un canon à hélice, une catapulte à vapeur ! Soyez malin ! Quelque chose qui leur éclatera à la gueule, hein, Penda ? Vous saurez faire ça, non ?

— Ils sont moins sots que vous ne le croyez.

Telles furent pour ce soir-là les dernières paroles de l'ingénieur.

Les jours suivants se ressemblèrent. Carole demeura leur seul lien avec la communauté de l'île. Elle apportait à manger avec régularité mais, obéissant sans doute aux ordres, ne prononçait plus un mot, même quand Mari la suppliait de lui répondre. Parfois, on voyait la petite femme froncer le nez. La puanteur s'était installée dans les cachots et la vermine gagnait les litières. Eux trois, dedans, ne sentaient plus rien.

— Ils finiront par nous oublier ! prédit le capitaine Diaker. Un de ces soirs, l'un d'eux va descendre chercher une bouteille à la cave et il découvrira un tas d'ossements dans chaque geôle. Et il se demandera ce que c'est.

Carole continua cependant de venir et Mari persista à l'interroger. Par-dessus tout, elle voulait savoir ce que devenait Éloi.

— C'est notre compagnon. Dites-moi ça, au moins ça. Est-ce qu'il va bien ? Est-ce qu'il se préoccupe de notre sort ?

Enfin, elle obtint une réaction. Carole eut un petit sourire et haussa les épaules. Mari eut ensuite de longues heures pour tenter d'en déchiffrer la signification.

— Je crois qu'Éloi va bien et même beaucoup mieux que nous, annonça-t-elle finalement. Il a trouvé ce qu'il était venu chercher, lui.

— Il est venu chercher quelque chose ? s'étonna Bakar Diaker. Quoi donc, Mari ? L'amour ?

Mari hésita, ne sachant pas elle-même ce qu'elle avait voulu dire.

— La liberté... la vraie liberté, commença-t-elle. Non, je pense qu'Éloi avait besoin de se sentir important. Il nous a suivis, il nous a traduit ces textes mais il a toujours eu l'impression qu'on le méprisait. Vous, surtout, capitaine.

— Et maintenant ?

— Je l'ignore, je ne le vois pas... mais je suis sûre qu'il a réussi à se faire respecter. Cela m'attriste beaucoup de l'imaginer, mais peut-être est-il satisfait de nous savoir traités comme nous le sommes.

— Surtout moi, hein ? ricana Diaker.

— Oui, capitaine, surtout vous. Mais même moi, je

me dis parfois que je n'ai pas su faire preuve à son égard de...

— Oh ! Ça va !

Et Bakar Diaker entra dans une de ces rages dont il était coutumier, ébranlant la grille de son cachot à en fendre la pierre. Quand il se fut un peu calmé, Birayma Penda, qui n'avait plus ouvert la bouche depuis longtemps, déclara soudain :

— Vous avez raison, capitaine. Je ne vois pas d'autre issue. Je vais les leur fabriquer, ces canons. Qu'ils fassent chauffer les forges, qu'ils préparent les moules, qu'ils coulent le bronze... bah ! avec leurs moyens, nous en avons pour dix ans !

— Je dirai cela à Carole quand elle apportera le prochain repas. Cette fois, elle m'écoutera, monsieur Penda, je vous le garantis.

Pourtant, lorsqu'elle se présenta avec son chariot, un peu plus tard, la petite femme ne semblait guère d'humeur à entendre ce que Mari voulait lui annoncer. Ce soir-là, le bouillon était maigre et le pain sec. À peine Mari eut-elle esquissé un geste que Carole lui fit signe de se taire.

— Il a parlé, dit-elle comme si elle délivrait une nouvelle tragique.

— Comment ?

— Il a parlé, répéta Carole.

Elle leva vers Mari un regard lourd de menaces, semblant l'inviter à y lire tout ce qu'elle ne désirait pas exprimer.

— Qui... qui a parlé ?

Mais Mari le savait, naturellement. Ce n'était pas cela

qu'elle ignorait. Qu'avait-il dit ? Qu'avait donc dit Éloi ?

Carole, cependant, ne paraissait pas d'humeur à lui laisser placer un mot. D'un froncement de sourcils, elle réduisit la jeune fille au silence. Puis, fouillant dans la grande poche qui couvrait tout le devant de son tablier, elle en sortit une croix de bois et un livre brun aux bords élimés.

— Tiens, prends ça.

— Pour moi ? Que dois-je...

— Prends et tâche d'en faire l'usage qui convient.

— Expliquez-moi...

— N'as-tu reçu aucune éducation ? Les Blancs d'Afirik sont donc aussi ignorants qu'on le dit ? Personne ne t'a jamais appris à prier pour le salut de ton âme, Mari ?

— Non, madame.

— Eh bien, mets-toi à genoux, pense à tes péchés et demande au Seigneur de te pardonner. J'intercéderai en ta faveur. Cette nuit, toute la nuit s'il faut.

— Je ne comprends pas ce mot. Qu'allez-vous faire ?

— Prier. Prier pour toi. Et même pour eux. Les âmes noires ont elles aussi besoin de repos.

Un frisson parcourut l'échine de Mari.

— Pourquoi... oh ! madame, pourquoi dites-vous toutes ces choses ?

Carole tourna le dos.

— Peut-être t'épargneront-ils, dit-elle en coinçant son flambeau dans un anneau de métal à la base de la paroi qui faisait face aux geôles. Je ne sais pas. Mais eux...

Quand la femme se fut retirée, Birayma Penda demanda :

— Que raconte-t-elle, Mari ? Elle te parle de nouveau, c'est déjà ça.

Mari se tourna vers le mur, l'un des deux murs qui la séparaient de l'ingénieur. Il lui fallut faire un effort considérable pour que les mots sortent de sa gorge sans trembler.

— Elle a employé un terme franche dont je ne connais pas le sens, monsieur Penda. Elle affirme qu'elle va *intercéder* pour nous.

Soucieuse de ne pas alarmer ses compagnons, elle ajouta :

— Cela signifie sans doute qu'elle va essayer de nous aider.

— Ah !

De les aider, rien n'était moins sûr. Mari songea avec amertume que Carole ne désirait venir en aide qu'à leurs âmes. Ces âmes pareilles à des esprits habitant la chair et dont les Blancs du Septentrion semblaient se soucier surtout quand elles quittaient le corps. Après la mort.

— Et pourquoi a-t-elle laissé de la lumière ?

— Je ne sais pas.

Abrégeant la conversation, la jeune fille se résolut à faire ce qui lui avait été conseillé. Ce qu'elle pouvait faire *grâce à la lumière de la torche*. Lire. Elle s'agenouilla dans son cachot, posa la croix près d'elle sur la paille et ouvrit le livre. Il était rédigé dans une langue singulière dont presque tous les mots s'achevaient en *us* ou en *um*. Mari referma avec un soupir l'épais volume aux pages jaunes et cassantes. Puis elle s'interrogea.

Quels étaient ces péchés dont elle devait demander le pardon? Était-ce d'avoir été chercher pour Gakere Samba la drogue qui avait failli lui coûter la vie ? Était-ce d'avoir causé ainsi la mort par pendaison de trois hommes ? Mais cela, elle ne l'avait pas voulu, jamais ! Était-ce de s'être évadée par la violence en compagnie de l'horrible Martin sur les quais de Ziguinchor ? D'avoir écouté sans les dénoncer les crimes du capitaine Diaker ? De s'être refusée à Lisimba Tam, qui la désirait tant ? D'avoir désiré Birayma Penda, qui la désirait si peu ? D'avoir juré à Gakere qu'un jour elle le tuerait ? Oui, un jour, elle le tuerait !

Cette dernière pensée lui coula dans les membres comme du métal fondu. Dévorée par ce feu ardent, Mari baisa la croix et la reposa sur le livre.

— Sauve-moi, Seigneur de la croix, murmura-t-elle, ne me laisse pas mourir. Je ne peux pas. Je dois tuer Gakere d'abord.

En fin de compte, songea-t-elle avec satisfaction, je sais prier, les paroles sont venues. Elle s'allongea sur la litière malpropre, ferma les yeux et, avant de s'endormir, acheva en souriant sa prière :

— Tu dois m'aider, dieu de bois, sinon je ne pourrai pas tenir ma promesse. Et ne pas tenir une promesse, voilà qui est sans nul doute un grand péché.

Au pied du mur, la nuit étranglait doucement la flamme.

Son sommeil fut de courte durée. Quand elle fut réveillée en sursaut par le grondement des pas dans le couloir qui menait au souterrain, aucun trait de lumière annonçant le jour nouveau ne filtrait encore par les soupiraux. Mari, aussitôt, comprit qu'elle n'avait pas su trouver les mots justes ou qu'ici, au Septentrion, le dieu des Blancs n'écoutait pas les prières de ceux que l'Histoire avait égarés en Afirik.

Ils étaient sept, tous grands et forts. Ils venaient les chercher. Des torches illuminaient leurs visages rougis par le froid du dehors. Mari aperçut dans leurs mains de grosses clés noires et les liens de chanvre qu'ils s'apprêtaient à leur passer aux poignets. Elle ferma ses oreilles aux braillements du capitaine Diaker et aux protestations vaines de l'ingénieur Penda. Elle leva les yeux vers le plafond bas que rongeaient le salpêtre et les moisissures. Ainsi faisaient les Blancs, fouillant du regard les cieux lointains où résidait leur dieu, par-delà les toits, par-delà les nuages, comme si rien n'existait entre eux et la divinité. Ce qu'elle ignorait, c'est s'ils recevaient parfois une réponse.

## 20
## LE JUGEMENT

D'abord, Mari ne vit que les torches levées tout autour de la place. Une forêt de lumières, qui donnait de la vie aux façades blanches des bâtiments et animait le verre des fenêtres de reflets inquiétants. Le ciel au-dessus, entre ses bords nuageux, paraissait un gouffre de ténèbres infinies.

On ne pouvait les compter. Sans doute étaient-ils tous là. Une centaine, avait dit Grégoire. Plissant les yeux, Mari entreprit de scruter les silhouettes et les visages. Des hommes, surtout. Jeunes, pour la plupart. Grands et forts, comme ceux qui étaient venus les chercher. Le capitaine Diaker se débattait encore un peu mais la stupeur épuisait ses glapissements furieux. Birayma Penda, lui, avait cessé de lutter. Ils avaient les poignets entravés, une main ferme accrochée à chaque bras, mais ce qui les clouait vraiment au sol, c'étaient ces cent regards, cet angoissant silence. Cette attente.

Grégoire et son acolyte en robe noire se tenaient au centre de la place, le chien sans ventre couché à leurs pieds. Le petit chef avait revêtu sa tenue d'apparat, une tunique bleue semée de médailles dorées, un bonnet piqué d'une plume et un pantalon blanc de tiédo. Albert, pour sa part, semblait n'en posséder qu'une, mais Mari nota qu'il faisait filer entre ses doigts un nouveau collier de perles.

L'index de Grégoire se tendit vers eux.

— Nous savons qui vous êtes, capitaine Diaker !

Le marin se redressa, tenta de se dégager d'un coup de coude, marmonna entre ses dents : « Sale macaque ! »

— Un marchand de chair humaine, un trafiquant de Cornes d'Ivoire !

— Le traître ! Où est-il, ce traître ?

Comme le capitaine, qui secouait de ses larges épaules les deux hommes cramponnés à lui, Mari fouilla la foule du regard, à la recherche de celui qui les avait vendus. Son sourire satisfait n'aurait-il pas dû étinceler dans la lumière des torches ? *Où te caches-tu, Éloi ?*

— Je n'aurais jamais cru cela de lui.

L'oreille de Birayma Penda était trop loin et le capitaine s'assourdissait lui-même de ses cris. Personne ne pouvait l'entendre. Mari se retint de hurler. *Éloi ! Éloi ! Montre-toi !*

Grégoire s'était lancé dans une harangue dont elle ne saisissait pas tous les mots, accompagnant ses accusations de gesticulations hystériques. Le marin incarnait à ses yeux toute l'ignominie de l'Afirik et tous les maux du Septentrion. Des siècles de honte et de malheur. Un continent ruiné, dépouillé, tant de vies anéanties. Le pays blanc était exsangue tandis qu'une partie de son peuple travaillait une terre étrangère, sous un autre soleil que le sien. Oubliant sa langue, oubliant sa culture, oubliant son dieu. Le seul dieu !

Albert, le sombre Albert, brandissait devant sa poitrine la croix de bronze.

— Foutaises ! cracha le capitaine.

Fou de colère, ou peut-être déjà résigné à son sort, Bakar Diaker couvrit de sa grosse voix le discours de Grégoire. Un horrible personnage, sans doute, songea Mari, mais qui n'avait jamais manqué de courage. Sauf en ce jour honteux où il avait abandonné son navire infecté par la Peste.

— Remerciez-moi plutôt de les avoir arrachés à la ruine. Ce froid, cette boue. Quel beau pays que le pays des rats et de la pestilence !

— Taisez-vous !

— Sauvés, je les ai, de ce bubon purulent qu'est le Septentrion !

— Calmez-vous, capitaine, intervint Penda d'un ton qui se voulait ferme. Vous allez les enrager encore plus.

Mais Bakar Diaker, eût-on dit, ne niait ses crimes que pour mieux en réclamer le châtiment.

— Voilà des semaines que nous traversons ces contrées de désolation, ces terres sauvages ! Je n'ai pas trouvé trace de votre dieu de bois ! Qu'ai-je vu ? Des mains tendues, des enfants sans chair, la maladie, la misère, l'ignorance. Oui, j'en ai conduit des milliers vers le soleil de l'Afirik, moi, capitaine Bakar Diaker ! Et j'aurais continué, si je l'avais pu. Et je recommencerais, si je le pouvais !

— Je ne peux le dire mieux que vous, capitaine Bakar Diaker, répliqua Grégoire. Si vous le pouviez, vous recommenceriez.

— Oui, je recommencerais. Oui, je les conduirais vers la lumière de la civilisation.

— Vers les chantiers et les champs, vers les serpents et les crocodiles, vers le fouet et l'humiliation !

— Que leurs yeux la voient briller une fois au moins, la lumière !

Les deux hommes s'affrontaient à distance, dans une sorte de duel d'invectives. À ce jeu, la voix tonnante du capitaine ne pouvait pas perdre. La foule des indigènes autour d'eux grondait et s'agitait. Afin de rompre l'échange, Grégoire hurla :

— Pour un tel crime, même dans votre pays, la seule sentence c'est la mort !

— Mon pays est aux mains des femmes et des imbéciles ! Vous avez raison, un jour les Blancs y seront chez eux. Ce n'est pas de ce tas de boue qu'ils nous chasseront mais de nos maisons.

— Il ne fallait pas leur montrer la lumière de la civilisation, capitaine Bakar Diaker, railla Grégoire.

— Qu'ils la voient briller au moins une fois... avant de crever ! riposta le marin en se débattant soudain comme un forcené.

Des protestations scandalisées s'élevèrent de l'assistance et les premiers cris retentirent :

— À mort ! À mort !

Mari détecta le signe qu'Albert adressait à Grégoire, le signe terrible. Un tout petit geste de la main mais si lourd d'implications. Albert signifiait à son chef que la mascarade avait assez duré et qu'il fallait maintenant donner à la foule ce qu'elle réclamait. La scrutant, cette foule, s'étonnant encore une fois qu'elle fût si jeune et si forte, Mari découvrit soudain avec horreur, dans une trouée entre deux groupes compacts, le gros billot de bois. Elle sut immédiatement quelle en était la destination.

— C'est la voix du peuple ! s'exclama Grégoire. Écoutez-la, messieurs. Nul, ici, ne peut refuser de l'entendre. Elle réclame justice ! Elle réclame vengeance !

Puis, levant les bras au ciel, il proclama :

— Le peuple a parlé ! Le peuple a parlé !

Mari perçut l'appel désespéré de Birayma Penda. La gorge nouée, le Peul parvenait à peine à articuler.

— Mari ! Il faut faire quelque chose. Parle-leur. Où est Éloi ? Mari !

— Ça suffit, Penda, dit le capitaine Diaker d'un ton étrangement calme. Cessez de gémir.

Et Grégoire criait :

— Montrez comment savent mourir les hommes noirs !

— Montrons-leur, Penda.

— Quoi ? Capitaine ! Vous devenez fou ! Capitaine !

Deux hommes entraînaient le marin vers le centre de la place. Bakar Diaker avançait avec eux d'un pas docile.

— Voilà donc ce que vous êtes venu chercher au Septentrion, capitaine, murmura Mari. C'est clair, à présent.

Comme il y allait, droit, sans hâte mais sans réticence ! Il honorait un vieux rendez-vous, coché depuis longtemps dans un coin de sa tête. Un de ces rendez-vous qu'on porte en soi, sans date ni lieu, mais dont on sait qu'ils surgiront un jour. Quand survient le moment, vous ne pouvez l'ignorer.

— Ce sont vos dettes, capitaine. Qu'avons-nous à faire là ?

Mais deux autres hommes tiraient à son tour Birayma Penda auprès du marin, devant leurs juges.

— Pour de tels crimes, il n'est aucune mort qui ne paraisse trop douce, déclara Grégoire. Mais, quoi que vous en pensiez, nous ne sommes pas des sauvages. Que la vôtre soit digne et brève.

Il désigna la poitrine du marin. Aussitôt, on lui arracha ses vêtements. Sa pelisse, d'abord. Puis sa chemise, qui fut déchirée par la lame d'un couteau. Son torse noir apparut, avec son archipel d'îles blanches, là où le feu avait autrefois décoloré sa peau. Bakar Diaker ne regardait rien ni personne. S'il contemplait la liste de ses forfaits passés, le temps allait lui manquer.

Bakar Diaker marcha de lui-même vers le billot. Il resta là un moment, tel un sombre bloc taillé dans la nuit, examinant le cylindre de bois comme s'il se demandait ce qu'il devait en faire. Des mains appuyèrent sur ses épaules. Il s'agenouilla.

Mari poussa un cri d'effroi alors qu'apparaissait un grand personnage à la tête masquée par une cagoule, ses bras nus serrés sur une lourde hache.

Le capitaine avait posé sa tête. À travers le rideau de ses larmes, Mari chercha parmi l'assistance silencieuse, dans la clarté des flammes battues par le vent, certains reflets d'ivoire. Mais Éloi continuait de se terrer.

La jeune fille entendit une voix intérieure, qui la suppliait de ne pas regarder. Mais elle demeura tournée vers l'abominable spectacle. Elle vit les muscles tordus du cou de taureau, la grosse figure balafrée et cet œil toujours ouvert, rond et fixe, ouvert jusqu'à l'ultime instant.

Quand les bras noueux levèrent la hache, Mari appela une dernière fois l'homme qui un jour déjà lointain l'avait arrachée au marché aux esclaves de Ziguinchor.

— Capitaine ! Oh ! non, capitaine.

La hache tomba. Un coup franc et sec. Le bourreau s'était écarté mais il ne put éviter les jets de sang. Même la foule blanche exprima d'un murmure son horreur. La tête avait roulé. Séparée du corps qu'ébranlaient encore des soubresauts, elle fit un tour complet et s'arrêta dans un équilibre diabolique sur son cou tranché, sur les dernières vertèbres. Face à eux, face à Grégoire et à son acolyte, face à l'ingénieur Penda. Face à Mari.

L'œil droit du capitaine les regardait.

Mari pensa en cet instant que rien ne pouvait surpasser ce sentiment qui la traversait, que sa nuit allait se clore sur cette insoutenable vision. Mais ils empoignaient à présent Birayma Penda.

— Laissez-le ! Il n'a rien fait ! Pas lui ! hurla-t-elle.

— S'il n'a rien fait, il paiera pour tous ceux qui ont fait, répondit Grégoire.

L'ingénieur semblait se désintéresser de son propre sort. Il contemplait la tête ronde du capitaine Diaker, sa balafre sur un côté, son crâne pelé, ses lèvres qui n'en finissaient pas de frémir. Il se voyait, peut-être, tel qu'il serait dans un moment. Il laissa son manteau à leurs mains.

— Monsieur Penda ! Dites-leur que vous le ferez.

— Quoi ?

Le Peul paraissait perdu dans un rêve. Ou c'était simplement l'air glacial qui engourdissait ses pensées. La lame, en réduisant sa chemise sale en lambeaux, montrait une chair bleuie par le froid.

— Les canons, les chars, les... je ne sais pas. Dites-le !

— Il est trop tard, Mari. Ne te préoccupe plus de moi. Retrouve ton peuple. Parle-lui. Explique à ces gens que tous les hommes noirs ne sont pas semblables. Et, surtout, protège-toi.

Ils arrachaient les manches déchiquetées. Elle l'avait rejoint l'espace d'un instant. Ils le poussaient de nouveau loin d'elle.

— Je veux mourir aussi !

— Soumets-toi ! Soumets-toi à eux ! Sauve-toi, Mari !

— Pas lui ! hurla Mari. Pas lui !

Un garçon blond la tenait encore par un bras et l'empêchait de se précipiter vers Grégoire, qui observait la scène avec détachement. Là-bas, le bourreau avait fait place nette, et traînait à l'écart le corps décapité du capitaine Diaker puis jetait sur la tête coupée un sac de jute. Par les trous percés dans sa cagoule, il examinait le tranchant de sa hache.

Ils étaient séparés, maintenant. Un océan de nuit qui sans cesse grandissait. La lumière des torches n'y entrait plus. C'était le noir, le noir profond. À chaque pas, il s'éloignait, elle le perdait un peu plus. Même ses mots ne le touchaient plus.

— Birayma !

Quelques mètres seulement et il était parti pour toujours. Albert s'écarta pour laisser passer ceux qui le conduisaient vers le billot. Sa manche pareille à l'aile d'un corbeau se souleva. Il pointait vers le condamné un index accusateur, autour duquel étaient enroulées quelques perles de bois.

— Qu'est-ce que cela ? demanda-t-il.

Voilà que l'homme en robe noire touchait à présent la poitrine nue de l'ingénieur. Mari vit son geste. Sèchement, il venait de rompre la petite chaîne dorée. Surpris par la vivacité de sa réaction, le gardien aux cheveux blonds laissa échapper la jeune fille.

— C'est à moi !

Mari puisait soudain en elle des forces insoupçonnées. Le capitaine Diaker était mort sous ses yeux. Et maintenant, celui qu'elle aimait marchait à son tour vers le billot sanglant. Qu'avait-elle fait pour le retenir ? N'avait-elle rien de plus à donner que quelques cris d'angoisse ?

— À moi !

Elle se dressait à présent près du Peul, défiant ses tortionnaires. Devant le rideau des flammes levées, devant la hache et le sang. Son courage ravivé, elle le tirait de ce petit objet, de la douce figure sculptée dans un ovale d'ivoire, qu'Albert examinait avec curiosité.

— À toi ? Et d'où le tiens-tu ?

— De ma mère.

— Sais-tu de qui il s'agit ?

— De Mari. Mari comme moi. L'autre Mari.

Plus bas, elle souffla :

— Reine des cieux. Mari reine des cieux. Et l'enfant.

— Mère de Dieu, corrigea Albert. Sainte Marie, mère

de Dieu et de tous les hommes. Et pourquoi n'as-tu pas gardé ce médaillon ? Pourquoi est-ce lui qui le porte ?

Mari happa le regard que lui jetait Birayma. Affolé par un mélange d'espoir et de terreur. L'ingénieur savait qu'elle tenait son destin entre ses mains ou plutôt sur le bout des lèvres.

— Parce que...

Elle bredouillait. Un voile opaque était tombé sur ses pensées. Mari... Maria gracia plena... aide-moi !

— Parce quc je l'aime.

— Tu aimes un homme noir ?

— Nous... nous sommes venus rapporter le médaillon ici... chez elle. M. Penda a vendu tous ses biens pour cela, il a renoncé à tout ce qu'il possédait. Pour moi. Pour elle. Mari.

— Croit-il qu'il n'existe qu'un seul Dieu ? A-t-il renoncé non seulement à ses biens mais aussi aux esprits et à toutes les fausses croyances ?

Albert posait la question à Mari, mais ses yeux scrutaient l'ingénieur. Et la jeune fille, de même, dardait sur Birayma des regards à lui trouer le crâne. Qu'il réponde ! Qu'il réponde bien !

Enfin, Birayma hocha la tête.

Albert semblait dubitatif.

— Et tu serais mort sans rien dire ?

— Je ne savais pas... je ne savais pas.

La foule s'impatientait. L'obscurité peu à peu coulait sur leurs têtes, à mesure que les flammes raccourcissaient au bout des torches de résine. Comme s'ils suivaient la conversation qui se tenait loin d'eux, quelques-uns lancèrent de nouveau :

— À mort ! À mort !

— Tu les entends, ingénieur ? demanda Grégoire. Il n'y a pas place ici pour les faibles et les hésitants. Nous aideras-tu ?

— La liberté n'a pas de couleur, dit Mari, comme si seul Birayma pouvait l'entendre.

— Je... je vous aiderai... Je dois réfléchir.

Mari craignit qu'il n'ait ajouté quelques mots de trop. Mais la nuit finissait. Derrière les maisons, au-delà de la rivière, l'approche du jour commençait d'en blanchir les franges. Elle s'était serrée contre lui, contre son flanc où coulait la sueur. Ses cheveux lui tombaient trop bas sur la nuque, songea-t-elle, et une barbe légère, un peu grise, lui montait haut sur les joues. Elle l'aimait. On ne le lui arracherait pas. Pas ce soir.

— Il y a eu assez de sang, admit Grégoire.

Comme pour s'en convaincre lui-même, il ajouta :

— Je suis un chef juste.

Albert accueillit la remarque d'une grimace ironique.

— Et... qu'a décidé notre chef juste ? demanda-t-il.

Grégoire hésitait. Rien, à cet instant, ne devait lui paraître précisément... juste.

— Puisque l'ingénieur a promis de réfléchir, je pense qu'il nous faut en faire autant, dit-il lentement.

Il s'interrompit, hocha la tête pour indiquer qu'à l'examen ce propos était conforme à la raison.

— Regagnez vos maisons ! s'écria-t-il à l'adresse de l'assemblée. Cet homme ne recevra pas sa sentence cette nuit.

Pour faire taire les protestations, il tendit un index

impérieux vers la forme qui s'était fondue dans les ténèbres.

— Et priez pour l'âme de celui-là !

Jetant un coup d'œil sur Birayma Penda, il ordonna qu'on lui donne une chemise neuve.

— Regagnez votre cachot et réfléchissez, ingénieur, réfléchissez.

— Et moi ? demanda Mari.

— Tu es libre.

— Non.

— Non ?

— Qui aime n'est pas libre, dit-elle. Enferme-moi avec lui. S'il te plaît. Et dis à Albert de me rendre le pendentif.

— Très bien. Mais sache que s'il me déçoit, vous mourrez tous les deux.

On les boucla de nouveau derrière les barreaux de leurs cellules. Chacun dans la sienne, toujours aussi loin l'un de l'autre. Mais il n'y avait plus personne au milieu, qu'une ombre. Pourtant, Mari croyait l'entendre encore, qui gesticulait, qui ruminait, qui pestait. Ô capitaine. Elle l'entendait d'autant mieux, ce fantôme d'homme, qu'entre Birayma et elle un lourd, un terrible silence s'était installé.

Le Peul pensait-il à son compagnon, à la tête qui roulait, à la gerbe de sang qui giclait, pensait-il à son propre cou, qu'on avait failli trancher, ou bien aux mots que Mari avait lancés en pâture à la foule, comme si elle les croyait plus forts que la mort ? *Parce que je l'aime !*

Elle desserrait les dents et les lèvres, pour extraire quelque chose de sa bouche, mais rien ne voulait sortir. Aucune parole, pas même un rire, un gémissement ou un cri. Ni la mort ni l'amour. Tout mais pas cela. Enfin, cela lui vint et elle demanda :

— Monsieur Penda ? Est-ce que le dieu des Blancs n'a pas créé toute chose ? Comme le Grand Esprit a créé le ciel et la terre ? Pourquoi Albert a-t-il proféré une telle ineptie ? Comment Mari, la Mari du médaillon, pourrait-elle être la mère de Dieu ? Un dieu ne peut pas avoir de mère, n'est-ce pas ?

La réponse de Birayma Penda fut si longue à venir qu'elle le crut endormi.

— Tu m'as sauvé la vie pour la deuxième fois, je crois.

— Et moi, je crois qu'il en faudra une troisième. Nous ne sommes pas encore sortis d'ici, monsieur Penda.

— La première fois en me soignant au lieu de m'aider à mourir comme je te l'avais demandé, poursuivit l'ingénieur, sans se soucier de l'interruption. Et maintenant... oh ! pourquoi as-tu dit cela... que tu m'aimais ? C'est étrange... j'ai le sentiment que c'est...

Ils étaient accrochés à leurs barreaux et se cherchaient des yeux, dans les ténèbres.

— C'est à ce moment-là... que tu as chassé la mort. Chassé la mort. Ne vas-tu pas regretter de telles paroles, Mari ? Sais-tu seulement de quoi tu parles ?

— Comme on dit chez moi, monsieur Penda : « La parole est une balle de fusil. On ne peut pas la rattraper si elle s'échappe. »

Ils rirent et cela les étonna tous les deux.

— Oh ! Toujours ces proverbes. Chez moi, on dit : « Tant qu'on n'est pas sauvé, il ne faut pas se demander pourquoi on est tombé dans le puits. » Je crains que nous ne soyons encore au fond du puits, mon enfant.

— J'en connais plein. Dene en faisait la collection. Elle aimait beaucoup celui-ci : « Si tu ne veux pas que la souris prenne ton épice, dis à ton épice de ne pas sentir trop bon. »

— Je ne suis pas sûr de comprendre ce que ça signifie.

— Je suis sûre du contraire. Sans doute que vous sentez trop bon, monsieur Penda.

L'ingénieur, apparemment, ne trouva rien à répliquer. Pendant longtemps. Ce qu'il finit par admettre ainsi :

— Chez moi, on dit : « Un silence vaut vingt-cinq réponses. »

Celui-ci s'éternisa. Il n'y avait que deux souffles dans le noir, séparés de plusieurs mètres. Le Peul eut quand même le dernier mot.

— Quelle épice, Mari ? Nous puons tous les deux comme des civettes, j'en ai bien peur.

# 21
# LA CHAPELLE

— Il est mort, de toute façon, dit Mari.

Elle ne parlait pas du capitaine, elle parlait du dieu des Blancs.

— Le dieu des Blancs a une mère, Mari comme moi, un fils dont j'ignore le nom, et il est mort. Les Blancs l'ont cloué et mangé ou je ne sais quoi. Pourtant, il faut continuer de le prier quand on a un problème, pour qu'il nous sauve la vie, par exemple, mais surtout pour qu'il sauve notre esprit qu'on appelle une âme, quand nous serons morts nous-mêmes. Voilà ce que j'ai compris. Enfin non, en fait, je n'y comprends rien, monsieur Penda.

Elle perçut le petit rire de l'ingénieur.

— Je crois que nos ethnologues ont encore beaucoup de travail. Les croyances de ce peuple sont comme leurs mœurs : déroutantes et primitives. Nous sommes bien placés pour le savoir, hélas.

Ils conversaient ainsi pendant des heures, sans se voir ou si peu, comme s'ils étaient chacun à sa fenêtre. Il fallait tuer le temps, effacer ces jours qui n'en finissaient pas, ces nuits plus interminables encore. Ils variaient les sujets, évitant ceux qui en réalité les hantaient. Ils n'évoquaient jamais le capitaine Diaker. Ils ne se demandaient même plus : « Mais comment sortir de là ? »

Pourtant, on ne les oubliait pas. La nourriture leur était apportée à intervalles réguliers, mais jamais deux fois par la même personne. Des hommes, désormais, et guère bavards. L'un d'eux, cependant, lança un soir à Birayma Penda :

— As-tu réfléchi ?

C'était une moquerie plus qu'une question.

— Ils nous laissent pourrir, jugea plus tard l'ingénieur. Ils estiment sans doute qu'il leur sera plus facile ainsi d'obtenir ce qu'ils veulent de moi.

Mari osa enfin l'interroger.

— N'avez-vous pas dit que vous êtes disposé à les aider ? Est-ce que vous avez changé d'avis ?

— Oui. Oui, Mari.

La voix de Birayma Penda trahissait un insondable chagrin. Mari saisit ce que cela signifiait pour elle, pour eux deux.

— Parce que ce sont des primitifs ?

— Ce serait un grand crime de permettre à ces créatures barbares d'acquérir des armes redoutables. Un crime contre la patrie.

— N'aviez-vous pas l'intention de feindre seulement de les aider ?

— Grégoire est dangereux, comme l'est n'importe quel sauvage qui se frotte à une civilisation qu'il n'est pas en mesure de comprendre. Il prend en nous ce qu'il y a de plus mauvais et ne retient rien de ce qui est bon.

Ses années passées dans les Comptoirs lui ont troublé l'esprit mais il en a retiré des connaissances et, s'il n'est peut-être pas vraiment intelligent, il ne manque pas de malice. Jouer avec lui ne serait pas raisonnable. Je suis désolé, Mari.

Désolé ? La jeune fille se cramponna aux barreaux de sa cage. La tête lui tournait, ses genoux flageolaient. La suite de l'histoire lui apparaissait si clairement ! Iraitelle en brave ? Non, elle ne pourrait pas, comme le capitaine, offrir sans broncher son cou à la hache du bourreau. Cette idée était effrayante, bien plus que la mort elle-même. Être séparée de soi. Son esprit, elle en était sûre, partirait avec la tête. Combien de temps demeurait-il en éveil alors que le corps abandonné se vidait de son sang ? L'œil droit du capitaine avait continué de ciller. Ses lèvres de bouger.

De toutes les nuits, celle-là fut la plus longue. Et, pour Mari, le plus facile ne fut pas d'étouffer ses sanglots dans la paille moisie, afin que l'ingénieur Penda ne les entende pas.

Il y eut après cela tant de nuits que Mari renonça à les graver bâton après bâton dans le plâtre écaillé. Tant de nuits qu'elles semblèrent finalement ne faire plus qu'une, qui les broyait dans son étau. Était-ce donc qu'au Septentrion les jours racourcissaient jusqu'à leur complet effacement ? La lumière à présent ne passait plus par les soupiraux que de manière furtive, comme entre des rideaux qu'on tire et qu'on rabat.

Puis il y eut une autre nuit, la dernière. Mari dormait profondément. Elle jaillit hors de son sommeil tel un crapaud de la mare. Des bruits se faisaient entendre, des pas, des cliquetis. On venait les chercher. Assise dans les ténèbres nauséabondes, elle scruta l'entrée du souterrain. Aucune lueur, rien. Soudain une silhouette. Le bruissement de la robe la rassura. Un peu.

— Carole ?

Elle n'apportait aucune clarté mais quelque chose brillait dans ses cheveux. On eût dit de petites étoiles.

— Silence !

Carole. Mari reconnaissait sa voix. La femme fourrageait dans la grande poche de son tablier. Une clé. La clé ! Carole cherchait à tâtons la serrure.

— Venez-vous nous libérer ?

Grognement. Soupir agacé. Carole faisait tinter le panneton contre les barreaux, contre le coffre de la serrure. Enfin, elle l'engagea dans la fente invisible.

— Madame ? Que vont-ils faire de nous ? Oh ! madame...

Le pêne bascula.

— Tu ne sais donc pas te taire ?

La grille était ouverte. Carole se déplaça vers sa droite pour répéter l'opération et libérer à son tour Birayma Penda. L'ingénieur ne fit pas un geste pour sortir de sa cage, comme s'il flairait un piège.

— Où nous conduisez-vous ?

Mari fut heureuse d'entendre dans sa voix une dureté et une autorité qui l'avaient fuie ces derniers temps.

— Suivez-moi et ne faites pas de bruit.

— Quelle heure est-il ? demanda Penda.

— C'est l'heure où tout le monde dort.

Mari avait quitté sa geôle. Elle tendit la main vers le grand Peul pour l'inviter à la rejoindre.

— Madame ! Êtes-vous notre amie ?

— Moins fort.

Carole la tirait par la manche. Vers le couloir souterrain. Vers la liberté ?

— Vous n'avez pas d'amis ici. Vous n'en trouverez pas dans ce pays. Rentrez chez vous. Puisqu'elle est si belle, votre Afirik !

Carole marchait la première, s'engouffrant dans le tunnel ténébreux où demeuraient le chariot et ses gamelles. Les étoiles avaient disparu de ses cheveux. Ils connaissaient les marches, ils les avaient entendues résonner si souvent. Une vingtaine en gros blocs de pierre. Plus ils montaient, plus la clarté se faisait. Mari songea que le jour existait encore et qu'il allait se lever bientôt. L'entrée nue puis les arcades.

La jeune fille étouffa une exclamation de saisissement.

C'était un monde éclatant, qui semblait sécréter sa propre lumière. Rien n'avait changé sur la place, sans doute, sauf cette inconcevable blancheur. Les toits, les arbres du lointain, tout était recouvert. Seul le ciel était gris. Pourtant, une poudre fine continuait d'en tomber, qui voltigeait dans le vent.

— Madame... c'est... la neige ?

— Belle découverte ! Ah ! c'est vrai, vous ne connaissez pas ça, là-bas.

Carole chuchotait, agitant la main sans trêve : pas de bruit ! Elle désigna sur le sol deux sacs ventrus, munis de bretelles.

— Pour vous, dit-elle.

Penda ne fit pas mine d'en prendre un.

— Éloi ? demanda-t-il.

— Quoi, Éloi?

— Ne va-t-il pas nous rejoindre ?

— J'espère bien que non, glissa Mari.

Carole haussa les épaules.

— Que devient-il ? insista Birayma Penda. Il traduit toujours ?

— Il n'aura bientôt plus de travail.

L'ingénicur écarquilla les yeux.

— Terminé ? Il a bientôt terminé ? C'est impossible.

— Oui, c'est fini. Fini.

Carole montra les sacs.

— Vous n'avez pas de temps à perdre. Suivez-moi en silence.

Mari souleva l'un des sacs, le passa à ses épaules. Lourd, incroyablement lourd. Penda l'imita. La neige crissait sous leurs pieds qui y imprimaient des marques profondes. Mari marchait le nez en l'air afin de recevoir les flocons sur sa figure. Ça piquait, ça brûlait, c'était délicieux. Elle en recueillit un sur le bout de la langue. La neige n'avait pas de poids, pas de saveur, pas d'existence. La neige, c'était le blanc. Ses cheveux furent bientôt blancs et aussi ceux de Birayma. Ils quittaient la place.

Vers la berge, vers l'eau de la rivière. L'ingénieur Penda osa de nouveau parler. La même question, les mêmes mots.

— Où nous conduisez-vous, madame ?

— Nulle part. Il faudra vous débrouiller.

Il y avait une barque pour traverser la rivière. Carole fit un geste du bras.

— Prenez cette direction. Vous rencontrerez des villages. Ne dites à personne d'où vous venez. Les gens ne sont pas mauvais, pas tous. Avec ce qu'il y a dans les sacs, vous tiendrez plusieurs jours. De quoi manger et boire, une machette... attendez.

Elle fouilla dans la poche de son tablier.

— Tenez.

La montre du capitaine. Sa boussole. Mari frissonna.

— Nos traces seront faciles à suivre, remarqua Penda.

— C'est ce que j'attendais. Le premier vrai jour de neige. Elle continue de tomber. Si vous ne traînez pas et prenez assez d'avance, elle recouvrira les empreintes. Et Vilain ne sentira rien.

— Vilain ?

— Cet horrible chien. Le lévrier de Grégoire. Un sacré chasseur. Mais avec la neige...

Ils ne se trouvaient pas du côté de l'île par lequel ils avaient abordé. Ils ne repasseraient pas devant la maison aveugle. L'idée qu'ils allaient découvrir de nouveaux territoires parut presque rassurante à Mari. Il était certains souvenirs, certains fantômes qu'elle n'avait aucune envie de croiser. La main de Carole pesait sur son épaule, près de la bretelle du sac.

— Il y a des questions que tu vas te poser, dit-elle. Tu trouveras toutes les réponses dans ton sac. Sois patiente. Porte-le d'abord aussi loin que tu pourras. Et sache déjà que cela me plaît ainsi. Ça me plaît, ça me soulage. D'accord ?

Mari fronça les sourcils, perplexe.

— Est-ce que vous cherchez à m'embrouiller ?

— Tu es fine. Tu finiras par y voir clair. Allez ! Et prenez garde au froid. Ce froid-là vous tue sans faire de bruit.

Carole donna une tape sur la cuisse de Mari et tourna le dos, reprenant sans un mot d'adieu le chemin du village.

— J'espère qu'il tombera assez de neige pour effacer ses traces, dit Birayma. Cette femme a risqué sa vie pour nous, Mari.

— Je ne pense pas qu'elle s'en soucie beaucoup. Je crois que Carole a perdu le goût de vivre depuis qu'elle a appris la mort de sa fille.

— Ah ?

L'ingénieur avait détaché la barque et la poussait doucement sur la pente neigeuse de la berge. Quand ils y furent montés tous deux, Penda s'empara des avirons. La surface de l'eau était comme un miroir craquelé par le temps. La pointe de l'embarcation y traçait des lignes qui ensuite se fracturaient tandis que craquait en crépitant la pellicule de glace qui s'était formée sur la rivière. Il suffit de quelques coups de rame.

Posant le pied sur l'autre rive, Mari fut submergée par un merveilleux sentiment de liberté, un sentiment tel qu'elle n'en avait jamais éprouvé depuis le premier jour de sa vie. Ce n'était pas seulement le fait de n'avoir plus la moindre entrave, ni fers ni chanvre, d'avoir franchi la grille et ses barreaux, d'avoir échappé aux regards qui l'avaient toujours emprisonnée, regards blancs, regards noirs, c'était cette liberté qui ne se conquiert pas en solitaire et ne naît que dans la présence de celui qu'on a choisi. Ils marchaient côte à côte sur la plaine immaculée, protégés par une averse blanche soudain plus drue, qui estompait leurs silhouettes en fuite et tirait un rideau dans leur sillage. Ils étaient seuls au monde et Mari rêvait qu'ils s'aimaient.

Le jour se leva et le ciel s'éclaircit. Les rayons du soleil semèrent le paysage de paillettes d'or ou d'argent vives comme des étincelles. Malgré le poids de son fardeau, Mari, accrochée aux longues enjambées de son compagnon, ne sentait pas la fatigue. Elle crevait encore et encore la carapace de neige durcie, sans jamais se lasser des sons croustillants qui suivaient ses semelles. Loin devant, les arbres avaient les branches gainées de blanc. Était-ce leur but ? Ni l'un ni l'autre n'aurait su le dire.

Brusquement, Birayma Penda s'arrêta pour examiner son visage congestionné par le froid.

— Tu es à bout de souffle, dit-il. Nous allons trop vite.

— Ça va, monsieur Penda.

— Nous ne devons pas nous épuiser. Si nous tombons par cette température, nous allons mourir en quelques minutes.

— Ça va, répéta Mari.

L'ingénieur lui désigna un bosquet qui semblait les appeler de ses scintillements.

— Marchons jusque-là et nous nous arrêterons un moment pour manger.

Un but futile. Pendant deux heures, ils s'étaient hâtés pour fuir ce qui risquait de surgir derrière eux. À présent, ils devaient bien en convenir : comme depuis son départ, l'Expédition Penda, réduite à deux unités, ne savait pas où elle allait. Ils restèrent un instant sous les arbres puis s'écartèrent pour ouvrir les sacs, afin d'éviter les petits paquets de neige que le soleil détachait des branches.

— Du pain, évidemment, annonça Mari.

Une grosse miche durcie par le gel, que Birayma fit éclater à coups de machette. Près de lui, Mari continuait de fouiller. Du lard enveloppé dans un chiffon, une bouteille d'eau à demi prise en glace. Puis...

— Oh !

Sous les provisions, la jeune fille venait de découvrir de quoi était fait ce poids qui lui martyrisait les reins depuis le début de leur marche. De papier. De kilos de papier. Des pages et des pages...

— Ce sont...

L'ingénieur s'empressa d'explorer son propre sac.

— Tout est là ! s'exclama-t-il avec émerveillement. Tous les carnets. Mes planches aussi !

— C'est Carole. Pourquoi a-t-elle fait ça, monsieur Penda ? Enfin, je pense le deviner...

Birayma Penda l'écoutait à peine. À genoux dans la neige, il compulsait les carnets, à la recherche d'un schéma, d'un dessin.

— Elle a dit que ça lui plaisait ainsi, que cela la soulageait.

— Hein ?

Cette fois, l'ingénieur ne l'écoutait plus du tout. Sa silhouette serrée dans un manteau formait sur le blanc de la neige comme une statue. Il se serait laissé mourir là, pour l'amour de la science. Mari sentait que le froid était tel que Carole l'avait dit, un tueur silencieux. Il l'étreignait, la broyait puis la douleur s'estompait. Ne restait plus que l'engourdissement, l'impression que des morceaux de son corps se détachaient d'elle. Elle décida de compter jusqu'à cent. Elle l'empoignerait, elle l'obligerait à se relever. Mettant de l'ordre dans son sac, ses doigts rouges et crevassés rencontrèrent une feuille de papier placée sur les autres documents. Elle la déplia, commença de lire. Ce n'était pas de l'itale mais du franche. Les lettres étaient immenses et ornées, partant dans tous les sens, follement, avec de longues queues, des panaches, des arabesques.

— Que regardes-tu ?

Mari lut jusqu'au bout, interrogeant chaque mot. Elle les comprenait presque tous. Presque.

— Mari ?

— C'est un message d'Éloi, monsieur Penda. Il n'est pas signé mais je sais que c'est lui.

L'ingénieur se releva, main tendue. D'un geste involontaire, Mari serra la feuille contre sa poitrine.

— Je n'ai pas le droit de voir ?

— Il écrit en franche. Éloi dit qu'il se sent franche, désormais. Il faut repartir. Nous allons geler.

Birayma la dévisagea avec inquiétude.

— Tu trembles, dit-il. Tu n'as plus de couleur. As-tu avalé quelque chose ?

Ils mangèrent un peu, grignotant avec précaution pour ne pas se casser les dents. L'eau qui coulait en minces filets de la bouteille leur paralysait la langue puis leur envoyait des ondes cuisantes jusqu'au fond des yeux.

— Marchons !

La jeune fille acquiesça. Le message d'Éloi était maintenant dans le secret de sa poche.

— Eh bien, exprime-t-il des regrets ?

Ils allaient lentement, si lentement, et la plaine semblait si longue.

— Éloi nous souhaite bonne chance, dit-elle d'une voix étranglée. Il est... il est désolé de nous avoir causé du tort.

— Ah !

Voyant que le regard de Birayma s'attardait sur sa poche, elle ajouta de façon précipitée :

— Il est d'accord avec Carole. Il pense préférable que nous emportions les carnets de l'Itale loin de la communauté.

— Je les sauverai, Mari. Je vais tout faire pour ça.

La jeune fille jeta un coup d'œil amer en direction de l'homme qui cheminait auprès d'elle.

— Une chance que j'en porte la moitié, monsieur Penda. Comme ça, peut-être songerez-vous à me sauver, moi aussi.

L'ingénieur bredouilla quelques paroles embarrassées puis hâta un peu le pas comme s'il discernait soudain, dans l'éblouissant lointain, quelque objectif désirable. Mais la plaine étendait à perte de vue ses rides blanches piquées d'éclats pareils à ceux qui font miroiter certaines roches.

— Où donc y a-t-il un village ? Carole n'a-t-elle pas parlé de villages ?

Un sinistre soupçon envahit Mari.

— Je crains que Carole n'ait obtenu ce qu'elle désirait. Éloigner les carnets et nous avec. Que lui importe notre sort ?

— Et Éloi ? Crois-tu donc qu'il souhaite notre perte ?

— Non.

Les phrases rédigées à la plume lui revenaient l'une après l'autre, comme si elles dansaient entre les plis de la neige. *Ah ! L'amour !* Voilà comment il commençait. *L'amour est un art solitaire, c'est une solitude à deux. Toi et moi. L'un et l'autre. Tout le reste, des obstacles ! Il faut débarrasser son chemin.*

— Mari, ne ralentis pas. Tu me fais peur, j'ai l'impression que tu vas tomber.

Elle se rapprocha de lui, se serra contre son bras, son épaule. *J'étais trop jeune. Je n'ai pas réussi à débarrasser mon chemin. Toi non plus, sans moi, tu n'aurais pas réussi.* Mari feignit de trébucher pour pouvoir prendre sa main, s'agripper à lui. *À toi de jouer, maintenant. J'ai débarrassé ton chemin. Vous êtes seuls. Je te l'ai dit, l'amour s'arrache avec les dents. Je t'ai prêté les miennes car elles sont plus longues que les tiennes. Mais il va falloir faire à présent avec tes petites dents à toi.*

Tout en bas de la page, Éloi avait écrit en lettres immenses ces mots terribles : *Elle est morte, Tabora ! Il est mort, le capitaine !* Plus haut, il y avait ces phrases étranges : *Les carnets de l'Itale sont tous là et j'ai mis aussi sur des feuilles tout ce que j'ai pu déchiffrer. Ce sera votre cadeau de noces.*

Noces. Ce mot, elle ne le comprenait pas.

C'est bien après midi qu'ils aperçurent la première fumée. Leurs articulations étaient raides et leur peau brûlait sous le double effet du froid et de la sueur. Il n'y avait que trois maisons, noires et trapues. Défendues par une meute de chiens qui hurlèrent dès que leurs pas émiettèrent la neige à proximité des barrières.

Birayma et Mari échangèrent un regard.

— Cherchons plutôt un vrai village, décida l'ingénieur. Ici, nous allons être dévorés crus avant de rencontrer une personne secourable.

— Un vrai village, monsieur Penda ?

— Nous marchons depuis longtemps mais n'avons pas franchi une si longue distance.

— Je ne sens plus mes jambes.

— Courage, Mari, je... enfin, moi, je la sens, la mienne. Ma jambe. Elle me torture.

La jeune fille esquissa un geste vers les rondins de l'enclos. Trois molosses se jetèrent sur les grosses pièces de bois et les firent trembler des pattes et du museau.

— Oh ! Très bien, soupira-t-elle.

— Nous sommes de nouveau en pays habité, l'encouragea Penda.

Mais le jour déclina sans que se présente la moindre bourgade. À l'approche du crépuscule, la plaine enneigée se creusa de formes inquiétantes. Hantée par les ombres, elle sembla étirer ses dimensions. Il leur restait peu de temps pour atteindre un asile, or ils perdaient peu à peu leurs derniers repères, un arbre, une bosse, un rocher, le sillage d'un oiseau, les traces fraîches d'un lièvre. Jusqu'à présent, ils s'étaient efforcés de suivre une ligne à peu près droite. Désormais, ils auraient pu tourner en rond sans s'en rendre compte. L'ingénieur Penda sortit la boussole de Bakar Diaker et confia leur destin à l'étoile de fer, tentant de prolonger une route qui peut-être ne menait nulle part.

*Elle est morte, Tabora ! Il est mort, le capitaine !* Et nous, se demandait Mari, combien de temps tiendrons-nous encore ? Les mots tracés par Éloi ne cessaient de lui apparaître, ils la harcelaient. Tout en elle se refusait à admettre ce qu'ils sous-entendaient. *J'ai débarrassé ton chemin.* Birayma et elle s'étaient perdus dans ce néant immaculé, comme réunis par la volonté de l'interprète. Mais elle s'interrogeait. Avait-il voulu favoriser leur amour, quitte à précipiter la mort de l'archéologue et du marin, ou les ensevelir à leur tour dans une tombe lugubre ?

Le bâtiment se dessina sous leurs yeux incrédules juste avant la nuit. Il était environné de monticules indistincts qui semblaient les blancs fantômes d'un village anéanti. Solitaire parmi les vestiges drapés de neige, il donnait l'impression lui aussi d'une coquille vide, d'une maison morte. Incapable de remuer les lèvres et d'y former un son, Mari leva un bras vers le toit où un rayon de soleil égaré faisait luire une croix.

— Un ancien lieu de culte, sans doute, dit Penda d'une voix lézardée par le froid. Est-ce que...

— Si ! Si !

Ils l'avaient repéré tous deux, ce petit fil de fumée qui serpentait contre un flanc de la bâtisse, ce signe de vie. Ils n'eurent pas besoin de se consulter. Peu leur importait que réside en ces lieux le prince des loups mangeurs d'hommes, il leur fallait y entrer. Remarquant le heurtoir sur la grosse porte vermoulue, Mari sourit au souvenir de celui qu'elle avait actionné un jour pour se faire admettre dans la maison blanche de l'ingénieur, à Ziguinchor. Celui-ci n'était qu'un simple marteau rouillé, non un anneau tenu en gueule par un beau lion forgé, mais la jeune fille vit dans cette coïncidence un heureux présage. Sa nouvelle existence n'avait-elle pas pris son essor à ce moment précis, lorsqu'elle avait tapé le cœur battant à la porte de Birayma ?

— Vous ne m'aviez pas entendue, murmura-t-elle.

— Pardon ?

— Oh ! rien...

Mari avait cogné en vain. Il lui avait fallu tirer sur la poignée de la cloche pour alerter celui qu'elle appelait encore Maître Penda. Ici, bien sûr... Elle saisit le heurtoir et l'abattit de toutes ses forces, trois fois de suite.

Les secondes s'égrenant dans un silence de mort, Birayma recula d'un pas pour vérifier qu'il n'avait pas rêvé. La petite fumée était toujours là, tordue par le vent glacial du soir.

— Nous entrerons ou nous mourrons, dit-il. S'il faut défoncer la porte...

Mari fit de nouveau claquer le marteau contre le panneau de bois, criant :

— Ouvrez ! Ouvrez à nous ! La pitié s'il plaît ! Nous sommes les voyageurs...

« Honnêtes », comment disait-on « honnêtes » ?

Ils ne perçurent aucun son avant que la voix soudain ne réponde, juste de l'autre côté de la porte.

— Qu'est-ce que c'est ? Qui êtes-vous ?

— S'il plaît, monsieur. Nous sommes les bons voyageurs...

Mari n'eut pas le temps d'achever. Elle sursauta, surprise d'entendre la barre tomber, le verrou grincer, les charnières gémir. La porte s'ouvrit sur la silhouette encapuchonnée d'un homme à la longue barbe grise. Ses yeux noirs se posèrent sur eux. Sur cette jeune fille transie aux joues marbrées par la bise, sur cet étranger à la haute stature et au teint bistre.

— Que faites-vous donc ici ?

— Nous... nous sont..., balbutia l'ingénieur.

Birayma Penda chercha le mot dans son mince vocabulaire franche, désigna la lande pétrifiée.

— Perdus, dit Mari.

L'homme recula un peu et débarrassa son crâne du capuchon pour mieux les examiner, révélant ainsi une maigre couronne de cheveux. Il était vêtu d'une robe nouée à la taille par une grosse corde et de sandales. Mari nota avec déplaisir que son accoutrement n'était pas sans rappeler celui d'Albert.

— Si c'est de la chaleur que vous cherchez, ces vieilles pierres ne vous en donneront pas beaucoup.

Il leur fit signe d'entrer et Mari sut que, pour la première fois, elle mettait les pieds dans un authentique lieu de culte franche. Des cierges et quelques lanternes de verre rouge en éclairaient les murs fissurés. Au centre, comme formant une allée, des bancs, des chaises étaient tournés vers une estrade où reposait une sorte de grosse table de bois doré, nappée de dentelles blanches. Là, un coffret semé de pierreries, une haute croix, une coupe argentée.

— D'où venez-vous ?

Les deux visiteurs échangèrent un regard alarmé. Trop inquiets tous deux pour que cela échappe à leur hôte.

— Vous êtes dans la maison du Seigneur, dit-il. Ici, le mensonge est interdit.

— De l'île, dit Mari.

L'homme se gratta la barbe.

— Le mieux, quand on ne veut pas mentir, est de ne pas répondre aux questions. Cela, en revanche, est autorisé...

Ils posèrent leurs sacs sans y être invités. Mari avança de quelques pas, à la recherche de la cheminée qui émettait la petite fumée. Mais elle ne trouva rien qu'une niche égayée par une scène des plus amusantes. La jeune fille se tourna vers l'homme en souriant.

— Vous avez les enfants, monsieur ? À vous ?

— Des enfants ?

Ses grands yeux sombres faisaient des cercles dans leurs orbites comme si un démon venait de lui apparaître.

— Excusez, monsieur, je suis sans doute mal...

Elle aurait voulu dire « indiscrète ». De nouveau, le mot juste lui échappait.

— Mon père, si vous voulez bien.

— Comment ?

— Appelez-moi mon père.

— Oh ! non... je voulais dire... les enfants... pas moi... les enfants de vous !

— Je vis seul.

— Seul... mais... enfin, je voyais ces petits choses. Le vache, la mule, le bébé...

— Le bœuf, l'âne et notre Seigneur, la reprit l'homme. D'où sortez-vous ? D'où sortez-vous donc ?

— Nous venons d'Afirik, mons... mon père.

— Oui, lui, je le vois bien. Vous aussi, donc, ma fille ?

— J'étais esclave dans l'Afirik. Mais je suis libre, maintenant.

— Et ne savez-vous pas quel jour nous sommes ?

Mari interrogea Birayma d'un haussement de sourcils mais le Peul avait bien de la peine à suivre la conversation.

— Non. Nous sommes partis longtemps.

La jeune fille s'efforça de sourire.

— Je m'appelle Mari, dit-elle.

— Ah !

Mari vit s'étirer les lèvres de l'homme au milieu des poils hirsutes.

— Je suis le père Joseph, dit-il en pointant un doigt sur une figurine agenouillée. Joseph, comme lui, puisque vous semblez ignorante de tout. Voici Marie, comme vous. Et leur enfant, Jésus. Notre Seigneur.

Il soupira, secoua la tête.

— Et... puisqu'il faut tout vous dire, nous célébrons cette nuit sa naissance. Noël, Mari !

Mari accueillit la nouvelle d'une petite grimace.

— Je comprends, souffla-t-elle.

Mais elle ne comprenait rien, une fois de plus. Birayma, derrière les épaules du père Joseph, lui adressait de discrets signaux. Qu'elle évite de braquer leur hôte ! La jeune fille ne pouvait éviter de laisser parler sa curiosité.

— Quand il est né, mon père ?

— Eh bien... je crains que nous n'ayons un peu perdu le compte des années, nous aussi. Tant de choses ont été détruites, jusqu'au souvenir de nous-mêmes. Plus de mille huit cents ans, ma fille. Oui, bien plus...

— Mille huit cents ? Non ? Si ? Et... le bébé... il est toujours resté petit ?

Le père Joseph ferma les yeux.

— Mon Dieu, mon Dieu, marmonna-t-il, pardonnez à l'ignorance.

Mari se rapprocha de l'ingénieur Penda pour lui glisser à l'oreille :

— Le bébé a mille huit cents ans, je crois. Et c'est aujourd'hui son anniversaire.

Puis, après un instant de réflexion, elle ajouta :

— C'est sûrement le même que sur le médaillon. L'enfant de la Marie du médaillon.

Birayma Penda plissa le front avec indifférence, se tournant vers l'entrée de la chapelle. Mari vit se peindre sur ses traits une expression de pure stupeur.

— Grand Esprit, Mari... as-tu vu ça ?

À droite de la porte, montait un petit escalier de bois. Et, perché là-haut, se trouvait un extraordinaire dispositif, toute une rangée de longs tuyaux dont le métal luisait doucement dans la clarté ténue des cierges et des lanternes.

— On dirait... Demande-lui... demande à notre hôte s'il s'agit bien d'un canon.

Prudente, Mari se contenta de poser une question imprécise sur l'usage de l'étonnant appareillage.

— C'est un orgue. Est-ce que les Blancs ne font plus de musique, en Afirik ?

Mari écarquilla les yeux.

— De la musique ?

— J'en jouerai plus tard, cette nuit, quand j'aurai... hum... terminé ma célébration privée. Mais justement, le temps passe et je manque à mes devoirs. Sans doute souhaiteriez-vous vous réchauffer et vous restaurer un peu.

— Comment ?

— Manger, répéta le père Joseph en agitant deux doigts devant sa bouche.

— Oh! oui, mon père.

— Suivez-moi.

Ils contournèrent le chœur et son autel. Là, le père Joseph écarta une draperie qui masquait une porte basse. Mari et Birayma pénétrèrent après lui dans une pièce carrée que garnissaient de façon très simple un lit, une table, quelques chaises et une bibliothèque chargée de vieux livres. Un feu de bûches brûlait dans la cheminée, léchant de ses flammes un gros chaudron noir. De l'eau, rien que de l'eau. Le prêtre y puisa avec une louche pour allonger et tiédir un brouet qu'il gardait dans un pot de terre cuite. Ainsi, la soupe du soir était prête. Il la servit à la table, dans des assiettes de porcelaine, avec des tranches coupées dans une miche de pain bis. Il commença une phrase en franche puis, à la surprise de ses hôtes, la poursuivit dans un wolof assez convenable.

— Il y a un village à trois heures de marche d'ici.

On m'apporte de temps en temps des provisions. Mais avec cette neige...

— Vous parlez notre langue ? s'étonna l'ingénieur Penda.

— Sans le moindre plaisir, répliqua le prêtre en faisant couler dans des gobelets trois généreuses rasades de vin clair. Je ne l'ai pas utilisée depuis longtemps. Pour moi, c'est comme une langue morte, une langue oubliée qui remonte à la surface. Et elle ne me remet en mémoire que de mauvais souvenirs. J'ai passé de longues années de ma jeunesse plus près de la côte, dans un de ces endroits que vous appelleriez civilisés.

Il noya cette autre existence dans une lampée bruyante avant de reprendre dans un wolof chaotique semé çà et là de mots franches.

— Autrefois, une nuit comme celle-là, la chapelle aurait été pleine. Les gens venaient sans se demander d'où soufflait le vent. Les traditions sont comme les maisons, dans ce pays. Elles finissent par s'écrouler. Je ne suis plus qu'un vestige et ça me va très bien. Je ne souhaite plus recevoir de visite. Le Seigneur est ma seule compagnie. Cela me suffit.

Penchée vers Birayma, Mari traduisait à voix basse ce qu'elle croyait comprendre et que le Peul n'entendait pas.

— N'y avait-il pas un village, ici ? demanda Penda.

— Si. Un incendie l'a ravagé. La chapelle a été en partie épargnée. J'ai tenté de lui redonner vie mais, comme je vous le disais, j'ai fini par me résigner à la solitude. Je me suis découvert une vocation d'ermite.

Quand on porte le Seigneur dans son cœur, on n'a besoin de rien.

L'ingénieur jugea courtois d'approuver d'un signe de tête.

— Pouvez-vous me parler de cet orgue ? demanda-t-il. Figurez-vous que j'ai découvert les plans d'un...

Birayma Penda s'interrompit net, son élan brisé par le bruit qu'avait produit Mari en frappant la table du plat de la main. Il chercha le regard de la jeune fille. Ce qu'il y lut le décontenança. Excédée, elle lui intimait l'ordre de se taire. Ni plus ni moins.

Le repas frugal s'acheva dans un silence embarrassé. Le père Joseph avait perdu l'habitude de la conversation et ne semblait guère désireux de la relancer. Mari supposa avec une pointe d'inquiétude que leur hôte, n'aspirant plus qu'à la solitude, attendait sans doute avec impatience le moment de pouvoir procéder à la célébration des vieux mythes qui avaient remplacé pour lui la compagnie des hommes.

— Il fait nuit noire, dit-elle enfin d'une voix timide, et nous ne savons où aller. Pensez-vous... pouvoir nous accueillir jusqu'au prochain matin ?

Tout en parlant, Mari parcourait des yeux la modeste chambre. Le père Joseph y mangeait et y dormait. Il paraissait bien délicat de lui imposer la présence de deux étrangers.

— Il m'arrive fréquemment de passer la nuit en prière dans la chapelle, oui, jusqu'à entendre mes genoux hurler de douleur. Cette souffrance me fait du bien.

Mari accueillit le singulier propos d'une petite grimace.

— Pouvons-nous donc espérer...

Le prêtre plissa les paupières pour examiner avec attention les deux étrangers, comme s'il cherchait à percer quelque énigme.

— Êtes-vous bien mari et femme ? demanda-t-il.

Mari ravala de justesse l'exclamation qui allait sortir de sa bouche. Près d'elle, Birayma avait froncé les sourcils, incertain de ce qu'il venait d'entendre. Puis, soudain, il éclata d'un rire qui horrifia la jeune fille.

— Non, mais non, voyons !

Le père Joseph hocha la tête.

— Bien sûr. Cela ne doit guère se pratiquer dans votre pays.

— Cela ne se pratique pas du tout, il faut l'admettre.

Un homme noir et une femme blanche, voilà de quoi ils parlaient tous les deux. Le prêtre brossa sa longue barbe du bout des doigts, pour en faire tomber les miettes de pain accrochées aux poils gris.

— Je peux vous fournir une lanterne, dit-il. Le village n'est pas si loin. Je pense qu'on vous y accueillera. Ou alors... si on n'accueille plus les étrangers le soir de Noël... ah ! mon Dieu, alors...

— Nous n'aurons pas la force, mon père, répondit Mari. Par ce froid, dans la nuit. Nous avons marché toute une journée déjà. Je vous en prie.

Le regard du prêtre se fit sévère.

— Vous êtes dans la maison du Seigneur, ici. Je ne puis y offrir un même lit à deux personnes qui vivent dans le péché. Peut-être ne sommes-nous plus très nombreux à respecter les anciens usages mais moi, voyez-vous...

— Nous dormirons séparément, nous...

— N'insistez pas. Pas par cette sainte nuit.

— Je l'aime, mon père, je l'aime... est-ce que vous comprenez ?

Elle s'adressait à cet homme qu'elle ne connaissait pas mais son regard était tourné vers lui, Birayma, dont le visage exprimait d'indéchiffrables émotions. Et comme elle aurait pourtant désiré savoir les lire !

— Peut-être ne faut-il aimer que ceux qu'on peut aimer, répliqua le père Joseph.

— Et pourquoi ne le pourrais-je pas ?

— Mari ! appela Birayma.

Mais dans ce mot non plus, ce mot, son nom, elle ne savait pas ce qu'il fallait deviner. Que disait donc Birayma quand il s'écriait : « Mari ! », que disait-il ?

— Être mari et femme, est-ce qu'il faut que nous soyons mari et femme, mon père ? Alors, vous nous accueillerez ?

Sa question se heurta à un sourire circonspect.

— Et comment devient-on mari et femme ?

— En s'aimant. Et en le proclamant devant le Seigneur. En s'offrant l'un à l'autre tout ce qu'on possède. En se jurant fidélité. Jusqu'à la mort.

— Je le veux, mon père. Oh ! oui, je veux cela plus que tout au monde. Et vous, le pouvez-vous ?

— Il y a une éternité que je n'ai pas célébré un mariage, ma fille. Je pense malgré tout me souvenir encore des bonnes formules. Mais lui... le désire-t-il aussi ?

L'ingénieur Penda s'était statufié. Il contemplait avec effarement la jeune fille qu'il avait connue timide, apeurée. Une enfant. Une enfant qui, pourtant, dès leur première vraie rencontre, s'était offerte à lui. Et voilà qu'à présent...

— Nous n'atteindrions jamais ce village, dit-il. Nous ne pouvons simplement pas le faire, ni toi ni moi.

Sa main cherchait le médaillon rendu par les fanatiques de l'île et pendu de nouveau contre sa poitrine.

— Ce serait la troisième, ajouta-t-il avec un sourire contraint. La troisième fois que tu me sauves la vie. Dans mon pays, on affirme que quand on doit la vie à une même personne pour la troisième fois, on lui appartient pour toujours.

Mari plongea ses yeux bleus dans les prunelles noires de Birayma. Et enfin elle lut. Birayma ne pouvait lui mentir : ce beau dicton du pays peul, il venait de l'inventer.

## 22
## NUIT DE NOCES

Le père Joseph avait ouvert un coffre. Il y choisit une étole, qu'il passa sur sa robe brune, marmonnant que cette tenue n'avait aucun sens.

— J'ai pris l'habitude de m'habiller en moine, c'est plus pratique.

Mari acquiesça, sans savoir à quoi il faisait allusion.

— Ici, tenez-vous côte à côte, face à l'autel. Très bien.

Le prêtre se racla la gorge.

— Eh bien, puisque vous semblez décidés, nous irons... hum... droit au but sans nous perdre en cérémonials inutiles. J'ai moi-même un rendez-vous à honorer cette nuit et l'heure tourne.

Côte à côte, oui, proches à se toucher. Mari entendait la respiration rapide de Birayma. Le Peul se tenait raide, le regard perdu vers la petite lumière rouge qui brillait devant lui. Il n'osait pas baisser les yeux vers elle. Peut-être ne parvenait-il pas à croire à ce qui lui arrivait.

— Je vais prononcer les formules rituelles et vous les répéterez après moi, annonça le père Joseph. En franche, bien sûr. Monsieur... votre nom ?

— Penda.

— Birayma, corrigea Mari.

Nouveau raclement de gorge. Le père Joseph joignit les mains et baissa ses paupières, à la recherche de ces mots qu'il n'avait plus prononcés depuis si longtemps. À ses petits soupirs, à ses hochements de tête, Mari sentait que l'homme officiait à contrecœur, peu convaincu probablement par la sincérité de l'engagement qu'il s'apprêtait à recueillir. Comme elle eût aimé pouvoir le détromper !

— Birayma, dit-il enfin, acceptez-vous de prendre pour épouse Mari, ici présente ?

L'ingénieur tressaillit, émit quelques syllabes inintelligibles. Mari se serra contre lui, lui enfonça le coude dans le côté. Le père Joseph les contemplait comme on observe deux animaux curieux, avec une patience affichée derrière laquelle on sentait poindre la colère.

— Oui, je... oui, dit enfin Birayma.

Le prêtre avala sa salive.

— Veuillez répéter après moi.

— Comment ?

— Écoutez et répétez. *Mari, je te prends pour femme et te promets...*

— Attendez ! Moins vite !

— *Mari, je te prends pour femme*, reprit le père Joseph en articulant à l'excès.

Birayma répéta, déformant les mots de telle façon que Mari faillit pouffer de rire.

— *... et te promets de te porter foi de mon corps et de mes biens.*

Birayma reproduisit docilement.

— *Je te garderai fidèlement, que tu sois saine ou malade...*

— Je te garderai fidèlement, que tu sois saine ou malade...

— *... ou en quelque état qu'il plaira à Dieu. Pour le pire et le meilleur, jusqu'à la mort.*

L'ingénieur acheva dans la précipitation, extirpant de sa bouche une atroce bouillie de mots. Le père Joseph marqua une pause. Il semblait se demander si la formule rituelle avait bel et bien été prononcée. Puis, avec un léger haussement d'épaules, il se tourna vers Mari et lui posa la même question. La jeune fille accepta de prendre Birayma pour époux d'un oui clair et sonore puis répéta à son tour les quelques phrases solennelles.

— Donnez-vous la main. Cette jonction des mains signifie que désormais tout ce que vous possédez l'un ou l'autre vous appartient en commun. Avez-vous des anneaux à échanger ?

— Des anneaux ? s'étonna le Peul.

— Oui, je crois que oui ! s'écria Mari.

Elle fouilla avec fébrilité les poches de ses vêtements sales et déchirés sans cesser de grommeler :

— Je les ai, j'en suis sûre, je les ai gardés, ils sont quelque part, je les ai, je... ah !

Enfin, elle les sentait au bout de ses doigts. Deux pauvres anneaux de métal terne et gris. Elle les approcha de ses yeux pour les examiner dans la lumière des cierges, l'un près de l'autre au creux de sa paume. Elle donna à Birayma celui où elle avait gravé un *B* à la pointe du couteau.

— Parfait, dit le père Joseph. Birayma, veuillez passer cet anneau à l'annulaire gauche de Mari. Et Mari fera de même avec l'autre anneau.

Ainsi, songea la jeune fille, non, la jeune femme à présent, c'est moi qui porterai à mon doigt l'anneau marqué d'un *B* ! Elle laissa faire Birayma et, pour un peu, eût juré que sa peau lisait la lettre tandis que le métal froid glissait sur ses jointures.

— Vous pouvez vous embrasser, leur dit le prêtre.

Birayma ne réagit pas.

— Vous êtes mari et femme. Vous pouvez vous embrasser. C'était la tradition... je crois.

Mari attendait, le front levé vers lui, que son époux consente à baisser son noble visage. Les lèvres de Birayma esquissèrent un sourire puis se posèrent, douces et fraîches... bon, en fait, à demi sur la joue. Le père Joseph s'était pudiquement détourné et même éloigné. Il revint bientôt avec un registre poussiéreux dont les pages gondolées étaient couvertes d'inscriptions à peine lisibles, à l'encre violette.

— Veuillez écrire vos noms et signer, dit-il. Il faudrait aussi indiquer la date, mais je sais seulement que nous sommes la nuit de Noël. L'année, voyez-vous, je ne la connais pas. Non, je ne les compte plus. À quoi bon ?

Birayma s'exécuta puis passa la plume à Mari. Sous le nom de son mari, Birayma Penda, elle traça d'une main hésitante le sien. *Mari*. Puis, avec un petit rire moqueur, elle ajouta : *Penda*.

— Mari Penda, murmura-t-elle.

L'ingénieur voulut bien lui adresser en retour un petit

signe d'amusement. Cependant, il se figea en entendant le prêtre lancer :

— Je vais préparer votre chambre.

Birayma Penda s'était plongé dans la contemplation de l'orgue, de ces longs tuyaux qui touchaient presque le plafond de la chapelle et qui, dans son imagination, canonnaient le ciel. De la musique, vraiment ?

— Mari, dit derrière lui la voix de sa toute nouvelle épouse.

— Pardon ?

— Tu es mon mari et je suis Mari. En franche, c'est le même mot. Ça s'écrit pareil.

— Que fait donc le père Joseph ?

— Je ne sais pas. Il se donne bien du mal pour nous. Pourtant, j'ai cru tout à l'heure qu'il allait nous jeter dehors. C'est un homme étrange mais, pour finir, il s'est montré très bon.

Elle attira Birayma près de la crèche.

— J'aimerais comprendre mieux les croyances de mes cousins du Septentrion. Cet enfant dans un berceau de paille, ce malheureux qu'on cloue sur une croix de bois, ce dieu à qui on demande pardon et protection... pour le peuple blanc, il s'agit d'une même personne.

— Ce sont d'absurdes superstitions, Mari.

— Non, ce sont des mystères.

— Si tu veux. De grands mystères, en vérité !

— Est-ce que tu n'as pas ressenti quelque chose, lorsque le prêtre nous a unis ? Ici, dans la demeure du dieu des Blancs !

Elle posa une main ferme sur le bras de Birayma,

Birayma qu'elle avait décidé de tutoyer maintenant, Birayma son époux.

— Moi, je crois qu'il y a désormais entre nous un lien sacré.

— Enfin, Mari... c'était... comme une farce ! Me faire répéter ces paroles dont le sens m'est inconnu, l'échange de ces anneaux, le... ah... au moins ai-je réussi à ne pas rire !

Mari monta sa main vers le visage de Birayma, afin qu'il voie briller dans la douce clarté des bougies le mince cercle de métal.

— Je le porterai tant qu'on ne me coupera pas le doigt, dit-elle.

Elle écarta lentement le bras et Birayma vit la petite paume devenir rouge et presque transparente, comme sa main traversait le halo d'une lanterne. Deux perles habitées par toutes les couleurs de l'arc-en-ciel étaient accrochées à ses cils.

Le retour du père Joseph libéra l'ingénieur d'un moment de terrible embarras.

— Je ne vous promets pas le confort des maisons afirikaines, dit-il en franche, mais ce sera toujours mieux pour une nuit de noces qu'un trou dans la neige.

— Une nuit de quoi, mon père ? s'exclama Mari.

— Les noces, répéta le prêtre. Le mariage, ma fille.

— Oh ! Comment...

*Comment Éloi l'avait-il su ?*

Ils suivirent le père Joseph dans la chambre et virent qu'un drap blanc avait été étendu sur le lit. Au milieu de la pièce, dans un grand baquet fait comme les tonneaux à vin de lattes de bois sanglées de métal, une eau abondante fumait.

— J'ai posé là un savon, une brosse, un gant de crin et des serviettes propres. Voilà tout ce que je puis vous offrir.

Tournant le dos pour quitter les lieux, le prêtre repoussa les remerciements d'un geste, ajoutant :

— Les murs sont épais mais peut-être entendrez-vous ma voix. Ne vous inquiétez pas, je n'aurai d'autre compagnie que le Seigneur. Et je compte bien lui demander de bénir votre union.

Ils étaient seuls. Le père Joseph avait copieusement garni la cheminée de bûches et de branches. La flambée s'élevait haut sous le manteau de pierre, soufflant dans la pièce de bienfaisantes vagues de chaleur.

— Dormir dans un lit, disait Birayma. Depuis quand n'ai-je pas dormi dans un lit ?

Mari ôtait ses bottes.

— Veux-tu que je sorte ? lui proposa l'ingénieur. Notre hôte est occupé avec son dieu. Il ne remarquera pas ma présence.

Des hardes malpropres, presque des guenilles. Mari s'en débarrassait avec un immense plaisir. En dessous, sa peau était grise.

— Je n'ai rien à cacher à mon époux.

Elle grimpa dans la cuve et s'accroupit avec un frisson de délice dans l'eau brûlante.

— J'ai besoin de ton aide, dit-elle en désignant la brosse, le gant, le savon.

Birayma les lui tendit mais elle ne les prit pas.

— Est-ce tout ce qu'un mari peut faire pour sa femme ? demanda-t-elle.

Alors, l'époux frotta, timide d'abord puis appliqué, féroce enfin, il frotta la chair blanche jusqu'à la nettoyer du film de crasse qui la recouvrait, il la frotta jusqu'à la faire luire, jusqu'à pouvoir s'exclamer :

— Te voilà plus rouge qu'une Xonq !

Elle sortit de l'eau, fière et sauvage comme une de ces créatures du pays lointain où poussaient le tabac et la tomate, brave comme les guerriers emplumés qui se suspendaient à des crochets pour montrer leur courage. Birayma lui offrait une grande serviette jaunie par l'usage.

— À toi, dit-elle. L'eau est déjà noire. On ne t'y verra presque pas.

L'ingénieur lui obéissait comme un enfant. À la façon d'un enfant, il eut un geste de défense quand elle s'approcha pour le laver à son tour. Puis il laissa faire. Elle l'étrilla longuement, patiemment, amoureusement, songeant à ce scélérat de Pépin lorsqu'il prenait soin de sa jument. Alors, les mêmes mots lui vinrent à la bouche, chéri, trésor, chéri, Birayma trésor, Birayma chéri. Mais elle ne les prononça pas.

L'eau l'avait protégé. Birayma eut quelque réticence à déplier son long corps. Elle chercha du bout des doigts les cicatrices, les meurtrissures. Cassé, brûlé... la chute de son engin volant l'avait laissé presque mort. Elle lâcha la serviette et l'étreignit. Il n'était pas tout à fait sec.

— Mari, voyons...

— Es-tu comme les autres ? Est-ce que la chair blanche te répugne ?

— Non, tu sais bien que non.

— Mais je ne suis pas aussi belle que Tabora, bien sûr...

— Bien sûr que si.

Elle faisait glisser ses mains sur ses flancs, elle l'emmenait avec elle, vers le lit. Là, près du mur qui les séparait de la chapelle, ils entendaient tonner la voix du père Joseph. Que disaient les prières qui montaient vers les cieux ? Impossible de le savoir. Percevant quelques syllabes étranges, en *us*, en *um*, Mari se souvint du livre remis par Carole dans la prison. Sans les comprendre, elle leur ouvrit ses oreilles et les supplia de l'accompagner, car c'était à n'en pas douter un langage sacré.

Ils prirent leur temps, se touchèrent et se découvrirent avec précaution, comme lorsque deux mondes étrangers s'abordent. Le contraste des mains et des peaux n'en finissait pas de les étonner et de les ravir. Mais de près, de très près, il n'apparaissait plus. Cette plongée, ce vertige n'ont pas de couleur.

La messe de minuit s'acheva sans qu'ils y prennent garde. Une fois de plus, le divin enfant était né. C'était pour eux le moment d'un autre éveil. Ils l'avaient retardé, prudents, presque craintifs. Quand il vint enfin, ils lui avaient préparé tout un berceau d'émerveillement.

Ils sursautèrent ensemble. Pas parce que leurs chairs s'unissaient mais parce que contre leurs têtes jointes le mur grondait. Il trembla, il vibra, et toute la pièce alentour et aussi la chapelle. Les notes glorieuses de la naissance attendue chahutaient l'air, montant des basses qui prennent au ventre jusqu'aux stridences qui déchirent les tympans. Joyeuses et solennelles, mélancoliques et espérantes.

## 23
## L'OIE GRASSE

Les indications du père Joseph étaient sommaires – une grange en ruine, un ruisseau gelé, un petit bois, une forge abandonnée – mais, selon lui, ils ne pouvaient s'y tromper. En trois heures, deux heures et demie en marchant d'un bon pas, ils seraient au village. Un village où on ne savait plus ses prières, peut-être, mais où on se souvenait quand même, espérons-le, qu'au jour de Noël aucune porte ne devait rester fermée.

L'air s'était un peu réchauffé et la neige s'écrasait sous les pieds. À peine partie, Mari se sentait déjà fatiguée. Une nuit sans sommeil et une matinée de labeur. Elle n'avait pas voulu enfiler de nouveau une tenue raide de crasse. Leurs peaux adoucies par le savon s'étaient si bien trouvées ! Dans l'eau du baquet, elle avait frotté et rincé. Puis le père Joseph avait réveillé le feu, avait tiédi le bouillon noirâtre de la cuve en y versant quelques jets bouillants. Ensemble, ils avaient étendu le linge humide devant l'âtre. Ne parlant guère.

— Je suis désolée, mon père. Je crains que vous n'ayez pas beaucoup dormi.

Elle avait failli ajouter : *vous non plus.*

— Nous aurions pu vous laisser votre chambre et rester nous-mêmes dans la chapelle après vos célébrations. Je veux dire... sans rien faire qui soit de nature à offenser votre Seigneur.

— C'est aussi le tien, Mari.

Le prêtre acheva de tordre une manche toute dégoulinante d'eau sombre et se redressa en se tenant les reins.

— Mais c'est cela que tu voulais, je crois. La chambre.

La jeune Mme Penda sentit le rouge lui monter aux joues. Le prêtre la regardait avec un sourire.

— Dieu est l'allié de ceux qui aiment, dit-il.

Un instant plus tard, il s'éloigna vers la porte, ajoutant :

— J'espère que tu as fait le bon choix. Si c'est le cas, tu ne manqueras pas de remercier le Seigneur, ton Seigneur, de m'avoir mis sur ton chemin.

*J'ai débarrassé ton chemin.* Les mots d'Éloi continuaient de l'obséder. *Elle est morte, Tabora ! Il est mort, le capitaine !*

Mari avait achevé seule la tâche. Esclave ou épouse, finalement, la vie ne changeait guère. Maintenant, ils marchaient en silence, concentrés sur leurs pas, dans des vêtements presque propres. Sans cesse Mari se rapprochait de Birayma, écartant un bras, en quête d'un frôlement, d'une brève union des mains. L'ingénieur ne la repoussait pas mais il demeurait perdu dans ses pensées, morose.

— Ai-je fait ou dit quelque chose qu'il ne fallait pas ? demanda-t-elle enfin.

— Comment ? Mais non.

Ils avaient passé la grange. La direction semblait bonne. Mais le terrain devenait de plus en plus pénible, comme un franc soleil ramollissait encore la neige.

— Tu ne me parles pas. Es-tu déjà mécontent de ta femme ?

— Oh ! Avec tout le respect que j'ai pour les coutumes de ton pays...

— Tu es mon mari et je n'en aurai jamais d'autre, dit-elle d'un ton ferme.

Cette fois, il s'arrêta. Grimaçant, il se défit de son encombrant paquetage et l'étreignit.

— Ces sacs sont bien lourds.

— Le mien est encore plus lourd aujourd'hui. Le père Joseph m'a donné un livre, et bien gros avec ça. Ça s'appelle la Bible. Ça raconte tout sur notre dieu, son fils, sa mère et la petite lumière rouge de la chapelle, qui est paraît-il encore une autre personne. Mais je crois qu'il y a aussi des tas d'histoires avec des gens... enfin, normaux, mais du temps passé. J'ai regardé un peu et ça m'a semblé plutôt difficile à suivre.

— J'ai parlé avec lui, moi aussi.

— Ah...

Mari laissa tomber sa tête sur la poitrine du grand Peul.

— Est-ce que tu as recommencé, avec tes canons ?

— Je lui ai montré le dessin, pour lui faire comprendre d'où venait ma méprise.

— Birayma ! Quand vas-tu...

— Il connaissait.

Penda ramassa son sac.

— Viens. Il nous faut repartir. Ce ruisseau ne doit plus être loin.

— Que connaissait-il ? L'orgue qui tire des boulets ?

— Non. Ces documents, cette écriture. L'Itale.

— Vraiment ?

Mari aurait aimé orienter la conversation vers des sujets plus aimables mais le ton de Birayma était tellement désolé, comme s'il avait reçu une sinistre nouvelle.

— Eh bien, que t'a-t-il révélé de si terrible ?

— Il est mort.

— L'Itale ? Dommage pour lui, répondit Mari avec une légèreté affectée, mais je m'en doutais un peu.

— Depuis longtemps. Des siècles, d'après le père Joseph.

Ahurie, Mari trébucha sur une grosse pierre.

— Tu cherches un homme mort depuis des siècles ?

— Joseph semble sûr de lui. Il connaît même son nom. Leonardo.

Mari s'empara du poignet qui allait et venait auprès d'elle.

— Peut-être vas-tu pouvoir penser à autre chose, maintenant ?

— Plusieurs siècles... les Blancs d'il y a plusieurs siècles... avant que nous ne mettions le pied au Septentrion. Cette idée me tourmente depuis ce matin. N'étaient-ils pas plus avancés que nous ne l'étions nous-mêmes à cette époque ? On le dirait bien. Qu'avons-nous fait, Mari, qu'avons-nous fait...

Birayma continua d'avancer comme s'il était seul avec ses pensées, marmonnant :

— Avec leurs catérales, leurs peintures, leurs sculptures, leurs livres magiques, leurs armes extraordinaires... et tout ce que nous ignorons encore. Ma belle maison de Ziguinchor, tiens ! Qu'avons-nous fait...

Plus tard, quand il la saisit à pleins bras pour l'emporter sur l'autre rive d'un ruisseau gelé, il s'exclama :

— Et c'est moi, peut-être, qui ne suis pas digne de toi !

— Oh ! Birayma...

À la vieille forge abandonnée, il y pensait encore.

— Je le dirai, quand nous serons de retour au pays, je témoignerai. Il existait ici l'embryon d'une civilisation qui aurait pu être brillante. Au lieu de l'aider, nous l'avons étouffée. Nous avons ajouté aux malheurs de ces peuples qui déjà en avaient connu beaucoup. Les épidémies, la Peste ! Cette terre rude, ce climat difficile, toujours changeant, parfois humide, parfois rigoureux. Comme nous avons été injustes, souvent, de mépriser les Blancs, de railler leur ignorance ou leur paresse. Regarde, regarde plutôt !

L'ingénieur écarta les bras pour embrasser le vaste paysage de neige, morne étendue plantée çà et là d'arbres déshabillés par l'hiver.

— Je vois, Birayma. C'est si beau ! Je ne m'en lasse pas.

— Beau, sauvage, oui. Mais, franchement, peut-on reprocher aux indigènes de se terrer sans rien faire dans leurs maisons, auprès d'un maigre feu de bois ? Comment travailleraient-ils cette terre gelée ? Comment feraient-ils fonctionner leur cervelle avec efficacité quand le froid la paralyse, quand la nourriture manque ?

— Il y a aussi de douces journées et des saisons fertiles.

— Certes, certes, comme il y a eu ici des époques fécondes, j'en ai maintenant acquis la preuve. Eh bien, je crois que tout n'est pas perdu. Nous pouvons encore relever ces sociétés, leur offrir les moyens de progresser. Et qui sait, tiens...

Mari suivit la direction qu'indiquait l'index tendu du grand Peul.

— Qui sait... peut-être verrons-nous un jour passer ici un vapeur-brousse !

— Oh ! Un vapeur-neige, plutôt.

Portés par la discussion, ils avaient allongé le pas et oublié la fatigue. L'après-midi était bien avancé et le soleil commençait d'enfler au-dessus de l'horizon, énorme boule orange plongée dans un bain de nuages rougeoyants.

— Plus le soleil est froid, plus il est gros, remarqua Mari.

— Là ! Là ! s'écria Birayma.

Il leur apparaissait enfin, le village promis. Il se découpait comme un théâtre d'ombres dans la clarté déclinante, avec ses toits et ses cheminées, un vrai village comme ils n'en avaient pas encore rencontré, aux maisons nombreuses et saines, bien disposées et pleines de vie : fumées torrentueuses, lumières aux fenêtres, cris d'enfants, appels des bêtes dans les étables. À proximité, les chemins avaient perdu de leur blancheur, à cause des roues des charrettes et des roues des brouettes, des sabots du troupeau, des sabots des hommes. Au milieu, entre les demeures basses, les fermes, les abris et les enclos, la large voie était brune, déblayée de sa neige et bordée d'éblouissants talus.

Ils avancèrent avec prudence et la grande rue qui traversait le village était déserte. Aux portes étaient accrochées des couronnes de feuillage tressé semées de boules rouges. À l'intérieur, par les fenêtres, ils distinguaient des guirlandes et des silhouettes de papier ; parfois, sur le carreau même, des formes étaient dessinées en paillettes d'argent. Alertés par des gloussements, des rires étouffés, ils se retournèrent.

Trois enfants les contemplaient, emmitouflés dans des fourrures, des bonnets et des écharpes de laine. Serrés les uns contre les autres, ils s'agitaient comme des vermisseaux. Mari leur adressa un signe de la main, paume ouverte, espérant qu'ils comprendraient ce geste de paix et d'amitié. Piaillements, exclamations, esclaffements.

— Que disent-ils ? demanda Birayma.

— Que nous sommes sales. Croix de bois ! J'ai passé ma matinée à la lessive.

— De qui parlent-ils ?

— Eh bien...

— De moi, n'est-ce pas ?

— Nous sommes loin de tout, Birayma. Ils n'ont jamais vu...

— Une peau de cette couleur ?

— Je vais leur dire ce que j'en pense !

Mari chercha les enfants des yeux mais ils avaient disparu. Ils étaient seuls de nouveau dans la rue boueuse devant les portes closes. Où frapper, à qui s'adresser ? Une gerbe blanche explosa sur sa poitrine. Une autre boule aussitôt atterrit sur les bottes de Birayma.

— Oh ! Très bien !

Elle voyait de nouveau leurs têtes, qui dépassaient à peine derrière une congère.

— S'ils veulent jouer à ça !

Elle se baissa et forma elle-même une boule dure et bien compacte, étonnée de n'y avoir pas pensé plus tôt.

— Tu as fait de moi une femme, Birayma, s'exclama-t-elle en lançant son projectile. Quand j'étais jeune, j'aurais tiré la première !

— Quel âge as-tu donc ? Quinze ans ?

— Bientôt seize !

Hilare, l'ingénieur Penda décida de se mêler lui aussi à la bataille.

— Et moi, donc, tu me fais retomber en enfance !

Une porte s'ouvrit, là, juste derrière eux. Une voix de femme appelait. Une forte silhouette, toute inondée par la lumière d'une lanterne brandie à bout de bras. Le combat cessa. Elle s'inquiétait des enfants, elle criait leurs noms. Mais, quand elle aperçut les deux étrangers, elle ne dit plus rien. Ils s'entreregardèrent pendant une longue minute.

— Madame...

Mari avait répété son geste, main tendue, doigts écartés. La femme fouillait la pénombre des yeux, angoissée. Les enfants se terraient.

— Ils sont là, madame, tout va bien.

Une tête, deux têtes, trois têtes. Ils quittaient l'un après l'autre l'abri de leur rempart blanc.

— Qui êtes-vous ? Que faites-vous là ?

Les trois enfants avaient gagné un refuge plus sûr, les larges jupes d'une mère. Entre cinq et huit ans, jugea

Mari. Elle avança d'un pas, souriant doucement, sans montrer les dents.

— Nous sommes amis du père Joseph. Nous avons dormi la nuit à la chapelle. Il nous dit que les gens du village sont bons.

— Est-ce que cet homme est noir ?

Penda approcha de quelques pas, comprenant qu'il était question de lui.

— Nous sommes les voyageurs, bredouilla Mari. C'est des mois que nous partons d'Afirik.

La femme écarquilla les yeux, stupéfaite sans doute de voir au seuil de sa porte deux personnes venues d'Afirik.

— C'est Noël, dit-elle. Entrez.

La pièce était vaste et se prêtait à l'évidence à tous les usages. Une grande table pour manger, une cheminée basse pour cuisiner, et des lits partout, jusqu'au-dessus de l'âtre. Ce n'était plus trois enfants mais cinq qu'ils voyaient maintenant, l'aînée, presque une jeune fille, et un bébé emmailloté complétant une famille qui comprenait aussi le père, timide et moustachu, et un vieillard ratatiné dans un fauteuil d'osier. Toute la scène s'enveloppait de fumées et d'odeurs divines.

On poussa l'ancêtre vers la table, avec son siège.

— Nous mangeons l'oie grasse, ce soir.

Mari la dévorait déjà des yeux, qui chantait sur sa broche et s'égouttait sur les braises. Mais ce n'était rien en comparaison de l'avidité qu'elle lisait dans ceux des enfants, ronds, pleins de questions. Ils se souciaient peu de la volaille, à peine plus d'elle, l'Afirikaine à la peau blanche. Ils regardaient Birayma, ses mains brunes, sa figure sombre aux traits singuliers, ses cheveux presque gris et curieusement plantés. Elle faillit leur lancer que non ! tous, là-bas, ne lui ressemblaient pas. Elle se rapprocha de lui pour leur répondre quand même : il n'y en a qu'un et c'est le mien.

Le chef de famille découpait enfin l'oie dorée. Jusqu'à présent, silence, un ou deux mots de courtoisie, quelques murmures, des rires étouffés. Tous s'assirent, sauf le bébé qui gigotait dans son berceau de bois, neuf personnes, on se serrait à la table. Mari et Birayma se faisaient face, au centre, aux places d'honneur sans doute. Ils reçurent les meilleurs morceaux. L'oie était de belle taille, certes, mais elle donnait plus d'os et de graisse fondue que de chair. Mari s'en sentit gênée. On ajouta dans son assiette de porcelaine bleue des navets et des oignons confits dans le gras. Le vieux bougonnait.

— Comment, papa, qu'est-ce que tu dis ?

Riant dans ses poils jaunâtres, le vieux répéta :

— Et les éléphants, alors ?

Tous les regards se tournèrent vers Birayma, qui suspendit sa fourchette à deux dents à l'orée de sa bouche. Si quelqu'un, ici, détenait le secret des éléphants, c'était lui. Mais l'un des petits le trahit avant lui.

— Ils sont grands comme une montagne avec un nez gris qui fait tomber les arbres !

— Birayma comprend pas le franche, intervint Mari en souriant. Et moi, je parle pas très bien.

Elle se racla la gorge.

— D'abord, je voulais vous dire le merci de nous mettre dans la maison et pour le manger.

Les enfants ricanaient en l'écoutant parler, cela la troublait.

— Mais l'éléphant ?

— Ah ! bon, l'éléphant... il est haut pas comme une montagne... comme trois ! Quand il est colère, il fait tomber pas des arbres, toute la forêt !

Avec un geste, elle compléta :

— Il a deux longues dents, là et là. Toute la famille de vous elle peut s'asseoir dessus.

— Qu'est-ce qu'il y a d'autre, madame, dans ton pays ?

— Il y a le girafe. Le girafe il est grand. Il a les pattes dans l'herbe et la tête plus haut que les nuages. Si fait pas attention, pan ! il tape contre la lune ! Il y a le lion qui fait *groaaar !* et la mer elle s'en va, elle a trop peur...

Tous les enfants étaient suspendus à ses lèvres mais leur mère frappa soudain la table du poing.

— Cessez d'inventer des sornettes. Nous ne sommes que des Blancs, madame d'Afirik, mais nous ne sommes pas complètement stupides.

— Je demande pardon, madame. Je voulais seulement...

— Qu'est-ce qu'elle dit ? hurla l'ancêtre. Et ce monstre qui traverse la brousse sur ses roues en crachant de la vapeur... est-ce que c'est vrai ?

Mari ouvrit la bouche, la referma. Puis elle se décida.

— Non, mais non. C'est pour rire des pauvres Blancs. C'est pas vrai, tout ça, c'est pas vrai...

— Et les Blancs sont-ils malheureux, là-bas ?

— Oui. Très.

— On te fouette parce que tu es une esclave, assura l'un des enfants avec une sorte de gourmandise.

— Je suis partie. Je suis libre, maintenant. Je suis comme vous. Comme vous.

— On t'appelle une Corne d'Ivoire à cause des éléphants.

— Oui mais, enfin... les éléphants... il existe, les éléphants, bien sûr, mais moi, je n'ai jamais vu les éléphants.

Le regard de Birayma Penda allait de l'un à l'autre. S'il écoutait les mots sans les comprendre, il ne perdait rien du petit drame qui se jouait. Il sentit la tension circuler autour de la table puis s'apaiser pour laisser place à quelque chose qui, obscurément, l'inquiéta davantage. Une forme de complicité blanche qui s'installait entre Mari et ses hôtes, une complicité qui l'excluait. Et cette exclamation de déception qu'il venait d'entendre, il ne la comprenait pas.

— Est-ce que nous pourrons trouver un abri pour cette nuit ? demanda-t-il soudain.

Avant même leur arrivée, la pièce, déjà, semblait contenir plus de personnes qu'il n'était raisonnable d'y loger.

— Nous sommes les bienvenus, lui répondit Mari sans se donner la peine de répéter sa question.

— Vraiment ? Es-tu donc chez toi ?

— C'est mon pays.

La maîtresse de maison partagea une couronne de brioche, piquée de fruits confits. À présent, Mari riait et plaisantait, sans cesser de manger et de boire. Près d'elle sur le banc, Birayma se tenait raide, l'air perdu, ailleurs.

— Où dormirons-nous ? murmura-t-il comme pour lui seul.

— Dans un coin.

C'était jour de fête mais on souffla tôt les lanternes et les bougies. Seules les braises de l'âtre répandaient encore un peu de clarté dans la pièce où la pénombre semblait exalter les mauvaises odeurs, de sueur, de crasse, de graisse brûlée. On mit à la disposition des hôtes une paillasse, une couche puant le moisi où la peau s'écorchait au frottement des vieilles tiges sèches qui crevaient la toile. Cela et une couverture.

Ils étaient contre un mur, sous la pente obscure d'un bout de toit, presque isolés de la famille. Mari comprit que les parents leur avaient cédé la place qui leur revenait d'habitude. C'est là, songea-t-elle, qu'ils font tous ces enfants. Birayma continuait de poser des questions, le ton bas, un peu inquiet.

— Où irons-nous demain ?

— Il faudra partir, répondit Mari.

Elle osait à peine toucher son époux, elle le frôlait du dos de la main, des reins aux épaules. Il parlait au mur.

— Sauront-ils seulement nous dire où se trouve le fleuve ? Voilà la direction que nous devons prendre. Le fleuve nous ramènera aux Comptoirs.

— Je demanderai.

Il y avait des chuchotements dans la nuit, d'autres que les leurs, de la toux, des ronflements, des gémissements, l'un des enfants égrenait dans son sommeil des mots sans suite. Puis des bruits de pattes au-dessus d'eux. Mari pensa à l'éléphant.

— Aux Comptoirs, répéta Birayma. Quelle déroute !

— Ils nous ont bien accueillis, dit Mari, comme si elle voyait dans ce constat de quoi justifier leur long voyage depuis l'Afirik.

Mais elle ne pouvait crier ce sentiment qui lui gonflait la poitrine. Au bout du voyage, elle avait trouvé, elle, ce qu'elle cherchait. Sa main s'arrêta sur la cuisse de Birayma, sur sa vieille blessure.

— Je t'aime, dit-elle.

Elle ne sut pas s'il l'avait entendue. C'était là qu'ils faisaient tous ces enfants, songea-t-elle de nouveau. Sur cette paillasse, à l'abri d'un rideau d'ombre. Elle aurait pu s'accoutumer à une telle vie, elle en était sûre, pas si différente de celle des cases du village, à Ker Samba. Un réduit obscur, son homme, et de la chaleur tout autour.

— Ce n'est pas une déroute, protesta-t-elle enfin. Nous nous sommes trouvés.

Birayma dormait déjà. Ou peut-être le feignait-il. Enfin, il ne répondit pas.

## 24
## DANS LA FORÊT

Ils connaissaient le fleuve Louar. Il existait deux façons d'en rejoindre les rives. L'une, disaient-ils, supposait un assez long chemin mais l'itinéraire était sûr, pas trop difficile. L'autre était plus directe mais elle obligeait à traverser les forêts.

Mari et Birayma étaient trop las pour hésiter. Les forêts d'hiver ne les inquiétaient pas plus que ça, puisqu'on voyait loin entre les troncs. Rien de commun avec la mangrove infestée de crocodiles et les massifs touffus qui bordaient le Kawungha dans ses parties sauvages. Mari lut dans les regards que les Blancs du pays, eux, n'auraient pas fait ce choix.

Ils quittèrent le village par une route verglacée. La neige ne tombait plus mais elle avait à demi fondu au soleil puis avait durci au cours de la nuit pour former une croûte glissante. On les suivait. Les trois enfants d'abord, les trois qui les avaient accueillis en les bombardant de boules blanches, accrochés à leurs basques, la bouche toujours pleine de questions. Ensuite, les plus grands puis d'autres, qui appartenaient à d'autres familles. Des enfants et même des hommes et des femmes, qui les accompagnaient de leur curiosité circonspecte. À l'aube, plus personne au village n'ignorait l'événement : un homme noir avait dormi chez eux.

Leur escorte s'arrêta après une ultime clôture, au milieu des champs enneigés. Mari tendit le bras, pour s'assurer encore de la direction à prendre. Elle embrassa les trois qui étaient demeurés auprès d'eux. Ils s'en furent, leurs sacs plus lourds que jamais, de pain, de jambon, de fruits séchés, de brioche et de vin.

Pour la première fois peut-être depuis qu'elle avait posé le pied sur le vieux continent de ses ancêtres, Mari se sentait emplie de joie et de fierté. Elle s'aveuglait de pensées béates, comme si l'âpre et sinueux chemin parcouru n'avait été qu'une épreuve au terme de laquelle il lui avait été donné, enfin, de découvrir son peuple. Le reste, à cet instant, n'existait plus, la misère, l'ignorance, la veulerie, la trahison. Le Septentrion, c'étaient ces enfants aux yeux arrondis par l'étonnement, c'était cette porte ouverte, la chaleur du foyer, l'oie partagée.

— Je ne me suis jamais sentie chez moi, à Ker Samba, dit-elle.

— Non, bien sûr, on n'est pas chez soi dans la maison des Maîtres, répondit Birayma.

— Je ne me suis jamais sentie chez moi ailleurs que chez moi, dans notre pauvre case.

— Eh bien ?

— Eh bien, cette nuit, j'avais l'impression de dormir chez moi. Je ne pensais pas connaître cela un jour. Un chez-moi ailleurs que chez moi.

— Ah !

Birayma, lui, ne s'y était pas retrouvé. Dès les premiers kilomètres, il claudiquait, les jambes encore nouées de courbatures tant il avait eu de mal à se fondre dans un sommeil paisible. Mari songea que son époux et elle ne partageraient jamais la même patrie mais elle n'en souffla mot car cette idée la faisait souffrir. Il ne pensait qu'à une chose : le fleuve, son cours qui le ramènerait à la civilisation des Comptoirs. Et après, l'Afirik. Ce serait la fin du voyage.

— Est-ce que Ziguinchor te manque ?

Des mots qu'elle avait laissés échapper et regretta aussitôt, des mots comme des balles de fusil, qu'on ne rattrape pas.

— Je n'y ai plus rien.

— Il te faudra une nouvelle maison.

Pourquoi n'avait-elle pas osé dire : il nous faudra ? Pourquoi ne la reprenait-il pas ? Mari eut soudain la douloureuse conviction de savoir à quoi s'en tenir. Birayma s'était prêté aux fantaisies d'un ermite à demi fou. Pour complaire au père Joseph, il avait sacrifié aux coutumes pittoresques des indigènes. Il ne l'avait considérée à aucun moment comme sa femme. De retour au pays, il ne se vanterait probablement pas de cet épisode tragi-comique. Ou alors, ce serait pour en rire avec quelques amis choisis.

Les forêts étaient là.

Ni claires ni accueillantes. Même dépourvues de feuilles, elles formaient au terme de la plaine miroitante une barre hostile, un trait épais, une angoissante rature sous le ciel limpide et bleu. Il avait suffi d'un bref redoux, la veille, pour faire tomber la neige des branches. Elle s'était répartie de manière inégale sur le sol, formant des langues et des monticules, enveloppant des souches et des rochers, en alternance avec des ombres sans nom, des puits ténébreux.

— Les voilà donc, les forêts du Septentrion ! s'exclama l'ingénieur Penda.

Les premiers talus franchis, il sortit de sa poche la boussole du capitaine Diaker. Mieux que des yeux, semblait-il dire en la brandissant devant lui, mieux que les vagues indications des indigènes. Pourtant, il se révéla bientôt qu'il eût été plus avisé de regarder à ses pieds.

La boussole ne pouvait leur donner ce qui n'existait pas. Des sentiers, une voie à suivre. Même si elle n'avait rien d'impénétrable, la forêt n'était que confusion. Les amas de neige y dissimulaient des pièges, des branches tombées, des nœuds de ronces, des fondrières. Et, par endroits, les cimes se touchaient, qui éparpillaient la lumière du jour en longs rayons obliques.

Birayma se tordit la cheville et crut pendant un moment que cela ne l'empêcherait pas d'avancer. Puis la douleur lui monta dans la jambe, réveillant comme une cascade de vieilles blessures. Cette fois, il boitait bas. Mais il refusa le bras de Mari et lui préféra une branche morte. Elle proposa une halte, une tranche de pain, un peu de jambon au goût rance, une part de brioche.

— Je la crois tout en longueur, dit Birayma, à l'arrêt sous les premiers ombrages. Si nous la prenons dans le bon sens, nous aurons bientôt fini de la traverser. Sinon, nous pourrions aussi bien errer pendant des jours.

Mari regardait autour d'elle. La forêt lui semblait composée de petits cercles, qui s'ouvraient et se refermaient. Rien n'indiquait qu'elle eût un sens, une longueur et une largeur. Ben, le conteur du village, à Ker Samba, et plus récemment Éloi, l'avaient abreuvée de légendes et de fables de son pays. Il y avait souvent des forêts. On y perdait les enfants, on y rencontrait des bêtes féroces, des ogres gourmands de chair humaine, des sorcières sans âge, toutes sortes de maléfices.

— Ce ne sont que des arbres, dit-elle. Mais c'est ainsi que tu vois notre voyage depuis le début, l'Expédition Penda ! Tu as le sentiment que nous ne l'avons pas pris dans le bon sens. Tu es déçu.

— Quand nous serons de retour, j'ouvrirai mes carnets. Je relirai mes notes, je contemplerai mes croquis, et je verrai alors que nous avons vécu une aventure magnifique. Cruelle, souvent, mais...

— Il te tarde, coupa Mari. Cette aventure, tu la préféreras dans tes carnets ou quand tu trouveras un auditoire pour l'écouter.

— Contrairement à toi, qui te trouves bien ici, perdue dans une forêt.

Mari ne perçut pas la moindre ironie dans la réplique. Birayma la considérait vraiment ainsi, telle une sauvageonne à l'aise parmi les créatures qu'ils avaient croisées ce matin, le lapin, le merle, le sanglier, le renard, libre au fond comme elle ne l'avait jamais été.

— Tu es devenue une autre personne, dit-il.

Elle ne sut qu'éprouver devant cette remarque où perçaient à la fois désarroi et admiration.

— C'est pour toi que j'ai voulu grandir, répliqua-t-elle enfin.

Elle lui tendait le bras. Il l'accepta. Il se hissa, l'étreignant d'un côté, s'appuyant de l'autre sur son bâton de marche. Il fit dix pas, quinze pas. S'arrêta. Quelque chose d'indéfini flottait dans ses yeux. Mari songea au capitaine Diaker, quand le vent refusait de souffler dans les voiles de son navire. *Si nous ne prenons pas la forêt dans le bon sens,* songea-t-elle, *Birayma ne connaîtra pas le terme de l'aventure.*

Des troncs et des taillis, des creux et des bosses. Ni début ni fin. Ils étaient simplement au cœur de quelque chose, à la merci de maléfices invisibles, comme dans les légendes de l'ancien temps.

Mari leva les yeux, à la recherche d'un signe dans le ciel noué en écharpes livides au sommet des branches, espérant qu'un nuage passerait et les guiderait, comme le courant guide la barque. Son regard demeura rivé à l'un des arbres, encore un peu lointain, mais si puissant, si haut, qu'il semblait se dresser au-dessus d'eux.

— Je vais faire le babouin, décida-t-elle.

— Comment ?

— Celui-là !

— Tu vas grimper ?

— C'est ainsi que ça se passe dans les contes de mon pays. On grimpe, on observe et on trouve la solution. Si la forêt a un sens, je le verrai bien.

Birayma fit un geste pour la retenir mais ne l'accompagna pas de la voix. Il s'en remettait à elle. C'était lui qui avait permis à la jeune esclave blanche de quitter l'Afirik et de découvrir la terre de ses ancêtres. C'était elle, à présent, qui allait l'arracher au Septentrion et lui permettre de retrouver le continent noir. Il s'affala au pied d'un rocher gris et annonça qu'il allait dormir un peu en l'attendant.

De près, c'était un géant décharné, brisé de partout, crevassé, fendu, avec au pied des grottes, des gouffres. Il dominait la futaie comme un vénérable souverain. Un cercle immense s'était fait tout autour, où rien ne poussait, que des buissons bas, des bouquets d'épines. De son propre bois tombé, il semblait s'être composé un rempart. Mari enjamba les branches sèches, gainées de neige, pour s'approcher du tronc dont l'écorce scintillait. Y posant les mains, elle sentit le froid des fines pellicules de glace qui le laquaient.

Attentive, elle fit le tour de l'arbre. D'intrépides athlètes, disait-on, partaient ainsi à l'assaut des montagnes, repérant les passages et les prises. Mari traça en pensée son chemin, ébauchant ce qu'autrefois, quand elle grimpait aux arbres de Ker Samba, elle appelait un escalier vers le ciel. Un sourire aux lèvres, elle jeta à terre sa veste de chasseur râpée, ses lainages inutiles. Pour quelques minutes, elle allait redevenir Petit Babouin.

Mari aurait aimé connaître le nom de l'arbre. Elle entreprit son escalade avec prudence, sans cesser de lui parler. L'entreprise n'était guère difficile, au fond. Il y avait dans le tronc des trous gros comme la tête d'un buffle.

— Ah ! On dirait que tu m'attendais. Tiens, là, cette branche, elle est pour moi. Je ne te demande qu'une chose...

Mari avait le pied dans un creux profond. Elle se

hissa, non sans avoir testé la solidité de son prochain perchoir.

— ... qu'une chose... Sois solide, mon vieux !

Un moignon puis juste au-dessus un chicot noirâtre, que Mari frappa du poing. Durs comme des dents de fer. Elle en fit des marchepieds. De là, elle parvint à attraper à deux bras une branche maîtresse, si large, si forte, qu'après un rétablissement il lui fut possible de s'y tenir debout. Un coup d'œil vers le bas où tout, déjà, paraissait s'être éloigné, un autre vers le haut. La mâture du grand arbre s'était éclaircie. Pris comme une bille dans une fourche de bois, elle voyait le soleil.

Mari gravit encore quelques mètres, le bout des orteils crispé sur des écailles, des plis, des bourrelets, les mains accrochées à des rameaux souples mais résistants. Elle avait l'impression de remonter les âges. Cette charpentière sur laquelle elle s'était installée à califourchon, creusée d'yeux insondables, sculptée de sillons, avait sûrement plus d'un siècle et montait vers le ciel en pente douce avant de s'interrompre au-dessus du vide, cassée net. Pour la première fois, Mari éprouva un léger sentiment de vertige. Mais elle avait obtenu enfin ce qu'elle cherchait, elle dominait le monde. Il était sombre et blanc à perte de vue. La forêt roulée dans la neige s'étalait jusqu'à son bord indistinct, tel un navire sans fin hérissé de mâts et de haubans, voguant sur une mer immaculée.

Le souvenir du capitaine lui traversa l'esprit. Que n'avait-elle ses jumelles ? Elle le distinguait pourtant, ce lointain tant espéré, rivage blanc qui se fondait dans un bouillonnement léger. Elle le savait, sous les brumes, c'était le fleuve. Il lui restait à redescendre en gardant en mémoire un itinéraire, quelques repères, la position du soleil.

Mari se frotta à l'écorce et s'écorcha aux branches, défaisant ce qu'elle avait fait, la longue route jusqu'au sol, sans cesser d'imaginer l'étape suivante, celle qui conduirait Birayma hors de la forêt. Enfin, elle sauta.

Pantelante, elle porta les mains à son visage, mêlant le sang de ses doigts à celui de son nez et de ses joues. Au moment où elle allait se baisser pour ramasser les vêtements dont elle s'était dépouillée avant d'entreprendre l'escalade, elle le vit, tout près, si proche. Le film irritant de sa sueur prit soudain en glace. Ce fut comme si la forêt refermait sur elle ses ténèbres. Les vieilles légendes du pays franche disaient vrai. Il était là. Toujours. Le loup. Attentif, efflanqué et gris. Langue pendante, montrant ses crocs.

Il la regardait de ses yeux jaunes qu'animaient d'effrayants éclats. Ce sont les gouttes de sang que j'ai perdues du haut de l'arbre qui l'ont attiré, songea-t-elle, comme le requin dans la mer. La bête se traîna vers elle, marchant sur trois pattes. À la quatrième était accrochée une mâchoire de ferraille, un piège.

Mari le laissa approcher, fascinée, incapable de fuir. Le loup était de tous les contes, le loup était la mémoire du Septentrion, le héros qui hantait la place du village, le soir, quand Ben jouait les récits du continent perdu. Cette confrontation, elle le comprenait soudain, était inévitable. Si elle n'avait pas eu lieu, elle n'aurait pu dire qu'elle avait visité la terre de ses ancêtres.

Dans les histoires que colportait Ben, le loup finissait généralement repu.

— Mais je ne crois pas que tu aies la tête à ça, lui dit Mari.

Les paillettes dans ses yeux n'en étaient pas moins autant de lueurs allumées par la famine.

— Si tu n'avais pas ce piège à la patte, tu m'aurais déjà mangée. Peut-être que je peux t'aider. Est-ce que tu me mangeras si je t'aide ?

Sans cesser de parler d'une voix douce et tranquille, Mari fouillait dans ses souvenirs. Il ne s'y trouvait aucun exemple d'un loup qui se fût montré charitable, qui eût renoncé à dévorer sa victime.

Elle tendit la main. Il recula. Elle s'accroupit car les jambes lui manquaient. Le loup baissa le museau jusqu'à terre.

— Viens. J'aurais pu partir en courant, tu sais. Je suis agile comme un babouin, je grimpe aux arbres. Pas toi.

Le loup redressa l'échine. Une tache de sang lui décorait le poil.

— J'étais heureuse, là-haut. Je ne pensais qu'à sauver Birayma de la grande forêt. Viens.

Le loup se plaça plus près d'elle, sans la regarder. Des fils de bave semblaient souder entre elles ses canines. Elle sentit son odeur, l'odeur de son pelage humide de sueur froide, l'odeur de la plaie infectée à sa patte arrière.

— Je peux essayer de te libérer mais, je te préviens, tu ne seras jamais plus comme avant. C'est ce que j'ai compris depuis que je suis redescendue de l'arbre.

Je l'ai toujours su et d'autres me l'ont parfois rappelé mais j'avais fini par l'oublier. Les chaînes ne tombent jamais. Les dents du piège sont en toi. Même si j'arrive à les écarter, leur morsure demeurera. Le piège t'a attrapé, loup. Tu es cassé. Tu es marqué. Si je réussis, tu te croiras libre. Ainsi, peut-être te croiras-tu libre de me manger, mais dès que tu poseras la patte par terre pour de bon, tu sentiras qu'il n'en est rien. Où que tu ailles, quoi que tu fasses, le piège te suivra, il te rattrapera. Quand tu rencontreras les autres loups, ils t'examineront et ils sauront. Ils s'écarteront de toi comme si tu étais un étranger. Tu seras le loup marqué, celui dont la patte a été prise. Ils te tourneront le dos pour te dire que tu ne fais plus partie de leur tribu.

Ses mains s'étaient posées sur le flanc terne où battait un cœur affolé.

Mari se rappela Gakere dans la cabane à outils, alors que le fils de ses Maîtres s'apprêtait à la conduire vers les moments les plus périlleux de son existence. Le jeune Samba la dominait de son pouvoir, il jouait avec sa vie. Pourtant, c'était bien de son côté qu'était la peur. Elle en avait perçu les effluves piquants sur sa peau, elle l'avait lue dans son regard, entendue dans sa voix.

— Si je te libère, je serai à ta merci. Est-ce pour cela qu'on ne veut pas nous ôter nos chaînes ? Je me le demande. Nous, les Blancs. Est-ce que nous deviendrions féroces si on nous ôtait nos chaînes ?

Elle sourit, touchant doucement la patte prisonnière.

— Nous sommes le peuple du loup.

Sans cesser de parler, Mari tenta une première fois

d'écarter les mâchoires du piège rouillé. La bête frissonna.

— Je ne serai jamais la femme libre de mon époux. C'est comme une tache, une plaie, une marque de l'esprit. Alors, je n'ai même pas peur. Non, je ne crains rien.

Le loup avait placé sa tête sur son épaule, qu'il inondait de bave glacée.

— J'espère juste que tu sais égorger les gens sans les faire souffrir. Mais je n'ai pas peur.

Ce n'étaient encore que des crocs de fer qui entraient dans ses doigts. Elle tirait de toutes ses forces, s'efforçant d'ignorer les frémissements de douleur de l'animal. Sans doute le membre était-il brisé.

Enfin, elle réussit. La vieille mécanique céda dans un dernier grincement. Le piège s'ouvrit. Le loup fit un petit bond de côté. Il était libre.

Mari frotta ses paumes ensanglantées. Attendant.

Le loup ne revint pas vers elle. Il continua de s'éloigner, lentement, sur trois pattes, la tête tournée vers la proie qu'il délaissait. Quand il ne fut plus qu'une ombre grise sur les flaques blanches de la neige, Mari lui cria:

— On ne guérit jamais, tu sais, on ne guérit jamais !

Roulé en boule devant son rocher, l'ingénieur Penda la contemplait d'un air inquiet. Balafrée de rouge, échevelée, sauvage.

— Où étais-tu ? J'ai mangé. J'ai dormi. Où étais-tu ? Qu'as-tu fait ? J'ai entendu des bruits. J'ai froid.

Elle l'aida à se relever.

— Excuse-moi. J'ai tardé. Il fallait que j'apprenne quelque chose de mon pays.

— Ah ? Et qu'as-tu appris ?

— Que ceux qui se font manger, c'est ceux qui veulent bien être mangés.

— Vraiment ? Et tu ne le veux donc pas ?

Il riait presque.

— Il faut croire que non. Pas encore.

Ils marchèrent pendant près d'une heure, serrés l'un contre l'autre. Birayma clopinait, Birayma grimaçait, mais il avançait. Mari n'avait pas besoin de repères. Le chemin était en elle. Elle les sortit de la forêt. Ils traversèrent ensuite une lande enneigée, jusqu'à la pente douce qui les amena au bord du fleuve. Le Louar.

Birayma scrutait le lointain. Déjà, il voyait l'Afirik.

# TROISIÈME PARTIE

## QUARTIER INDIGÈNE

## 25

## SUR LA ROUTE

Huit ou dix jours de marche, avait dit Birayma. Ils savaient tous deux que c'était impossible. L'ingénieur ne parcourrait pas sur ses jambes une si longue distance. Ils auscultaient le fil de l'eau, scrutaient la berge de leurs regards fatigués. Espérant une barque. Méditant la construction d'un radeau. Mais où trouver le bois, le lien, la longue perche ?

— Je suis sûr qu'il y a tout ce qu'il faut dans mon sac. Ou dans le tien.

Mari ouvrit des yeux ronds.

— L'Itale a certainement dessiné le plan de l'embarcation dont nous avons besoin, expliqua Birayma.

— Oh ! l'Itale... toujours l'Itale !

Quand ils aperçurent enfin un homme, ils se dirigèrent vers lui sans hésitation. Un instant, ils crurent avoir rencontré par le plus grand des hasards un véritable Afirikain. De plus près, ils comprirent que ce gaillard aux larges épaules n'avait que le teint à moitié sombre. Des cheveux bouclés, une barbe rase, des traits anguleux, nez droit, joues creuses mais néanmoins lèvres épaisses. Un Gris. Peut-être même un demi-Gris, comme on les nommait parfois. Plus blanc que noir, au fond. Ses yeux étaient d'un brun tirant sur le vert. Il les encouragea du geste à approcher, sans manifester la moindre surprise.

— J'ai un saumon, leur lança-t-il. Et trois autres poissons.

Il s'exprimait parfaitement, il parlait comme à Ziguinchor.

— Vous êtes pêcheur ? lui demanda Birayma.

— Est-ce que vous seriez intéressés par des articles du pays ?

— Quels articles ?

— J'ai de très jolies choses.

— Je veux bien voir.

Ils le suivirent. L'homme avait abandonné son matériel de pêche sur un talus. Les poissons annoncés nageaient dans un seau de fer-blanc. L'ingénieur Penda réprima un frisson d'excitation. Derrière les roseaux sur le fleuve flottait une barque à vapeur. Mari perçut son hésitation. Birayma ne voulait pas désigner de façon trop hâtive l'objet de sa convoitise.

Le Gris se rendit pourtant droit à la barque. Il sauta sur le fond plat, se baissa pour soulever le couvercle d'une petite malle en osier.

— Vous venez d'où ?

— Du Sunugaal.

— Vous travaillez aux Comptoirs ?

— Non. Nous sommes des voyageurs.

— Et la petite ?

L'homme haussa les épaules. Ces deux-là pouvaient bien faire ce qu'ils voulaient.

— L'art blanc, vous connaissez ?

— Un peu.

— Regardez ça.

Birayma avança avec précaution sur la berge fangeuse. L'homme lui tendait quelque chose qui miroitait dans la lumière blanche du jour.

— De l'art franche. Un véritable saint. Très décoratif.

Mari avait rejoint son époux et enlacé sa taille d'un bras, mais l'homme ne semblait guère se soucier de ce qui les unissait. Il voulait leur vendre ses trésors.

— J'ai oublié son nom. C'est un saint. Une sorte de sorcier, si vous préférez. Très puissant.

Birayma contemplait la composition en secouant la tête, sans cacher son amusement.

— Les gens de la région accrochent ça dans leur maison pour éloigner le mauvais sort, la Peste, les voleurs et toutes sortes de calamités. Ça vous plaît ?

Barbu, la tête entourée d'une auréole, le saint était bricolé avec des morceaux de verre colorés.

— Vous préférez les statuettes ?

Le Gris leur adressa un clin d'œil.

— J'ai des femmes nues. Mais je peux aussi vous fournir des sujets plus convenables. Ça dépend de ce que vous cherchez.

Il fouilla de nouveau dans sa malle, leur présenta une série de figurines sculptées dans le bois, certaines brutes, d'autres peinturlurées. Des silhouettes féminines, aux seins et aux fesses avantageux puis, comme il les appela, des Marie drapées, des prophètes, des évêques, pour finir un cheval et un cochon.

— Les animaux sont en papier mâché. Je vous offre le cochon si vous me prenez une Marie. À moins que vous ne préfériez une Franche ?

Les Franches, dans son commerce, c'étaient les femmes nues.

— Vous n'aimez pas l'art blanc ?

— Et... vous croisez souvent des clients, par ici ? lui demanda Birayma.

— Non, j'y viens pour m'approvisionner dans les villages. Je vends aux Comptoirs. Aux équipages des bateaux. Aux Makkas. Aux Siidafirikains. Mais ces temps-ci... Je suis connu sur le port. Je peux vous dénicher aussi de la belle poterie.

— Eh bien...

Birayma ne savait comment orienter la conversation vers le problème qui le préoccupait.

— Oh ! Si vous êtes amateur, il me reste tout un lot de dieux cloués. J'en ai vendu pas mal, à une époque, mais ça ne marche plus. Les gens trouvent ça trop sinistre. En bois, en laiton, en bronze, en plâtre peint. Vous êtes un connaisseur, pas vrai ? Vous croyez que je ne vends que du toc. Détrompez-vous. J'ai aussi mes sources pour l'ancien. Des pièces d'avant la colonisation, du beau, de l'authentique. Mais il faudra y mettre le prix.

Mari laissa échapper un soupir excédé. Elle ne supportait plus la manière dont le Gris s'adressait à Birayma, et à lui seul, comme si elle n'existait pas.

— Si celle-là vous ennuie, je peux vous arranger ça, dit le Gris. Il y a toujours moyen de s'arranger, ici. Les filles du pays ne rêvent que d'un bel Afirikain qui les emmènera au soleil.

L'ingénieur Penda se racla la gorge, feignant de ne pas comprendre la proposition.

— Écoutez, je ne suis pas à la recherche d'antiquités. Je voudrais juste regagner les Comptoirs. Notre expédition a connu des moments difficiles. Est-ce que vous pouvez...

Il esquissa un geste en direction de la barque à vapeur.

— Une expédition, dit le Gris en laissant traîner son regard sur Mari.

Sans doute voyait-il en elle le but et le trophée de l'aventure.

— Je n'avais pas l'intention de retourner déjà vers la côte. Mais on a toujours le droit de discuter, hein ? Tout a un prix, mon cher.

— Eh bien... comme je vous le disais, nous avons subi des déboires... enfin, on nous a dépouillés. Mais ne vous inquiétez pas. Le gouverneur Diatta est un ami. Vous serez dédommagé dès notre arrivée.

— Je crains que vous ne connaissiez pas bien le Septentrion. On paie d'avance, par ici.

— Je viens de vous expliquer...

— Désolé. D'ailleurs, je crois que le gouverneur a d'autres soucis.

Le Gris posa de nouveau sur Mari un œil songeur. La jeune fille eut l'horrible sentiment de se retrouver sur l'estrade du marché aux esclaves, évaluée comme une marchandise. L'homme semblait se demander si elle pouvait constituer une monnaie d'échange acceptable.

L'ingénieur Penda explorait ses poches, comme si une

poignée de cauris avait pu y pousser soudain. Mari se pencha vers lui, pour lui souffler à l'oreille.

— Quelques planches de l'Itale... il aime les antiquités.

— Non, je...

Birayma extirpa enfin de son manteau ce qu'il cherchait. La montre du capitaine Diaker.

— Est-ce que ceci vous conviendrait ?

Le Gris examina l'objet, s'assura de son bon fonctionnement, approuva d'un clappement de langue.

— C'est une belle montre, admit-il.

Puis il ajouta :

— Il est trop tard pour partir aujourd'hui. Nous passerons la nuit dans une cabane dont je dispose dans le coin.

Mari demeura jusqu'à l'aube étendue auprès de Birayma, collée à son dos, une main sur sa hanche, sans fermer l'œil. Les matelas de crin n'étaient guère fameux mais pas au point de l'empêcher de dormir. Elle guettait les mouvements du Gris, qui se retournait sur sa couche chaque fois que ses ronflements parvenaient à une sorte de pic. Mari craignait de voir sa silhouette se dresser brusquement dans l'ombre, et qu'il ne vienne la réclamer à la façon négligente dont il traitait ses affaires, comme en supplément de paiement.

À peine eut-elle enfin sombré dans la somnolence qu'il lui fallut se lever. L'homme était déjà debout et faisait chauffer dans un récipient de métal un peu de soupe qu'il partagea.

— Il faut compter quatre ou cinq heures, dit-il. Ça

va, le temps s'est radouci. Quand il gèle, j'ai parfois du mal à mettre le moteur en marche.

Malgré la relative douceur de l'air, l'entreprise se révéla longue et compliquée. Agenouillé à l'arrière de l'embarcation, l'homme dut tirer à plus de dix reprises sur sa corde pour faire cracher à la mécanique quelques jets de fumée noire. Mari et Birayma étaient serrés sur un petit banc, le regard tourné vers leur destination. Les Comptoirs, le port, la mer. Le moteur toussa, le moteur vibra, les tuyères enfin firent bouillonner l'eau du fleuve, chassant de la berge opposée un vol de hérons.

La barque à vapeur s'installa au milieu du Louar, à l'écart des îlots herbeux ou sableux qui ponctuaient ses bords. L'horizon était blanc comme étaient blanches les deux rives, les collines, les forêts lointaines où la neige n'en finissait pas de fondre. Mari se coula tout entière dans les images qui défilaient lentement. Chacune était un adieu. Dans quatre heures, dans cinq heures, ce serait la terre des colons, la terre conquise. Elle s'imprégnait de ce pays blanc, elle fusionnait avec lui, elle comprenait soudain ce qui animait les fous de l'île, Grégoire, Albert, elle voulait emporter en elle ce qui leur torturait l'esprit, ce à quoi aspiraient leurs pensées égarées, cette idée si belle et si tragique, sa blanchitude.

Birayma respectait son silence. Sans doute avait-il pour sa part déjà franchi l'océan. Un monde de nouveau les séparait. Cependant, son bras se tendait parfois. De son doigt noir et rose, il lui désignait une merveille cachée, un poisson argenté, une file de canards, un saule courbé sur l'eau, pleurant le givre, une ruine noircie par le feu, les cheminées d'un village invisible. Le soleil leur ouvrait un chemin doré. Ils laissaient après eux un bouillon d'écume tachée de suie.

Ils croisèrent quelques barques, aperçurent des pêcheurs, toute une famille sur un chemin de halage, peu de monde au total. Passé la quatrième heure de leur lente navigation, le Gris orienta sans crier gare son embarcation vers une rive, fit toussoter son moteur puis le coupa dans un ultime jet de vapeur.

— Que faites-vous ?

Birayma Penda s'était retourné, l'air courroucé.

— On ne va pas plus loin. Plus de carburant.

— Vraiment ? Et comment allez-vous repartir ?

— Je me débrouillerai.

L'homme ne pouvait dissimuler son malaise. L'ingénieur Penda crut qu'il voulait lui extorquer une rétribution supplémentaire.

— Nous avons passé un marché, dit-il.

Mais leur pilote ne tenta pas de les entraîner dans une nouvelle négociation.

— Écoutez... la route ne passe pas très loin, derrière les dunes. Il vous suffira de la suivre. Vous serez en pays civilisé avant la fin de la journée.

Birayma se dressa à demi, manquant faire chavirer la barque à vapeur.

— Je comprends mieux pourquoi vous avez exigé un paiement d'avance. Vous n'avez jamais eu l'intention de nous mener jusqu'aux Comptoirs.

Le Gris écarta la question d'un mouvement du bras, sans se donner la peine de nier. Mari se rappela la péniche du capitaine Diaker et comment, à la fin, le marin déchu évitait de se ranger le long des quais de Ziguinchor. Peut-être cet homme fuyait-il lui aussi les autorités. Tout trafiquant semait après lui la graine de ses ennuis futurs et, tôt ou tard, devait rendre des comptes.

— Est-ce une affaire de prix ? insista Birayma Penda.

Le voyant palper ses poches, Mari s'attendit qu'il en sorte à présent la vieille boussole portative du capitaine.

— En trois heures de marche, vous y serez.

— Je pensais avoir rencontré un homme honnête, dit l'ingénieur. Un honnête commerçant.

Le Gris paraissait de plus en plus embarrassé. Accroupi au fond de sa barque, il triturait un vieux bout de ficelle attaché à sa malle d'osier.

— Le commerce, parlons-en. Avec les événements, je pourrais aussi bien balancer mon stock à la flotte.

Il sembla sur le point d'ajouter quelque chose mais se contenta d'adresser à ses passagers un petit rictus impatient.

— Que se passe-t-il, monsieur ? lui demanda Birayma d'un ton glacial.

Le Gris le considéra d'un air surpris, haussa un sourcil, mais ne dit rien avant un long moment.

— Qu'êtes-vous partis explorer, hein ? Une exploration, par le dieu cloué, une exploration...

Muni d'une perche, il poussa sa barque vers une grève sableuse où elle s'échoua.

— Là, dit-il, désignant les buttes de terre ocre. De l'autre côté, vous apercevrez la route.

Mari sentit l'ingénieur sur le point de protester encore mais il ravala ces mots qui auraient offensé sa dignité.

— Ça ne m'arrange pas, cette situation, disait le Gris. Je suis encore jeune, j'ai des muscles, ils sauraient quoi faire de moi. Mais franchement, non, sans façon. Je suis né ici. L'Afirik ne me manque pas.

Birayma l'écoutait en se tâtant la jambe, comme s'il se demandait jusqu'où elle pourrait le porter. Il ne comprenait pas de quoi lui parlait cet homme et ne semblait guère désireux de l'apprendre.

— Viens !

Mari le suivit sur la pente meuble où s'accrochaient des joncs. La route promise était bien là, large chaussée empierrée dont les bords avaient été passés récemment à la faux mécanique.

— Est-ce que tu pourras le faire ? lui demanda Mari.

— Je ne sais pas, je ne sais pas.

Ils marchaient lentement, si lentement que Mari douta qu'ils puissent parvenir où que ce fût avant la fin du jour. Birayma avait accepté son bras.

— Donne-moi du courage, demanda-t-il.

Mari hésita. Devait-elle lui raconter l'histoire du loup ? Sans doute pas. Il n'aurait pas compris. Elle-même n'aurait su dire en cet instant ce qui avait habité son esprit, si elle avait désiré périr là, sur sa terre, sous les crocs de la Bête. Pourquoi ? Parce que le rivage était proche, même s'ils progressaient si laborieusement, parce que le terme du voyage se dessinait, parce qu'elle redoutait ce qui viendrait ensuite. Le retour. L'inéluctable séparation. Qui, au Sunugaal, verrait en elle Mari Penda, l'épouse du brillant ingénieur peul ? Et quelle serait sa place, alors ? À qui donc appartenaient les Blancs sans Maîtres ?

— Mari ?

À qui ? À qui appartiendrai-je demain ?

Elle tut ses angoisses. Du courage, elle ne connaissait qu'une façon d'en donner. C'était ainsi qu'elle avait puisé le sien quand elle remontait seule le Kawungha, sur sa pirogue. En chantant.

*Nous sommes les cordeliers*
*Faisant des cordelles*
*Et dans notre beau métier*
*Nous servons les belles...*

Mari ne saisissait toujours pas le sens de ces paroles étranges mais elle en articulait mieux les syllabes.

— *Métier*, dit-elle en détachant bien les deux voyelles. C'est le travail. Mais les cordeliers et les cordelles, ça alors...

Elle haussa les épaules et reprit :

*Et les plus jolies*
*Sont les mieux servies.*

Birayma souriait.

— *Les plus jolies*, lui expliqua Mari, eh bien... ce sont les filles comme moi. La chanson affirme qu'il faut prendre soin d'elles.

— Je m'en souviendrai, certifia l'ingénieur Penda. Continue, Mari, s'il te plaît.

La route était droite, on n'en distinguait pas le bout. Mari soupçonna que le Gris les avait abandonnés loin, très loin du Comptoir. Elle regretta de n'avoir pu enrichir son répertoire de chansons au cours de son séjour au Septentrion. Celui qu'elle avait glané auprès de son père serait trop vite épuisé.

— Chante plus fort, lui demanda Birayma.

Il avançait avec difficulté, Mari le voyait bien. Pensait-il donc que le son de sa voix pouvait le porter ? Ou ne voulait-il pas plutôt que soient couverts les sons qu'il émettait lui-même, ses gémissements, ses halètements, le grincement de ses dents ? Mari chanta plus fort. Il y avait des belles et des galants, des amoureuses et des amoureux, des marins, des soldats, des roses et du lilas. Quand elle eut fait le tour des chansons qui avaient bercé son enfance, elle continua malgré tout, improvisant, inventant. Lorsqu'elle sentit faiblir Birayma à ses côtés, elle ne chanta plus, elle hurla, elle brailla.

Elle n'entendait que le son de sa propre voix, ni le vent ni les oiseaux, elle l'entendait dedans sa tête, qui semblait s'y cogner. Quand il fut amplifié par d'autres voix, d'autres chants, elle n'y prit pas garde.

Birayma s'était arrêté.

— Je t'en prie, dit Mari en le tirant par la manche.

Mais, comme elle avait interrompu son refrain, cette fois, elle entendit. D'autres voix, d'autres chants.

Ils se retournèrent.

Tout au bout de la route, derrière eux, s'était levé un nuage de poussière. Des pieds qui marchaient en cadence, toute une troupe. Des Blancs, ils chantaient des chansons de Blancs.

Mari et Birayma échangèrent un regard incertain. Était-ce leur salut ?

— Ils vont plus vite que nous, remarqua l'ingénieur. Ils nous auront bientôt rattrapés.

Il hésita, désigna un petit tertre rocailleux.

— Cachons-nous.

— Pourquoi ? s'étonna Mari.

— Je ne sais pas. Soyons prudents. Laissons-les approcher. Nous verrons bien.

Birayma s'accroupit derrière un rocher, tourné vers le fleuve qu'on devinait encore dans une lointaine dépression de la plaine. Mari tâta sa jambe, sa cheville gonflée. Elle songea qu'il aurait pu continuer d'avancer, peut-être, mais qu'après cette pause il ne parviendrait sans doute pas à repartir. Elle rampa le long d'une pente grenue et, du haut de ce perchoir, se mit à observer la route.

Ils étaient plusieurs dizaines, oui, trente ou quarante. Un second nuage, qui empoussiérait l'horizon, signalait que d'autres les suivaient. Tous chantant et hurlant. Pas de jolies filles ni de galants, ici. C'étaient des chants guerriers où se mêlaient des cris de haine et de vengeance. Mari frémit au son de quelques mots. Patrie ! Liberté !

Ils étaient armés.

— Mon chéri, souffla-t-elle, ils ont des bâtons, des faux, des couteaux, quelques vieux fusils. Ils vont vers les Comptoirs.

— Vers les Comptoirs ? Avec des armes, dis-tu ? Est-ce qu'ils sont blancs ?

— Oui. Je crois qu'il y a quelques Gris.

— Et eux, les vois-tu ?

— Qui ? Oh ! Est-ce que tu penses...

Grégoire. Albert. Éloi, pourquoi pas ? Les fous de l'île. S'étaient-ils donc décidés à rassembler leurs hommes pour partir à l'assaut des Comptoirs ? Fous, étaient-ils fous à ce point ?

La horde passait maintenant devant eux, joyeuse et excitée. Ivre de vin de raisin, de fatigue et de vent. Ils brandissaient des lames brillantes attachées au sommet de longues perches, des marteaux, des massues cloutées. Ils avaient sur la poitrine des médailles, des rubans, les décorations de leur victoire prochaine. Ils criaient : « Patrie ! Liberté ! »

— Ils se feront tailler en pièces.

Abasourdie, Mari se laissa glisser auprès de Birayma. Ensemble, ils regardèrent le soleil baisser sur la plaine. De nouveaux groupes s'égrenèrent, plus ou moins nombreux, plus ou moins bruyants.

— Et s'ils sont des milliers ? souffla Mari. Des milliers et des milliers ?

— Alors, répondit Penda, ils se feront massacrer par milliers.

— Maria gracia plena.

L'ombre du rocher s'étendit sur eux. Il en arrivait encore. Ce n'était plus des troupes mais des bandes éparpillées, désormais, des traîne-savates sans grand enthousiasme. Mari ne voulait plus penser à eux, au terrible destin qui attendait ces hommes aveuglés par une soudaine fureur.

— Comment allons-nous faire, sans le capitaine ? demanda-t-elle.

— J'ignore où se trouve le *Yumna*, admit Birayma.

Si le second Wagué a respecté ses instructions, il s'est contenté de caboter sur de courtes distances.

— Saura-t-il nous ramener en Afirik ?

— Je n'ai aucun doute à ce sujet. Le second Wagué ne manque pas d'expérience et...

Il s'interrompit, peut-être parce qu'il n'avait en réalité aucune certitude à propos du marin. Pourquoi ne l'appelait-il donc pas capitaine Wagué ? Birayma avait incliné la tête vers Mari. Il lui pressa le bras, émettant entre ses dents serrées un léger sifflement. Elle en comprit la signification. Qu'elle fasse silence !

Quelqu'un venait.

Mari vit apparaître sa silhouette à contre-jour, petit homme loqueteux, coiffé d'un calot. Il baissa sa culotte, se gratta puis se mit à uriner. Quand il eut achevé, il se rajusta avec un soupir de satisfaction. C'est alors qu'il se tourna vers eux. Il les considéra d'un air perplexe mais sans hostilité. Il ne semblait pas armé.

— La patrie ! leur lança-t-il en riant. Moi, je m'en fiche de la patrie. J'y vais pour les cauris.

Mari lui adressa une grimace timide, comme à un dément que l'on craint de contrarier.

— Et toi ? s'enquit-il en s'approchant.

Il avait accroché à sa poitrine une breloque et, en guise de galons sans doute, cousu à sa manche droite des bouts de tissu rouge.

— Est-ce que vous vous cachez ?

— Laisse-nous.

— Hé ! Comment que tu parles à Toine ? Toine le ramoneur. Est-ce qu'y a seulement des cheminées, en Afirik ?

— Pas beaucoup, non.

Toine cracha dans l'herbe.

— Et toi, ma fille ? T'as trouvé un beau Noir, dis donc. C'est comment, ton nom ?

— Que nous veut-il ? grommela Birayma.

— On se dit son nom, c'est plus poli.

— Mari ! Mari Penda !

— Ah ! bon...

Toine le ramoneur redescendit vers la route, criant :

— Vive la patrie !

Plus tard, plus loin, ils l'entendirent qui braillait :

— Mari Penda ! Mari Penda !

Le soir commençait à se faire. Même recroquevillés, même tassés l'un contre l'autre, ils sentirent le froid leur grignoter les pieds et les mains. Bientôt, il allait s'infiltrer en eux et les geler jusqu'au cœur.

— Je vais y aller seule, décida Mari. Je ramènerai des secours.

Elle commençait d'ôter sa veste épaisse afin d'en couvrir le corps transi de son époux.

— Non, non...

Birayma s'accrocha à son bras pour se lever.

— Il faut que nous bougions, dit-il. Bouger, de toute façon !

Il tirait derrière lui une jambe raide et grimaçait à chaque pas. Mari ne chantait plus, elle fredonnait à son oreille, comme si elle craignait que les inquiétantes créatures qui hantaient les nuits du Septentrion ne l'entendent. Elle avait enlacé Birayma à la taille, pour un peu elle l'eût porté. Par moments, ils hésitaient. Était-ce encore la route ? Le chemin, pourtant, était droit, avec des portions pavées, de la terre bien tassée, des bas-côtés entretenus. La lune était grosse et claire, dans son filet de nuages fins.

Mari trébucha, poussa un cri. Toute à son effort, le regard à la recherche de cet horizon incertain qui sans cesse se dérobait, elle n'avait pas vu le corps étendu sur un bord herbeux de l'interminable voie. Elle crut avoir marché sur le cadavre d'un homme. Mais le bras qu'elle avait écrasé de sa semelle se rétracta comme la corne d'un escargot qu'on dérange, sans que l'individu émette un son de protestation. Elle lâcha Birayma pour se baisser.

— Qu'a-t-il, Mari ? Est-il gravement blessé ?

— Non, je ne pense pas.

Elle riait.

— À son haleine, je dirais qu'il est tombé victime du vin de raisin.

— Belle armée que celle du Septentrion !

— Oh ! Birayma, que va-t-il leur arriver ?

— Avec un peu de chance, ils succomberont tous aux ravages de la bouteille avant de devoir affronter un ennemi plus redoutable.

L'hypothèse leur fut confirmée quelques minutes plus tard. Cette fois, impossible de les piétiner par mégarde. Ils étaient cinq, presque entassés les uns sur les autres, dormant comme des sonneurs, ronflant en chœur. Des outres plates étaient semées autour d'eux. Mari en ramassa deux ou trois, les secoua, en dénicha enfin une qui contenait encore un peu de liquide.

— J'ai soif, dit-elle. Ça nous fera du bien.

Ils burent mais sans excès, persuadés que ces cinq-là

risquaient d'être morts avant l'aube, quand leur sang aurait pris en glace.

— Est-ce que cette route ne finira jamais ?

— Nous ne pouvons plus être loin.

Mari eut l'impression que le vin faisait immédiatement effet sur elle. Non, comme elle l'aurait souhaité, qu'il lui donnât des forces et du courage. Il lui chauffa la tête, lui brouilla la vue et, dans ce flou, cette brume mouvante, alluma d'infimes lueurs. Elle cligna les yeux, pour voir si elles se dissiperaient.

— Birayma...

Ils n'avançaient presque plus, épaules jointes, chacun enserrant la taille de l'autre. Le froid n'existait plus, ni la fatigue ni la désolation.

— Birayma...

Ce n'était ni le feu du vin dans ses veines ni le brasillement des pâles étoiles du Nord.

— Des lumières, murmura-t-elle.

— La ville ?

— Non, je ne crois pas.

Pendant longtemps, ils ne distinguèrent que deux taches minuscules, qui bientôt dansèrent contre un rideau de ténèbres verdâtres. Ils s'étaient arrêtés, dans l'attente que quelque chose sorte de la nuit. Ce furent des bruits de sabots.

— Un attelage, Mari.

— Quoi que ce soit, rien ne me paraîtra pire que cette route qui n'en finit pas.

Le son s'amplifia, et, comme multiplié par l'écho, tomba en cascade du ciel noir. C'était toute une troupe qui semblait s'avancer vers eux. Mais il ne surgit de la route obscure qu'une voiture tirée par deux chevaux, à chaque flanc de laquelle se balançait une lanterne. Un cavalier solitaire la suivait.

Un homme descendit de la voiture, un homme en uniforme, comme l'était le cocher. Mari comprit brusquement qu'il s'agissait d'un fourgon militaire, avec ses armes peintes sur la portière. Le soldat s'approcha d'eux, les salua d'un bref signe de tête, puis posa sur Birayma un œil scrutateur.

— Êtes-vous bien monsieur l'ingénieur Penda ?

L'échine aussi raide que son visage était plissé, il avait l'air d'en douter.

— C'est lui ! C'est bien lui ! Et c'est Mari ! Mari ! Mari !

Tout en criant, le cavalier avait sauté à bas de son cheval. Il courait dans leur direction, vareuse grise et pantalon blanc.

— Lisimba !

Mari ouvrit les bras pour l'accueillir.

— Oh ! pour une fois, lui glissa le jeune homme à l'oreille, vous semblez heureuse de me voir.

— Que se passe-t-il, Lisimba ? Vous voilà donc soldat ?

— Bah ! Comme tout le monde, bientôt.

— Que se passe-t-il ? répéta Mari. Les Blancs... est-ce que les Blancs...

— Les Blancs ? Vous n'en faites donc plus partie ?

— Ont-ils attaqué les Comptoirs, Lisimba ?

Lisimba Tam éclata de rire.

— Ah ! Il ne manquerait plus que ça !

Toujours hilare, il se tourna vers l'homme qui les observait avec des gestes d'impatience.

— Chef ! Est-ce que vous pouvez prendre le cheval ? Je vais monter dans la voiture avec l'ingénieur et la jeune fille.

Le militaire considéra son subalterne sans cacher sa stupeur mais, comme si la proposition le soulageait d'un grand poids, acquiesça finalement.

— Vous m'excuserez de ne pas vous attendre, dit-il en empoignant les rênes de la monture.

Quand tous eurent pris place sur les banquettes, l'attelage opéra un demi-tour sur la route. Lisimba Tam observait en silence le couple qui lui faisait face. Ou, plutôt, il contemplait leurs mains qui s'étaient jointes.

— Pour répondre à votre question, Mari, dit-il enfin, je crois qu'il s'est passé pas mal de choses, des choses que vous ignorez, semble-t-il.

— Et quoi donc ?

— Nous sommes en guerre, je le crains.

## 26
## EN GUERRE

Lisimba Tam épiait chacun de leurs gestes, leurs bras qui se frôlaient, leurs doigts qui se nouaient, il ne perdait aucun des sourires et des regards qu'ils échangeaient. L'homme à la peau brune, long, amaigri, marqué par la fatigue et la souffrance. La jeune fille aux cheveux et aux yeux plus clairs que jamais, elle aussi la figure creusée mais le teint resplendissant. Lui abattu ou proche de l'être, elle triomphante, voilà ce qu'il voyait. Il ne trahit rien de ses pensées, ni surprise ni jalousie.

La voiture cahotait sans rudesse. Mari et Birayma avaient accompli sur leurs jambes l'essentiel du chemin. Ils seraient bientôt aux Comptoirs.

— J'étais de faction près du fort, à l'entrée des Territoires. Une chance pour vous ! Il y avait ce type qui criait : « Mari Penda ! Mari Penda ! » Il était ivre. Enfin, je ne l'ai pas vu. Mais le nom de l'ingénieur est connu et on sait que nous sommes arrivés ensemble. Quelqu'un m'a averti qu'un Blanc parlait de vous, monsieur Penda. Un Blanc qui semblait avoir perdu la tête. J'ai réussi à en apprendre un peu plus, toujours sans le voir. Ce gars prétendait avoir rencontré sur la route une certaine... euh... Mari Penda. Il a tout mélangé, le pauvre bougre.

— Il n'a rien mélangé du tout, répliqua Mari.

— Ah ? Il faudra m'expliquer ça. Ç'avait l'air sérieux, malgré tout. Mari... Penda... il n'avait pas inventé ces noms-là. Sur la route. Il suffisait de filer tout droit. J'en aurais le cœur net. J'ai réussi à avoir un fourgon. Votre nom est connu mais celui du gouverneur, c'est autre chose. Il est pour ainsi dire magique. L'ingénieur Penda, l'ami du gouverneur Diatta. Hé ! Vous avez vu comment mon chef a pris le cheval ?

Lisimba Tam parlait sans répit, comme pour s'empêcher de comprendre ce qu'il contemplait, ce couple qui lui faisait face, la main de Mari sur la cuisse du Peul à présent.

— Qu'avez-vous dit, Lisimba ? le coupa soudain Birayma Penda. Que nous sommes en guerre ? Est-ce que ces hordes de Franches ont attaqué les Comptoirs, oui ou non ?

— Ah ! mais pourquoi attaqueraient-ils les Comptoirs, monsieur Penda ? C'est chez eux, ici. On n'attaque pas son propre pays.

— Justement, ils...

— Ils criaient : patrie ! liberté ! intervint Mari.

Lisimba hocha la tête.

— Ce sont de bons Blancs que vous avez croisés. Prêts à servir pour la patrie. Ce qu'ils vaudront au combat, c'est une autre histoire. Il va falloir leur donner un minimum d'instruction.

— Mais où se bat-on, Lisimba ? hurla l'ingénieur. Où donc, Grand Esprit !

Le jeune homme s'assombrit.

— Les terres sauvages, on a bien raison de les appeler comme ça. On n'y est vraiment au courant de rien. Ce sont les Maures, monsieur Penda.

— Les Maures ?

Lisimba Tam confirma d'un signe de tête.

— Chaque bateau qui arrive nous apporte du pays des nouvelles plus alarmantes que les précédentes. La première fois, on parlait d'escarmouches sur la frontière, de tiédos lâchement assassinés par des bandes de brigands venus du désert.

— Et ensuite ?

— Ensuite... eh bien, d'infiltrations nombreuses. Mais ce n'était encore rien. Un jour, trois bateaux se sont succédé. Deux d'entre eux étaient des bâtiments de la Marine royale. Ils venaient décréter la mobilisation générale.

— Totem à clous !

— Ils demandaient des renforts.

Lisimba s'interrompit un instant pour réfléchir.

— Cela doit faire près d'un mois qu'aucun navire n'est arrivé d'Afirik. Mais on dit que les Maures sont aux portes de Ndakarou. Et qu'ils déferlent en masse sur la Kassamansa.

Mari et Birayma échangèrent un regard consterné.

— Et ces renforts...

— Nous enrôlons des indigènes à tour de bras, ingénieur. Peut-être que vous n'avez entendu parler de rien mais la nouvelle s'est quand même répandue dans le pays.

— Nous nous sommes enfoncés assez loin dans les

Territoires, Lisimba. Là-bas, j'ai rencontré des gens qui n'avaient jamais vu un Noir de leur vie.

Lisimba fit une grimace dégoûtée.

— Je ne regrette pas de m'être retiré de l'expédition.

— Et pourquoi les Blancs se battraient-ils pour le Sunugaal ? lui demanda Mari.

— Ça leur fait un métier. Puis... il y a l'uniforme, les armes. Vous leur promettez une jolie veste, une médaille, un fusil en bois, et ils sont contents. Les Blancs sont comme ça, vous savez. Un rien les rend fiers. À condition de ne pas leur mesurer le vin. S'ils n'ont pas la boisson pour leur donner du courage, ils fileront au premier coup de canon.

— On va les envoyer là-bas ? Mais ils ne connaissent pas la langue, ils vont crever de chaleur, ils... oh ! Ils vont tomber comme des mouches.

— Il faut défendre la patrie, répliqua Lisimba.

— Mais ce n'est pas la leur !

— Si, une fois qu'ils ont signé. C'est-à-dire... fait une croix sur le papier. Un Blanc qui a signé devient citoyen du pays. Ils donneraient leur vie pour un tel honneur.

Lisimba leur adressa un clin d'œil.

— Citoyen, vous me comprenez.

La voiture ralentissait. Ils entendirent la voix du cocher qui s'annonçait. On leur permit de s'avancer sur la voie pavée qui menait au port.

— Et vous, Lisimba ? demanda Mari. Êtes-vous prêt à donner votre vie pour la patrie ? Je ne pensais pas vous voir un jour en tenue de soldat, vous savez.

— Je ne vous plais pas, ainsi ? Je n'ai jamais eu

autant de succès. Dommage qu'on ne puisse pas recruter les femmes. Rien qu'avec mes conquêtes je formerais des armées entières.

— Vous ne m'avez pas répondu.

— Non, moi, je m'occupe de l'habillement, du matériel. Je n'ai pas l'intention de partir d'ici pour le moment.

— Vous préférez envoyer les autres se faire tuer.

— Il faut bien assurer l'intendance.

Il y eut entre eux une longue minute de silence presque hostile. Exclu de l'échange, Birayma paraissait somnoler.

— Avec un peu de chance, le *Yumna* sera à quai et nous pourrons y finir la nuit, dit-il sans ouvrir les yeux.

— Ah ! J'aurais dû vous en avertir, le *Yumna* n'est plus là.

— Où sont-ils, Lisimba ?

— Réquisitionnés, monsieur Penda. Le *Yumna* est parti vers l'Afirik il y a une dizaine de jours, sous le commandement du capitaine Wagué.

— Wagué va faire la guerre ?

— Vous n'auriez pas reconnu le bateau. Repeint en noir, rebaptisé je ne sais comment. Et plein à craquer. Ils y ont entassé au moins cinquante Blancs.

L'ingénieur encaissa le choc sans un mot. La voiture s'était arrêtée. Des odeurs de mer leur parvenaient par les rideaux qui obscurcissaient les petites fenêtres.

— Nous sommes au port, annonça Lisimba. Nous n'irons pas plus loin.

Le jeune homme les conduisit par l'esplanade qui s'étendait devant la capitainerie, en direction de la ville basse. Mari n'eut que le temps d'apercevoir quelques voiles roulées sur les mâts, d'entendre quelques criaillements de mouettes.

— Où allons-nous ? demanda l'ingénieur Penda.

— Je peux vous loger, j'ai une piaule. Mais je vous préviens, c'est le quartier blanc.

— Et vous ?

— Je dois retourner à mon poste. J'ai mon lit dans un baraquement.

Mari fut prise à la gorge. Du monde blanc, elle n'avait connu jusqu'à présent que de rares et modestes villages, des ruines, des sites abandonnés. Le quartier annoncé par Lisimba semblait de petite taille mais d'une effroyable densité, comme si tout y avait été comprimé. Même les abords du port fluvial de Ziguinchor ne lui avaient pas laissé une impression aussi oppressante. Des maisons de guingois, qu'étayaient des poutres énormes et qui se suivaient sans se joindre, si étroites parfois qu'on eût pu en toucher ensemble les deux côtés opposés, des cabanes de planches, où s'accrochaient des filets de pêche alourdis par de gros coquillages, des ruelles tortueuses où l'on passait difficilement à deux de front, sur une chaussée dépavée par endroits et que l'herbe, alors, disputait à une sorte de limon gras. Il y avait plus de logements que de portes, plus de chambres que de fenêtres.

— Vous habitez vraiment là ?

— Le moins possible. Depuis que je me suis engagé, je n'y vais plus.

Ils enjambaient des corps. Des familles entières dormaient dans la rue, sous des tentes ou d'épaisses couvertures, auprès de braseros qui jetaient d'inquiétantes étincelles vers les masures de bois. Des mains se tendaient vers eux puis retombaient. Les odeurs de varech, d'entrailles de poisson et d'urine fraîche les asphyxiaient autant qu'elles attiraient rats et oiseaux de mer.

Même Lisimba paraissait avoir du mal à s'orienter. Il comptait les bicoques, deux à droite, trois à gauche.

— Là.

Tous trois durent se baisser pour passer en file indienne sous un grand drap mouillé afin d'accéder à une courette en triangle. L'escalier vers lequel le jeune homme conduisit Mari et Birayma y prenait racine. La vingtaine de marches en colimaçon les menèrent à une porte de carton fermée par un simple loquet.

Lisimba Tam s'accroupit et tâtonna pour trouver sur le plancher gondolé une bougie. La petite flamme bleue éclaira chichement un lieu dont six pas auraient fait le tour.

— C'est dans ce galetas que vous amenez vos conquêtes ?

Mari contemplait avec un sourire cruel le matelas d'où s'échappaient des brins de paille, la chaise bancale, le coffre de marine lacéré, le réchaud, la marmite en terre cuite, la jarre et la cuvette de faïence. Il lui suffisait de se hausser sur la pointe des pieds pour effleurer de l'index le plafond incurvé en son centre par le poids des eaux de pluie.

— J'avais loué ça pour une poignée de cauris, en attendant mieux, expliqua Lisimba, alors qu'il allumait deux nouvelles bougies et les soudait avec leur propre cire sur le minuscule rebord de la minuscule fenêtre.

— Cela conviendra très bien pour cette nuit, lui dit Birayma.

— Oh ! Autant de nuits que vous voulez.

— Merci, Lisimba.

Se sentant congédié, le jeune homme salua à la façon du militaire qu'il était désormais, brève inclinaison de tête, bras plié contre la poitrine. Son regard cependant s'attarda sur le couple et Mari eut l'impression d'entendre les mots qui résonnaient alors derrière son front plissé. *Mari Penda... Mari Penda...*

— Nous serons demain matin à la capitainerie, l'informa Birayma.

Lisimba disparu, l'ingénieur alla tâter d'une main circonspecte les murs lépreux de l'affreuse petite chambre.

— Avec un peu de chance, ils tiendront debout jusqu'à demain matin, dit-il.

Mari avait déjà ôté la plupart de ses vêtements. Assise sur le bord inconfortable de la couche, elle suivait les mouvements de son époux d'un œil songeur. Depuis leur nuit de noces dans la chapelle, ils ne s'étaient plus trouvés seuls ensemble dans un lieu abrité. Birayma allait-il la rejoindre, allait-il l'enlacer ? Sans doute était-il trop épuisé pour qu'elle puisse espérer davantage. Mais le grand Peul ouvrait fébrilement leurs sacs. Médusée, Mari le vit qui les vidait de leur encombrant et lourd contenu puis entreprenait d'étaler, sur le sol, sur la chaise, sur le coffre, les planches de l'Itale. Elle chercha son nom. Ah ! oui, Leonardo.

Leonardo semblait être né pour lui pourrir la vie.

— Birayma ? Je crois que tu es éreinté. Est-ce que tu ne viens pas dormir ?

Birayma ne lui offrit qu'un grommellement pour toute réponse.

— Tu cherches quelque chose ?

— Bien sûr que je... ah ! celle-là !

Mari agita ses jambes nues, frottant ses pieds l'un contre l'autre. Comment donc attirait-on les mâles afrikains ? En s'intéressant à ce qu'ils faisaient, sans doute.

— Tu en as trouvé une à ton goût ? Est-ce pour décorer la chambre ?

— Quoi ? Tu... oh ! oui, tu plaisantes.

— Je plaisante ?

Elle se leva et vint vers lui. S'étant accroupie, elle regarda par-dessus son épaule.

— Oh ! non, gémit-elle.

Birayma avait disposé devant lui quatre planches bistres, face à la clarté souffreteuse des bougies. Des canons, rien que des canons.

— Je vais solliciter dès demain une entrevue avec le gouverneur Diatta, dit-il.

— Le gouverneur ? Mais ce ne sont que des dessins, Birayma.

— Oui. Pour l'instant.

L'ingénieur ouvrit l'un de ses propres carnets, chercha une page blanche et commença de griffonner.

— Il faut que je réfléchisse. Le principe est excellent mais le mettre en œuvre est une autre affaire. Nous devons l'adapter aux possibilités techniques de notre monde moderne.

— La guerre... Birayma. Souviens-toi de ce que disait l'Itale, oui, ton cher Leonardo... une folie des plus bestiales !

— Je ne sais ce qu'a été la vie de cet homme mais, s'il a inventé toutes ces machines de guerre, c'est sans doute qu'il a jugé devoir se mettre au service de son pays. Lorsque la patrie est en danger, Mari, nous n'avons pas le choix.

Un sombre pressentiment envahit la jeune fille, qui nourrit bientôt tout un flot d'images horribles. Elle voyait Birayma derrière ses canons en éventail, arrosant l'ennemi de gerbes de feu.

— J'espère que tu n'envisages pas...

Elle s'interrompit. L'ingénieur venait de tirer à lui une autre planche.

— Birayma...

Ces engins volants, aux ailes pareilles à celles d'une chauve-souris.

— Je vais te dire ce qu'est l'art de la guerre, selon moi. Il s'agit de considérer les forces en présence, d'étudier les points forts et les points faibles de chaque partie. Ensuite, il faut agir en conséquence. Déterminer quelles sont les faiblesses de l'ennemi. Chercher comment en prendre avantage.

— Mais nous ignorons tout de la situation !

— Certes, et je dois m'en informer au plus vite. Mais il n'est pas compliqué de l'imaginer. On nous a dit que les Maures déferlent en masse depuis les contrées qu'ils occupent, au nord et à l'est du Sunuugal. Si nos troupes sont en difficulté, c'est qu'elles se sont laissé surprendre. Pourquoi ? Parce qu'elles n'ont pas été informées à temps des mouvements de l'envahisseur.

Il tapota les schémas de Leonardo.

— Le pays maure est généralement plat et désertique. Qui l'observe au ras du sol ne verra guère que ce que peut montrer une bonne paire de jumelles. Mais si on prend de la hauteur, si on s'élève dans le ciel...

Mari suivit d'un œil las la main brune qui montait vers le plafond affaissé.

— Ta chauve-souris à vapeur s'est écrasée et tu as failli périr avec elle.

— J'ai commis des erreurs. *Njugub II* volera comme un aigle, je te le garantis.

Les flammes avaient déjà mangé aux deux tiers les trois bougies jaunâtres.

— Viens dormir, Birayma.

— Couche-toi. Je te rejoins.

Allongée sur le matelas bourré de paille, Mari entendit encore la voix de l'ingénieur.

— J'ai compris ce qui n'allait pas. Tout est prêt dans ma tête. En quatre semaines, peut-être six, je peux faire fabriquer un nouveau modèle.

Quand il ne resta plus sur le rebord de la fenêtre que trois mèches fumantes prisonnières d'une flaque de cire liquide, Birayma s'était assoupi, bras croisés sur le coffre de marine. Mari se leva de nouveau et le traîna jusqu'au lit, à demi conscient.

En bas, dans la petite cour triangulaire, des voix éraillées par le vin déversaient des chansons obscènes.

Tôt le matin, au quartier blanc, tout était à vendre. Le poisson qu'on venait de vider dans le caniveau, le poulet tout frais égorgé, l'eau qu'on portait à deux, dans un baquet rond suspendu à une perche, le mauvais alcool distillé au coin des ruelles, tombant goutte à goutte d'un serpentin de cuivre, les dessus de chaise des rempailleurs, les services de la remmailleuse de filets et de la repriseuse de bas, les femmes postées devant leur gourbi, les enfants si on voulait.

Cet affreux petit monde baignant dans la puanteur et la clameur semblait avoir été jeté là d'une main négligente. Ni sens ni direction.

— Le port n'est pas loin, pourtant.

Mari avait empoigné le coude de celui qu'elle persistait à considérer comme son époux, et le tirait dans la cohue.

— Nous sommes déjà passés là.

Et, songea-t-elle, nous y repasserons encore. Non, ce terrain vague, clos sur deux côtés et demi de palissades, ce champ d'ordures où grouillait la vermine, têtes de poissons, résidus de cuisine, excréments, débris sans nom, ils ne l'avaient pas encore longé. Ils trouvèrent juste après une remise à bois et un homme qui se curait les dents avec une longue arête.

— Bois de chauffe, bois de chauffe, dit-il d'un ton mécanique en les voyant approcher.

— Monsieur... le port ?

— Monsieur ?

L'homme éclata de rire.

— Le monsieur, c'est lui. Il a dû te payer un bon prix, jolie figure.

— Je ne suis pas d'ici ! Je suis afirikaine !

— Ah !

Ils continuèrent, se faufilèrent parmi les charrettes à bras. On les bouscula. Mari trouva refuge contre la poitrine amaigrie du grand Peul. Il se détacha d'elle, la regarda.

— Tu pleures ?

— Je voudrais tellement être d'ici. Oh ! Je t'en prie, ne t'en va pas. Ne me laisse pas. Ne pars pas à la guerre.

Birayma n'eut pas le loisir de répondre. Il leur fallait s'écarter. Une autre charrette arrivait, avec son chargement de vieux chiffons. Ces fripes loqueteuses n'iraient pas à la décharge. Elles étaient à vendre, elles aussi.

— Chiffons ! Chiffons !

— Poissons ! Poissons !

Mari s'était levée affamée. Les odeurs la suffoquaient. La mer, le sang, l'urine et l'eau croupie. Son estomac faisait des nœuds.

— Je crois que j'aperçois le toit de la capitainerie.

Il luisait au-dessus des décombres d'une maison à l'ancienne, carcasse de pierres couvertes de mousse et champ de gravats.

— Voilà. Nous y sommes, dit Birayma en jetant une poignée de cailloux sur les chats qui venaient de surgir en meute de la ruine.

Il allongea le pas comme si, soudain, sa jambe ne le faisait plus souffrir. Il traversa l'esplanade où les gardes à cheval triaient du bâton les futurs soldats du royaume, toi trop vieux, toi reviens demain, toi présente-toi à midi au recrutement, et s'engouffra dans le bâtiment silencieux. Il n'y avait là qu'une Blanche, une grande femme aux cheveux pris dans un foulard, qui passait la serpillière sur le carrelage. Quand Mari le rejoignit, essouflée, il tapait du plat de la main sur le comptoir.

Un fonctionnaire enfin se présenta, dans un boubou

étriqué et trop long, hors de saison, hors de tout, ridicule, absurde, avec ses fleurs et ses couleurs vives.

— Les bureaux ne sont pas encore ouverts, dit-il.

Il soulevait à grand-peine ses paupières et semblait trimballer avec lui la fin d'une mauvaise nuit.

— Je dois voir le gouverneur Diatta.

— Il n'a sûrement que ça à faire.

— Il faut lui faire parvenir cette lettre de toute urgence. Le sort du royaume en dépend peut-être.

Cette fois, l'homme daigna montrer la moitié d'un œil. La lettre n'était qu'un morceau de papier, une feuille arrachée par l'ingénieur à l'un de ses carnets.

— Je vous remercierais de bien vouloir la placer dans une enveloppe et la sceller.

— J'en ai déjà vu un hier, qui voulait sauver le royaume. Un Blanc. Il a vidé sur mon comptoir un plein sac de collets à lapin. Et vous, avec quoi vous allez les attraper, les Maures ?

— Je n'ai pas l'esprit à plaisanter, monsieur.

— Et moi, vous croyez que...

— Je connais personnellement le gouverneur Diatta. Il m'a reçu chez lui en ami.

— Très bien, très bien. Je vais la mettre au courrier.

— Urgent.

— C'est ça, au courrier urgent. On sert à tout, ici. Douane, poste, tribunal, banque... et maintenant, bureau de recrutement. Les locaux ne sont plus assez grands. Et nous ne sommes pas assez nombreux. Autre chose pour votre service, monsieur ?

— Urgent, répéta Birayma Penda en tournant le dos.

## 27
## VILLE BLANCHE

Dans l'attente d'une réponse du gouverneur, Birayma travaillait. À force d'assiduité dans les bureaux de la capitainerie, où il passait chaque matin à la première heure, il avait obtenu qu'on lui fournisse le matériel dont il estimait avoir besoin. D'immenses feuilles de papier, des plumes, de l'encre, une longue règle, une paire de ciseaux, une équerre, un compas, une boîte de punaises... L'ingénieur traçait ses graphiques et ses plans à genoux sur le sol, penché sur les rectangles grisâtres. Quand il s'estimait satisfait, il punaisait sur les parois gondolées de la petite chambre le fruit de ses efforts. À présent, tous les murs en étaient couverts.

À Mari, il n'adressait la parole que pour commenter ses projets. Elle l'écoutait en silence, s'efforçant de prendre un air intéressé. Les ailes articulées, dont la surface serait d'un tiers supérieure à celles dont avait été pourvu le premier *Njugub* ; les calculs de portance, qui occupaient sur un côté de la même feuille toute une haute colonne en chiffres et symboles énigmatiques ; la double turbine à vapeur et à pétrole, de face, de profil, avec tout autour la preuve mathématique de la force engendrée par l'eau compressée ; le nez, mieux dessiné, mieux profilé ; l'habitacle et son fin revêtement de métal laminé ; les roues garnies de gomme d'Orient. Mari hochait la tête, Mari se collait à lui, pour le sentir, pour le toucher.

À droite de la fenêtre, il avait accroché sur quatre feuilles de plus petites dimensions quatre canons mitrailleurs à tubes multiples, montés sur roulement. Certains en éventail, d'autres droits comme les orgues.

— J'étudie un mode de rechargement rapide. Dans l'idéal, ces modèles produiraient un feu continu, pendant des heures s'il le faut. Imagine les ravages !

— J'imagine, Birayma. Et j'ai peur des images que je vois.

— C'est la guerre, Mari.

— Ce n'est pas la guerre qui me terrifie, c'est toi. J'imagine que tu aimes ces canons, que tu aimes ce feu, que tu te délectes de ces ravages. Je vois la mort au bout de ta mitraille, je vois la chair pulvérisée et le sang.

— C'est la guerre...

Elle le prit dans ses bras, l'étreignit, chercha sa bouche.

— Folie bestiale... folie des hommes noirs, folie des hommes blancs.

— Devons-nous...

— Folie des Maures.

Mari s'était tournée vers le *Njugub II*, vers la planche où Birayma avait représenté sa chauve-souris mécanique en entier.

— Tu n'y as mis qu'une place, dit-elle d'un ton de

reproche. Moi, je rêve d'un grand oiseau qui nous emporterait tous les deux.

Au cinquième jour, l'ingénieur Penda fut informé que le distingué gouverneur Agouloubene Diatta était disposé à lui accorder un bref entretien. Birayma décrocha l'ensemble de ses œuvres et en fit un imposant rouleau, qu'il ficela.

Birayma Penda revint de sa visite à la résidence du gouverneur mi-triomphant, mi-abattu.

— Agou Diatta a maigri, je l'ai à peine reconnu.

— Que t'a-t-il dit ? S'est-il montré convaincu par tes projets ?

Mari espérait bien que non.

— Il n'a pas consacré plus de trois minutes à l'examen de mes plans. Il m'a avoué n'avoir aucune connaissance dans ces domaines et ne s'être jamais beaucoup passionné pour la technique.

— Ce n'est pas un militaire.

— J'ai trouvé le gouverneur très angoissé. D'après lui, la situation au pays est pire que tout ce que nous pouvons supposer. Nous n'avons pas affaire à des bandes de pillards mais à de véritables troupes organisées. Des hommes fanatisés qui donnent l'assaut en hurlant le nom de leur dieu.

— Le seul Maure que j'ai rencontré semblait accorder une grande importance à son dieu. Mais il ne m'a pas eu l'air mauvais.

— Ce n'est pas tout. Diatta s'inquiète aussi de ce qui se passe ici. De ces Blancs qui arrivent de points toujours plus éloignés des Territoires, qu'on laisse entrer dans les Comptoirs et qu'on enrôle après un examen sommaire.

— Que craint-il ? Une révolte des Blancs ?

— Non. La Peste. Le gouvernorat est débordé. Il y a des milliers d'indigènes dans des camps à quelques kilomètres d'ici seulement. Sans hygiène, sans eau et sans nourriture en quantité suffisante. Tous prêts à donner leur sang pour la patrie.

Mari éclata d'un rire involontaire, que l'ingénieur Penda ignora.

— Tôt ou tard, l'épidémie va se déclarer. Elle se répandra dans les Comptoirs mais, surtout, elle risque de se propager en Afirik.

— Eh bien, nous l'offrirons aux Maures !

— Est-ce que cette situation t'amuse, Mari ?

— Non, Birayma, elle ne m'amuse pas. Je ne trouve rien de drôle à voir mes frères blancs quitter leur terre de leur propre volonté, exactement comme mes ancêtres ont dû la quitter à bord des ivoiriers d'autrefois. L'histoire se répète, Birayma. Ce sont toujours les mêmes qui versent le sang et la sueur. On leur dit : liberté !, alors ils crient : liberté ! On leur dit : patrie !, alors ils crient : patrie ! Ils iront à la rencontre de l'ennemi en chantant. Ils feront don de leur corps. Pourquoi ? Parce qu'ils espèrent qu'on les reconnaîtra enfin. On va les nourrir, on va les habiller, on va les armer. Ils se croiront libres citoyens de la patrie. Et que se passera-t-il quand tout ça sera terminé ? On leur reprendra leurs uniformes, on leur reprendra leurs armes, on leur dira de rentrer chez eux. Chez eux. Parce que là-bas, l'Afirik, le Sunugaal, ce ne sera jamais chez eux. Ce ne sera jamais chez moi.

Birayma Penda avait tourné la tête. De grosses perles de sueur à son front, il semblait étouffer dans l'espace confiné de la petite chambre. Il avait tourné la tête. Il refusait de la regarder en face.

— Tu as autre chose à m'annoncer, n'est-ce pas ?

— Le gouverneur Diatta pense que nous devons mettre toutes les chances de notre côté. Il m'a assuré de sa plus totale confiance. Il m'a dit qu'il ne doutait pas de mes compétences et que son appui m'était acquis.

— Ce qui signifie ?

— Il souhaite que j'entre en relation avec les autorités militaires du pays le plus rapidement possible. Il m'a remis un message rédigé de sa main. Une goélette part demain.

— Nous partons demain ?

— Non, Mari. Pas toi.

C'étaient les mots qu'elle attendait depuis le premier instant de son retour. Ceux qu'elle avait lus sur son visage, ceux qu'elle avait su devoir venir.

— Pas moi, dit-elle d'un ton inexpressif.

— C'est la guerre. Il n'est pas question que je t'expose à des dangers inutiles.

— Il y a donc des dangers utiles, Birayma ? Et que vais-je devenir, ici ? Quand pourrai-je te rejoindre ? Quand reviendras-tu me chercher ?

— Quand...

— Tout cela sera terminé, acheva-t-elle pour lui. Mais peut-être que ça ne se terminera jamais. Quand ce ne sera plus la guerre, ce sera pour une autre raison. Tu ne reviendras pas.

— Je te laisse parmi les tiens.

— Je suis seule, ici, tu le sais bien.

— Il y a Lisimba. C'est un garçon de ton âge. Je crois qu'il a de la sympathie pour toi. Et il restera, lui. Je ne crois pas qu'il ait très envie de se battre.

Il refusait toujours de la regarder en face, ne lui présentant qu'un profil coupé par un pauvre sourire.

— Je suis ta femme.

— Tu ne seras pas seule... Lisimba...

— Je suis ta femme.

Mari comptait avec lenteur les pièces dorées remises par Birayma. Le total la stupéfia. Mille cauris. La plus grosse fortune qu'elle eût jamais possédée. Non, bien sûr, pas possédée ! Qu'elle eût jamais vue. L'ingénieur avait fait part au gouverneur Diatta de ses inquiétudes au sujet de la jeune fille, de la précarité de sa situation. Ce cher Agou n'avait pas lésiné. Mille cauris ! Mari faisait passer d'une main dans l'autre les rondelles de métal précieux, elle en palpait du bout des doigts les nobles gravures, le lion royal et les palmes. Aucun plaisir, aucune excitation. Elle n'éprouvait rien que du dépit, prémices d'un immense chagrin. Tant d'argent lui assurait son confort pour une longue période. Birayma l'abandonnait, Birayma ne la rejoindrait jamais ni ne la rappellerait auprès de lui. Mille cauris, en grandes et petites pièces. Elle en lâcha toute une poignée et écouta leur tintement lugubre. Un dédommagement, un cadeau d'adieu, une conscience apaisée à bien peu de frais. Qu'est-ce que c'était que mille cauris ? Elle l'aimait.

Elle porta la main à sa poitrine, la glissa par l'échancrure de sa chemise d'homme entrouverte. Il y avait entre ses seins une marque aussi prononcée que celle de la plus belle des pièces d'or. Ce matin, tandis qu'elle serrait son époux à l'étouffer, avec presque de la sauvagerie, de la férocité, le médaillon suspendu au cou de Birayma s'était imprimé dans sa chair. Le médaillon d'Ani, sa mère. Il l'emporterait, il ferait avec lui le chemin qui le ramènerait à la terre d'Afirik. Et elle resterait seule ici, où lentement la marque s'effacerait.

La porte s'ouvrit. Il était prêt, vêtu de neuf, avec un pantalon de cuir et une veste de peau retournée, des bottes luisantes, un chapeau à large bord. Propre, rasé, une nouvelle pipe à tête de singe dans la bouche. Il était beau. Il avait posé à ses pieds une petite malle.

— On m'attend, dit-il. Vas-tu m'accompagner au port ?

— Personne ne me privera d'un instant en ta compagnie.

Il hocha la tête. Mari n'avait pas lu dans son regard une telle douceur, presque douloureuse, depuis le jour de leur première rencontre, dans la maison blanche de Ziguinchor.

On ne traversait le quartier blanc qu'à pied. Aucune voiture n'aurait pu fendre cette cohue. Ils marchèrent donc en silence. Mari eût aimé se perdre dans les ruelles mais à présent ils connaissaient tous deux le chemin. Ils furent bientôt à la capitainerie puis sur les quais près des bassins à flot. Birayma le lui désigna du tuyau de sa pipe. Elle ne voulut pas connaître son nom. Ce serait le bateau, celui qui l'emporterait loin d'elle. Deux mâts plantés dans les nuages sombres.

— Je te laisse là, dit-il à l'entrée du ponton de bois.

Mari, déjà, regardait ailleurs. Un autre navire, plus long, plus large, plus imposant. Moins rapide. Sur la passerelle qui le reliait au dock montaient des hommes. Des hommes blancs. Nombreux, agités, surexcités, tous vêtus du même uniforme. Ils avançaient en tournant la tête vers le port, et chacun cherchait les siens parmi la foule massée sur les quais, foule de femmes et d'enfants, foule d'amis qui bientôt partiraient à leur tour. On échangeait des cris, des prénoms, de grands signes du bras.

— Sois fière, dit Birayma. Ces hommes-là vont se battre pour la liberté. Et, en luttant pour celle de toute une nation, ils vont conquérir la leur.

Mari secouait la tête, pour nier ce que tout en elle refusait d'accepter. Puis elle parla et ce fut comme si elle poursuivait la conversation entreprise dans la chambre quelques heures plus tôt.

— Non, Birayma. Peut-être se battront-ils pour la liberté, peut-être se battront-ils pour la justice... mais ce sera la liberté noire, la justice noire. Même si à la fin on leur dit : « Vous êtes libres », ils ne le seront pas. Ils ne comprendront pas. Ils continueront d'ignorer le vrai prix de la vraie liberté, car ce n'est pas pour elle qu'ils se seront battus. Pour la leur. On ne peut pas être libéré par son Maître. La liberté s'arrache avec les dents.

Elle se détourna pour ne pas partager avec Birayma son petit rire. Éloi, ce cher Éloi ! N'était-ce pas ce qu'il lui avait dit et répété ? Oh ! Il ne parlait pas de liberté. L'amour ! L'amour, disait-il, s'arrache avec les dents. Pauvre Éloi... monstrueux Éloi.

— Je dois y aller, Mari.

Ils s'embrassèrent, peut-être pas comme deux époux, peut-être pas comme deux amants. Mari ne sut pas, au fond, ce qu'était ce baiser. Tandis que Birayma s'éloignait, se retournant tous les deux ou trois pas pour lui adresser lui aussi un signe du bras, elle eut le sentiment qu'il lui échappait pour toujours et que chacun en somme retournait à son continent. L'ingénieur afirikain serait de nouveau bientôt chez lui et elle, à présent, pouvait s'enraciner dans cette terre du Septentrion, la seule qu'elle eût jamais dû connaître.

Mais elle ne voulait pas. Ses dents avaient trop faim d'amour et de liberté. Elle ne voulait pas. Quand plus rien ne distingua Birayma parmi les autres hommes, au bout du ponton, Mari alla se mêler aux siens sous le ciel noir de l'hiver, d'où descendait une brume qui faisait briller la pierre. Les hommes, là-bas, n'en finissaient pas de faire gronder la passerelle, riant, chantant, hurlant, un maigre paquetage sur les épaules. Certains brandissaient fièrement un fusil.

Les femmes pleuraient. Mais il y avait aussi du rire dans leurs larmes, et de la fierté. Ce bateau qui allait partir se nommait *Liberté*.

Mari se débattit au milieu de ces épouses, de ces sœurs et de ces filles qui la pressaient, la broyaient. Elle se dégagea avec brusquerie, donna du coude, écrasa des pieds. Au moment où elle allait s'extraire de la cohue, elle buta contre Lisimba Tam. Le jeune homme, sans doute, avait attendu son moment, après l'avoir longuement observée.

— J'ai une bonne nouvelle pour vous, Lisimba. On m'a donné de l'argent. Je vais pouvoir payer le loyer de votre palais.

— Il faut partir d'ici, Mari.

— Oui, partons.

Elle se dirigeait déjà vers le quartier blanc.

— Partir d'ici !

Lisimba agitait les mains. Il voulait lui montrer tout à la fois le port, les quais, l'esplanade, la capitainerie, la ville.

— Quoi ? Qu'est-ce qui vous arrive ?

— Vous ne comprenez donc pas ce qui va se produire ? La Peste !

— Ah ! oui. C'est aussi ce que pense le gouverneur.

— Écoutez-moi, Mari. Je connais des endroits très agréables un peu au nord, sur la côte. Nous y serions bien, à l'abri de toute cette folie, des épidémies, de...

— Vous déserteriez, Lisimba ? Et la patrie, vous n'y songez pas ?

— La patrie n'a pas besoin de moi. C'est vous que je veux sauver.

— Merci, Lisimba. J'y réfléchirai.

— Mari !

— Partir, oui. Je crois que je veux partir.

— Mari !

Avec presque de la hauteur, elle l'écarta d'une bourrade et lui dit :

— Quand j'aurai pris ma décision, je vous en informerai.

La foule au bord de l'eau poussait des hurlements d'épouvante. La garde à cheval avait fait son apparition et entrepris de nettoyer la place.

Mari baissa les yeux. À son doigt, il y avait un anneau de métal gravé d'une lettre. *B*.

# 28
# LE BAISER

Elle marchait de ruelle en ruelle en distribuant des pièces d'or aux mains que lui tendait la misère. Les gens, elle ne les regardait pas. Mais eux, sans doute, la suivaient des yeux. Belle, même si les drôles de vêtements qu'elle avait dénichés à l'étal d'un fripier, dans une cour obscure, n'étaient pas de première fraîcheur. Un pantalon court, qui lui descendait à peine plus bas que le genou, des galoches à semelle de bois, une grosse veste fourrée dont le col de poils roux lui chatouillait le nez.

Mari traversa le quartier indigène d'un pas déterminé, dispersant sa fortune avec allégresse. Quand elle parvint en vue de la capitainerie, elle s'était allégée d'une centaine de cauris et ses poches étaient vides. Une bande d'enfants s'était formée derrière elle, piaillant, sautant, agrippant les pans de sa veste, et la suppliait à dix doigts crasseux de donner encore. Elle se retourna vers eux, écarta les bras puis les sema à la course.

C'était une assez belle journée, presque douce, et la nappe verte de la mer se confondait au loin avec les franges crémeuses du ciel. Mari savait où elle allait.

Elle longea la grande façade de la capitainerie et contourna le bâtiment. Là, sur l'arrière, il y avait une petite porte. Et, le long du mur gris, s'étirait une file d'une trentaine de personnes. Toutes de couleur blanche, toutes de sexe masculin. Elle y prit place, en dernière position. Quelques minutes plus tard, ils étaient déjà dix derrière elle. Des grands, des gros, des maigres souvent. Angoissés ou excités, l'œil arrondi par le désir et des espoirs incertains. Mari jugea qu'ils étaient laids pour la plupart, qu'ils puaient et qu'ils avaient l'air pauvres.

Ils entraient un à un par la porte, toutes les cinq ou six minutes. Il y avait apparemment une autre issue car on ne les voyait jamais ressortir. Au début, nul n'avait semblé s'étonner de sa présence. Sans doute supposait-on qu'elle accompagnait quelqu'un, un père, un frère. Puis les regards commencèrent à peser sur elle, escortés bientôt de rires, de grimaces. Des index se tendirent pour désigner ses mollets nus. L'un enfin osa lui adresser la parole.

— Tu vas faire la guerre ?

— Non. Je vais rejoindre mon mari.

Le garçon se battait les flancs et piétinait, il ne portait qu'une chemise, une culotte fine et des chaussettes de laine.

— Moi, j'aurai un fusil, dit-il.

Ils avancèrent de quelques pas puis de quelques pas encore.

— Je vais les tuer tous !

— Les Maures ?

— Oui, les Maures.

Quand Mari parvint près de l'entrée, plus de deux heures s'étaient écoulées, et la file s'était coudée à l'angle du bâtiment, plus longue que jamais. Elle entendait maintenant la voix qui criait depuis le bureau :

— Suivant !

Le suivant entrait.

— On nous félicitera, disait quelqu'un. On nous donnera des belles maisons, on fera venir nos femmes.

Son tour vint enfin. Les hommes qui l'entouraient la dévisageaient avec amusement, intrigués, curieux de voir si elle irait vraiment. Mari entra dans la pièce d'une allure décidée et s'approcha de la table derrière laquelle siégeait un homme noir en uniforme rouge à épaulettes dorées. Le visage un peu bouffi, un calot à pompon d'or sur la tête, des lunettes rondes sur le nez.

— Arrête-toi au trait.

Le militaire lui avait parlé sans lever les yeux, griffonnant d'une main nerveuse sur l'un des documents qui s'étalaient devant lui. Mari stoppa net, les pieds derrière la grosse barre peinte en noir sur le plancher, à deux mètres du bureau sur lequel étaient disposées plusieurs coupelles où se consumaient des copeaux d'essences odorantes.

À droite, un grand Afirikain grisonnant en blouse blanche finissait d'examiner l'homme qui était entré avant elle, nu désormais à l'exception de ses souliers avachis. Masqué, ganté, il lui palpait l'abdomen, lui tâtait l'aine, le cou, les aisselles.

— Ouvre la bouche. Tire la langue. C'est bien. Pas de ganglions, pas de plaies. Un peu maigrichon, par exemple. Il va falloir manger de la bouillie, mon garçon.

Pourquoi t'as gardé tes chaussures ? T'as bien tous tes doigts de pied, au moins ?

Il lui soupesa les testicules.

— Un et deux... Allez ! Bon pour le service ! Au moins, lui n'a pas le globe oculaire trop jaune.

Sans lever les yeux, le militaire en uniforme tapota une feuille sur le dessus d'une haute pile et lui dit dans un mauvais franche :

— Tu fais une croix, j'écris ton nom. Tu te déshabilles, tu vas voir le docteur. Ton nom ?

— Mari Penda. Je sais l'écrire toute seule, répondit-elle en wolof.

Cette fois, il la regardait.

— C'est le bureau de recrutement, ici. Tu as dû te tromper. Tu parles notre langue ?

— Je ne me trompe pas. Je viens m'engager.

— C'est la guerre, ma fille. On recrute des soldats.

— Je peux me battre. Je suis courageuse. Personne n'est plus rapide que moi à la course ni plus habile pour grimper aux arbres.

— Oh !

Le militaire se gratta la joue.

— Tu parles bien. Tu parles très bien. Et sans doute que tu rêves de te mesurer aux singes de la grande forêt, hein ? Mais c'est la guerre. Avec des fusils, avec des morts, avec du sang. La liberté de la patrie est en jeu.

— Je sais. Pourquoi ne pourrais-je pas me battre pour libérer la patrie?

L'Afirikain appuya le menton sur ses mains croisées et la considéra longuement avec un léger sourire.

— Bravo ! s'exclama-t-il enfin. Si tous les hommes

étaient animés d'une pareille ardeur, je crois que je cesserais de m'inquiéter pour mon pays. Bravo, mon enfant. Et...

Il se redressa pour fouiller dans l'une des poches de sa splendide veste rouge.

— Tiens ! fit-il en posant sur le bord du bureau un bout de ruban de la même couleur que son uniforme.

— Qu'est-ce que c'est ?

— Eh bien, un ruban. C'est pour te récompenser. Tu l'épingleras à tes habits. Ce sera comme une décoration, hein. Brave petite.

Il lui intima l'ordre de se retirer d'un geste de la main, criant :

— Suivant !

— Mais, monsieur... Maît... chef ! Je veux...

— Laisse-nous, maintenant. Le recrutement est une affaire sérieuse.

Tandis qu'elle se retirait par le chemin réservé en principe aux nouveaux entrants, Mari entendit que le médecin s'esclaffait :

— Si on doit y envoyer aussi les femmes...

— Alors, c'est que la situation sera désespérée, lui avait dit Lisimba Tam. Le jour où ils recruteront des filles comme vous !

— Elles valent parfois mieux que certains soldats de ma connaissance.

Mari avait envisagé d'écrire au gouverneur Diatta, ou peut-être à sa fille Niakuhufosso, une lettre de supplication demandant qu'on l'autorise à rejoindre son époux en Afirik grâce au premier navire en partance. Mais quelle fantaisie absurde paraîtrait à leurs yeux un tel mariage ! Ils la croiraient folle ou peut-être animée par la cupidité, accrochée à un homme qu'elle désirait rançonner.

À contrecœur, elle s'était tournée vers Lisimba. Lui, c'est sûr, crut qu'elle avait perdu la raison. Mais, pour la moindre de ses faveurs, le jeune homme était prêt à tout. Mari n'eut pas à négocier longtemps. Pour insensé que ce fût, ce qu'elle exigeait de Lisimba Tam ne lui était pas trop difficile à réussir. Le jeune homme travaillait à l'intendance. Or, par ces temps troublés, les fournitures entraient et sortaient en masse des stocks de la garnison. On ne prenait plus guère la peine d'en tenir les comptes.

Lisimba frappa à la porte de carton par un après-midi triste et pluvieux. Mari, qui menait désormais grand train dans ce logement dont elle avait payé d'avance plusieurs semaines de loyer, ne s'était rien refusé pour en améliorer le confort : un tapis indigène aux motifs bigarrés, une épaisse couverture de laine, trois coussins de velours, des assiettes et des plats d'étain et, le matin même, une lanterne de plomb pareille au clocher des anciennes églises. Bien qu'il fît encore jour, elle avait allumé plus de dix bougies, outre la mèche de celle qui pleurait à grosses larmes derrière le portillon vitré de sa plus récente acquisition.

— Nous ne sommes pas aussi bien installés, au casernement. Chambrée de douze quand ce n'est pas de vingt. L'eau au puits et un seau pour la douche. Vous êtes toujours certaine d'avoir la vocation ?

— Certaine.

Depuis leurs retrouvailles, ils avaient repris le vouvoiement des débuts. Mais cela ne rendait pas Lisimba moins pressant ni moins hardi. Le jeune homme déposa sur le lit le grand paquet qu'il avait apporté.

— Alors, par quoi commençons-nous ?

— Les cheveux.

— Le plus dur d'abord... Voilà une chose... ah ! pour tout l'or du monde, je m'y serais refusé. Mais contre un baiser...

— Saurez-vous seulement vous y prendre ?

— Pour vous embrasser ?

— Lisimba !

— Allez ! Faites-moi confiance. Quand on a navigué, c'est un art qu'on maîtrise. J'avais toujours le mauvais rôle. Lisimba ci, Lisimba ça. En mer, on craint sans cesse la vermine. Alors, on coupe court, comme à l'armée.

— Oui, mais c'étaient des cheveux d'hommes. D'hommes noirs.

— Ça va me paraître drôle, c'est sûr. Mais, une fois que le plus gros sera par terre, il n'y aura plus de différence. Une boule à zéro, c'est une boule à zéro. Asseyez-vous là.

Mari prit place sur la chaise, dos tourné à Lisimba. Elle l'entendit qui faisait claquer les ciseaux derrière son oreille.

— Les lames ont l'air bonnes. Clic ! Clac ! Ça va tomber tout seul. Je garderai une mèche en souvenir, si vous me permettez. Ils sont presque blonds, à présent. Vous étiez en train de devenir une vraie Franche.

— Autrefois, c'était toujours ma mère qui le faisait.

Elle sentit les mains du jeune homme sur son cou, se raidit au contact du métal froid qui glissait le long de sa nuque. Les cheveux volaient, tombaient sur ses épaules. Légèrement ondulés, mi-longs depuis qu'Ani sa mère n'y veillait plus. Ils tapissèrent le sol autour d'elle.

— Voilà. Comme ça, vous êtes affreuse. Si j'étais mauvais, j'aurais apporté un miroir.

— Je vous dégoûte ? Quelle chance !

— C'est qu'il reste des épis partout. Je vais arranger ça.

Les ciseaux travaillaient maintenant contre la peau de son crâne, faisant le tour des oreilles, grimpant jusqu'au sommet de la tête.

— Voilà ce qu'on appelle une coupe réglementaire.

Lisimba la caressa avec douceur, à partir des tempes, et le bout de ses doigts produisit un léger crissement.

— Est-ce que je suis vraiment horrible ?

Le jeune homme émit un soupir tragique.

— Non. Rien n'y fait.

— Alors, je n'ai pas l'air d'un homme ?

— Pas à mes yeux. Ou alors, c'est que j'ai attrapé la sale maladie de votre ami Éloi.

— Ce n'est pas une maladie... oh !

Mari se leva, chassa de ses vêtements les mèches accrochées au tissu.

— Lisimba ! Enlaidissez-moi !

Le jeune Tam lui adressa un fier sourire.

— Il y a de très jolis garçons, dit-il.

— Peut-être qu'avec l'uniforme...

Elle déchirait l'emballage. Sous le papier brun, une

veste grise et un pantalon crème, la tenue des recrues, la tenue des sans-grade. Lisimba lui tendait quelque chose. Une feuille. L'imprimé.

— Tenez. N'oubliez pas ça.

— Que dois-je faire ? Mettre mon nom ?

Elle prit l'un des crayons oubliés par Birayma.

— Ne signez pas. Faites une croix.

— Mais je sais écrire !

— Inutile de vous faire remarquer.

Déjà, sans réfléchir, elle avait inscrit son prénom, dévorée par l'envie d'ajouter celui de son époux.

— Mais c'est un nom de fille ! s'écria Lisimba.

Consternée, Mari contempla les lettres qu'elle venait de tracer. Lisimba lui reprit le papier des mains.

— On croira que le chef s'est trompé, dit Mari.

— Non. Il vous faut un nom de garçon. Donnez-moi le crayon. Là...

— Qu'est-ce que vous faites ?

— Je vous rebaptise, expliqua Lisimba en transformant le i en c. Voilà, vous avez un nom de garçon franche, à présent. Marc.

— Marc !

— Vous vous habituerez. À ça comme au reste. Même moi, je commence à m'y faire. J'ai pris la plus petite taille. Mais, tant que vous n'aurez pas essayé...

— Bien sûr ! Vous n'attendez que ça.

Mari haussa les épaules.

— J'en ai enlevé davantage devant des yeux plus nombreux que les vôtres. Ils étaient des centaines à me regarder, sur l'estrade du marché aux esclaves.

— Ils ne vous regardaient pas comme je vous regarde.

Elle jetait ses vêtements en désordre sur le lit, sans se soucier du spectacle qu'elle produisait, pour ne garder à la fin que son pagne usé jusqu'à la trame. Lisimba n'avait pas commis d'erreur. Le maillot à manches longues, le pantalon clair, la veste grise, le calot, les godillots, puisque telle était la tenue du bataillon indigène, tout semblait à sa taille.

— Merci, Lisimba, je crois que ça ira très bien. Comment me trouvez-vous ?

— Vous faites un fort joli soldat.

Un pli de contrarieté barra le front de Mari.

— C'est donc que ça ne va pas du tout, alors ! s'exclama-t-elle.

— Disons que votre poitrine attire un peu l'attention. La mienne en tout cas.

— Oh ! J'avais prévu ça. J'ai acheté deux mètres de tissu fin que j'ai coupé en longues bandes. Je vais m'entortiller là-dedans en serrant bien.

— En ce cas, je vous promets une belle carrière. Un gars avec des pectoraux pareils, on l'enverra tout de suite en première ligne.

— Est-ce que cela suffira, Lisimba ?

— Il reste un détail à améliorer. Mais, rassurez-vous, moi aussi j'ai pensé à tout.

Le garçon sortit de sa poche un bâtonnet noir de graphite.

— Si vous me permettez...

Il lui saisit doucement la mâchoire et la cribla de petits points, avant de terminer par la lèvre supérieure.

— Voilà qui est mieux. Bien sûr, il ne faudra pas oublier de vous raser. C'est-à-dire, de recommencer chaque jour après la toilette. Du moins au début.

— Et ensuite ?

— Ensuite ? Quand on vous enverra vous rouler dans la boue avec les autres, personne ne se souciera plus de vos joues roses. Puis-je avoir ma récompense, maintenant ?

Sans attendre de permission, il avait enlacé la jeune fille. Elle sourit, bonne joueuse, et offrit sa bouche piquetée de noir au baiser. Elle savait que le garçon ne se contenterait pas d'une brève caresse du bout des lèvres, elle savait qu'il languissait depuis trop longtemps après ce moment pour n'en pas profiter. Elle laissa entrer sa langue, elle laissa ses mains palper ses fesses, songeant : « Un cadeau ne se mégote pas, une récompense doit être à la hauteur du service rendu. » Lisimba insista, l'étreignit plus fort quand il sentit que ses jambes flageolaient, que ses genoux se dérobaient, enfin il balaya la joue de sa bouche mouillée de salive, effaçant une rangée de poils, et murmura dans l'oreille rose, si bien dégagée de tout cheveu :

— Ne pars pas, je t'en prie. Reste avec moi. Reste !

— Je ne suis pas libre, Lisimba. Birayma et moi nous sommes mariés, est-ce que tu ne l'as pas compris ?

Le garçon recula d'un pas, pour qu'elle ne perde rien de son éclat de rire.

— Libre ! Est-ce que tu n'as pas toujours voulu l'être, libre ? Et... totem à clous ! Mariés ? Quand donc auriez-vous pu vous marier ?

— Pendant notre voyage. Dans une chapelle franche.

Un homme... un religieux... le père Joseph nous a mariés selon les traditions du pays.

— Un rite indigène ?

Lisimba se tapait sur les cuisses, dans une explosion d'hilarité qui sans doute ne trahissait en rien ses sentiments.

— Vous plaisantez, Mari, dit-il en reprenant un vouvoiement qu'il voulait solennel. Une cérémonie indigène. Voilà qui est cocasse ! Ce mariage ne vaut rien. À vos yeux, d'accord, mais à ceux de l'ingénieur Penda ! Il s'est prêté à une comédie pour je ne sais quelle raison.

Mari, elle, le savait, mais elle se garda bien de l'avouer à Lisimba.

— Parlez-moi plutôt de ce baiser ? Est-ce que ceux de l'ingénieur vous font autant d'effet ?

— S'il vous a plu à vous d'embrasser un beau moustachu, j'espère que vous y prendrez goût. Les occasions ne doivent pas manquer, dans votre chambrée. Ainsi, peut-être me laisserez-vous enfin tranquille... et peut-être cesserez-vous de mépriser ces hommes qui aiment s'embrasser entre eux.

— Dites-moi ! Ceux de l'ingénieur, comment sont-ils ?

— Il s'appelle Birayma.

Mais elle tut la vérité, là encore. Birayma l'avait-il jamais embrassée de la sorte ?

— Birayma Penda. Et moi, je suis Mari Penda.

— Mari... Penda ! Si c'était son avis, il ne vous aurait pas abandonnée.

— Il ne m'a pas... Ne connaissez-vous pas la situation,

vous qui êtes paraît-il soldat ? Birayma se comporte en vrai patriote, lui ! Puis-je le lui reprocher ?

— L'ingénieur... oui, sans doute qu'il s'intéresse aux machines... mais le sort de la patrie ! D'ailleurs, c'est un Peul. Pour nous, les Peuls sont des étrangers. Le sort du Sunugaal doit lui importer bien peu. Il y a plus de Peuls en pays maure que chez nous, si vous l'ignorez.

— Partez ! Sortez d'ici avant que je vous dise ce que je pense de vous.

Lisimba Tam recula de quelques pas, la main levée en signe d'apaisement.

— Moi, Mari, je vais vous dire ce que je pense de vous. Cette tenue, ça ne vous va pas du tout.

— Mais vous affirmiez...

— Certes, mais ça ne vous va pas. Ça ne vous va pas d'être soldat. Ce qui vous va, ce sont les cheveux longs, les joues bien lisses, les seins et les fesses moulées dans un joli boubou, ce qui vous va, Mari, c'est d'être une fille.

— Sortez, s'il vous plaît. Merci de vos compliments mais sortez.

Lisimba hésita puis revint vers elle.

— Je... vous me détesterez mais tant pis. Il faut que je vous éclaire sur certaines choses. Vous vous trompez sur l'ingénieur Penda.

— Nous venons de passer des semaines ensemble, à affronter les pires dangers, les brigands, les épidémies, la faim, le froid. Nous ne sommes restés en vie que parce que nous avions chacun deux bras pour entourer l'autre, pour le défendre, le réchauffer, le réconforter. Croyez-vous le connaître mieux que moi ?

— Non, mais je suis un homme. Et je comprends mieux que vous ce qu'il y a dans la tête des autres hommes.

Mari sentit quelque chose vaciller en elle. Elle voulait hurler à Lisimba de partir mais il avait réussi à instiller le doute dans ses pensées. Qu'y avait-il donc dans la tête des hommes et qu'elle ignorait ?

— C'est la jalousie qui vous fait parler, murmura-t-elle.

Lisimba ne répondit pas tout de suite. Comme s'il avait besoin de réfléchir, il fit à pas lents le tour de la misérable petite pièce, mouchant au passage une bougie, écartant du pied un coussin de son chemin, jetant un coup d'œil par les carreaux sales de la fenêtre, vers la sordide cour en triangle, suivant d'un doigt une fissure dans le plafond déformé par les infiltrations.

— Je ne pense pas que l'ingénieur Penda soit un si grand patriote. Je ne pense pas qu'il serait prêt à risquer sa vie pour défendre une patrie qui n'est pas vraiment la sienne. Je ne pense pas...

— Ah ! mais vous me l'avez déjà dit ! Je l'ai vu, moi, avec ses canons, sa machine volante, son *Njugub II*... Il ne mangeait plus, il ne dormait plus. Plus rien d'autre ne comptait...

Mari s'interrompit, pour étouffer les sanglots qui lui montaient à la gorge, comme elle allait s'exclamer pour finir : « Pas même moi ! »

Lisimba laissa s'écouler toute une longue minute avant de déclarer d'un ton qui se voulait tranquille :

— L'ingénieur Penda a pris la fuite, Mari.

— Oh ! Bien sûr, contrairement aux héros dans votre

genre, qui plient les manches et les jambes des uniformes à quelques milliers de kilomètres de... de... Est-ce que vous n'avez pas entendu ce qu'on raconte, Lisimba ? Les Maures sont peut-être dans Ndakarou à l'heure qu'il est ! À moins qu'ils ne menacent la Kassamansa, les plantations, Ker Samba !

— Je ne prétends pas que la situation soit rassurante. Ce n'est pas de cela que je vous parle mais de ce qu'il y a dans la tête des hommes, dans la tête de celui-là précisément. Je vous dis que l'ingénieur n'est pas parti pour faire la guerre mais pour fuir ce qui se trouve ici.

— Ici ? Qu'est-ce qui se trouve ici ?

— Vous.

Mari éclata de rire, sans pouvoir éteindre la flamme furieuse qui brûlait dans ses yeux.

— S'il me détestait tant que ça, je crois que je l'aurais su.

— Il faudrait être bien fou pour vous détester. Mais Penda est un homme fier. Il ne vous reconnaît plus, voilà la vérité. Il ne reconnaît plus en vous la petite esclave blanche aux pieds encore crottés par la boue des plantations. Celle qu'il a emmenée avec lui découvrir le Septentrion, celle qu'il protégeait, celle dont il était le guide. Vous êtes devenue forte, Mari. Trop forte pour lui. L'ingénieur vous fuit parce qu'il sait qu'un jour vous le dominerez... oh ! mais sans doute est-ce déjà le cas. C'est bien vous qui l'avez ramené aux Comptoirs, qui l'avez soutenu, qui l'avez presque porté. Déjà, à Ker Samba, quand sa chauve-souris à roulettes s'est écrasée, vous l'avez sauvé.

— Assez ! Taisez-vous !

Elle voulait crier, elle ne faisait que gémir. Lisimba ne s'exprimait pas comme à son habitude. Elle le voyait pour la première fois sérieux, réfléchi. Il ne parlait pas au hasard. Son discours, il l'avait médité.

— Il a pris la fuite, insista le jeune homme, parce que les hommes n'aiment pas être dominés par les femmes. Surtout pas l'homme afirikain. Et surtout pas par une femme blanche.

— Et vous ! Vous qui me harcelez ! Est-ce que cela ne vous fait pas peur ?

— Oh ! moi...

— Vous n'êtes donc pas un homme ? Vous n'êtes donc pas un homme afirikain ?

— Moi, je m'en moque bien. Je ne suis ni fort ni courageux. Pour moi, ce qui compte, ce sont les sentiments.

— Vous m'embrouillez. Je ne sais plus quoi penser. Sortez, maintenant, sortez, je vous en supplie.

Lisimba la salua à la façon militaire mais, même ainsi, c'est sur son cœur qu'il posa la main. Mari éteignit toutes les bougies jusqu'à ce que son logement fût plongé dans le noir. Elle s'allongea sur le lit sans quitter le tissu rêche de l'uniforme, seule avec encore derrière ses paupières closes le pauvre sourire de Lisimba Tam. Demain, elle serait le soldat Marc.

## 24
## SOLDAT !

Pendant trois jours elle s'était préparée. Face au petit miroir qu'elle s'était procuré, elle se faisait et refaisait sa barbe de garçon, ajoutant au coin des yeux, sur le front, quelques rides à la mâle expression. Au port, à la descente d'un bateau qu'on déchargeait dans la précipitation pour cause de réquisition, elle avait acheté un sachet de poudre de tabac. Dans la chambre, elle travaillait sa voix. Un peu de fumée dans les narines, quelques lampées d'eau-de-vie acquise à un coin de rue pour lui tapisser la gorge, elle criaillait, elle chantonnait, jusqu'à ce que les sons s'éraillent. Elle paraissait jeune, on l'imaginerait à peine sortie de la mue.

Une telle confusion régnait au camp qu'il ne lui avait pas été difficile de s'y infiltrer, non plus que de faire déposer sa feuille de rôle. On les entassait à vingt, à trente, dans une vieille grange, un appentis, sous une tente cinglée par le vent du large. Il y avait une cuve pour la soupe, une cuve pour l'eau. On se lavait dans celle qu'on voulait.

Certains vivaient en groupes, en bandes, la plupart ne se connaissaient pas. Parfois, Mari entendait des langues qui lui semblaient étrangères, venues de loin. Dans la saleté, dans la fange, dans le froid humide de l'hiver, les maladies et les douleurs se réveillaient. Garçon ou fille, on l'ignorait, elle restait seule, ne parlait à personne. Veste grise, pantalon crème, calot étroit sur la tête. Les instructeurs afirikains en tenue rouge à parements dorés les rassemblaient tôt le matin et les divisaient en unités de cent.

Maintenant, elle marchait.

Ils portaient chacun sur le dos un grand sac de toile garni de cailloux. Cent devant, cent derrière, et elle au milieu de sa section. Ils faisaient gronder la terre des prairies, craquer les branches des sous-bois, avançant vite, soufflant, crachant. Sans but. Ils marchaient, ils s'éreintaient, ils suaient, ils se tordaient les chevilles et s'éraflaient les jambes, les lanières leur sciaient les épaules, le sang leur cognait à la poitrine et au cou. « Allez ! criaient les instructeurs. Allez ! Bande de macaques ! » On leur promettait bien pire. Les forêts, les reptiles. Le désert, la chaleur. Comme leurs pieds les brûleraient ! Comme la soif les dévorerait ! Ce n'était rien encore. Il y aurait les Maures.

L'un, parfois, tentait une chanson, mais l'haleine lui manquait.

— C'est comment, les Maures ?

— Plus blanc que les Noirs. Presque blanc comme nous.

— Alors, pourquoi c'est contre eux qu'on va se battre ?

— Ils te donneront pas la liberté, les Maures.

— Qui c'est qui t'habille, hein ? Bientôt, t'auras peut-être un fusil.

— Et des cauris et une maison !

— Je leur veux pas de mal, moi, aux Maures.

— Oui, mais eux ? Ils te crèveront la peau si t'es pas le plus rapide.

Le rythme faiblissait. Ils s'étaient rapprochés de la mer puis éloignés de nouveau. Ils n'allaient nulle part. Ils marchaient. « Mais qui c'est qui m'a fichu des larves pareilles ? Toi, double ration de cailloux pour demain. Toi et toi, même chose. Ah ! On est beau avec ces babouins-là ! » Ils saignaient de partout.

Mari souffrait, mais pas tant que beaucoup. Des marches, ils n'en avaient pas avalé comme elle. Et les poids qu'elle avait portés ! Et les insultes qu'elle avait endurées ! Marc, que personne ne connaissait, c'était ce petit jeune qui cavalait en tête de la troupe en souffrance. Il voulait se faire remarquer, c'était sûr.

Tous les cinq kilomètres, il y avait une halte tord-boyaux. Ça donnait du courage mais guère de jambes. Mari n'avalait qu'une petite gorgée, pour se refaire la voix. Quand ils commencèrent à tomber, sous l'effet de la fatigue et du mauvais alcool, de la faim aussi et de leur piètre santé, on les arrêta dans une carrière boueuse où les eaux de pluie s'étaient accumulées. Le chef fit d'eux un troupeau massé face à lui, un troupeau de Blancs, trois cents au moins.

— Vous avez déjà vu un Maure, mes amis ? Quelquefois que vous en croisiez un, faudrait savoir le reconnaître, pas vrai ? Le Maure a la figure orange et les doigts crochus. Il n'a rien, à part son cheval bossu. Il vit dans le sable. Dans le désert. Dans un pays où la pluie ne tombe jamais. Voilà pourquoi il attaque notre patrie. Le Maure viole nos femmes et égorge nos enfants en criant le nom de son dieu qui s'appelle Allah. Vous vous en souviendrez ? Allah ! Vous vous en souviendrez, bande de babouins ?

Le chef marqua une pause avant de poursuivre :

— Et moi, vous savez ce que je vois ? Des Faces de Craie qui tremblent comme des femelles, de la blanchaille qu'est pas capable de survivre à une petite promenade en forêt ! Je vais vous les noircir, moi, vos têtes de lune ! Allez, tout le monde à la boue !

Les instructeurs les poussaient avec des perches, dans les mares, dans les fondrières. Épuisés qu'ils étaient, ils dégringolaient les uns sur les autres. Pour échapper aux coups, ils se roulaient dans la gadoue.

— Je veux vous voir noircis jusqu'à la racine des cheveux ! Et pas une tache demain matin sur les uniformes !

Quand ils furent tous trempés et dégouttant d'une boue plus brune que noire, on les rassembla de nouveau.

— Voilà qui est mieux. Voilà ce que j'appelle une armée ! hurla le chef. Je vais vous dire, mes amis. Un Blanc c'est un sauvage et, pour conduire des sauvages, y a qu'une seule méthode, le coup de pied aux fesses.

L'averse qui commençait à suinter du ciel bas entreprit un timide nettoyage.

— Est-ce que vous voulez apprendre à vous battre, bande de macaques?

— Oui !

— Comment ?

— Oui !
— Pour qui ?
— Pour la patrie !
— Quelle patrie ?
— Sunugaal !
— Quelle patrie ?
— Sunugaal !
— Quelle patrie ?
— Sunugaal !
Le lendemain, on leur apprit à se battre.

On n'avait gardé que les meilleurs. Ceux qui comprenaient ce qu'on leur disait, ceux qui montraient de l'ardeur, ceux dont les jambes marchaient sans fatigue, ceux dont les épaules ne ployaient pas sous les charges. Ceux qui étaient prêts. Ceux qui, promis, auraient le privilège de partir les premiers.

Le matin, on leur avait donné de vrais fusils, des balles et de la poudre. L'ennemi était là, suspendu en face aux branches des arbres. Des silhouettes de carton roulées dans des longueurs de tissu, autour de la tête, autour du cou. Les Maures, disait-on, s'habillaient un peu comme des femmes, avec des turbans, des châles, des robes. Mais ils étaient féroces au combat.

Mari aima sentir le métal qui chauffait entre ses mains. Elle oublia vite ce que symbolisaient les effigies sur lesquelles elle tirait. C'était amusant de leur trouer la peau, à ces Maures qui se balançaient dans la brise. Elle manqua ses premiers coups puis commença à apprendre où il fallait placer l'œil, de quelle façon poser la crosse et soutenir le canon de l'arme. Quand elle vit voltiger sa cible, elle poussa un cri de joie.

Les instructeurs les observaient avec attention, notant qui manifestait de l'application, de la constance, de la malice. Au sujet de ces animaux-là, on ne parlait pas d'intelligence. Mais certains feraient de bons soldats, dévoués à la patrie.

L'après-midi, ils eurent des fusils de bois, des formes grossières et un peu lourdes. Au bout, on avait emmanché quelque chose qui ressemblait à un long couteau de fer, pourvu sur ses bords de dents aiguisées et bien pointu. On leur apprit son nom : « baïonnette ». Les figures de carton avaient été remplacées par des sacs de sable, hauts comme le tronc d'un homme, qu'on avait coiffés d'écharpes bleues.

— Le tir, c'est quand vous êtes loin. De près, ça s'appelle le corps à corps. De loin, c'est le premier qui tire qui a raison. De près, c'est le premier qui troue. Est-ce que vous comprenez, têtes de singes ?

Un second instructeur prit le relais.

— Celui qui ne finit pas bien son travail, je le mets sur la liste des morts. Compris ?

Ils ne comprenaient pas trop. Alors, le soldat du royaume leur fit une démonstration, avec l'élégance de son uniforme rouge, de ses épaulettes dorées et de ses gants blancs.

— Je pique... et je tourne. Je pique... et je tourne. Vu ? Si je ne tourne pas, je fais juste un trou dans le ventre du Maure... et je lui donne le temps de m'en faire autant. Si je tourne, quand je retire ma baïonnette, j'emmène en même temps toutes ses tripes. Et là, c'est lui que je mets sur la liste des morts. Vu ?

À son signal, tous se précipitèrent en hurlant. Courir. Piquer. Tourner. Tirer.

— Sunugaal !

Courir. Piquer. Tourner. Tirer.

— Sunugaal !

Mari planta sa baïonnette. Elle déchira la toile du sac. Quand elle recula et arracha son arme, elle vit jaillir un petit ruisseau de sable. C'était à cela qu'on savait qu'on avait bien tourné. Qu'on avait bien tué son homme. Son Maure.

De toute sa vie, elle n'en avait connu qu'un. Il ne lui avait pas semblé mauvais.

— Sunugaal !

À son tour, elle avait crié. Le Maure qu'elle avait embroché saignait encore un peu. Elle contempla le monticule de sable à ses pieds. Elle imagina les tripes fumantes baignant dans une mare rose. Lisimba avait raison. Ce qui lui allait bien, c'était d'être une fille. Pas un soldat.

— Retournez à vos places ! Deuxième assaut.

À la fin de l'exercice, trente d'entre eux furent désignés. On leur promettait une promenade, une bien jolie. Ceux qui s'y distingueraient seraient récompensés. Ils réaliseraient leur rêve. Ils iraient donner leur vie pour la patrie.

Mourir en Afirik. Mourir pour la liberté.

Ils étaient sur une ligne, au bout d'une plage de sable gris, le long d'une mer verte et blanche dont l'autre bord, s'imaginaient-ils alors, touchait à la côte afrikaine. La promenade annoncée commençait par une pataugeoire tapissée d'algues et de coquilles pour qu'ils y glissent, s'y tordent les chevilles et s'y entaillent les orteils. Pour l'exercice, on leur avait fait ôter leurs chaussures. La suite, ils la découvriraient au fil de leur course. Il y avait à son terme un mât planté, au sommet duquel battait dans le vent frais un drapeau frappé du lion et des palmes royaux.

— Le premier babouin au mât ! hurlait l'instructeur. Le premier babouin au mât !

On ignorait quel sort lui serait réservé. On supposait qu'il serait distingué. Il fallait être le premier babouin au mât, voilà tout. Ils voulaient tous être celui-là, le premier au mât, sans savoir pourquoi. Au coup de feu qui claqua, ils s'élancèrent.

Mari s'élança avec eux. Elle ne s'extirpa pas la première de la pataugeoire, mais pas non plus la plus ensanglantée. Elle avait de l'expérience. Garder son souffle, ne pas compromettre ses chances par une blessure. Après s'étendait une longue piste de sable dur où elle montra comment courent les vrais babouins, ceux de la brousse. Elle sauta en souplesse les obstacles, des barrières de bois, des rondins empilés. Elle escalada le haut filet de corde et bascula par-dessus la poutre avant de redégringoler. Il n'y en avait déjà plus beaucoup devant elle.

Courut encore. Sauta de nouveau. Rampa.

Les branchages couchés, les rouleaux de fils de fer à pointes, il fallait les écarter, il fallait s'y faufiler. Qui tentait de les contourner devait reprendre le parcours à son début. Mari avait affronté bien d'autres jungles.

Elle s'extirpa du piège couverte d'écorchures mais triomphante.

Courut encore.

Une fosse. Sans serpents ni crocodiles, elle en riait presque. Ses ongles se cassaient. Maintenant, elle ne voyait plus personne devant elle. Et les souffles rauques dans son dos commençaient à s'éloigner. Trois tonneaux alignés. Nul n'y entrerait avant elle.

Sur les coudes et sur les genoux. Mari hurla. Ces tonneaux couchés, on les avait semés de morceaux de verre pilé. Elle hurla mais elle continua, entaillée de partout. Elle courait, elle avait des couteaux plantés dans les pieds.

Après, il y avait ce qu'ils appelaient le pont de babouin. Des cordes tendues, rugueuses et un peu lâches, l'une à laquelle on s'agrippait, l'autre sur laquelle on se déplaçait en crabe. Debout. Ça bougeait, ça frottait. Pour continuer, il ne restait plus qu'un moyen, se suspendre, les mains pour avancer, les chevilles croisées sur le chanvre, tête à l'envers et dos arrondi. Le ciel en pleine figure.

Mari sentait sa peau qui partait en lambeaux, les mollets, les pieds, chaque paume, et le sang qui lui descendait au cerveau. Elle ne voyait pas le soleil mais sa lumière lui fermait les paupières. Quand elle se cogna l'arrière du crâne, elle sut que c'était fini, qu'il fallait lâcher. Elle tomba dans le sable. Elle s'autorisa un regard, à droite, à gauche. Personne près d'elle. Elle se remit à courir.

Elle avait touché le mât, les autres étaient loin. Sauf

l'homme qui la contemplait, en uniforme rouge à épaulettes dorées. Un demi-sourire, de la curiosité dans l'œil.

Écarlate, le cœur battant, trempée de boue, maculée de sable, du sang partout. Ce n'était pas cela qu'il regardait. Mari serra les bras contre sa poitrine, pour masquer ces seins qui lui paraissaient s'être libérés du bandage, elle se sentait gonflée d'air marin, gonflée de fierté, gonflée de tout.

*Il me regarde, il ne regarde que ça. Mes seins qui montent et qui descendent sous le maillot collé à ma peau par l'eau salée.*

— C'est bien.

*Et aussi mes joues lavées de leur barbe.*

— C'est bien, mon garçon, dit-il.

— Merci, chef.

Au-dessus d'elle, claquaient le lion et les palmes du Sunugaal.

*Ça va, il a dit* mon garçon.

*Ils sont tous là, des centaines sur la plage, le vent souffle en tempête, la mer est déchaînée, elle fait des collines qui s'écroulent et viennent baver sur le sable. Le bateau est énorme, il ne bouge pas. Il n'a ni mâts ni voiles. Un gros vaisseau de commerce qui revient des îles d'Angle et d'Érine, a dit le chef. Puissant, rapide, avec ses turbines à charbon. Il n'y en a pas de plus moderne au monde. Il partira bientôt, pas tout de suite. Tous le regardent mais certains seulement partiront avec lui.*

*Mari a revêtu son bel uniforme, pantalon crème, veste grise, chaussures lacées, calot sur le sommet du crâne, rasée de frais, avec seulement de minuscules points noirs sur les joues, la lèvre et le menton. Il ne s'agit pas d'avoir l'air négligée. Ceux qui l'entourent sont propres et bien mis eux aussi, c'est l'armée du Septentrion.*

*Au commandement qui retentit, elle sort des rangs et s'avance vers le chef qui l'attend. Seule face à lui, elle n'entend que le bruit des vagues qui tonnent, toujours plus près, comme si elles allaient à la fin engloutir le vieux continent. L'homme l'examine un moment, c'est un vieux soldat qui croyait finir ses jours tranquille, loin de la patrie, dans les nouvelles provinces du Nord. Ses mains noires se posent sur elle, sur sa poitrine qu'elle a serrée à périr dans un bandage. Elle a le cœur près d'exploser.*

*Il plante la petite épingle dans le tissu de sa veste et recule d'un pas pour la saluer, pliant brièvement le bras. Elle porte maintenant une breloque ronde, avec dessus un lion argenté dont la crinière s'égare comme les rayons du soleil. Le vieux soldat semble sur le point de dire quelque chose, sans doute est-il un peu intrigué par ce que ses mains tremblantes lui ont transmis, mais une voix retentit.*

*— Sunugaal !*

*Ils reprennent tous en chœur, des centaines de bouches blanches.*

*— Sunugaal !*

*Encore et encore.*

*— Sunugaal ! Sunugaal !*

*Mari s'est échappée. Elle ne voit plus que le gros bâtiment sans voiles. Il partira bientôt. Pas tout de suite. Elle sera là.*

*Dans sa tête, il n'y a qu'un cri.*

Birayma.

À paraître en 2013 :

# LES CORNES D'IVOIRE

## Tome 3

## Mauretania

Cet ouvrage a été composé par
PCA – 44400 REZÉ

Cet ouvrage a été imprimé
en Allemagne par
GGP Media GmbH, Pößneck

Dépôt légal : septembre 2012

PKJ• www.pocketjeunesse.fr
POCKET JEUNESSE

12, avenue d'Italie – 75627 Paris Cedex 13